宿 敌
HERETICUS

［英］丹·阿伯奈特 著　赵笃 译

浙江科学技术出版社

English version first published in Great Britain in 2015 by Black Library.

Games Workshop Ltd., Willow Road, Nottingham, NG7 2WS, UK.

This edition published in China by Zhejiang Science and Technology Publishing House in 2024.

Copyright © Games Workshop Limited 2015.

This translation copyright © Games Workshop Limited 2023.

Translated and used under licence by Zhejiang Science and Technology Publishing House. All rights reserved.

Hereticus © Copyright Games Workshop Limited 2015. Hereticus, GW, Games Workshop, Black Library, The Horus Heresy, The Horus Heresy Eye logo, Space Marine, 40K, Warhammer, Warhammer 40,000, the 'Aquila' Double-headed Eagle logo, and all associated logos, illustrations, images, names, creatures, races, vehicles, locations, weapons, characters, and the distinctive likenesses thereof, are either ® or TM, and/or © GamesWorkshop Limited, variably registered around the world.All Rights Reserved.

No part of this publication may be reproduced, stored in a retrieval system, or transmitted in any form or by any means, electronic, mechanical, photocopying, recording or otherwise, without the prior permission of the publishers.

This is a work of fiction. All the characters and events portrayed in this book are fictional, and any resemblance to real people or incidents is purely coincidental.

本书英文版由 Black Library 于 2015 年出版

Games Workshop Limited，地址：Willow Road, Nottingham, NG7 2WS, UK.

本书中文版由浙江科学技术出版社于 2024 年出版

Copyright © Games Workshop Limited 2015.

This translation copyright © Games Workshop Limited 2023.

浙江科学技术出版社可在授权下翻译与使用。

Hereticus © Copyright Games Workshop Limited 2015. 宿敌、GW、Games Workshop、Black Library、荷鲁斯之乱、荷鲁斯之眼标识、星际战士、40K、战锤、战锤 40000、"天鹰"双头鹰标识，以及所有相关标识、插图、图像、名称、生物、种族、载具、地点、武器、角色及其中的特色同类物，所有带有 ®、TM、以及 © Games Workshop Limited 的标识均为在全世界注册的商标或为 Games Workshop Limited 版权所有。

未经许可，不得将本书任何部分以任何形式复制、存储在某个检索系统中，也不得以任何形式或手段，包括电子、机械、影印、记录或其他方式，传播本书的任何部分。

本书为虚构作品。书中人物、事件均为虚构，如有雷同，纯属巧合。

WARHAMMER 40,000

导　言

　　这是人类历史上的第四十一个千年。一百多个世纪以来，帝皇沉睡在地球的黄金王座上。他是神授的人类之主，用无穷无尽的军队征服了百万世界；他也是一具朽坏中的躯体，在黑暗科技时代力量的支撑下隐隐痛苦挣扎着；他是帝国的腐肉之主，每天都有一千个灵魂为他献祭牺牲，让他永远不会真正地死去。

　　即使处在假死状态下，帝皇仍延续着他永恒的警惕。强大的舰队跨越恶魔肆虐、瘴气弥漫的亚空间，航行于被帝皇的强大灵能产生的星炬所照亮的，能在遥远恒星间通行的唯一航路。庞大的军队以帝皇的名义在无数世界奋战。而帝皇的士兵当中最伟大的，是阿斯塔特修会——星际战士，一群经由生物工程改造的超级军士。他们的战友众多：星界军和不计其数的行星防卫军，时刻保持警惕的审判庭和机械修会的科技神甫，诸如此类，不计其数。但即便集合他们全体的力量，也不足以阻止那些迫在眉睫的威胁：外星异形、异端叛徒、变种人，甚至更恐怖的存在。

　　这个时期的普通人类默默无闻，生活在所能想象到的最残酷血腥的政体之下。战锤40000的故事，正是属于那个时代的传说。人们忘掉了科学技术的力量，因为它们已经被遗忘了太多，再也无法被学习掌握；人们忘掉了进步和宽容，因为在冷酷黑暗的未来只有战争。群星之间没有和平，只有永恒的杀戮，以及贪婪的众神的嘲笑。

目录

1	序　曲	衬景
25	第一章	伍德温·普莱德的案子
		与维尔沃克的简短交谈　复仇
41	第二章	怒发冲冠的贝坦科尔　费希格的简报
		奔赴战局
51	第三章	米廓尔　杜若尔行星守卫军272号通信站
		转折
64	第四章	血意号　逃离巨人　孤注一掷
77	第五章	计划失败　该死的维尔沃克　不可想象之事
83	第六章	混沌对抗混沌　代价　后果
92	第七章	离开米廓尔　古德伦的圣所　她的心
114	第八章	斯波顿府邸的沦陷　为了生存　忠诚的萨斯特
125	第九章	风暴橡树　回马枪　让迈达斯引以为傲
137	第十章	坠落　拉维罗的贝斯柴尔德医生　利刃弯刀
163	第十一章	希耶罗　死亡通知　危险的怜悯
179	第十二章	潜入夜色，遁入群山　阿泰纳特的列车
		死者的提示
193	第十三章	洛卡斯特　急刹车　尽头

目录

第十四章　巴伯瑞萨特与耶尼切里 206
　　　　　和艾特里克的争锋　新吉弗的午餐

第十五章　圣所，狂怒的费希格　特因撒式 220
　　　　　普罗莫迪

第十六章　从梅西纳生还　基定的誓言　世无定事 238

第十七章　灵能考古　古尔　魔君的战船 245

第十八章　杰甘达的相会　错位的忠诚 261
　　　　　直到生命的尽头

第十九章　伊萨瑞尔的大厅　黑暗的落叶 279
　　　　　以神皇之名

补遗汇编　关于上述报告中关键人物的重要备注 303

序 曲

衬景

弗洛伊格领主于近日暴毙。噩耗不胫而走，令古德伦的每一个人都惊愕不已——我确信，恐怕领主本人也未料到此事。

那是 M41（编者注：M41 是小说虚构的人类历史的第四十一个千年）的 355 年夏天的早晨，空气格外干燥。我收到消息时正在斯波顿庄园的露天阳台与伊丽莎白·贝坤共进早餐。天空是一片晕染开的湛蓝，呈现出萨米特瓷器一般的特质；从远方流淌而下的河流泛着丁香花般的色泽，晨光的照耀让它镶嵌了一圈闪耀夺目的银边；宅邸旁的果林倾斜出一抹阴影，林间传来沙鸫的婉转啼鸣。

朱巴尔·克尔彻，我麾下那位身材魁梧、坚实可靠的安保队长从园艺间匆匆走来。他先是彬彬有礼地为打断我们的早餐表示歉意，随后将一封对折的信递到我的手中。

"有情况？"贝坤一边问，一边推开她的那盘普隆果。

"弗洛伊格死了。"我读着那封信。

"哪个弗洛伊格？"

"弗洛伊格家族的领主。"

"你认识他？"

"很熟，甚至算是我的一位好友。嗯，多么令人悲痛。刚刚八十二岁就撒手人寰。"

"病故？"贝坤问。

"不。艾恩·弗洛伊格向来精力旺盛，体魄魁梧，没有植入过任何改善身体机能的人工部件。你知道的，这种人都长寿得很。"我直截了当地说。

审判庭生涯令我的肉体备受煎熬。我接受过的修复手术、机能重塑、器官移植，甚至残肢拼接手术太多，以至于连我自己都数不过来。不夸张地说，我称得上是帝国医疗修复技术最为鲜活的证明和模板。伊丽莎白则恰恰相反，她始终保持着女性最优雅的状态，天生丽质，也没过多依赖美容驻颜之术。

"根据信函里的描述，他昨晚在家中突发心悸而亡。他的家人正在全面调查死因，但是……"我用手指敲了敲桌面。

"蓄意谋杀？"

"他是个叱咤风云的人物。"

"这样的人从不缺敌人。"

"也不缺朋友。"我说着将信函递给了她，"这就是为什么他的遗孀请求我的协助。"

倘若不是我与艾恩之间情谊深厚，我绝对会拒绝这样的请求。伊丽莎白从长达十八个月的行动中归来，刚刚抵达古德伦不久，而且她一周内就必须再次动身离开——正因如此，我决定尽可能多和她待在一起。不可接触者小队常年驻扎在梅西纳，小队的组织管理工作令贝坤分身乏术。她不在我身边的时间也远远超出了我的预期。

但此事非同一般。在信中弗洛伊格夫人显得万分焦灼，我实在不忍拒绝。"我和你一起行动吧。"伊丽莎白说，"我也想四处逛逛。"

她随即呼叫了一辆战地指挥车，一小时内我们便可动身出发。

克尔彻手下的安防负责人菲利普·嘉本是我们的司机。他在离开斯波顿庄园之后加速，径直驶入通往梅尼泽尔的主路。我们穿过多尔赛城邦外侧的繁茂林地和种植带，向西南方向飞驰，身后的英瑟姆海岬渐行渐远。

在指挥车舒适凉爽的车厢内，我对伊丽莎白讲述了自己与弗洛伊格的往事。

"早在古德伦的首批殖民时，弗洛伊格家族就已经崭露头角。他们的家族位列'二十六豪门'，是古德伦二十六个最古老的贵族领主家族之一，他们在行星政府的上议院中保留着世袭的席位。近年来，尽管古德伦不乏凭借实力扩张土地和权势的后起之秀，但无人能够真正撼动'二十六豪门'的权威。类似的家族还包括桑格罗、梅锡安、格劳。"

贝坤听到我将最后一个名字也囊括在内，不禁莞尔。

"所以……权势、土地与特权……都会引来不怀好意的敌人，甚至招致杀身之祸。你的这位朋友可有树敌？"

我耸了耸肩，取出苏鲁斯协助调取的数据板。其中存储着各大家族的纹章学信息、宗族历史、族谱传记和主要成员的回忆录——多数与本案毫不相干。

"弗洛伊格家族在古德伦建立早期曾与阿森斯家族、布鲁迪许家族争夺过势力范围，但那是相当久远的历史了。况且在八百年前，布鲁迪许家族由于帕里提家族挑起的内战，早已名存实亡。艾恩的祖父曾与桑格罗领主发生过著名的争斗，并在190年与行政长官道格雷就成立利维城邦一事发生过争执——尽管道格雷从没有原谅过他，甚至为了冷落弗洛伊格，转而册封瑞克汀为总领大臣，但那自始至终都只是政治见解上的分歧。近期看来，弗洛伊格家族逐渐学会了低调行事、坐享其成，在议会中的位置越发不可撼动。他们旗下没有新的册封。事实上，古德伦已经连续七代人没有经历过家族内部冲突了。"

"这些家族近年都规矩行事，对吧？"她问。

"差不多是这样。我喜欢古德伦的一个很重要的原因，是当地人都循规蹈矩。"

"过于循规蹈矩了。"她劝告道，"总有一天，格雷戈，这个地方会让你沉浸在与世隔绝的安逸中不能自拔，直到新的危机悄然而至，令你措手不及。"

"我不这么想。我不会乐不思蜀。包括斯波顿庄园在内，整个古德伦都非常安全。考虑到我工作的特殊性，这是一处重要的庇护所。"

"你的朋友在这里死于非命，真安全啊。"她提醒我。

我坐回椅子上。"他养尊处优，美酒珍馐从未间断。要比喝酒，他能把纳尔喝到桌底下。"

"不可能！"

"我没开玩笑。五年前，在艾恩女儿的婚礼上，我带着哈伦·纳尔赴约……我也不知道为什么带着那个家伙——当时你不在我身边，而我又不想一个人去。自始至终，哈伦都在对领主眉飞色舞地吹嘘他做赏金猎人的经历，我记得凌晨五点时他们已经灌下了第四瓶烈酒。艾恩早晨九点起身去送女儿出嫁。纳尔却呼呼大睡，直到第二天早晨才缓过劲。"

她露齿一笑。"沉溺于饕餮之人终会付出代价。"

"或许如此。可倘若是健康问题，一定会出现在验尸官的报告里。"

"所以你仍然怀疑是谋杀？"

"不排除这种可能。"

我沉默了几分钟，与此同时伊丽莎白滑动屏幕，读完了数据板上的信息。

"弗洛伊格家族的收入主要来源是商品交易。他们持有布莱德贸易公司百分之十二的股份，以及赫里甘次级货运公司百分之十五的股份——生意场上的对手呢？"

"这就需要展开跨行星范围的调查。刺杀不是不可能，但这在贸易竞争对手之间实属罕见。我必须检查相关的贸易记录。如果我们能够获得贸易战的蛛丝马迹，或许真是商盟之间的刺杀活动也未可知。"

"你的朋友似乎极力反对欧非狄安远征。"

"他的父亲也是。毕竟，费尽周章地调动赫里甘次星区的人力、物力，投入到隔壁次星区的征服战争，却全然不顾自家的水深火热——即便是我也觉得不妥。"

"我只是感到好奇……"她说。

"这确实容易引人注意，但我认为仅此而已。欧非狄安的战事已经平息，而且我认为也没什么人会关心艾恩对这件事的看法。"

"看样子你已经有自己的推理了？"

"不过是些流于表面的猜测，没有真凭实据。可能是家族之间的利益争夺，而艾恩恰巧成了他们的眼中钉。可能是古德伦高层之间为了遮掩某些不可告人的秘密，处心积虑实施的谋杀。甚至可能是某种更加黑暗的阴谋。或者……"

"或者什么？"

"或者他彻底厌倦了这种养尊处优的生活，自我了断。倘若真是这样，我们今晚就能返程。"

弗洛伊格宫——弗洛伊格家族年代久远的贵族府邸——是一座用铜制墙砖和奥斯石料雕砌而成的宏伟建筑。宫殿坐落于梅尼泽尔南部十公里处，俯视整个费伊戈峡谷。野花点缀着的葱绿草场在河流一侧肆意生长，一直蔓延到精心规划的宏伟花园的边缘；那些巧妙排布的树篱、精心修剪的草坪、繁花盛开的花圃与图案对称的池塘，无不呈现出几何设计的独特美感。

砂石小道外，深色的树丛延伸到了外墙的墙角，众星拱月般地环绕在这座宏伟建筑的四周，留出的空隙形成了一条别致而蜿蜒的小径。我与艾恩曾在这里度过一些时光。在往北一公里处的高大树丛中，立着"愚者"——一尊造型扭曲、结构怪异的石像。

"先生，我们在哪儿停车？"嘉本通过通信设备询问。

"停在府邸门外吧，辛苦你了。"

"这里发生了什么？"伊丽莎白在我们下降时突然发问。她指了指外墙旁的一小撮垃圾——废纸堆上偶尔闪烁着金属箔片的光泽，与四周环境格格不入。附近的草色泛黄，仿佛经过碾压，有一段时间严重缺乏光照。

在车辆缓缓下降时，路面上的细小石块受到车身底部的撞击，发出了刺耳的刮擦声。

"哦，我亲爱的格雷戈！"芙蕾雅·弗洛伊格夫人几乎要倒在我的两臂之间。我连忙将她搀扶起身。她贴在我胸前啜泣起来，我不得不拥抱着她，一边表示安慰，一边耐心等候。

"原谅我的鲁莽！"她突然开口道，用一块黑色的蕾丝手帕拭去眼角的泪水，"发生的一切都太可怕了。实在是太可怕了。"

"我向您致以最深切的哀悼，夫人。"我说完突然感到一丝窘迫。

弗洛伊格夫人早已恭候多时，我们在一名袖口佩戴着黑色袖标的侍从带领下走进主厅旁的会客室。屋内悬挂着幕帘，丧事礼仪用的细长蜡烛在两侧摇曳着虚弱的火光，空气中也因此充斥着刺鼻的气味。芙蕾雅·弗洛伊格今年六十多岁，外表堪称惊艳，茂密的红发如烈焰般夺目，像瀑布般垂落在黑色皮草坎肩的两侧。她穿着素色丧服，袖口收束在编织精巧的手套搭扣内，这么做是为了确保不露肌肤，以示庄重。

我向她介绍了伊丽莎白。贝坤轻声表达了自己的遗憾，弗洛伊格夫人点了点头，突然面带局促之色。

"哦，帝皇啊。我怎么如此失礼？我应该让仆人们准备好茶点，然后——"

"不必拘礼，夫人。"我一边说，一边搀着她的手，在百叶窗旁的阴凉处缓步而行，"我能够深切体会您的心情。悲伤足以令您心力交瘁。请讲述您知晓的一切，我将全权受理此案。"

"您真是位好人，先生。我就知道您最值得托付。"她调整气息，直到心绪平复后才重新开口。

宿敌

"艾恩死于昨晚的午夜时分，猝死。根据医生的剖析，从病发到身亡只是一瞬之间。"

"医生还说了什么，夫人？"

她从袖口取出一根数据存储条递给了我。"都在里面。"

我拿出数据板，插入存储条。文件内容旋即浮现在屏幕上。

突发心悸与脑部休克引发的猝死，伴有神经系统失调。根据医生的解剖报告，艾恩·弗洛伊格死于精神层面的强烈刺激。

"这报告……"我顿了顿，"……毫无参考性。你们的主任医生是谁？"

"是梅尼泽尔的杰诺鲁斯·诺提尔。他从艾恩祖父时期就担任家族的医生。"

"他的报告……漏洞百出，夫人。我可否将遗体送交给能做更精密的检验的机构？"

"我早已这么做了。"她轻声说道，"梅尼泽尔领事本人的医生也参与了验尸。他与杰诺鲁斯·诺提尔的观点如出一辙：我的丈夫死于恐惧。"

"恐惧？"

"是的，审判官。请您告诉我，这件事情是否有邪祟之力参与的可能？"

据她描述，在弗洛伊格的府邸上曾举办过一场庆典。那是一场盛大的仪式，源于艾恩的长子——灵顿刚刚结束了在帝国卫队的服役生涯，于两周前从战场归来。灵顿·弗洛伊格先前担任古德伦第五十兵团的连长，其间有六年时间投身于欧非狄安次星区的征服战争最前线。经此一役仍能安然返乡，他的父亲自然喜出望外，当场决定举办盛大的欢迎仪式。周边郡县的名流纷纷登门庆贺，而更多的人则闻讯赶来——包括演奏乐团、杂技艺人、集市摊贩、喜剧演员，乃至上百名市井平民——这也解释了门廊外的那一小片狼藉，无非是些马戏帐篷的碎片和表演残留的垃圾。

"他可有树敌？"我问着，缓步走到百叶窗一侧。

"据我所知，没有。"

"我想翻阅一遍他近期全部的往来信件。日记或者手稿都行，如果他有记日记的习惯。"

"没问题。但据我所知，他平时不记日记，但我们的抄写员留有所有的文书和信件。"

房间的古董钢琴上陈列着一幅精心装裱的肖像——那是艾恩·弗洛伊格

生前的肖像，画中人正露齿微笑。

我拿起画像端详了片刻。

"这是他的最后一幅肖像。"她说，"就作于庆典之上。谁能想到，那竟是生死之别。"

"他死于何处？"

"'愚者'雕像。"弗洛伊格夫人说，"他就死在'愚者'的石柱间。"

树丛潮湿而昏暗。晚风吹拂，偶尔折断一两根枝杈。林间的阴影处不时传出古怪的鸟啼。

"愚者"所在之处有一座由板岩立柱环绕的圆台建筑，内部空无一物，地表带有严重的侵蚀痕迹。沙鸽在头顶的半空盘旋，窗口处蛛网横生。

"我就是在这里发现他的。"身后响起一个声音。

我转过身。灵顿·弗洛伊格正站在门廊下。他今年二十五岁，是个结实魁梧的年轻人，遗传了母亲的一头茂密红发。他眼神忧伤的同时，透露出一丝好奇。

"灵顿。"

"先生。"他躬身致意。

"当你发现他的时候，他已经死了吗？"

"不，审判官大人。他当时正与我谈笑。父亲经常来这里散步，他对'愚者'尤为喜爱。我当时特意赶来感谢父亲赐予我的荣誉。我们谈到中途，他突然浑身抽搐。短短几分钟后，他就死了，我都来不及寻求帮助。"

我对灵顿·弗洛伊格的了解不多，然而，他奔赴前线的经历早已名声在外，他的父亲也将他视为整个家族的骄傲。在艾恩与我的言谈中，他从未表露过对长子一丝一毫的负面评价——这在贵族中颇为罕见，围绕继承权的疑虑与猜忌是所有贵族家族的通病，也令多数家族的代际关系尤为紧张。灵顿是唯一一个现场目击者，而他本人也是一位经验丰富的战士——刺杀对他而言轻而易举。

对话中，我始终让意识保持开放——当然是灵能层面的。即使不释放侵略性的意识探针，我也能够通过感知力洞悉对方的表层思维。灵顿的脑海里丝毫不带谎言的痕迹，相反，他完全沉浸在丧失亲人的悲哀与惶恐之中。这

令我感到一丝意外：面对审判庭的质询时他几乎没有表现出任何局促不安——这在帝国公民中十分少见。

继续质询灵顿已经毫无意义。灵顿的讲述是真是假，在"降神"仪式中自然能够甄别——依靠这一过程，我能够通过心理测量与通灵之术准确地揭示出领主生前最后一刻的真相。

半晌后，灵顿与我返回大厅，并留下我在艾恩的书房内独自调查。灵顿临走时告诉我，书房在他父亲死后始终保持原貌。

镶嵌金边的书柜在书房内整齐地排列，其中摆放着简洁捆扎的书籍与数据板。柔和的光源从房屋角落与人齐高的位置投射而出。灯光映衬下，一组精致舒适的沙发陈列在陶制壁炉前，炉内的木材在火光中噼啪作响。

在钻石点缀的西侧窗台下，是一张打磨得发亮的半月式桌案，桌子两侧的纹路华美至极。在底部悬浮囊的作用下，整张桌案飘浮在距地面一米的半空中。桌面光洁如新，空无一物。

我在桌旁坐下，办公椅的压力感应装置适时地调节着高度——我比弗洛伊格要高出半头。我研究着如同镜面般光滑、略显倾斜的桌面——完全没有控制面板的痕迹，但当我用手拂过表面时，一块镶嵌在桌面下的热感应触控板被激活了。我尝试着按压面板按钮，但它们显然需要艾恩本人的触碰——整套装置极有可能同时需要他的掌纹和基因钥匙才能解锁。

这是审判庭级别的安防软件。

我从黑色皮衣内侧的胸口摘下审判庭徽章，旋动徽章的顶端，揭开信号处理器的封盖。我将徽章紧贴在桌案之上，启动品红级安全解码系统，对触控面板的安全程序进行了破译与改写。触控装置几乎在一瞬间就放弃了抵抗，连密码也无须输入，系统直接开启。

这台桌案看似精致简洁，实则是一台复杂的设备——其中内置了语音控制系统、通信存档系统、文件存档系统，除此以外，它也是整个府邸全部电子系统的总控装置。毫无疑问，此等精巧之物花费了艾恩一大笔钱。每一页信息与文件都如同幕布般呈现在桌案的吸墨垫上，用手指轻轻触碰即可翻阅或重新收回。看来艾恩早已不再使用任何纸质的文书材料。

我研究了一会儿，其中最令我感兴趣的是庆典过程中所有服务与物品的购买回执，以及所有受邀或慕名参与庆典的人员的名单。我将两份文档转存到了自己的数据板中。

就在我忙于转存信息时，伊丽莎白和嘉本走了进来。伊丽莎白一直在与庭院里的工作人员进行访谈；而嘉本则始终在府门外，四处寻找有价值的线索。

"先前的庆典活动中至少有九百名宾客，先生。"他说，"或许还有五百名乐手、表演嘉宾，以及慕名而来参与嘉年华的平民。"

"他们从哪里来？"

"多数来自梅尼泽尔。"他答道，"一些本地的喜剧演员、少数吟游诗人和街头表演者，他们平日里都活跃在两周一次的纺织品集市上。其中规模最大的团体是卡里金艺术表演团——由四处游历的表演艺术家们自发组织的团体，以及桑萨博巡演团——他们专门提供游戏、马术和各种供人消遣的新奇玩意。"

我点了点头。嘉本的洞察力还是一如既往地细腻。他已经一百五十岁，矮小而消瘦，漆黑的头发被理成了利落的板寸，留着浓密的髭须。他曾经在多赛法务部供职超过七十年，安然退休后被私人——也就是克尔彻——雇用为安防人员。他身穿一件平平无奇的深蓝色制服，制服被重新裁剪以遮盖那把安插在肩部皮扣里的手枪。

"你呢？"我问伊丽莎白。她在对面的沙发上坐着。

"没什么端倪。这里的员工看上去都还在震惊中，对于家主的身故感到万分悲痛。他们在听闻你的朋友可能死于敌手后，都表现得义愤填膺。"

"这么看来他似乎确实有敌人。"我说。

伊丽莎白从礼服的衣袋中取出一只小巧而坚硬的物件。她将物件放在桌面，随后轻轻叩击了一下。它在遭到叩击的一瞬间伸展出四根足肢，灵活迅捷地攀爬到了我的掌心。

我翻转检视着那台毒物监测仪，按下它腹部的按钮。机械的头部开始发光，前端原本分离的接口重新合拢，接口的轴线亮起，出现了一行滚动的小字。

"在附近花园和宅邸员工的生活区，有少量洛草烟、暗影烟和其他Ⅱ级、Ⅲ级成瘾药物的残留痕迹。停车坪发现了少量潘舍尔草药。在厨房区域能发现更多的李氏杆菌的菌群和微量的大肠杆菌……还有……"我念道。

伊丽莎白耸了耸肩。"这些都是贵族和百姓消遣时最普通的药物，残留量很低，厨房的卫生状况良好。与斯波顿庄园相比，这里的毒物和细菌分布情况没有什么不同。"

"或许吧。刚刚提到了潘舍尔草药对吧,这些可不同寻常。"

"这是一种很柔和的兴奋剂。"嘉本说,"都这年头了,我真想不出谁还在使用这种药。我还在法务部出警执法时,潘舍尔就曾经是艺术家们获取灵感时的选择。药草很干燥,通常被碾碎后放在烟斗里吸食。"

"近期往来于府邸的多数踪迹都可以追溯到那些前来拜访的表演者身上。"我分析道,"外加少数擅离职守的仆人和闲散的客人。停车坪附近怎样?弗洛伊格的车夫们可有吸食潘舍尔草药的人?"

伊丽莎白摇了摇头:"庆典期间,他们清理了停车坪的大部分空间,供慕名而来的市集摊贩们使用。"

我将毒物监测仪放回桌面,仪器前后晃了晃,金属足肢在找到重心平衡点后一动不动。"看来事发前后并没有可疑的异常状况。当然,也没有任何值得重视的毒物残留。"

"完全没有。"伊丽莎白说。

该死。根据证人对艾恩死状的描述,我曾经非常确信是毒物所致,或许是刺客使用了某种初级化验无法测出的特殊毒物。但伊丽莎白使用的是帝国最高规格的毒物监测仪,得到的毒物报告不会有任何疏漏。

"我们下一步如何做?"她问。

我将数据板递给了她。"用通信器将这几份资料发给埃莫斯。看看他能得出什么结论来。"

尤伯·埃莫斯追随我最久,也是我最信任的学者。如果整个银河有一个人能找出端倪,那便非他莫属。

夜幕降临,我独自走出府邸大门。

我突然感到一丝沮丧和恼怒,内心充斥着挫败感。我应邀来此是为了拜访旧友的遗孀,协助她探明死亡的真相——无论如何,以我的身份,亲力亲为处理这样的案件是小题大做。我是帝国审判官,而这件事情原本应该交给当地的法务部处理。我本指望整件案情在几小时内即水落石出,只需略施手段便将事态彻底解决,他们也会因为免除了冗长而烦琐的调查审问而对我心存感激。

但直到目前为止,我都毫无线索。没有作案动机,没有可疑敌人,更没有入侵者,但艾恩·弗洛伊格之死始终不排除是蓄意谋杀的可能。我又一次审阅起验尸官的报告,企图建立案情与已有情报之间的关联。

什么都没有。

某人或某物残忍地夺走了我朋友的生命,我却无法找出任何线索。

夜色昏暗,被晚风拉扯成丝状的浮云将天空晕染成一抹深紫色的朦胧。一轮新月在云层后攀爬而上,照在半空。晚风更劲,小道旁的低矮树木在风中摇曳摆动。树叶沙沙作响,发出似雨点砸落地面的声音,让聆听的人心生悲凉。

我走向来时乘坐的载具,弹开舱门后的行李箱,取出了巴伯瑞萨特。我缓缓解开外层包裹的丝绸绑带,从机械充能的剑鞘中抽出宝剑,修长的剑身泛起透亮的光泽。

巴伯瑞萨特最初被锻造于遥远的卡萨伊世界,是一柄镶嵌着符石的传家武器,在以女性战士闻名的剑士家族中世代传承。在用五芒符文强化了剑锋的力量之后,我使用这柄长剑对抗了异端审判官奎索斯——虽然我侥幸获胜,但在争锋过程中,巴伯瑞萨特的剑锋被折为两截。我请铸剑大师对剑锋的主体部分进行了改造,重新打磨了断口边缘,并截短手柄,使得整柄剑显得短小而笔直。巴伯瑞萨特从双手用的大剑蜕变为单手轻剑——即便如此,它仍然是一柄削铁如泥、斩杀恶魔的"神兵"。

如今,这柄剑就握在我的手里。我让意识流淌在剑身之中,巴伯瑞萨特与灵能共振,发出了震颤的蜂鸣。剑身上镶嵌的符文不断闪烁,散发着缕缕青烟。我走出晚风吹拂下的树丛,摆出类似手持探测器的动作,半举着剑刃试探前行。我挥动剑身,调整角度,让剑尖在空中反复触探。当我第二次在草地上逡巡,剑刃突然抽动了一下,仿佛是一只无形之手将它向后拖拽,我本人却觉察不出丝毫异状。

直觉告诉我,某人或某物曾在此作祟。直觉也告诉我,这绝不仅仅是一起谋杀——弗洛伊格夫人或许是对的。

尽管残留的痕迹所剩无几,但我可以确定,那是一股邪祟之力。

次日早晨八点,伊丽莎白走进房间,而此时的我刚刚睡醒。她坐在床边,将一杯热咖啡递到我的手中。

宿敌

伊丽莎白早已整装待发。暖煦的夏日阳光透过窗户将室内家具照得通亮。我隐约听到整座府邸正在朝阳中醒来，迎接崭新的一天：厨房区的锅碗瓢盆哐当作响，管家正招呼侍从在廊道里忙碌地来回奔跑。

"昨晚好一场狂风暴雨。"她说，"弗洛伊格宫四周的树林被吹倒了一片。"

"真的？"我一边咕哝着，一边啜饮黑咖啡。

我看了她一眼。她与平日截然不同，带着自鸣得意的神态。

"说吧，怎么了？"我问。

她递给我一块数据板。"埃莫斯始终在奔波，恐怕一宿没睡。"

"顶着这样的狂风暴雨？"

"他那里倒是风和日丽。暴雨只降临在这附近。"她的话并没有引起我的注意，因为我的思绪很快就沉浸在数据板繁复的报告中。

埃莫斯将我发送的每一条细节进行了交叉比对，但收效甚微——这似乎令老学究心有不甘。即使凭借他独一无二的洞察力，从那份访客列表中也找不出丝毫端倪。到场的筵席承办方和表演者清单也没有暴露任何异常。完全没有地下帮派与异端活动的迹象；除了民间琐事外，也没有违法行为和僭越之举——巡演团中的一人在二十年前曾因寻衅滋事而被起诉，另一位则因为酒馆殴斗而身受重伤——尽是些鸡毛蒜皮的事。

除此以外，唯一值得重视的情报是关于艾恩·弗洛伊格之死的描述。埃莫斯在翻阅了海量的资料后，从这条模棱两可的线索中寻得了端倪。

在过去二十个月，古德伦的德鲁尼尔区共有十一人死于类似的突发症状。他们分布在梅尼泽尔、多赛和英瑟姆四周的沿海区域，还有一些人死在了通往马杜亚教区的必经之路上。德鲁尼尔区以幅员辽阔、人口密集著称。只有像埃莫斯这样事必躬亲的研究者才会找出这条关联。这些猝死的案例表面上看互不相干，但罗列在一起就很显眼了。

围绕这组列表，埃莫斯钻起了牛角尖。换作其他研究者，通常会直接将列表发给我，但埃莫斯——这个老伙计根本无法抵挡案情真相的诱惑，围绕猝死人员的案例奔走了整整一夜，对相关卷宗进行了系统全面的比对分析，企图找出这些死亡事件间的关联。

这绝非易事。这份名单并未呈现出任何人口学与地理学特征——附近街区的家庭主妇、遥远岬角的磨坊主、偏僻山村的乡绅、远在七十公里外村落的社区医生。

唯一的相似点是令人费解的死因：突发心悸导致的猝死。

我放下咖啡继续翻阅埃莫斯的报告，伊丽莎白看到我的表情，不禁露出了微笑。

"读到最后。"她建议道，"埃莫斯从不令我们失望。"

在文档最后一行，埃莫斯揭开了这些离奇死者最关键的共同特征：在每起死亡发生之前的一两天，受害人所在的区域都承办过桑萨博巡演团的集市活动。

我与贝坤准备动身离开，弗洛伊格夫人则显得忧心忡忡。

"先生，事情的真相还未揭开……"

"而我正要去寻求答案。"我说，"请相信我。我的学者已经找到了问题的症结。"

她满面愁容地点了点头。灵顿从她身后走来，挽起母亲的手臂。

"请相信我。"我说完，朝着门外等候的飞行器走去。

府门外的链锯声吸引了我的注意，我沿着外墙寻找声音的来源。

昨夜的暴雨摧垮了大量树木，其中一根被拦腰折断，砸塌了停车坪上方的屋顶——弗洛伊格家的几名车夫正忙不迭地锯断树干，将残破的现场清理干净。

伊丽莎白见状，下车和我一起探查。

"这是你发现潘舍尔药草的地方吗？"我问贝坤。

"没错。"她说。

"取我的剑来。"

我一边招呼车夫们离开现场，一边向废墟靠拢，脚下的木屑嘎吱作响。那棵葱郁的大树仍然横亘在断裂的棚屋顶上。

我从伊丽莎白手中取过巴伯瑞萨特，将剑身抽出。弗洛伊格夫人和灵顿走出府门探视，一脸茫然，全然不知我要做什么。

巴伯瑞萨特在我手中又一次发出蜂鸣，声音比前一夜更加尖厉，足以刺穿耳膜。

当我站在废墟中央，脚踩在树木倒塌的车位上时，剑锋再一次震颤弹跳起来。

那股混沌之力曾经就在此处。

"这里发生过什么？"我问，"庆典期间，这片区域是用来做什么的？"

"临时仓库。"弗洛伊格夫人答道，"供那些游历的表演者们存放行李。我猜主要是食物和日用品。表演家们总是不希望将琐屑的生活物资摆在大众面前。"

"对了，还有那位光谱画师。"灵顿说，"这些棚屋被他作为冲洗底片和染色的暗室使用。"

在偌大的德鲁尼尔区，想要快速找到一支不断移动的巡演团绝非易事。但如果你有他们最近的收据，那就容易多了。巡演团老板为了尽快提现，在八十公里外的西博路德找了一间酒馆作为收款点。收据上特别注明：艾恩必须在五天内将全款送到指定地点。

巡演团全年四处奔波，因此他们不接受任何人的赊账，一心只想落袋为安。我们抵达西博路德后很快就锁定了桑萨博巡演团的位置。

布鲁德马藤村以民风淳朴著称，村民大多是牧民和纺织工。此刻，桑萨博巡演团就驻扎在村外的草场斜坡上。斜坡东侧是葱翠的落叶树林，西侧是一条沿着山坡流淌而下的小河，湿润的草地在牲畜踩踏之后形成了一小片泥泞的洼地。

我们抵达时已是晌午，酷热难当，空气沉闷而压抑——显然一场暴雨正在酝酿。天空被密布的云遮盖，阳光穿透云层的角落，洒下的金色光纹在昏暗的草场表面流淌。偶有微风吹过，球形的花茎如同蓟草般随风飞舞。谷堆旁传来秧鸡的啼叫，水蓝色的鸣禽在树篱间迅捷地往来穿梭。

嘉本驾驶着指挥车缓缓下降，最终停靠在村庄教堂的小径旁。那是一栋低哥特式建筑，外侧的泥墙破败不堪，亟须翻新。帝皇圣灵的雕塑屹立在拥挤的墓园正中，早已沦为沙鸽的栖身之所。

我将剑收入皮革剑鞘内。与此同时，嘉本锁好了车门。

"跟随我行动。"我命令伊丽莎白，随后转身面对着嘉本。

"请你掩护我们。"

"遵命，长官。"

我们沿着蜿蜒的乡间小径，向巡演团的驻扎处进发。

我们行进还没多久，耳旁就传来了欢闹的嘈杂声，游乐的气氛扑面而来。巡演团的来访给原本寂静的村庄注入了新的活力。尽管暴雨临近，布鲁德马藤和周边的村落早已万人空巷。

管风琴的旋律在暴雨前的稀薄空气中震颤，鞭炮的爆裂声与啸音相混杂。我听到了游客的欢笑声、车辆的咔嚓声、玩具铃的叮当声、孩子们兴奋的尖叫、狂欢者的喧哗，以及娱乐装置发条扭动时的嘶嘶声。温热的麦酒香气从酒馆帐篷内飘散而出。

树篱之间的入口处架起了一座花哨的拱门，门上挂着色彩鲜艳的手绘标牌：桑萨博奇妙游乐展正在开放。

一位眼眸泛白的变种人站在拱门旁，从我们手中收了几枚硬币作为入场费。

拱门内，映入眼帘的是一幕幕五花八门、艳丽而低俗的图景：悬挂着汽灯的旋转木马、套圈游戏、"占卜大师"粉红色的方形帐篷、转动飞驰着发出孩童叫声的铁笼、不断传出古怪狂吠的怪胎秀、散发出烧焦糖味的拔丝表演，以及那些叮当作响、用于考验你力量大小的机器。

仅需一便士，你就能骑在"战斗泰坦"肩膀上——事实上那只是一台农用机仆，身上安插着几根经过涂装的饲料漏斗。再花一便士，你就能穿梭在"激光回廊"中，与绿皮兽人展开惊心动魄的枪战，或者摸一摸马卡里乌斯本人"确真无疑"的胯骨，当然也能买一些普隆果尝鲜。

如果你花了两便士，你甚至可以凝视"恐惧之眼"，并让一位自称"前星际战士"、身穿兜帽长袍的胖子为你结结巴巴地歌功颂德。当然，所谓的"恐惧之眼"只是一个挖开的土坑，其中被灌满了化学雾灯和彩色玻璃容器。

在我身旁的摊位上，一笔微薄的赏赐就能让一个浑身涂满黑油的男子挣脱铁链或点燃的麻袋，甚至是装满玻璃碴儿的铁皮浴缸。

"只要一便士，先生，一便士就成！"一个踩着高跷、小丑装扮的人从我身旁蹦跶着走过，发出近似狼嚎的声音，"为了你身旁的年轻女士。"

我想了想，决定不问他一便士能买什么。

"我有点想看怪胎秀。"贝坤已然乐在其中。

宿敌

"省点儿钱吧……看你四周，哪个不是怪胎？"我低声道。

我们继续前行。缤纷的气球在田野上空飘过，缓缓上升到乌云之间。蟋蟀在人群踩踏的秸秆上来回蹦跳，发出刺耳的鸣叫。一张张醉醺醺、涂满油彩的笑脸朝我们涌来，有的口中漆黑、没有牙齿，有的眼中反射出人造器件的诡异光泽。

"在那边。"我轻声对伊丽莎白说。

火盆对面的不远处，一名女子正吮喝着贩卖坚果糖。她倚靠在一架堆放着鸟笼的推车旁——笼中满是嘈杂的鸣禽。她身后是一顶用深红色布匹支起的帐篷，帐篷后的活动屋被粉饰得锃亮。一块木板横插在彩纸装饰的立柱上，写着"光谱肖像画，栩栩如生！绝对令您爱不释手"。木板下方是一块小标牌，写着"绝佳赠礼，奢华体验，由世界顶级光谱画师的梦幻艺术倾情打造"。

标牌旁，一位矮小消瘦、白发蓬乱的老人正坐在摊位外的折叠帆布椅上，他鼻梁上架着一副迷你镜片，一边费劲地吹气，一边吃着热腾腾的肉馅饼。

"去探探他的底细，如何？"我建议道。

伊丽莎白闻言，从我身旁走去。她挤过拥挤的人群，在那顶帐篷前停下了脚步。摊位入口处竖着一块展板，上面挂满了光谱画作——有些是微缩肖像画，有些是风景画，有些则是家族群像。伊丽莎白饶有兴致地打量着。老人见状，从椅子上一跃而起，把吃到一半的馅饼塞在展板后，顺便掸了掸长袍上的面饼屑。与此同时，我转身挤进另一侧的人群，假装停下脚步观察笼中的鸟儿，目光透过笼子的缝隙朝帐篷方向看去。

老人彬彬有礼地向贝坤走去。

"女士，下午好啊！我看您对我的展览好像挺感兴趣。您看看，这装裱多华丽！这画作多精细！"

"确实很漂亮。"她说。

"您真是慧眼如炬，美丽的女士。"他说，"其他光谱画家的作品在我看来通通不及格。构图和染色水平一塌糊涂，而且那些凡夫俗子使用的感光颜料会伴随时间的流逝而褪色。您可千万别买那些下三烂的玩意，否则花的都是冤枉钱。我从事肖像画艺术已经三十多年，斗胆说一句，我就是这方面的专家。您看到这幅画了吗，恩特雷弗的湖畔风光？"

"赏心悦目。"

"感谢您的夸奖，女士。它完全是手工上色的，当然我多数作品都是这样。您猜怎么着？这幅风景画创作于329年的……夏天，如果我没记错的话。您仔细瞧瞧，完全没有褪色，色比和清晰度一点都没变。"

"保存得真完好呀。"

"是呀。"他带着扬扬得意的语气，"我的绘画技法举世无双，甚至特地注册了专利。那些颜料所需的化合物是我在工作室里亲手混合配制的。"他指着标牌上的画作："这也是我作品色彩鲜艳的秘诀，我用这种方法将那些美妙绝伦的风景画复制临摹下来，作为肖像的衬景。我也因此名声大噪。在这片大陆上，巴枯宁的名字可是高品质肖像的代名词。"

伊丽莎白微笑道："我很荣幸，巴枯宁大师。价格是？"

"啊哈，"他咧嘴一笑，"我想您已经动心了，女士，毕竟在我看来，您这样的美貌倘若不用这种能流传后世的画作记录下来，简直是一种罪过！我的服务绝对物超所值！"

我稍微绕远了一段路，在摊位四周巡视。虽然贝坤在我的视线之外，但我还是能够听到他滔滔不绝的恭维。

帐篷后侧临时搭建着一间活动屋，屋旁安插着更多引人注目的标牌，表面涂满了夸大其词的加粗标语。其中一块写着"肖像画两枚皇冠币，群像三枚皇冠币，镀金微缩肖像仅需半枚——如需本店最受欢迎的招牌衬景，额外收一枚皇冠币"。

这间活动屋位于游乐场边缘，紧挨着芬特树和红豆杉林，树丛隔开了天然的草坪与河沟一侧的牧场。树荫下阴凉舒适，雷雨前的空气在这里显得格外湿润，鸟虫在灌木林间活动，窸窸窣窣。我试着透过小窗向活动屋内观察，但窗口被堵得严严实实。我伸手按压活动屋的木墙，随即感到腰间的巴伯瑞萨特莫名地震颤起来。我推了推活动屋的木门，但门被锁死了。

"你想干什么？"一个声音响起。

三位身材魁梧、牛仔打扮的人从摊位旁的丛林走来。他们此前就在活动屋旁抽烟休息。

"和你们无关。"我说。

"你最好别碰巴枯宁大师的屋子。"其中一人说。这三人看上去有着近似摔跤手的体格，裸露的臂膀上布满文身。我没工夫对付他们。

宿敌

"走开。"我在话语中注入意志之力。他们面面相觑，眨了眨眼，随后茫然若失地走开了，仿佛我从未出现在这里。

我重新审视那扇木门，取出多功能钥匙插入锁孔。但出乎我意料的是那扇纤薄的木门竟然无法开启。我不知道门内是否有其他物体抵住了门板，但当我用力推压时，门板向屋内松动了半寸——这足以证明门后并没有硬物抵挡。我略一松手，门被猛地关上，仿佛是某种巨大的吸力在门后与我拉扯。

我的脉搏开始剧烈跳动，空气中弥漫着亚空间造物特有的酸臭味。巴伯瑞萨特在剑鞘中按捺不住地震颤。

是时候揭开谜底了。

我大步走向摊位前方，但并未看到贝坤和老人的踪迹。我弯下腰，撩起入口处的帘布走进帐篷。一块用于避光的黑色幕布正挂在帐篷中央。

我掀起了幕布。

"稍等，我一会儿接待您，先生。"巴枯宁打了声招呼，"请稍等片刻。"

"我不是顾客。"我说着环顾四周。

帐篷不大。据我推测，帐篷内的照明系统使用的是来自活动屋内的管道燃气。伊丽莎白端坐在另一侧的椅子上，身后是一块衬布。巴枯宁正对着她，小心谨慎地调整着光谱照相机的角度——那是一台由黄铜零件和柚木基座组装而成的相机，架设在木质三脚架顶端。巴枯宁擦拭着一块铜边镜片，听到动静后好奇地扭头看着我。

伊丽莎白从座位上站起了身。

"格雷戈？"她问。

"这位女士只是在坐着照相，先生。没什么不妥。"巴枯宁瞥了我一眼，有些不知所措，他随即重新挂起微笑，伸出一只手，"我是巴枯宁，艺术家和光谱画师。"

"我是艾森霍恩，帝国审判官。"

"哦。"他倒退一步，"我……我……"

"你在好奇为什么审判庭的人会走进这个帐篷。"我替他说完。巴枯宁的意识如同一本随意开合的书——除了集市摊贩满脑子的钻营和算计外，我从中探不出任何欺诈与阴谋。无论巴枯宁是什么人，他并非异端。

"你可曾在弗洛伊格领主的领地，为他绘制过肖像画？"我想起了那张摆放在古董钢琴上的微缩肖像。

"是的。"他说,"弗洛伊格大人相当满意,先生。我的那幅作品没有收费,那是感谢他盛情款待的礼物。我相信,如果那些达官贵人看到那幅画,也一定渴望拥有属于他们自己的肖像。"

我推测他还不知道事态的进展,他对审判庭的介入原因仍感到困惑不解。

"弗洛伊格领主已经身故。"我告诉他。

他脸色变得惨白。"不……不会,那是……"

"巴枯宁大师……你可知道你先前的其他顾客中,也有人身亡了吗?就在你为他们作画后不久?"

"我不知道,先生,您在暗示什么?"

"我有名单。"我摘下了数据板,"你会保留对客人信息的记录吗?"

"我有所有的作品记录,尤其是那些曝光过的底片。我必须及时替换冲洗相片用的材料。每幅画——不管有没有衬景——我都记录在册。"

我举起数据板,将名单展示给他。"你还能记得这些名字吗?"

他的双手剧烈颤抖起来。他说:"我得在花名册里核对。"但我深知他已经认出了其中一些姓名。

"我们一起核对吧。"我说。伊丽莎白跟在我们身后。那是一间漆黑的小屋,巴枯宁不断地表达着歉意。每一块地板,即使是那张破旧的小床上都摆满了从相机上拆卸下来的残破零件。空气中弥漫着化学试剂特有的霉味,与潘舍尔药草的独特气味混杂在一起。巴枯宁从床铺下拽出一只板条箱,从中拿出几本笔记。

"让我看看。"他翻阅起笔记。我发现小屋的另一侧有一道门。

"门后面是什么?"

"我用来冲洗相片的暗室,那些曝光过的底片也存放在房间里。"

"暗室有直接通往外部的门吗?"

"有。"他说。

"锁着?"

"没有……"

"那你有助手吗?你让他看着门,不让外人进来?"

"我没有助手……"他的语气充满困惑。

宿敌

"打开那扇门。"我说。他放下笔记，朝门走去。从他的肢体语言看，他本以为能够轻易拧开门把手。

"怎么回事？"他说，"这扇门以前都开关自如。"

"立即退后。"我抽出了巴伯瑞萨特。剑锋显露的一瞬间，活动屋内弥漫起臭氧的气味。巴枯宁惊呼了一声。

我抬手一剑，将门板劈开。

活动屋内气压骤降，伴随一声巨响，恶臭的空气伴随一股浓烟从裂缝中喷涌而出，席卷了我们四周。

"神皇啊，那是什么？"

"亚空间造物。"我说，"你说你会自制混合颜料？"

"没错。"

"你通常从哪里采购原材料？"

"任何地方都可能，有时候从药剂师手里买，有时候从集市商人手里，有时候……"

任何地方。这些年，巴枯宁试验了各式各样的混合颜料，一心只为制作效果最好、品质最优的感光底片。只要原料有效，他从不计较货源。然而此刻，在他的工作室内的某样东西——或许在货架上，或许在颜料瓶中——已被混沌之力玷污。

我朝暗室深处走近一步。室内半明半暗，莫名的物体不断地闪烁变换，映出苍白的荧光。那股邪恶之力就蛰伏在巴枯宁的工作室中，它对我早已有所察觉，竟然企图紧闭大门以求自保。

我迈过暗室的门槛，一瞬间，四周的空气疯狂搅动起来，发出尖厉刺耳的嗡鸣。伊丽莎白的警告声刚传入耳中，便被气旋鼓动的痛苦尖叫声淹没。盛满化学试剂与油膏的玻璃罐被卷落地面，砸得粉碎，里面的东西挥发在空气中。煤油喷灯突然被点燃，橡胶管口如同草蛇般摇摆，喷吐着火舌。

暗室靠墙一侧的木架上码放着无数块方形玻璃底片，底片被镶嵌在黄褐色的卡槽中，在气旋的鼓动下剧烈摇晃，发出叮当的碰撞声。那是成千上万块玻璃底片，每一块底片上除了相片主人外，都带有巴枯宁精心描绘的衬景。

一块玻璃从木架上飞起，仿佛被一股巨大的牵引力甩出——我本以为那块玻璃板会就此落在地上摔碎，万没想到它竟然悬在空中——其他的底片也接二连三地飘浮起来。

我辨认不出空中流淌的光晕从何而来，整个房间处处都是跃动的光斑。空气呈现出烟叶般的灰褐色。

我举剑向闪光处靠近。一块底片朝着我直飞过来，被我一剑劈开，玻璃碎片迸裂一地。第二块底片旋即飞出，被我再次挥剑劈碎。无数枚玻璃底片如同抛出的卡牌般接二连三地袭来，呼啸着刺穿那片雾霭状的凝滞的空气。我舞动剑锋，连续施展乌尔沙和尤伟萨两式剑招，玻璃块在空中爆裂为粉末。然后，我一时疏忽，漏掉了一块玻璃，玻璃边缘极其锋利，割破了我的面颊，如尖刀般扎进了身后的木墙。

"把他带出去！"我高声喝令伊丽莎白。活动屋剧烈摇晃着。空中雷声滚滚，下起瓢泼大雨，雨滴砸落在低矮的屋檐。

蜂拥而来的玻璃片将我步步逼退，我奋力挥剑格挡，巴伯瑞萨特上下翻飞，化作一道虚影。

这只是开始。

紧随而来的是幢幢鬼影。身穿学院长袍的严肃男子，穿着朴素罩裙的贵妇人，面容愁苦、肤色惨白的孩子，满面堆笑、一脸油渍的酒馆老板，还有两名农场工人，搂着彼此的肩膀。鬼魂越来越多，纷至沓来，在污浊的空气中散发着幽冥的光芒。他们肤色苍白，衣衫则呈现出与底片相近的灰褐色——每一个人的表情都被定格在拍照的那一刻。鬼影伸出冰凉刺骨的手指，抓挠、拖曳着，甚至对我挥舞拳头。其中几只幽魂从我的身上穿透，寒意入骨。

邪物潜伏于暗室之中，把巴枯宁大师毕生描画的形象永久地留存下来，并将画中之人扯出，赋予了他们幽魂般的形体。

我在鬼影的冲击下踉跄着后退，斗篷上被撕扯出一道道裂口。鬼爪的锐利程度丝毫不亚于玻璃底片的边缘。骇人尖叫仍旧充斥着我的双耳。

伴随一阵突如其来的震颤，我感到天旋地转，整个世界开始扭曲变形——活动屋已然消失不见。转瞬之间，我发现自己正站在深褐色的海岸旁，下一秒，我又出现在了某个村落的婚礼庆典上。我手中的巴伯瑞萨特噼啪作响，跃动着光弧。我跌跌撞撞地闯入了一场新生儿的洗礼仪式；等我扭过头时，眼前却

宿敌

赫然横亘着阿泰纳特山脉的绚烂之景；紧接着是某个工会举办的筵席。鬼影席卷而来，伸出冰凉僵硬的手拉扯着我。先前那名满脸污渍的酒馆老板扼住了我的喉咙，脸上却还挂着诡异的笑。我举起巴伯瑞萨特将他劈开，鬼影化作滚滚浓烟。一位愁眉苦脸的女佣拖曳住我的臂膀，一旁的渔夫见状，拖出带着倒钩的纤绳向我抡了过来。

我念诵起救赎祷词，朝着那些怪笑的鬼影呼喊出每一个词句。鬼影听闻祷词，形态开始皱缩，随即消逝，如同火焰中的纸屑。

我听见了枪响。嘉本一个箭步挡在我的右侧，朝着鬼影连开数枪。我真切地看到：自己正站在落日下的多赛码头，而嘉本则位于一场乡村球赛正中央——与此同时，那里也呈现出丰收节的热闹景象。原本互不相干的场景的界限逐渐模糊、彼此融合。一对新婚夫妇、五名丧葬的悼念者，以及一名佩戴勋章的法务部警员同时对嘉本发起了攻击。

"退回去！"我高喊。话音未落，我手中的巴伯瑞萨特发出炽热的白光。半空中又是一道惊雷，仿佛整个大地都随之震颤。

那名新娘的手指划过嘉本的脸时，他痛苦地尖叫起来，仓皇地后退避让，随即被无数斧刃般的玻璃底片吞没。

嘉本的血液在空中泼洒，如同屋外的瓢泼大雨，将鬼影灰褐色的衣着和惨白皮肤染得鲜红。鬼爪如同刀片，划过我的臂膀和脊背——攻势过于密集，我根本无力招架。

我的双眼被彻底蒙蔽。我时而站在河岸边缘，转瞬间又行走在内政部大楼的台阶前。这些位置以不可能的方式相互重叠，一切都显得虚无缥缈。

我极力克服着那些画作衬景带来的错觉，一跃而起的同时举剑劈砍。这一击好像劈开了某样东西，真实的景象重新浮现。我惊觉自己正侧身在活动屋后方的潮湿草地上翻滚。

一道闪电划破了黑暗的天空，雨如倾盆。暴雨连同画室引发的混乱让欢庆中的平民四散奔逃。活动屋仍在剧烈摇晃，灰褐色的烟雾从我劈开的裂口中溢散而出。透过裂缝，屋内的灯光忽明忽灭，发出噼啪的响声。幽魂的尖叫仍在继续。亚空间的邪物变得越发癫狂。

巴枯宁突然走了出来，脸上写满了绝望。伊丽莎白紧随其后。画师被我满身的血污吓得说不出话，恐惧地咬着手背。

"在哪？"我咆哮道。

"货架的第三层，就在……工作台上面。"他吞吞吐吐地说，"是一个绿瓶子。那是几年前的事了，我当时用完了手头的水银酊剂，四处求购。附近村庄的一位老妇人把那个瓶子送给了我，告诉我那玩意也管用。直到现在我还在使用。那瓶颜料混合出的涂层近乎完美。我的创作也因此达到了巅峰。"

他低着头，怔怔地看着草坪，浑身因恐惧而战栗。"我早该意识到的。"他喃喃道，"我早该想到，我用了那么多年，那瓶子从没空过。"

"第三层？"我再次确认。

"我带你去找吧。"他说着跳上了活动屋，从那道劈开的缝隙中钻了进去。

"巴枯宁，别！"

我紧跟画师，跌跌撞撞地闯入那片混乱交织的衬景和尖叫的鬼影旋涡中。就在那一瞬间，短暂的一瞬间，我看到了艾恩·弗洛伊格。

然后我目睹了一次盛大的婚礼、一场声势浩大的贵族围猎、牧羊人的集会、专门钉马掌的铁匠铺、沐浴在月光中的埃伦皮特堡、贩卖牛羊的集市，以及——

我听到了巴枯宁的尖叫。

我挡开另外三枚致命的玻璃底片，朝着那团咆哮的鬼影劈砍。鬼影在光谱中消散，仅剩一片虚无，仿佛那里自始至终就空无一物。我透过罅隙，一眼瞥见了工作台和顶层的货架。

一个绿色的瓶子，瓶中跳动着碧绿的邪火。

我高举巴伯瑞萨特，刀锋发出蜂鸣，一剑砍碎了那个魔瓶。

爆裂与震荡撕开了整面墙壁，活动屋在强大的冲击下倾斜移动。我感到头晕目眩，片刻后方才发觉自己正躺倒在墙壁废墟前，身下压着无数的玻璃和木头碎片。

尖叫声戛然而止。

围观者向当地的法务部发出了求援。直到雨过天晴，法务部的警员才推开围观群众赶到现场。

我出示了证件，表示在审判庭的工作完成前不得让任何人靠近。

活动屋已被付之一炬，我和伊丽莎白将最后的几块底片投进了火焰中。

那些散落一地的相片也随之褪色。每一幅风景、肖像、微缩画仿佛被重新曝光过，森森鬼影浮现在画面上。

巴枯宁也混在其中，永恒地尖叫着。

宿敌

第一章

伍德温·普莱德的案子
与维尔沃克的简短交谈
复仇

奉泰拉神皇之命

审判庭机密卷宗
仅限授权人员访问

文档 442:41F:JL3:Kbu

请输入授权代码 > ●●●●●●●●●●●●●●●●

验证中……

感谢您,审判官。

您可以继续访问。

收件人:格雷戈·艾森霍恩

星语庭（斯卡鲁斯）模因波段:45~a639 三重加密

路径细节:

发送地:特雷锡安主星,赫里甘次星区,邮编81281

发送时间:M41.386 年 142 日

(中转延迟:M-12/ 奥斯塔Ⅶ型)

接收地:杜若尔星,欧非狄安次星区,邮编 52981

接收时间：M41.386 年 144 日

文本格式：见页眉记录

（文件复制授权 4362，密钥 11）

作者：审判官领主菲力巴斯·亚力山卓·罗尔金

斯卡鲁斯星区，审判庭至高理事会

赫里甘次星区，攘外修会大导师

吾友格雷戈：

以神皇之名，以神圣审判庭之名，向你致意。

我相信此时你已经收到了来自杜若尔长老的最高礼遇。理事会已经向俄诺佩尔主教提前支付了资金。在接下来的漫长任务中，你的起居生活将有所保障。值此机会，我再次感激你能不辞劳苦地接替我的工作，全权负责本次巡查行动。除我之外，似乎所有人都认为我的健康水平每况愈下。医生们夜以继日，忙碌操劳，在几轮收效甚微的换血疗法之后，他们已经针对下一阶段的手术方案进行了研讨——我认为这些皆是徒劳。与之相反，我却感到神采奕奕，或许没有这些庸医的折腾，我能好得更快。事实上，若非他们的阻拦，我此刻已经踏上了前往杜若尔的征途。

然而事与愿违。不可否认的是，在这样的特殊时期，医疗专家们的权威甚至大于我本人。我不得不缺席对杜若尔潜在异端的审判与听证会。除你之外，恐怕无人可担此重任。

此信除了聊表谢意之外，另有两个缘由。尽管我据理力争，异端审判庭的萨卡洛夫领主仍然坚持派出两名代表参与本次巡查：科斯和门得列夫——这两位仁兄相信你并不陌生。我深表歉意，格雷戈。恐怕这将是一段难挨的时光。我本应助你摆脱这样的累赘。

第二件事，我被迫同意安排审判官巴斯蒂安·维尔沃克与你同行。他曾担任奥斯玛领主麾下的审讯员，并在我统领的审判庭行动中通过了最后一轮晋升考核。此人与审判庭中的中央检查部门关系密切，因此我承认是我为他在巡查行动中安插了一个职位。请念在我的人情，务必推举他成为专项小组的一员。他是个不错的青年，尽管血气方刚，涉世未深，骨子里透着纯净派的刻板——可我们都年轻过，不是吗？他将在 151 日加入行动。请尽可能让他感受到我们的欢迎吧。我深知你素来排斥在团队中安插陌生的面孔，但姑且看作是我这把老骨头的不情之请吧。此等紧要关头，倘若我令奥斯玛弟子的仕途稍有不顺，他将令我举步维艰。

祝君在巡查行动中势如破竹，马到成功。

由星语庭成员封装公证，M41.386 年 142 日。

帝皇庇佑！

罗尔金

[通信终止]

收件人：格雷戈·艾森霍恩
星语庭（斯卡鲁斯）模因波段：45~3.5611 加密回传
路径细节：
发送地：特雷锡安主星，赫里甘次星区，邮编 81281
发送时间：M41.386 年 142 日
（中转延迟：循环播报 351/ 常规通信信标）
接收地：杜若尔星，欧非狄安次星区，邮编 52981
接收时间：M41.386 年 144 日
文本格式：见页眉记录
（文件复制授权 7002，密钥 34）

作者：审判官巴斯蒂安·维尔沃克，攘外修会
斯卡鲁斯主区，斯卡鲁斯星区，赫里甘次星区

向您致意，长官！

以神皇之名，赞美庄严而永恒之庇护；奉泰拉高领主之命，我慕名写下此

信，毛遂自荐——祝启封之人贵体康泰！

当罗尔金领主告知我，我已被初步选为杜若尔异端巡查行动的一员时，我感到受宠若惊。我立即开始了行动所需的全部筹备，并竭尽所能地协助搜集着有助于本次巡查的一切证据。

或许您能够想象，在罗尔金领主突然宣布因身体状况本次神圣行动或将停滞时，我是多么失望与落寞。直到近期，领主告知我，您将作为他的代理人亲自统帅本次行动，并点名让我协助。

这令我欣喜若狂！能与您这样战功显赫的审判官共事，此等机会千载难逢！我曾在忠嗣学院拜读过您的案件卷宗。您纯净派的工作作风、对待帝国的无私奉献、对待敌人的霹雳手段，堪称吾辈楷模。我迫不及待地想与您讨论关于抵抗异端的律法，聆听您对于前线战事的真知灼见。我有意成为异端审判庭的一员，倘若能与您学习剿灭奎索斯异端的第一手资料，想必对我未来的生涯将大有裨益。

我将为您赴汤蹈火。

我翘首以盼，渴望参与您神圣庄严的巡查行动。

黄金王座光辉永耀！

为您效劳，

巴斯蒂安·维尔沃克

[通信终止]

收件人：罗尔金领主
星语庭（欧非狄安）模因波段：3Q1~c.122 二重加密
路径细节：
发送地：杜若尔，欧非狄安次星区，邮编 52981
发送时间：M41.386 年 144 日
（中转延迟：B-3/ 常规循环信标）
接收地：特雷锡安主星，赫里甘次星区，邮编 81281

接收时间：M41.386 年 149 日

文本格式：见页眉记录

（文件复制已删除）

作者：格雷戈·艾森霍恩，审判官

关于：巴斯蒂安·维尔沃克

我的长官，这个只知道阿谀奉承的白痴究竟是从帝国哪个可悲的犄角旮旯里冒出来的？

现在您真的欠我一个人情了。

G.E

[通信终止]

那一刻，费德·图林势不可挡。

我始终为此深感自责。我让他逍遥法外太久了。在过去八十年的多数时间里，他始终没有留下任何值得留意的痕迹。这段时间足以让他从一名微不足道的染指亚空间的异端，发展为不可估量的威胁。

这是我犯下的过错。

但付出代价的不是我。

在 M41 第 386 年的 160 日，一位一百六十多岁的贵族出现在了埃利亚的巡查听证会上。埃利亚是位于杜若尔第三大陆西北方向的尤维基行省的首府，而这场巡查听证会就在埃利亚的帝国教堂内举办。

他是一位地主。杜若尔世界在远征后得到了解放，并建立起新的社会秩序。他抓住时机，通过当地的农业联合组织获得了人生的第一桶金，不久后又从亡故妻子名下继承了一笔可观的财富。到 376 年，他定居在以肥沃农田、作物繁茂著称的尤维基行省，并迎娶了当地贵族阶层的千金，自此飞黄腾达。

宿敌

新娘是比他小三十岁的贝翠思——撒马尔古家族的长女。当时，由于新土地政策大行其道，内政部与民间资本联合商业体逐渐接管了尤维基的田园经济，撒马尔古家族的财富开始急剧萎缩。

这位贵族名叫伍德温·普莱德，他收到了埃利亚教区的教长传唤，赶来参与这场针对帝国重犯、亚空间巫术与一切异端行为的听证会。

他此刻正面对着来自帝国最威严的机构——审判庭的代表。审判官伊斯坎·科斯，特雷锡安主星土生土长的雅玛拉锡安派，后来被称作"阿维侬之鸽"。审判官拉斯洛·门得列夫来自桑科尔星低地，后来成为一名沾染亚空间罪恶、浑身污秽气息的伊斯特凡派，成了臭名昭著的"苦痛者门得列夫"。审判官保罗·拉斯是基尔瓦迪草原的族裔，德高望重，始终以秉公执法著称。还有初出茅庐的年轻审判官巴斯蒂安·维尔沃克。

当然还有我自己，格雷戈·艾森霍恩，巡查主审的帝国审判官。

罗尔金领主一共指定了二百六十名潜在异端分子，而普莱德是其中首个出庭、接受正式审查的对象。他面对我们时，神情惶恐却又强作镇定，手指不自觉地拨弄着自己的花边衣领。他雇用了一位名叫"克林西的芬恩"的辩护人代为发言。

这是听证会的第三天。辩护人还在喋喋不休地为普莱德脱罪，夸张的措辞足以让帝国圣人自惭形秽、面红耳赤。我漫不经心地翻看着尚未开启卷宗目录，唉声叹气地计算着手头悬而未决的工作。我们人手一份目录，比我的手腕还要厚。这已经是巡查的第三天，而我们需要处理的第一桩案件才刚刚拉开帷幕。开庭誓词就耗费了整整一天，而走完赫里甘审判庭在杜若尔的司法授权程序和其他琐事又耗费了一天。愿神皇宽恕我的不近人情，但我一时间竟有些怀疑罗尔金是为了逃避这一枯燥的任务，而特意编造了身体不适的理由。

庭外是温煦的夏日。埃利亚富庶的居民们正在波光粼粼的湖面上泛舟，有的赶往对岸的尤维基丘陵上的餐厅享受午餐，有的去商业区的咖啡馆谈论利润丰厚的生意。

与之相比，空阔的教堂内却一片阴冷，空荡荡的大厅里飘荡着回音。耳旁只有"克林西的芬恩"令人厌倦的辩护声。

金色的阳光从大厅的天窗投射进来，沐浴在观众席的一排排座椅上。只有一半的座椅上有人。出席者均是当地的达官显贵、内政部的办事员、当地的教士和负责撰写《行星编年纪事》的书记官。他们看上去精神涣散、心不在焉。我暗自揣测，这些人用纸笔记录的内容必定与机仆所记录的大相径庭。俄诺佩尔主教早已昏昏欲睡，他满脸横肉，神情呆滞。倘若他能维系好当地民众的精神生活，这一系列乏味而冗长的听证会也就没有必要进行了。

我见到了年迈的学者尤伯·埃莫斯，他看上去正在仔细聆听发言人的每一句话，但我揣测他的思维早就飘到了九霄云外。我也看到了伊丽莎白·贝坤，我的挚友和同僚正在仔细阅读庭审纪要的副本。她身穿一件黑色罩裙，用面纱遮住了半边脸庞，看上去庄重而肃穆。当她一本正经地假装翻页时，我瞥见纪要封面下露出了数据板的一角——毫无疑问，那是一册诗集。这一瞥让我扑哧笑出了声，连忙用咳嗽声掩盖。

"大人？有什么问题吗？"辩护人停止了滔滔不绝的讲述，转头问我。

我摆了摆手。"没什么。请继续吧，先生。或许可以加快进度，开始总结陈词？"

埃利亚的国教教堂只有几十年的历史，从远征后留下的废墟中拔地而起，散发着高哥特式建筑的宏伟气势。仅仅半个世纪前，整个欧非狄安次星区都还处于帝国大敌的黑暗统治之下。事实上，我曾经荣幸地见证了帝国远征军的成立。那是一百五十年前的古德伦，赫里甘次星区的前首都世界。有时候，我不得不承认自己年岁已高。

当时的我已经一百八十八岁，按帝国社会特权阶层的标准，我刚刚步入中年。精心的康复理疗和回春调理显著地延缓了我身体和精神的老化，而先进的人工植入器官更修复了南征北战给我造成的创伤。我身体强健，精力充沛，过往的记忆却时常令我迷失其中。当然，与埃莫斯相比，我还算年轻。

我端坐在巡查法庭主桌案中央的升降宝座上，身披主审官的长袍，佩戴着头饰。我想自己是否对那个叫俄诺佩尔的蠢货太过苛刻了。但凡被帝国从亚空间的污秽中重新收复的领土，在重新建立帝国秩序的同时，也会在相当长的一段时间内遭到冥顽不化的异端势力的荼毒。事实上，欧非狄安次星区的审判庭修会尚未正式成立，因此，该区域的管辖权暂时交给了赫里甘的审判庭接管。这样的巡查时机恰到好处。在长达五十年的放任后，审判庭选择

宿敌

此时介入调查、拨乱反正实乃明智之举。我提醒自己，肩头的任务虽然乏味，却至关重要，而罗尔金的策略无疑是正确的。欧非狄安次星区百废待兴，在重回正途的过程中需要审判庭补偏救弊，正如这座气势恢宏的教堂大厅，需要石匠们定期维护以确保建筑能够完好如初。

"审判官大人？"维尔沃克低声对我说。我抬起头，发现芬恩已经总结陈词完毕。

"你的职责已经履行完毕，辩护人。你可以离场了。"我说完在数据板上标注了一个记号。他适时地鞠了一躬。

"我相信被告已经为你的出庭时间付过费了。"审判官科斯语气轻蔑，"如果这场判决对他不利，他的全部资产都会被抵押充公。"

"我的辩护确实是有偿的。"芬恩无意掩饰。

"恐怕出价不菲，我猜不是按时长付费，而是按字数？"

我的审判官同僚全都低声嗤笑起来。除了维尔沃克，他夸张大笑起来，仿佛我讲了一个在不亵渎黄金王座前提下的最滑稽的笑话。神皇在上，他是个极善阿谀的家伙，为了博取上司一乐，不惜曲意逢迎。

他夸张的笑声吵醒了俄诺佩尔。主教在半睡半醒之间却强装仔细聆听的样子，满脸横肉不住地上下抖动，口中高喊着"同意，同意！"他觉察到失态的一瞬间面红耳赤，开始低头假装在长椅下寻找东西。

"如果内政部的诸位没有异议。"我面无表情地说，"或许我们可以继续下一个议程。审判官门得列夫？"

"感谢您，主审大人。"门得列夫彬彬有礼地站起身。

辩护人匆匆离去，只留下普莱德独自一人站在原地。虽然他戴着镣铐，但那一身繁复厚重的花边礼服似乎比镣铐还要令人不适。门得列夫绕过主桌案，向他踱去，慢条斯理地翻阅着一叠手稿。

他开始了复审的议程。

拉斯洛·门得列夫身材高挑瘦削，不到百岁。他有一头披散着的棕色头发，额角是一个美人尖；他脸色蜡黄，皮肤紧绷，穿着一件简朴的水蓝色丝绒长袍，袍带过膝，胸前别着审判庭的徽章——那是异端修会的象征。他举手投足之间散发着淡漠却又令人胆寒的威严气息，我对此十分钦佩，尽管我丝毫不认同他激进的处世哲学。他同样是萨卡洛夫麾下最有雄辩才能的审讯者。他伸出敏捷而修长的手指，在书页上划拨，最终停在了某处。

"伍德温·普莱德？"他说。

"法官大人。"普莱德回应道。

"在 M41.380 年的第 42 天，你拜访了一位无证药剂师的家，购买了两小瓶脐血、一缕被处决杀人犯的头发和一只用人的指骨雕刻而成的求子娃娃。"

"我没有，大人。"

"哦。"门得列夫语气温和，"那一定是我搞错了。"他转身向我点头致意："主审官，看来本场审讯要到此为止了。"他说完停顿了很久，久到普莱德紧绷的神经开始松懈时，突然转过了身——这是十分高超的庭辩技巧。

"你是个骗子。"普莱德闻言后退了半步，重新警惕起来。

"大——大人——"

"382 年的冬天，这名药剂师被法务部处决。她生前曾经事无巨细地记录了每一笔交易账目。对于这一点，我认为她或许愚蠢地将这些记录视作某种筹码，以备不时之需。你的名字赫然在列，你购买的物品也罗列其中。你想自己看看吗？"

"这纯属捏造，大人。"

"嗯哼，捏造……"门得列夫在被告席四周缓慢踱步。普莱德的目光跟随着审判官，却不愿转身。门得列夫走到他身后时，普莱德浑身战栗起来。

"你从未去过克鲁德？"

"偶尔会去，大人。"

"偶尔？"

"每年一两次。"

"什么目的？"

"克鲁德有位饲料商人——"

"没错，他叫亚恩·维塞。我们已经审问过他。尽管他承认自己认识你，并与你做过生意，但根据他的坦白，在 380 年以后就再没见过你了。他的账本上也没有留下和你交易的任何数据。"

"他一定记错了，大人。"

"他记错了？还是你？"

"法官大人？"

"普莱德……你的辩护人对你丝毫不吝惜溢美之词——对你的众多美德夸夸其谈。不要再浪费时间了。你拜访药剂师的事情人尽皆知，而且我们都知道你买了什么。坦白从宽，抗拒从严，趁你还有这个机会。"

普莱德浑身战栗着。他小声说："我确实买了这些物品，大人。我承认。"

"请大声点，让出庭的众人都能听到。我看到语音记录机仆上闪烁的灯光还是琥珀色，恐怕它们没有清晰地记录下来。你看，我说话时机仆身上亮起的是绿灯——这就表示它们捕捉到了我的声音。"

"大人，我确实买了那些物品！"

门得列夫点了点头，低头看了看手稿。"两小瓶脐血、一缕被处决杀人犯的头发、一只用人类指骨雕刻而成的求子娃娃。"

"是的，大人……"

"绿灯，普莱德，注意绿灯！"

"是的，大人！"

门得列夫合上了手中那叠手稿，在普莱德面前来回踱步。"你能解释一下原因吗？"

普莱德惶恐地看着他，使劲咽了咽口水。"为了牛群。"

"牛群？"

"我养的牛，大人。"

"你的牛让你买这些东西？"

科斯和维尔沃克都笑出了声。

"不，不，大人……两年前我从南尤维基的一个农场买了五十头种牛，都是柯西肯红翼。您知道这个品种吗，大人？"

门得列夫回头看了看我们，一边走上回廊，一边扬起了眉。"我对牲畜不太了解，普莱德。"

"那是上好的品种，百里挑一。这些种牛经过了内政部农业厅的认证。我希望这批种牛能繁衍出优质的牛群，为我的联合农场带来收益。"

"我明白了，然后呢？"

"它们都病了，都挨不过那个冬天。它们生下的都是……我不得不亲手烧了那些幼崽。我祈求教会牧师的赐福，但他们都拒绝了，都说是我经营不当。"

我万念俱灰。我投资了大笔资金，大人。后来药剂师告诉我……"

"告诉你什么？"

"告诉我那是亚空间作祟。亚空间污染了饲料和土地，甚至就潜伏在牧场草地上。她说，如果我听从她的指示，这些问题就能迎刃而解。"

"她给你推荐了那些巫术之物，目的是救治你的牛群？"

"是的。"

"你认为这主意不错？"

"正如我刚刚提到的，我万念俱灰，大人。"

"我知道。恐怕不是为了牛群吧？是你的妻子指使你买了这些物品，对吗？"

"不是，大人！"

"没错！就是你的妻子，撒马尔古家族的血亲，她不顾一切地想要扭转家族的颓势，挽回流失的财富！"

"是，是的……"

"注意绿灯，普莱德！"

"是的！"

在一系列准备和文书工作中，我知道撒马尔古家族才是本次行动的首要目标。值得一提的是，维尔沃克建议我们从普莱德的案件入手——普莱德不过是被牵涉进这起重大阴谋的共犯，对他的控诉原本无关紧要，却能够成为撬开贵族阴谋的关键杠杆。如若他的证词中露出破绽，我们就能以此为突破口，轻而易举地揭示撒马尔古家族的腐败和堕落。

门得列夫持续盘问了将近一个多小时，整个过程堪称一幕扣人心弦的戏剧。当教堂大厅的钟声响起，他微妙地瞥了我一眼，暗示继续逼问普莱德已经失去了意义。此时若能告一段落，让被告在惴惴不安中独自度过一段时间，第二轮庭审将事半功倍。

"听证会中场休息片刻。"我宣布，"法警，将被告暂时押去牢房。一小时后钟声响起时，我们再继续。"

我已经饥肠辘辘，四肢僵硬。好在即将到来的午餐能给我一丝喘息的机会，但我不得不忍受维尔沃克。

巴斯蒂安·维尔沃克时年三十二岁，刚刚担任审判官七个月。在我看来，他只是个乳臭未干的孩子，中等身材，一头浓密的金发被梳成中分，清澈的眼眸中满是殷切与庄重。他似乎总是在期待着什么——这是一个渴望机遇、跃跃欲试的灵魂。

他天资聪慧，作为审讯员无疑为奥斯玛立下了汗马功劳。但此刻，他按捺不住自己的野心，一心渴望提升自己的地位。他不久前被调拨到罗尔金的部门，表面上这是所谓的"轮岗研习"，但这一安排极有可能是奥斯玛对他失去耐心的结果。这是奥斯玛的作风——那个五十年前对我施加折磨的奥斯玛。唯一不同的是，此刻他已经被列为赫里甘次星区审判庭大宗师奥尔西尼的最佳继任者。大宗师奥尔西尼已是风烛残年，而奥斯玛是他最认可的后辈。一切不过是时间问题。

如果谣言没有错，罗尔金也命不长久。很快，我在赫里甘审判庭的高层中将孤立无援。

拜罗尔金的恶疾所赐，我不得不接纳维尔沃克。他是个彻头彻尾的累赘，他热忱的表情、充满渴望的眼神，还有那些接二连三的问题。

我站在国教教堂温暖的圣器室内，小口啜饮着红酒，咀嚼着口感粗糙的麦子做成的面包和熏鱼，以及尤维基当地出产的浓郁乳酪。我和拉斯攀谈着。他是来自圣锤修会的高阶审判官，脸色苍白，平日里沉默寡言。尽管他与为人刻薄的奥斯玛有千丝万缕的联系，但我们在近几年的相处中成了坚定的朋友。

"你认为这需要一个月，格雷戈？"

"这次巡查吗？两个月，甚至三个月。"

他叹了口气，用叉子拨弄着餐盘中的食物，将银头手杖拄在胳膊下方。"如果每一位被告都找了这么一位辩护人，恐怕六个月都不够吧？"

我们大笑起来。科斯从我们身旁走过，一边斟满酒杯，一边向我们点头致意。

"别抬头看。"拉斯低声道，"你的小崇拜者来了。"

"哦，该死。别丢下我一个人！"我愤愤地说。但拉斯早就不知不觉地走开了。维尔沃克从我身边冒了出来。他手中端着一碟当地野味、腌菜和咸肉——显然他并不打算吃完。

"我觉得还挺顺利！"他搭讪道。

宿敌

"哦，很顺利。"

"当然了。这种听证会对您来说一定轻车熟路了，您比我经验丰富得多。这是个不错的开场吧，您觉得呢？"

"确实，不错的开场。"

"普莱德就是一把钥匙，一把打开撒马尔古家族秘锁的钥匙。"

"没错。"

"门得列夫的手腕当真了得。思路清晰，充满决断力。他击溃普莱德防线的策略非常高明。"

"我——呃——这么认为。"

"真的很高明。"

我意识到自己应该说些什么。"你选择普莱德作为突破口，并安排他作为首名被告。这很有见地……是个很不错……很有效的决策。"

他闻言，立刻满脸殷切地看着我，仿佛我是他的真爱，仿佛我刚刚许诺了他的前程。

"大人，您能这么说让我受宠若惊。我只是竭尽所能地做自己的分内之事。真的，大人，听到您如此称赞，让我的心都——"

"炖鱼肉？"我递出手中的碗，打断了他的话。

"不用了，谢谢您，大人。"

"味道不错。"我说着，用面包抹了一些鱼肉泥，"但这就像生活中的很多东西一样，很快就会让人觉得腻烦。"

他丝毫没有领会我的暗示。尽管这句话就像是一把抵在他鼻尖的爆矢枪，意图再明显不过。

"大人，我总觉得。"他说到一半，将那盘没动过的食物推到一边，"我能从您身上学到很多。这在我的职业生涯里，算得上是个千载难逢的机会。"

"你过奖了。"我说。

他悻悻地笑着。"冒犯地说，能得到这种机会，我甚至要感谢罗尔金领主罹患的肿瘤。"

"我也要感谢它们。"我忍不住咬牙切齿。

"像您这样身经百战的审判官——举世罕见……一名奋战前线、亲力亲为的审判官，而不是那些坐在办公桌前、高高在上的官员……能够屈尊与我这样的晚辈一起参与这种工作。罗尔金领主对您赞誉有加。我有太多问题想向您请教，太多问题了。我拜读了您的全部著作。尤其是与'佩·劳阴谋'一案有关的细节文本，我都从头到尾详细阅读过，也有很多想请教的问题，以及——"

终于要来了，我想。

我总是绕不过这个话题。

"恶魔宿主和奎索斯。哦，包括我在内的很多研究者都十分关注这件事的始末。您能否透露一些个人的见解？或许现在有些唐突……我们晚餐时分可以详谈……"

"这个，或许吧。"

"关于那起事件的记录并不是十分完善——或许是因为访问限制。我十分想了解关于您与普罗法尼狄的战斗经历，还有切鲁贝尔。"

我一直在等他念出这个名字。但当我听到这个名字时，仍会感到畏缩。

切鲁贝尔，一百五十年来，这头恶魔都在侵扰我的梦境，将所有的梦境化作梦魇。在这一个半世纪里，它的身影在我的脑海中萦绕不散，在我理智尽头的阴影中无声地潜伏，在我意识最薄弱的角落中柔和地呼吸。

我曾经击溃切鲁贝尔。

但这位新人的问题重新勾起了那段痛苦的回忆。

我永远也无法对他们诉说真相。我岂能诉说真相？

"大人？"

"抱歉，维尔沃克，我有些走神。你刚刚说什么？"

"我刚刚说，那是您的部下吗？"

古德温·费希格身穿黑色外套，威风凛凛，气势丝毫不减当年。他从后门走进圣器室，仰着头寻找着我。

我将餐盘和酒杯塞给维尔沃克，走向了费希格。年轻人目瞪口呆地接过。

"想不到你会出现在这里。"我低声说着，将他拉到一边。

"尽管我无所谓，但你会因此感激我的。"

"发生了什么？"

"格雷戈，恐怕给你一万年也猜不出我们刚刚找到了谁。"

宿敌

"一百万年也猜不出，费希格，说吧。"

"图林。"他说，"我们找到了图林。"

对我而言，复仇从来都不是让审判官投入行动的理由。尽管我曾经立下誓言，要手刃图林为我的老友迈达斯·贝坦科尔报仇，但在迈达斯阵亡后的八十年里，更加重要而紧迫的案件源源不断地涌现，让我分身乏术。追猎图林需要花费数月，或许数年的时间，这对于我而言是一种奢侈。而图林……并不值得那样的奢侈。

至少罗尔金领主总是如此叮嘱我。像费德·图林这样的无名小卒，不过是潜伏在帝国社会异端阴影世界中无关紧要的一分子。他不值得我如此重视，不值得我付出如此的努力。

事实上，在过去相当长的一段时间内，我一直坚信他已经死了。我的队友和线人们始终在监视与他有关的一切活动。早在 M41 的 352 年，我获悉他加入了一个名为"心火教"的混沌结社，时而又与"世界丧钟"的异端沉瀣一气。他们以一种独特的祭礼仪式崇拜血神，并参考了当地部族祭拜"猪猡神"的仪式。不同的参考来源对这种异端神记载的称谓各不相同，写作"侬欧奇""尤尔奎"，或者"尤尔柯特"。这一异端行径几个月来持续荼毒着农业世界哈萨那，而邪教徒和牧师们往往伪装成当地的屠夫或狩猎者。在古代，这些屠夫们会在晚秋时分往返于哈萨那的各个城镇之间，帮助各地的居民屠宰牲畜，为即将来临的寒冬储备口粮。用血祭与死亡迎接一年的终末——这个古老的传统在帝国各地都十分盛行。这一习俗源于前帝国时期的泰拉，当时有过类似的神话传说，晚秋的这一天被称作"万圣"或"万圣夜"。

这个邪教的领袖名为埃米尔·桑科斯。他在东躲西藏了将近一个世纪后，开始散播异端邪说。桑科斯是一个臭名昭著的异端之徒，因此，审判庭在得知他参与其中之后，即刻调动了超过原计划百倍的武装投入对"心火教"的剿灭行动。最终，在审判官阿德罗恩率领下，一支由战斗修女组成的杀戮小队攻破了位于哈萨那北部的首都城邦，并一举歼灭了敌军。

尘埃落定之后，人们方才发现桑科斯早已献祭了多数追随者——这场恶毒的献祭仪式被阿德罗恩的突袭打断。图林作为他直接管辖、最为信赖的第二梯队的骨干，他也被列在了作为仪式祭品的死者清单中。

杀害迈达斯的凶手已经死了。直到费希格出现之前，我在埃利亚教堂圣器室里仍对此深信不疑。

"你确定？"

费希格看着我耸了耸肩，似乎我不该质疑他的话。

"他在哪儿？"

"你会喜欢这个答案的。他就在这里。"

就在我走进人群时，参与庭审的全部人员都已经就位。撒马尔古家族聘请了一位巧舌如簧的辩护人，他出庭后就滔滔不绝，指出了伍德温·普莱德证词中的薄弱环节。

我一拳砸在桌面，他立刻瞠目结舌，说不出话来。

"够了！这次巡查需要暂时搁置！"

与我共同出席的审判官们一齐扭头看着我，满脸诧异。

"你说什么？"门得列夫问。

"搁置，我会另行通知开庭时间。"我补充道。

"但是——"科斯话说到一半。

"格雷戈，"拉斯问，"你在干什么？"

"这是前所未有的事。"维尔沃克说。

"我知道！"我对着他怒喝。他后退了半步。

"主审官大人。"撒马尔古的辩护人上前一步，语气惴惴不安，"我能否冒昧地问一句，请问这次听证会何时重启？"

"当一切就绪。"我愤愤道，"当我完成更重要的事情。"

第二章

怒发冲冠的贝坦科尔
费希格的简报
奔赴战局

我的发言引起了一阵骚动,这在意料之中。

这是个阳光明媚的午后,当地的民众们争先恐后地聚集在教堂大门外。原本在旁听席上昏昏欲睡的档案管理员和书记人员听到这句话,面色慌张地跑开,对外公布了这一命令。那些平日里游荡在街道上的忏悔者与牧师,一改横眉怒目、抨击异端的作风,此刻也混入人群中,冲进了教堂外的广场。

"巡查庭审不能就这么叫停,这太草率了!"门得列夫对我怒吼道。我将他推到一旁,沿着长长的廊道,走向教堂的主门。贝坤与费希格紧跟在我身后,埃莫斯也追赶着我们的步伐。

"你说'就在这里',具体指哪儿?"我解开毛皮法袍和装饰用的锁链,将它们丢在廊道一旁的长椅上。

"米廓尔。"他说,"是北极圈的一座岛屿,距离这里大约两小时的路程。"

"艾森霍恩!艾森霍恩!"身后,门得列夫对我不依不饶地吼道。除了他之外,其他人似乎也颇有微词。

"确定是他?"

"我检查了古德温手机的情报。"贝坤的语气斩钉截铁,"确实是图林。我已确定。"

我们抵达了教堂中堂尽头,迈出拱门的一刻,被笼罩在和煦的暖光中。一只手突然捉住了我的衣袖。

我转过身。来人是拉斯。

"你在做什么,格雷戈?你正在舍弃光辉而神圣的职责。"

"我没有舍弃任何职责,保罗。你听我说的话了吗?只是暂时搁置。本次巡查行动的目标是为非作歹、鸡鸣狗盗的恶徒,而我的目标是一名真正的异端。"

宿敌

"当真?"

"如果你不相信,就跟我来。"

"很好。"

就在我穿过门廊的同时,拉斯转身拦住了科斯和门得列夫。他开口驳斥了二人的反对意见。

"我会与他同去。"我听到他对二人说道,"我相信艾森霍恩的判断。倘若他当真藐视法庭,擅离职守,我回来后会当庭指证。"

我们行走在露天广场上,迎接着民众们诧异的注视。广场一侧栽满了繁花盛开的树丛,遮蔽了刺眼的阳光。偶尔有光线透过孔隙照向熙熙攘攘的人群,不少人都抬手遮挡双眼。

"米迪亚呢?"我问费希格。

"已经呼叫她了。但愿一切顺利。"

"她知道了?"

费希格瞥了一眼贝坤和埃莫斯。"是的。我没办法隐瞒。"

几乎在同时,我的语音通信器噼啪作响,米迪亚的声音从中传来。"神盾正在降落,神灵之铠,二分时。"她熟练地使用着格罗西亚暗语,声音却尖锐刺耳。

"该死!"我吼道,"疏散广场!"

费希格和贝坤同时冲向了人群。"离开这里!"贝坤高喊道。

"赶紧撤离!撤离!"费希格同样在发号施令,但收效甚微。人群丝毫不为所动。

费希格抽出手枪,朝天空连开数枪。人们尖叫着向后奔逃,潮水般地涌上了广场附近的街道。

真是千钧一发。

重达四百五十吨的炮艇掠过埃利亚市政图书馆的上空,伴随着推进装置发出的刺耳的号叫声,径直降落在教堂广场上。降落时产生的气旋将树丛上的花朵搅得支离破碎,缤纷的花瓣如同五彩纸屑般漫天飞扬。

炮艇着陆的一刻,我感到地面都在剧烈震动。登陆架下方的铁板将广场上铺设的石板压得粉碎。广场四周建筑的玻璃被震得粉碎。树丛在喷吐的气流中翻腾起舞。机鼻一侧的入口猛地开启,发出了金属摩擦的声音。

我和埃莫斯、贝坤一起快步攀上了坡道，中途转身示意拉斯尽快登艇。他拄着拐杖，步伐比我们慢许多。费希格在斜坡下方等候，一脸严肃地迎接驻扎在巡查法庭四周的其他成员：遁迹在图书馆对面的咖啡厅，暗中窥视广场人群的卡拉·斯沃尔；手持狙击改制的激光长枪，时刻潜伏在内政部什一税谷仓屋顶密切监视教堂入口四周异动的杜克兰·哈尔；在圣·贝科瓦尔教堂门廊内伪装成无家可归的变种人乞丐，却在破碗里藏着一把手枪的贝克斯·勃艮第。

费希格将他们一一拉进了艇舱，随后沿着坡道跑了上来，伸手拉动舱门内侧的操纵杆。

几乎与此同时，炮艇已经迫不及待地离开了地面，艇身后方旋起一团碎花。

我在入口的隔间处快速清点了一下人头。

"维尔沃克，你在这里干什么？"

"我听从罗尔金领主的旨意。"他答道，"我将与您形影不离。"

我们的炮艇攀爬进了平流层，随后向北方疾驰。我的部下十分清楚他们的处境与使命，但我还是将卡拉·斯沃尔拉到了一旁，嘱咐她确保审判官拉斯与维尔沃克的安全。"对审判官拉斯要以礼相待，但千万别纵容维尔沃克，别让他耽误正事。"

卡拉·斯沃尔是一位来自波拿文都的杂技舞者，她身形矫健，在三年前曾经协助我完成一次调查——她十分享受那次冒险的过程，并主动申请成为我队伍永久的一员。她身材矮小，轻盈而柔韧，头顶一头火红色的短发，一身健硕的肌肉让她看上去甚至有些笨重。但事实上，她是我见过最轻巧、最敏捷的人，而且具有极高的监视天赋。她是我团队中最重要的成员之一。她曾不止一次地向我倾诉：与昔日在故乡世界马戏团的枯燥工作相比，她对我安排的工作情有独钟。

卡拉朝维尔沃克的方向瞥了一眼。"他看上去像个笨瓜。"她嘀咕道。她口中的"笨瓜"是个带有侮辱性质的字眼，是来自克列尔马戏团的俚语。我始终没顾得上问她这个词的具体含义。

"你说得没错。"我低声回答，"盯紧他……确保拉斯心情愉快。我们抵达目的地时，我希望你和哈尔能用生命保护他们。"

"明白。"

宿敌

我召集了费希格、贝坤、埃莫斯、哈尔和勃艮第,安排他们在地图桌四周落座并简短地同步了行动方案。此外,我还叫上了星语者达哈尔特。

"好了……你是怎么发现他的?"

费希格露出了微笑,显然因为这件事而沾沾自喜。"庭前预审让他露出了马脚。至少,我们在预审工作中找到了一些很有挖掘价值的线索,我循着线索揪出了他。他曾经在大陆北部的三个海港秘密行动,还在首都活跃过一段时间。刚开始我并不相信,毕竟我们很久以前就认定他已死。但这就是他。"

预审是巡查例行工作的一部分。四个月前,罗尔金领主说服我执行巡查时,我就着手安排了包括预审在内的一系列准备工作。在费希格的领导下,我的多数队伍成员——将近三十名审判庭专员——都前往杜若尔执行任务。预审的目的有两个。其一,检查并校对在庭审中接受公开裁决的全部案件,以确保正式的巡查中,我们不必浪费太多时间,且能在第一时间掌握全部有关的数据。之所以做此安排,并不是我不信任罗尔金领主,而是我希望确保万无一失。其二,我们通过预审揪出被巡查忽视却十分关键的异端情报。既然我要在杜若尔投入大量的时间与资源,不妨彻查到底。如果这里还潜伏着其他的异端重犯,我也想一并铲除。

费希格和预审小组的成员扫描了整个行星的官方记录,并将其中的信息与我的数据库进行了事无巨细的交叉核对。结果表明,罗尔金的筹备工作无懈可击,我们几乎没有什么额外的发现。

但费德·图林除外。费希格率先发现了一批跨世界贸易记录,记录均与特雷锡安主星上的商业账户相关联,而这些账户在二十年前恰巧在图林名下。费希格在船舶登记册和货运清单中不辞辛劳地搜寻着线索,幸运地从一家贸易公司安装的安防探头中找到了关键的线索。探头捕捉到了一名形迹可疑的男子,身形样貌与图林惊人地相似。

"据我们所知,"费希格说,"图林在杜若尔逗留了将近一年。去年夏天乘坐自由贸易船抵达,持有有效期为十八个月的商旅签证,并暂时居住在海恩斯镇。他化名为伊利亚姆·沃维斯,自称是航空产业的贸易商。他长期收购了大量的机械零部件与改装工具,并雇用了当地大量的技术专家。他出手阔绰,现金流充沛,且经手的多数交易都合法合规。表面上看,他似乎正在建造一座维修与装配基地。但他的意图究竟是什么,仍是个未解之谜。"

"他有购买或租赁工业用地的记录吗？"勃艮第问。

"没有。这也是关键问题所在。"费希格抬头瞥了我一眼，"他一直在四周流窜，行踪不定。但四天前，我找到了一条新的线索，他此时正在大陆北部的海港芬亚德。所以我让纳尔前去打探。"

哈伦·纳尔，前赏金猎人，是我麾下的得力干将。"他发现什么了？"

"他没能逮住图林。我们的人赶到时，图林一行人已经离开。但纳尔赶在旅店清扫前闯进了他曾经留宿过的套间，并搜集了足够的头发和组织纤维，并和我们存档的样本进行了基因比对，完全吻合。这个伊利亚姆·沃维斯就是费德·图林。"

"你说他在极地的岛屿？"

费希格点了点头。"纳尔紧随图林的步伐，起飞后发现他正飞向这个名叫米廓尔的地方。多年以前，那里曾经似乎是行星防卫军的通信站，但此刻已经荒无人烟。我们不知道他究竟有何企图，甚至不知道他之前有没有去过那里。纳尔此刻应该已经抵达了那座岛屿。他还没有与我们同步进展，但考虑到北极圈的磁场扰乱异常剧烈，通信极有可能中断了，况且距离也很远。"

"老朋友，做得好。"我称赞道，费希格欣喜地笑了。古德温·费希格曾经担任倨傲星法务部的惩戒官，是一位孔武有力、骁勇善战的执法者，真正算得上是与我出生入死的战友。他与我并肩战斗了将近一百五十年，服役时间和伊丽莎白·贝坤一样漫长。

唯一与我共事时间更久的是埃莫斯。这三个人是我的左膀右臂，我的立足之本，我一切行动的基石。他们更是我的挚友。埃莫斯是我的智囊，为我提供了难以估量的学识与情报。贝坤是一名不可接触者（编者注：不可接触者不受灵能攻击和心灵感应的影响，能干扰灵能力量，会让灵能者感到焦躁不安，甚至极为痛苦），并负责培训、管理一个由有着相同天赋的成员组成的机构——纺纱小队。这支队伍是我最有力的武器，每一位成员都能够屏蔽灵能，足以对抗最强大的灵能者。贝坤同样也是我情感的寄托与维系。我对她尤为信任，在我最困顿的时刻，总会向她倾吐心声。

费希格是我的良知。他是个令人敬畏的家伙，曾经苍白的脸孔此刻却十分红润。伴随着时光的流逝，一头浓密的金发变得稀疏而斑驳，清澈眼眸下的那道伤疤泛着粉红色的光泽。费希格是一名骁勇的战士，曾经与我共同度过最艰辛的岁月。他性情耿直，思想单纯……如果你愿意的话，可以称之为"纯净派"。在他眼中，宇宙间的善与恶、秩序与混沌、人类与亚空间……它们之间泾渭分明，一切非黑即白，容不得半点混淆。我对此尤为钦佩。时光荏苒，物是人非，我眼中黑与白之间的界限正在变成模棱两可的灰色。费希格则是我道德的明灯。

他似乎十分热衷于扮演这样的角色。我认为这也是他与我共处这么久的原因，当时他本可以成为法务部的分区总管，甚至有望擢升为行星总督。维系一个次星区最资深审判官的良知，对他来说是一份十分有成就感的使命。

我时常怀疑费希格是否会因为我从未谋求审判庭内的更高职位而感到懊悔。鉴于我本人积累的战功与名望，成为修会的统帅并非难事，或至少能拥有坦荡的仕途。罗尔金领主某种程度上已经成了我的导师，他给我创造过几次接替他的机会，却为我总是错失平步青云的良机而扼腕。在相当长的一段时间里，他一直在培养我，试图让我接手赫里甘次星区攘外修会的控制权。我对大权在握的生活丝毫不感兴趣。让我惬意的是深入敌后的冒险，而不是办公桌后的生活。

倘若我真的走上仕途的巅峰，费希格无疑是所有成员中受益最大的人。我完全可以想象他作为赫里甘审判庭卫队总司令的样子，但他从未表示过任何不满。和我一样，他热爱前线作战。

在这段漫长的时光里，我们配合得天衣无缝。即使命运即将改变，我都不会忘记这一点。我将永远感激神皇的恩典，能与他共事这么久是一种荣耀。

"埃莫斯，"我说，"或许你可以浏览一下费希格的数据，看看能否进一步缩小敌人的范围。这个岛屿似乎暗藏玄机。最好结合数据、地图和所有的文档，看看你能发现什么。"

"当然，格雷戈。"埃莫斯答道。他的声音尖细而沙哑，背部隆起，皮肤比过去还要干瘪。但他对学识的热忱丝毫未减，我认为他将知识视作一种滋养，正如同那些将佳肴、财富、权柄，甚至爱情视为精神寄托的人一样。

"费希格会协助你。"我说，"或许拉斯审判官也会。我希望尽快制订一套作战方案，争取在——"我看了看计时器。"六十分钟内。我希望在我们着陆前尽可能掌握完整的情报。我想有一个简单而直接的计划。伊丽莎白？"

"格雷戈？"

"和我们在杜若尔安插的专员联络，看看有没有能提供支援的，尤其是纺纱小队成员。我不在乎时间和成本。我希望后援力量足够可靠。"

她优雅地点了点头。她向来都是一名出色的管理者。此刻的她与我在一个半世纪前首次相遇时一样美丽端庄，这是帝国的科技在医疗抗衰领域最高成就的体现。表面上看，她是一名三十多岁的美貌女子，只有眼角和嘴唇两侧若有若无的细小皱纹暴露了真相。不久前，她行走时开始拄着一根齐肩高的黑檀手杖，并声称自己已然年迈，但我认为这是刻意为之，是为了通过彰显年迈强调她领袖的角色。

只有当我直视她的眼眸时，我才能瞥见一些岁月的痕迹。她的生活十分艰辛，一生中体验了太多的悲欢离合，目睹了太多恐怖之物。她的眼眸深处流淌着渴求与痛苦，还有一种深切的悲哀。我知道她爱着我，我同样将她视作红颜知己。但很久以前，我们都放开了彼此。我是灵能者，她是不可接触者。我们之间的爱情自诞生之时就注定不可能，我们之间只会产生悲伤与苦痛。

"达哈尔特……"

"长官？"星语者敏锐地答道。他跟随我已有二十多年，是我迄今为止雇佣时间最久的一名星语者。根据我多年的经验，他们积劳成疾，往往短命。达哈尔特则截然不同，他身材魁梧，神采飞扬，下巴上蓄着一副造型精致、涂抹着蜡膏的胡须。我暗自揣测，这副胡须是为了弥补他不得不剃光的头发。与他的外表一样，他是个精明强干的部下，总是能恰如其分地融入我的工作部署。在最近几年里，他开始变得面容憔悴，偶尔显出疲态——皮肤黯淡，神情恍惚，时不时喃喃自语。我十分希望能赶在他的头脑被工作灼烧殆尽前，将他的养老事宜安排妥当。

"先核对星语通信。"我对他说，"费希格说过，极地的电磁场可能会阻碍语音信号的传输，但图林极可能也有星语者。看看你能监听到什么消息。"

他点了点头，跟跄着走进驾驶舱下方被屏蔽的狭窄小屋，将颅骨的接口与星语庭通信网络连通。

最后，我转身面对贝克斯·勃艮第和杜克兰·哈尔。哈尔曾经在第五十古德伦步兵团服役，退役前是帝国卫队的狙击神枪手，而我与那支兵团长期保持着联络。他身材中等，身穿一套亚光的反舰队侦查贴身护甲，将一枚旧军装的别针挂在脖子上。他在维卡德战役中失去了一条腿，因伤退役。但他尤其擅长使用改良过的激光步枪，和杜吉·胡斯曼使用的一模一样——胡斯曼多年前就已牺牲，时至今日，回想起他阵亡的惨状，我仍然唏嘘不已。

哈尔将胡子刮得干干净净，一头棕发修剪得十分平整，俨然刚刚开始操练的新兵。他佩戴着一枚光学增强仪器，固定在头颅侧面，线圈在耳旁缠绕。瞄准时，他能将仪器的机械臂放下，将一枚镜片架在右眼前。他似乎并不喜欢步枪传统的内置瞄准镜，反而更偏爱这种随身佩戴的增强设备。考虑到他的命中率，我从不尝试与他争辩这么做的合理性。

严格意义上说，贝克斯·勃艮第是个流亡者。换作是老康茂德·沃克，必定会叫他亡命之徒，抑或是流窜者、暴徒、诈骗犯和卑劣的贱民。他在萨米特的贫民窟中出生并长大——萨米特是个令我不堪回首的世界，我曾经在那里失去自己的左手。勃艮第是哈伦·纳尔招募的新兵——所谓的新兵其实是他曾经追猎到的一名逃犯，不得不在生死之间做出了最明智的选择——他在六年前加入了我的队伍。勃艮第是个狂妄自大的家伙，但这股傲气并非毫无来由，他的枪法十分高明。

他身材高大，不过三十五岁，外表称不上英俊却散发着别样的魅力。他一头黑发，乌黑发亮的山羊胡子被修剪得恰到好处，髭须环绕在他那张散发着狂气的笑脸四周，颧骨隆起，眼中射出强悍的凶光，涂抹在眼眶四周的浆白色涂漆与缠绕在脖颈四周的黑色围巾相比，显得格格不入——这是贫民窟的帮派风俗。他穿着一件包裹着皮甲的外套，表面绣着繁复的丝线图案，点缀着令人眼花缭乱的亮片。他这身打扮有点儿滑稽，但他双臂下方手工缝制的简易皮套中藏着的那对赫克特自动手枪可不是开玩笑的。

"我们一着陆就开战，容不得半点儿差池。"我对他们说。

"真是个好消息。"勃艮第露出了饿狼般的笑容。

"您指哪，我打哪，长官。"哈尔说。

我点了点头，心情缓和了不少。"不要打草惊蛇，更不要虚张声势，明白了吗？"

"我不会！"勃艮第语气中略带抱怨，仿佛被我的话伤到了自尊。

"事实上，我说的是你，哈尔。"我答道。哈尔立刻面露愧色。在过去的行动中，他……经常表现出嗜杀的一面。这或许是杀手的本能。

"请您放心,长官。"他说。

"这很重要。我知道低调行事一直很重要,但这次……是私人恩怨。千万别搞砸了。"

"我们这次的目标是小迪的杀父仇人,对吧?"勃艮第问。

小迪。他们总是这么称呼米迪亚·贝坦科尔,我的飞行员。

"是的。不要掉以轻心,我们要帮她报仇。"

我沿着斜坡走上了驾驶舱。机舱外的云层从两侧飞速掠过。米迪亚正聚精会神地驾驶着炮艇,神情如同恶魔。

她刚过七十五岁,还很年轻。她从小就继承了已故父亲高超的飞行天赋,就和她继承了格拉威亚人标志性的黝黑肤色与俊俏外表一样。她美貌性感,喜怒无常,机敏过人。

她穿着迈达斯的樱红色飞行夹克衫。

"你需要保持专注,米迪亚。"我说。

"我会的。"她答道,目光片刻不离控制台。

"我说真的。这只是一次行动。"

"我知道。我很好。"

"如果你想要回避,我会安排其他人。"

"回避?"她厉声问。米迪亚目光锐利地瞪着我,棕褐色的眼眸迸发出怒意,泪水在眼眶中打转。"这是我的杀父仇人!我从出生以来就在等待这一刻,这不是开玩笑!我绝不会退却半步!"

她从未见过她的父亲。在她出生的一个月前,费德·图林杀害了迈达斯·贝坦科尔。

"很好。我需要你助我一臂之力。但我希望你不要被仇恨冲昏了头脑。"

"我不会的。"

"很高兴能听你这么说。"

漫长的寂静后,我起身朝舱门外走去。

"格雷戈?"她的语气突然轻柔了许多。

"怎么了,米迪亚?"

"请务必杀了那个杂种。"

宿敌

我回到屋内开始了准备工作。作为主审官,我不得不穿上柔软的法袍,而我更偏爱作战时的装束:贴身铠甲、钢铁加固的护膝长靴、皮革外套和披挂着肩部护铠的风暴外套。我将审判庭的徽章戴在胸前。

我从保险柜中挑选了三件最称手的主武器:一把大口径的爆矢手枪、一根由机械修会的布尔神甫为我量身定制的符文杖,以及一柄略带弧度、刻着五芒符文的动力剑——它名为巴伯瑞萨特,是我委托能工巧匠由断作两截的卡瑟战刃改造而成的。

我为武器——赐福。

我脑海中浮现出了迈达斯·贝坦科尔的面孔,而他已经故去将近一个世纪。

巴伯瑞萨特在我手中嗡嗡作响。

第三章

米廓尔

杜若尔行星守卫军 272 号通信站

转折

米廓尔是一块由火山岩组成的庞大地块，耸立在极地海域的漆黑水体中，大约十六公里长、九公里宽。高空俯瞰之下，这里荒无人烟，死气沉沉。百米高的悬崖在四周高高耸起，将地块的轮廓勾勒得棱角分明。与之相比，内陆平平无奇，不过是岩层和乱石堆砌的荒漠。

"有生命迹象吗？"我问。

米迪亚耸了耸肩。我们什么都没发现，但根据仪表上频繁抖动起伏的信号，不难判断有人在操纵磁场，以图掩人耳目。

"我们准备着陆吗？"她问。

"或许吧。"我说，"看看南方有没有合适的路线。"

我们开始下降。云层压得很低，寒冷的雾气笼罩着整座岛屿，阴影随之蔓延。

费希格也走进了驾驶舱。

"你说这里有旧设备？"我问。

他点了点头。"有一座监听站，在解放战争胜利后被行星守卫军征用。它二三十年前就被废弃了，地处内陆的高地。我手头有方位图。"

"那是什么？"米迪亚指向南方问。在悬崖脚下，与海平面几乎平齐的滩涂上布满了废弃码头、停机坪和金属支架。在一排锈迹斑斑的铁塔支撑下，某种特制的垂直升降轨道沿着更庞大的支架结构，在悬崖表面延伸。

"是登陆设施。"费希格说，"行星守卫军驻扎期间，这里是整座岛的入口。"

"下面有一艘海船，"我说，"体积很大。"

我看向米迪亚。"在那里下降，停在靠近支架的峭壁边。悬崖是个不错的掩体。"

宿敌

　　天气冰冷刺骨。空气中弥漫着冰冷的海雾，掺杂着海浪激起的水滴。埃莫斯、达哈尔特与米迪亚一同留在炮艇上，其他人全都参与地面行动。在斜坡上，我转头看向维尔沃克。"你也留在艇上，巴斯蒂安。"

　　他看上去十分沮丧，眼中流露出渴求的神情。

　　"我希望能有值得信任的人协助看管炮艇。"我搪塞道。

　　他的表情立刻由阴转晴，满脸自豪，仿佛重新确认了自己的重要性。

　　"遵命，大人！"

　　我们攀上峭壁的背风侧，向支架结构的高处进发。这些都是旧式的帝国装配式建筑，连同固定结构的螺栓一同运抵此处。在时间与天气的侵蚀下，建筑早已腐朽不堪。门窗都被木条封住，墙壁的断口处经过了多次修复，依旧露出了纤维状步枪材质。雨水和海浪冲刷掉了建筑表面大面积的油漆，但在某些地方，仍能依稀辨认出行星守卫军褪色的屋顶。

　　哈尔和费希格一马当先。哈尔托起激光长枪，肩头抵住枪托，将瞄准镜抬到合适的高度，一边前进，一边搜寻目标。费希格手持步枪。一台动作捕捉仪被扣在他的左肩，仪器表盘嘀嗒作响，警戒地感应着费希格四周的动态，不时发出轻微的蜂鸣。拉斯和我紧随其后，而伊丽莎白、卡拉和勃艮第跟在队尾。

　　费希格指向我们在空中看到的垂直轨道。"看起来就像是缆车或索道车的轨道，一直通向悬崖顶端。"

　　"还能运作？"拉斯追问。

　　"这不好说，长官。"费希格答道，"这些设备年久失修。我不喜欢这些缆索的外观。"主索道实际上是一根粗重的缆绳，在金属高塔之间随风摇摆，有严重磨损的迹象。"好在有楼梯，"费希格补充道，"在靠近铁轨的地方。"

　　我们穿过码头。所有设备都腐蚀严重。锈迹斑斑的铁链在海浪的拍击下叮当作响。停泊在此处的是一艘崭新的海船，长二十米，亮灰色的表面十分光滑。船体上隆起的模块表明这是一艘来自芬亚德的特许租赁货船，极有可能是图林在大陆间往返的载具。

　　没有船员留下的踪迹，舱门紧闭，甚至没有丝毫自动化设备的迹象。

"需要我破门吗？"卡拉请示道。

"可能需要——"我的话被哈尔的一声呼叫打断。他站在一座船坞的入口处。船坞坐落在水域半空，下方由高跷般的立柱支撑。当我向他靠近时，哈尔在屋里朝我比画了一个手势。阴影中，我看到四具尸体横躺在一口枯井的压板上。费希格屈膝蹲在一旁检查。

"是本地的水兵。他们的口袋里还能找到证件，都是芬亚德官方注册过的。"

"死了多久了？"

费希格耸了耸肩。"可能只有一天，都是脑后一枪毙命。"

"应该是那艘海船的船员。"

他站起身。"有道理。"

"他们为什么不将尸体抛进大海？"哈尔面带困惑。

"因为操纵一艘这样的庞然大物需要专业训练，他们需要这些船员活着将他们运到这里。"我推测道。

"但他们登陆后就杀人灭口了——"哈尔思忖道。

我打断了他的话，进一步推断。"这说明他们并不打算从这座岛上离开。至少不打算使用来时的方式。"

我示意卡拉·斯沃尔侵入海船。但船内没有任何有价值的东西，只有若干属于遇难船员的设备和个人物品。那群不速之客将其他物件全都带走了。

我们唯一能够推断的是，考虑到这艘海船的载客限制和救生衣的数量，图林在米廓尔至少率领着一支二十人规模的行动小队。

"他们去了内陆。"我推测，"那里也是我们的行动目标。"

"我们是不是要让小迪驾驶炮艇载我们过去？"勃艮第问。

"不。"我答道，"我们徒步前往。我希望赶在图林发现我们之前，尽可能接近他。等到需要的时候再呼叫炮艇也不迟。"

"恐怕米迪亚不会喜欢这个安排，格雷戈。"贝坤说。

该死，我对此心知肚明。

我相信于情于理，米迪亚都应该亲手为父报仇。对于一名审判官而言，复仇绝对不是一个合适的行动动机，但这个理由对于一名固执己见、性情如火的作战飞行员而言，却已足够。

然而，她的火暴脾气或许会成为行动的累赘。我希望将图林尽快就地正法，不能纵容米迪亚因为一时头脑发热做出任何极端之举。

贝坤的话一针见血。米迪亚不会喜欢我的这个安排。

"我必须来！"

"不行。"

"我必须和你们一起！"

"不行！"我紧握住她的胳膊，盯着她的脸，"你不需要参与行动。至少现在不需要。"

"格雷戈！"她哀求着。

"听我说！对于这件事，你需要保持冷——"

"冷静？那个杂种杀了我的父亲，而我——"

"听我说完！我不希望过早地暴露我们的炮艇，因此它必须隐藏在这里。但我希望炮艇能随时做好接应我们的准备。这意味着你必须留在艇上待命。米迪亚，你是唯一能娴熟驾驶它的人！"

她挣脱我的双手，转过身，凝视着脚下翻卷的海浪。

"米迪亚？"

"好吧。但我必须亲眼见到——"

"你会的。我保证。"

"你发誓？"

"我发誓。"

她缓缓转过身注视着我，晶亮的双眸中闪过一丝哀伤。"以你的秘密起誓。"她说。

"以什么？"

"用格拉威亚人的方式，以你的秘密起誓。"

我这才恍然大悟。这是格拉威亚特有的习俗。当地人坚信，以个人隐私为条件立下的誓言最具有约束力。我认为，这种誓言意味着格拉威亚飞行员需要与另一名飞行员分享自己视若至宝的技术和航行技巧——这对他们来说是关乎身家性命的大事。迈达斯曾经让我发过类似的誓。在我们工作得最废寝忘食的那段时间，他曾经逼着我发誓要休上三个月的假期。但休假计划很快就因为另一件棘手的案件泡汤。作为惩罚,我不得不告诉他我始终爱恋伊丽莎白,并渴望能全身心地与她共度余生。

那时,这是我内心深处最隐秘、最黑暗的秘密。真是时过境迁。

"我以我的秘密起誓。"我对她说。

"用你最忌讳的秘密起誓。"

"用我最忌讳的秘密起誓。"

她闻言,朝地上啐了一口唾沫,接着快速舔了舔手掌,向我伸了过来。我模仿她的动作,握住了她的手。

我们把她、埃莫斯、达哈尔特和维尔沃克一起留在了炮艇,随后向陡峭的阶梯进发。

当我们攀爬到悬崖顶部时,天空开始下雨,四周的一切都变得潮湿起来。咸咸的海风从海面上席卷而来,灌进了我们的袖口和衣领。

我有些担心保罗·拉斯。尽管他看上去神态自若,但他实际上比我年迈一个多世纪。持续的攀爬令他脸色苍白,气喘吁吁。此刻的他比以往更加依赖那根拐杖。

"我很好。"他说,"不用大惊小怪的。"

"你确定吗,保罗?"

他露出了微笑。"我过去几年都在法庭和议事厅里度过,格雷戈。这趟旅程对我来说算是不错的历险。我几乎忘了我有多么享受这样的过程。"拉斯高举手杖,摆出了一个挥舞刀剑的姿势,"我们继续?"

我们徒步走入了米廓尔的腹地。费希格在探测器上标记出了行星守卫军基地的位置,我们将那里作为行动的起点。

天空如同一块被人呵了气的屏幕,晕染出一片朦胧的亮白色。浓雾连成一片,如同一面面用烟雾堆砌而成的高墙。雨下个不停。岛屿的表面崎岖不平,既有上冲地貌产生的露头山体,也有陡峭难行、布满碎石的幽暗悬崖。四周散落着奇形怪状的石块,有的像头骨大小,有的像坦克大小。岩石色泽黯淡,几乎和无烟煤的颜色一样。个别石块被砸得粉碎,呈现出火山玻璃石般的质地。这是个令人望而生畏、晦暗无光的地方,一个色调单一的诡异世界。

宿敌

　　两个小时后，我们徒步经过了一座锈蚀的通信塔。塔顶的雷达盘已经扭曲变形，如同腐烂的合金花瓣从塔尖垂落。这座塔是监听站外沿的接收设备之一。

　　"我们离目的地不远了。"费希格看着手中的探测器，"行星守卫军的基地就在下一个坡口。"

　　作为整个行星监控计划的重要一环，建军不久的当地行星守卫军在解放杜若尔不久后，建设了杜若尔第272号行星守卫监听站。通过三百多个类似的通信设备，杜若尔的行星守卫军能够全天候不间断地监视当地的近地轨道交通、航道活动，甚至是常见的亚空间波动。它们共同构成了覆盖整个星球的预警网络，并为次星区的区域管理提供了价值极高的战略情报。在领土被完全接管的二十年里，这些陈旧的设施被逐渐关停。如今，这张网络已经被高空轨道上的扫描信标和遍布杜若尔星系的传感器浮标次级网络所替代。

　　大约三十年前，行星防卫军正式撤出了这座废弃的监听站。毫无疑问，对他们而言，不用继续在这座荒无人烟的孤岛上忍受遥遥无期的任务，实属一件值得庆幸的事。

　　监听站坐落在一个狭长的极地淡水湖边，北部被一片参差不齐的群山环绕。整座建筑毫无遮盖，屹立在零度以下的刺骨寒风中。湖面光洁如镜，呈现出石油般的黑亮光泽，表面寒雾缭绕。玻璃般的水面偶尔被寒风搅起一道道涟漪。

　　沿着深灰色的海岸线，将近十八座长屋排成网格状，围绕在几座主要建筑四周，包括一座鼓状的发电大楼、一座足以容纳几艘运兵车或轨道截击机的机库、一组仓库库房、几个车间、一间礼拜用的小教堂和一间中控室，每座主建筑都通过相邻的模组连接，以放射状聚拢排列在一起。

　　所有建筑都暴露在恶劣的野外环境中。建筑模组和预制组件已经老化，破损严重，窗户上覆盖着厚实的木板。模组之间的道路上堆满了生锈的垃圾：废弃燃料桶、卡车的残骸、堆积的玻璃碎片。体积最大的一块残骸向西倾斜，只剩下一组光秃秃的框架，沦为由裸露的钢梁和悬吊的立柱勉强支撑着的半球体。在漆黑镜面般的湖面上，它的倒影如同一副被漂白过的胸腔骨架。但在我看来，它更像是一台化作废墟的星象仪，只剩下中央那颗支离破碎的恒星，永久地朝着曾经转动的方向凝视。

我们裹紧身上的衣物，沿着寒风凛冽的海岸，走进了距离最近的那间长屋。除了勃艮第，我们都拿起了武器。费希格的探测器和动作捕捉仪显示附近出现了生命迹象，但两台仪器都无法显示潜在生命与我们的距离。由于岛屿上该死的电磁扰动，我们虽然提前得到了警告，此刻的处境却无异于盲人骑瞎马。

此时，我们不再使用口头语言。我比画了一个手势，示意哈尔隐藏在街道左侧，并让费希格走在右侧。我原本也想指挥卡拉，但她早就牢记住了我的命令，在拉斯身边寸步不离。她将武器牢牢握在戴着护套的手中。拉斯穿着一件毛皮镶边的灰色长袍，衣角在风中拂动，手中不知何时开始握着一把特制的多管手铳。

贝坤在我身后拉开了一段距离，以免她的不可接触之力与我的灵能发生太强的冲突。当我们在米廓尔上空飞行时，她已经换掉了那身正式礼服，穿了一件加厚的紧身衣和一双结实的皮靴，身上裹着墨绿色的天鹅绒连帽斗篷。我留意到她将那根手杖留在了炮艇上，手中握着一把细长的微型激光手枪。那是我在她一百五十岁时送她的生日礼物。枪的握柄处镶嵌着珍珠，是一件独一无二的杰作，是由戈亨纳世界的努尔神甫亲手打造的名贵古董枪械。

这把手枪几乎就是贝坤的化身，外表纤细优雅，内在威力惊人。

我看到队列前方的费希格向哈尔发出了信号。哈尔立刻半跪下来，藏在了一间长屋的后门处。我命令勃艮第前去支援。勃艮第收到命令后，依旧没有从肩部抽出那台手持自动炮，而是以近乎轻松散漫的步态奔跑着。

勃艮第与费希格会合的第一时间，费希格就闯入了长屋。片刻后，勃艮第也溜了进去。

我们等待着。

片刻后，勃艮第重新出现在门口，朝我们挥手示意。

尽管陈旧的模组化房屋内一片昏暗，并且散发着腐臭气味，但远离屋外的湿冷环境让我们都感到一丝惬意。我们进屋后，哈尔和卡拉负责在门口放哨，勃艮第则负责在前方把守。

费希格找到了什么。

准确地说，费希格找到了一个人。

那是一位老人。他衣着肮脏，皮肤干瘪，虱子缠身，而且病恹恹的。当费希格的手电照到他时，老人正蜷缩在墙角，口中伴随着手电的光芒不住地抱怨。如果我在埃利亚的街道上与他擦肩而过，我会想当然地把他当成乞丐，根本不会多看一眼。然而在这里，一切都不一样。

"把灯给我。"我说。我将白色的灯光照在老人身上时，他又蜷缩起来，那动作更像是一只受到惊吓的野兽，而不是人类。他满身污秽，在饥饿和恐惧的支配下瑟瑟发抖。

但除了污秽外，我还留意到了他的长袍。

"你是牧师？国教牧师？"

他嗫嚅着说了些什么。

"牧师，我们是朋友。"我解下胸口的审判庭徽章，向他递过去。

"我是赫里甘攘外修会的审判官格雷戈·艾森霍恩。我们来此执行公务。不要害怕。"

他对我眨了眨眼，迟疑地伸出沾满污泥的手，想从我手中接过徽章。我让他拿去了。他端详了许久，双手颤抖起来。随后，他开始抽泣。

我跪坐在他身边，回头朝费希格几人挥了挥手，示意他们保持距离。

"你叫什么名字？"

"德——德罗尼克斯。"

"德罗尼克斯？"

"佩特·赫谢尔·德罗尼克斯，是米廓尔教区的教长，愿人类神皇赐福。"

"神皇庇佑众人。"我答道，"告诉我，您是怎么到这里的，牧师？"

"我常驻这里。"他回答，"士兵们或许已经撤离，但这里还有一座教堂，还有一片教区。有教区的地方，就必须要有一名牧师。"

黄金王座啊，这个老人独居了将近三十年，毫不懈怠地维护着这座教堂。

"他们从来没有让你撤离？"

"没有，先生。我对此十分感激。我负责守护教区，这让我有了很多思考的时间。"

"恐怕是发疯的时间。"哈尔悄声道。

"住口！"我侧过头，向身后斥责道。

"让我确定下自己有没有理解正确。"我对德罗尼克斯说，"在行星守卫军撤离时，您正担任本地的牧师。之后，您就一直留守，看管这座教堂？"

"没错，先生，这就是大概的经过。"

"您靠什么生活？"费希格问。典型的探员头脑，问题直指故事的漏洞。

"鱼。"他说。鉴于他臭不可闻的口气，我相信这一点。

"我吃鱼……我每周都去登陆点附近钓鱼，把鱼熏烤后存放在机库里。除此以外，士兵们也留下了不少罐头食品。怎么了？你很饿？"

"不。"费希格显然没有料到牧师会做出如此慷慨的回答。

"您为什么躲在这里？"贝坤柔声问。

德罗尼克斯看着我，仿佛在我许可后才敢回答。

"说吧。"我点了点头。

"他们把我赶出来了，"他说，"把我赶出了机库。都是些恶毒的家伙。他们想杀我，但你知道吗，我跑得很快！"

"我丝毫不怀疑。"

"他们为什么要赶你出来？"费希格问。

"他们想要占领机库。我猜他们想夺走我的鱼。"

"我也这么认为。烟熏鱼，在这种地方很值钱吧。但他们也想要别的什么东西，不是吗？"

他点了点头，脸上浮现出一丝阴郁的神情。"他们想要那块地方。"

"做什么？"

"做他们的工作。"

"什么工作？"

"他们在修理他们的神灵。"

我侧过头看向费希格。

"他们的神灵？什么神灵？"

"肯定不是我祭拜的神。"德罗尼克斯答道。他突然陷入了沉思，片刻后补充道："但不可否认，它确实是一个神灵。"

"你为什么这么说？"我问。

"因为它很庞大。神灵们不都是庞然大物吗？"

"通常如此。"

"你说'神灵们'。"拉斯觉察到了异样，在我身边蹲下，"你指的是什么？这里一共有多少神灵？"

拉斯的语气平静，而更令我钦佩的是，他的话语有着抚慰人心的力量。我感受到了他在话语中隐藏的一缕微乎其微的灵能。我居然没有第一时间问出如此显而易见的问题，不禁感到一丝惭愧。

"都是神的铁匠。"老牧师答道，"我不知道他们的名字。一共有九个，还有另外九个，然后还有十四个，最后剩五个。"

"三十七人？"

德罗尼克斯的五官缩成了一团，似乎在拼命回忆。"哦，远不止这些。九个、九个、十四个、五个、十个、三个、十六个……"

拉斯向我投来了目光。"痴呆症。"他低声说，"他只能辨认出对方出现时的团队人数，但无法区分并计算总人数。这些数字不过是他在不同时期见过的不同人数罢了。"

"我可不蠢。"德罗尼克斯打断了审判官的话。

"我从没说过您蠢。"拉斯回答。

"我也没疯。"

"当然。"

老人重新扬起笑脸，点了点头，随后问了一个十分突兀的问题："你们有鱼吗？"

"头儿！"哈尔突然低声呼叫我。我连忙站起身。

"怎么了？"

"有动静……三十米开外……"他的探测器正在下载数据，不住地上下颤动。他单膝跪在门口，托起步枪，准备瞄准射击。

"你看到什么了吗？"

"有麻烦。八个人全副武装，用步兵列队的方式移动，正朝我们走过来。"

"我们肯定在进来的路上绊倒了什么东西。"勃艮第说。

"我不想开战。至少现在时机未到。"我看向其他人，"我们需要尽快撤离，换个地方重新会合。"

"我们得带上他。"拉斯说着，指了指身旁的老牧师。

"同意。立刻行动。"

勃艮第打开长屋对面的门，率先冲了出去。贝坤紧随其后，然后是费希格。拉斯搀扶老牧师站起身。

"我们走吧。"他说。

德罗尼克斯看到对方向他伸过手来，惊慌地大叫。

"该死！我们暴露了。"哈尔说，"他们要进攻了！"

刺眼而猛烈的激光火力突然在门口轰射，将早已腐烂不堪的纤维隔板炸得千疮百孔。

卡拉匍匐在地寻找掩体。哈尔依旧保持跪地的姿势，手中的长枪发出一声轰响。

"倒下一个。"他说。

拉斯和我同时提起了老牧师，将他拽到了长屋后方的出口前。在我们身后，哈尔的长枪再次轰射，爆裂声中夹杂着卡拉·斯沃尔的突击武器发出的一长串啸音。敌人也发起了猛烈的还击，呼啸的子弹击中了长屋侧面，将墙壁凿穿。

"带他出去。"我嘱咐拉斯，随后跑回前门。

卡拉还在举枪射击，我站在她身旁，透过敞开的窗户接连射出几发爆矢弹。高热的激光炙烤着街道，将建筑的一侧轰得面目全非。我隐约瞥见几名身穿灰色战斗服的人快步逼近，朝着我们的方向宣泄着全部火力。

一瞬间，一个实在而清晰的念头涌入了我的脑海。我伸手抓住卡拉和哈尔。"快走！"我吼道。

我们撤回后门时，一颗手雷在长屋的正门处高高弹起。哈尔先前埋伏的整个区域爆发出一团烈焰，无数的纤维碎片四处飞溅。

爆炸产生的强大气流将我们轰飞到了街道上。

费希格伸手拖住我的衣领。

"快走！快！"

卡拉的太阳穴被弹片划破，血流不止。哈尔因为爆破而头晕目眩。我们拖着两人，沿着泥泞的道路向主区域飞奔。

三个身穿隔热战斗铠甲的人手持步枪，朝我们前方的街道冲来。

勃艮第举枪还击。尽管其他人都早已手持武器，但他抽枪、瞄准并射击的速度要比我们任何人举起武器的速度还要快。他迅速地射出了两梭子弹，弹壳从武器的侧槽中弹出。迎面而来的三个敌人顷刻间向后栽倒，四肢摊开。

勃艮第一马当先，在两个敌人出现的一瞬间将对方击毙，枪口发出连续不断的呼啸。他随后突然仰头躺下，翻身举枪，将突然出现在屋顶上的一名偷袭者击倒。

另外五人在我们身后时隐时现，从我们撤离的后门内钻了出来。

费希格和卡拉转身开火。他们击倒了其中三人。贝坤用一发精准的爆头了结了第四个人的性命。我用一发爆矢轰中了街道上的第五个敌人。

"尖刺？是否需要神盾？誓言战术？"我的通信器突然传来急促的呼叫。米迪亚正通过通信连接密切地监视战场。

"请求拒绝！尖刺命令神盾收好羽翼！"我用格罗西亚暗语回答——这是我与团队成员共同使用的非正式加密语言。

"神盾启动中。血花盛开。"

"神盾撤后，恢复第三阶段。不动如山，等我号令。"

"格雷戈，让我参战吧！"

"不，米迪亚！不行！"

对话发生的同时，双方仍在激烈地交火。激光与实弹从四面八方飞来，费希格和哈尔以密集火力予以还击。卡拉和贝坤更有针对性地选择着瞄准目标，并有效地击毙了多数敌人。勃艮第的双枪在火光中上下翻飞。我小心谨慎地开火，将老牧师护在身后。拉斯手杖中的裂变发射器砰砰作响，向四周的敌人发射出致命的铅弹。每隔几秒，他就会举起手杖，从银质的杖尖处喷出一缕灼热的烈焰。

"你们加强意志控制。"我喊道，"拉斯，尤其是你。"

他点头回应。

"立即现身！"我动用全部的意志之力，怒吼一声。

如此粗暴的灵能呵斥通常会将我四周的人全部震倒在地，但哈尔、勃艮第和卡拉都经过了严苛的灵能训练，能够有效地屏蔽我的灵能激流。贝坤是不可接触者，而费希格也身穿能起到有效保护作用的护甲。

由于我的预先警告，拉斯在脑中立起了一道心灵屏障。但老牧师就没有那么幸运了，他站起身时，屎尿齐流。

但他并不是唯一站起身暴露自己的人。我们的敌人全都站立在视野内，他们手中的武器冒着浓烟。每个人都在麻木与困惑中眨着眼。

勃艮第、费希格和我在几秒内将他们尽数击毙。

我们胜利了。

但这胜利转瞬即逝。

德罗尼克斯突然沿着街道狂奔起来，拉斯因为抽搐蜷缩成了一团。我也感觉到了，那是一股突如其来的灵能共振，如同一道令人目眩的闪光。

我踉跄着向后退步，猛地撞在距离最近的小屋墙角。鲜血从我的鼻腔喷涌而出。勃艮第和卡拉跪地不起。哈尔更是瘫坐在地，不住地抽泣起来。就连被护甲包裹着的费希格也感觉到了，他一个趔趄，险些栽倒。

唯一不动声色的人是伊丽莎白。她困惑地环视着我们，大声询问："发生了什么？"

我立刻辨识出这股力量的来源——机库。我挣扎着站起身，发现机库的屋顶正在颤动，似乎有什么东西正从屋内破顶而出。

那个庞然大物双足踏地的同时，整个屋顶被撞成了碎片。

我突然意识到这头巨物此前必定横卧在机库内。如今它已经被重新激活，起身站立。我们刚刚感受到的冲击不过是它在苏醒时透过思维连接发出的能量回流。

我浑身发凉，意识到一点——此刻阻止图林无异于以卵击石。

我犯了一个难以置信、不可饶恕的错误。我严重低估了他的手段。此刻的图林，与曾经的那条漏网之鱼已经不可同日而语。

他有一台泰坦，一台战斗泰坦。

第四章

血意号

逃离巨人

孤注一掷

宿敌

　　泰坦名为血意号。它重达两千五百吨，身高六十米。正如所有强大的军阀级泰坦一样，它是一台双足直立的人型机甲。三趾的足肢踩踏时发出地动山摇般的巨响，两条粗长的铁腿支撑着巨型骨盆支架，硕大的躯干内容纳着跳动的原子熔炉，宽阔的双肩为涡轮激光电容提供了充足的空间。泰坦举起双臂，露出了肩甲下方的主武器：它的右拳是一门加特林冲击炮，左拳是一门等离子炮。它的头部虽然不大，但我知道颅内的空间足够容纳整个作战指挥中心。那颗头颅位于两个肩膀正中，让这头巨物看起来更加怪诞，仿佛是个弓身驼背的畸形巨人。

　　我曾不止一次见过泰坦。每一次亲眼见到它们都令我胆战心惊。即使是帝国的战斗泰坦也有着十分可怕的外表。机械教为了人类帝国的存续，锻造并维护着这些战争机器，将它们奉若神明。它们或许是人类历史中铸造过的最震撼人心的机械。或许我们修造过体型更庞大的东西，例如，能在群星间穿梭、在亚空间跨越、凭借武器将整片大陆焚为灰烬的星船；或许我们研发过技术更加先进复杂的造物，例如，最新一代的流体核心自动计算机，但没有一台造物能够与崇高的泰坦媲美。

　　它们为战争而生，且只为战争而生；它们为毁灭而造，且只为毁灭而造。它们能够轻而易举地携带一切地面载具能够装载的最强大的武器。唯有战舰才能较之配备更多的火力。它们甚至无须行动，仅凭遮天蔽日的庞大身躯就足以令敌人闻风丧胆，令整支军队的士气荡然无存。

　　此外，它们是活物。或许你我都无法真正理解这一点——但在驾驶者、船员与泰坦装置之间的心灵连接内，确实存在一种熊熊燃烧的智慧。有人说它们有灵魂。但唯有火星的牧师、机械神教的技师和科技法师才能真正洞悉它们的奥秘，并不惜一切代价捍卫其中的学识。

或许唯一比帝国战斗泰坦更可怕的是混沌战斗泰坦——帝国大敌所操纵的金属巨兽。有些是在亚空间的锻造车间和工厂铸造的，它们的设计从帝国泰坦的原型中复制、效仿而来，是对火星机械之神的极端亵渎。另一些则是在大叛乱时期遭受腐化的古代帝国泰坦——叛乱的军团忤逆了神皇的意志，在恐惧之眼中蛰伏了万年之久。

眼前的这架泰坦便是后者——坦率地说，我对它的起源并不感兴趣。它看起来身形扭曲，锈迹斑斑，双臂缠绕着剃刀般锋利的致命线圈，浑身披挂着荆棘般的刀片。我起初以为它肩头悬挂的是一串阴森的锈黄色钢珠和刀片，但实际上，那是用成千上万个人类头骨串连而成的锁链。它的金属是污秽而亵渎的黑色，表面刻着难以名状的混沌符文。它的头部是一颗斜睨着的钢铁颅骨，上方镀着一层闪亮的铬金。它的名字被黄铜浇铸在巨大胸腔前的铭牌上。

它向前迈出一步，地动山摇。机库破裂的屋顶在它摆动的双腿四周撕裂、塌陷，发出刺耳的刮擦声。它继续迈步，轻而易举地踩过机库的墙体，如同一个人涉水穿过溪流。当泰坦破墙而出时，整栋建筑的前方墙壁都随之爆裂，在巨大的撞击声中坍塌，化作齑粉。

紧接着，它开始嚎叫。

固定在头骨两侧的巨大犄角发出了狂暴的战吼。它的叫声震耳欲聋，夹杂着强度极高的次声波，让我们产生了最原始而本能的惶恐。地面随之发出隆隆巨响，甚至比沉重的铁蹄踩踏地面时发出的响动还要剧烈。

它朝我们直冲过来。此刻，它已经离开了机库。我能看到它身后拖着一条长而有力的分节尾巴。

"撤退！"我催动意志之力，向队友发出指令，希望能将他们从震惊中恢复理智。每隔几秒，我们脚下的岩石就会剧烈震动一次。

我们沿着废弃通信站的街道奔跑，试图将尽可能多的建筑结构挡在我们和泰坦之间。我们唯一的优势是体形，可以隐遁起来以逃避它的攻击。

泰坦缓缓地旋转着头颅和腰部，关节处因润滑不良发出了刺耳的金属刮擦声。它朝我们的方向观察，然后跺着沉重的铁蹄追赶过来。它径直穿过一间长屋，那栋建筑像一堆柴火一样顷刻间土崩瓦解。

"它发现我们了！"拉斯的语气已近绝望。

宿敌

"怎么发现的？"哈尔哀叹着问。

军用机传感器、高功率探测仪，这些装置非常高效，足以克服岛上的电磁干扰。这头巨兽曾经在最可怖、最恶劣的战场上搏杀，对致命的毒素、辐射、真空环境和轰炸都视若无睹。一切生存与战斗的前提是，它必须能够在地狱般的环境中观察、聆听、嗅探，并精准地锁定目标。当地磁场虽然屏蔽了我们的民用设备，在它眼中却不值一提。

"它太大了……"贝坤瞠目结舌。

又是一声巨响。另一座长屋被掀翻，化作一堆瓦砾。每当一条废弃的军用通道被踩碎，建筑内的金属就会相互挤压，发出刺耳的尖鸣。

我们朝反向掉头狂奔，路过教堂和指挥中心南边的道路。伴随着另一声关节摩擦声，那头巨物再次调转方向，以摧枯拉朽之势向我们直追过来。

我的头脑突然开始痉挛，那是一道灵能冲击。我感受到了它的思维连接正在高频闪烁，功率正在激增。

"卧倒！"我喊道。

加特林冲击炮开火了，发出轰隆巨响。被火光照亮的浓烟在炮口若隐若现，化作一个向上升腾的巨大锥形体。

一场山崩地裂的毁灭性风暴在我们四周席卷。数百枚高爆炮弹洞穿了整条街道，如同暴雨般轰在建筑的表面，将它们炸成了废渣。火势迅速蔓延，沿着街道疾驰而下。数十亿废渣和碎片在四周乱飞。费西林的气味令人窒息。

我在风暴般的灰烬和无数刺眼的火星中站起身。我们因为持续的爆破和震荡波而头晕目眩，但好在都性命无虞。或许是这台泰坦的瞄准系统失灵，或许是驾驶舱的船员们仍在熟悉它的操作。尽管这台战争机械的多个传感器都能高效地追踪我们的运动轨迹，瞄准却需要双眼的注视。或许它目前只能依靠最普通的方式感知我们。

"我们打不过它！"费希格说。

他说得对。与它相比，我们几乎算是手无寸铁，根本无法和它正面对抗。双方实力悬殊，继续战斗只会带来无谓的牺牲。一旦我们离开了通信站大楼，就很容易在空旷地带暴露，沦为炮下亡魂。

"调用炮艇吗？"贝坤连忙问。

"不行。"我说，"就算是炮艇也没办法击倒它。它的火力最多只能在泰坦表面留下凹痕，毫无胜算。那怪物在炮艇靠近前就能把它轰成碎片。"

"但是——"

"不！我说过不行！"

"那么办？"她迫不及待地问，"等死吗？就这一个选项了？"

我们再次从燃烧的废墟中逃出。伴随另一声震耳欲聋的爆破声，泰坦再次开火。我们右侧的整座长屋和指挥中心的部分墙体在地动山摇的爆炸中坍塌，在烈焰中化作一片灰烬。四周到处都是高耸的火墙，在深灰色的烟幕上投射出一块块明黄色的亮斑。

勃艮第带着我们走在长屋之间的狭窄街道上。费希格和卡拉·斯沃尔拉着筋疲力尽的拉斯。我们倚靠着一面腐蚀严重的边墙。

我们在暗处，自然也看不到泰坦。突如其来的寂静中，只能听到墙体纤维在火中炙烤发出的噼啪声，以及模组框架在高温中缓缓坍塌的嘎吱声。

但我仍能真切地感受到它的存在。透过最深层的灵能感知，我能感受到它非人的意念正在沸腾，散发着恶毒的怨念。它就在我们正北方，在教堂和库房的另一边，等待着，聆听着。

剧烈的震动和轰鸣传来，它再次行动起来。铁蹄踏地的频率伴随着它的加速而不断提升，地面在泰坦的践踏下已经无法停止震动。地面的碎石不住地弹跳，噼啪作响，附近长屋的窗户玻璃全都被震碎在地上。

"快跑！"费希格咆哮道。他冲出烟幕，向东穿过了大街。其他人紧随其后。

"费希格，方向错了！"我跃步到他身后，在街道中央拉住了他。对面传来了巨大的金属部件摩擦扭曲的悲鸣，泰坦出现在街道的尽头，其庞大有力的上半身扭转过来，正对着我们。

费希格因为恐惧僵立在原地。我拼尽全力，拖着他躲到一辆行星守卫军的运兵车后。

泰坦冲击炮的火力沿着街道密集地轰射，将岩石地面炸得面目全非。仓库的墙体顷刻间土崩瓦解，空气中充斥着燃油、浓烟和岩石粉末的气味。

炮弹接连射在运兵车的外壳上，将老化的装甲完全撕裂，锈蚀的金属残片四处迸溅。轰射产生的撞击反而让运兵车看上去比先前更大，车身在冲击力的作用下翻滚起来。我将费希格拖到一座长屋后方，若迟疑半步，我们就会被摇摇欲坠的巨大金属车身压成肉泥。运兵车翻滚到对面模组建筑的侧墙

第四章

上，砸进墙体后才停。

震天动地的脚步声再次响起。泰坦沿着街道步步逼近。我看着费希格，他仍陷在深深的惊恐中，脸色惨白。一枚锯齿状的弹片嵌在他的左肩。倘若不是那台固定在肩头的动作捕捉仪，他可能早已被这枚弹片削去首级。事实上，那台捕捉仪已经被轰成一团燃烧的大块金属残骸，塌陷在他的斜方肌中，鲜血从中汩汩流出。

"神圣的黄金王座啊。"他喃喃道。

我扶他站起身，回头看了看街道对面。在泰坦展开炮击之前，勃艮第和斯沃尔已经带着其他人退回隐蔽处。我隔着浓烟依稀能辨认出他们的轮廓，他们蜷缩在墙角的阴影中。

我举起一只手，尽可能清晰地做出了几个手势。我示意他们后撤，找机会重新集结。我们必须分头行动了。此时此刻，无论从哪个方向都无法活着横穿过中间的街道。

费希格和我踉跄着朝相反的方向，从长屋后侧的排水沟爬了出来——那条水沟与一条溪流相连，将通信站与极地湖连接起来。我们穿过一座由铁丝笼拼成的人行桥，随后隐藏在一家机械厂的侧墙后。

"它在哪儿？"费希格忍着剧痛问。

我抬头观察。我能看到这台巨型机械正矗立在两百米后的模组建筑上方，先前的轰击产生了滚滚浓烟，缭绕在它的四周。那辆严重变形的运兵车就在它的脚下。它在观察搜寻，仿佛这台巨大的战争引擎正在嗅探战场的气息。

它似乎觉察到了什么，突然转过身，齿轮旋转和关节零件叮当作响，铁蹄踏地，猛地撞破了一座长屋。

"它又朝我们过来了。"我告诉费希格。我们再次奋力奔跑，飞速穿过混凝岩筑成的升降停机坪，沿着街道的缓坡向指挥中心撤退。

费希格的步伐明显放缓。它正在步步逼近。

千钧一发的时刻，远方响起了轰隆的爆破声，在整个盆地内回荡。一团巨大的火球在通信站的西侧升腾而起。

"那是……什么鬼玩意？"接二连三的变故让费希格十分恼怒。

那台泰坦显然也想知道。它快速调整路线，开始远离我们，大踏步地走向爆炸地点，丝毫不顾忌沿途给其他建筑带来的破坏。

"那是……"我们身后响起一个声音，"是我能想出的最好的调虎离山的办法。"

我们闻言一起扭头，来人是哈伦·纳尔。

纳尔是一位可靠的朋友，也是我团队中备受尊重的同伴。自从这位老赏金猎人与费希格联手执行杜若尔的预审行动后，我就再也没见过他。他身材魁梧，一如既往地穿着漆黑的作战护甲。他剃光头发，露出厚实、光洁的头，脸上留着灰白的短髭，看上去宛如一头凶猛的野兽。但他的动作敏捷而优雅，身形矫健，散发着异常高贵的气质——这不禁让我回想起卡图蒂努斯的叙事史诗《巢都烟云》中的流亡英雄沃努斯。他手中握着一枚可远程触发信号的雷管遥控装置。

我们跟着纳尔走进了一间库房。久经沙场的赏金猎人立刻开始给费希格包扎伤口。战斗泰坦仍然在我们西侧徘徊，企图弄清神秘爆炸的源头。

"我一直在试着通过通信设备联系你们，但通信频道一塌糊涂。"纳尔说。

"是电磁干扰。"我说，"你在这里多久了？"

"黎明后我就在这里。我租了辆飞艇，一路跟踪图林到了这里。飞艇就藏在极地湖对岸的丘陵里。"

"你有什么发现吗？"纳尔在伤口上喷洒止血剂时，费希格咬着牙问。

"你是说，除了外面那个怪物外？"

"是的。"我说。

"图林找到了强有力的后援，资金雄厚。幕后操纵的组织或许是一个我们从未接触过的本地邪教组织，更有可能是外部世界的混沌帮派。他人手充足，资源丰富，装备精良。在我刚追赶到这里时，我第一时间检查了四周，看到了藏在机库里的……那玩意儿真让我窒息。后来我'借'了他的一名手下，问了一些问题。"

"有答案吗？"

"很少。他经过特殊训练……抵抗审讯的训练。"

我知道审讯并不是纳尔的专长。

"他坚持了多久？"

第四章

宿敌

"大约十分钟。"

"他说了什么？"

"图林很早以前就知道这里藏着一台泰坦，或许是从他的资助者口中得到的消息。似乎没有人知道，在大敌占据期间，米廊尔曾经被敌人作为战斗泰坦的中转站使用。该死的行星守卫军在这里驻扎这么多年，居然从来没觉察到山体内隐藏着什么。"

我朝仓库门外观察。泰坦又回来了，正犹豫着向我们的方向移动。我能体会到它因为愤怒产生的灵能波动，地面颤抖得越来越剧烈。

"哈伦！"

他一跃而起，伏在我身边。"该死。"他看着泰坦低声咒骂。他再次抽出遥控装置，切换了一个新的信号频道，用拇指按动了按钮。

远方亮起了一道闪光，接着是滚滚雷声。一团烈焰在湖的西岸爆燃起来，烟雾向上升腾。泰坦见状，立刻转过身，迈出沉重的步伐向新的火球走去。

"它不会每次都上当的。"纳尔说。

"所以这里有一台泰坦……那个庞大的怪物……被遗弃在山体里，长年就休眠在这里？"

"大体是这样。这台泰坦在敌人撤军后被遗弃在这里，而帝国的解放部队从来没发现它。它就这样被封存在隐蔽的洞穴中……与另外两台一起。"

"一共有三台？"费希格吃了一惊。

"他们费尽周折才让其中一台运作起来。"纳尔说，"图林就在中控室坐镇指挥。他对他的新玩具十分满意，沾沾自喜。尽管它还没有达到最佳的作战状态。你发现了吗？它只使用实弹武器。我猜它的反应堆还没有办法达到足够的功率为能量武器充能。"

"谢天谢地。"我说。

"不过，我目前还不清楚的是，图林为什么要修复这样一头怪物。"

我猜有很多原因。或许他是听从幕后主使的命令，这一点的可能性极高。此外，他可能希望将它卖给出价最高的买主。在欧非狄安次星区，仍然有不少邪教组织对这样的强大武器垂涎欲滴。他甚至可以借此在更高阶的混沌势力中谋取一席之地，并因此扶摇直上，被强大的混沌军团招入麾下。

或许他是为了自己才这么做。这个念头更让我不寒而栗。显然，图林是一个能力远远超出我预期的危险分子。他有自己的宏大计划，倘若他直接指挥一台战斗泰坦，这个计划的进行将充斥血腥与牺牲。他可能占据杜若尔或其他任何一个世界的城市，要挟各地的帝国政府。他可以扫荡人口密集的区域，将数百万人屠戮殆尽——当血意号的涡轮引擎达到满功率运转时，这些都有可能实现。

无论真相怎样，那艘海船船员的悲惨命运已经揭示了一点：他不打算以登陆的方式离开这座岛。一艘重型货运机可以轻而易举地在此降落，载上泰坦后，赶在平庸无能的杜若尔守卫军做出反应之前撤离。图林打算和泰坦一同离开。我对此十分确信。对我而言，他下一步的目标并不重要。倘若他计划中的任何一个步骤得逞，帝国的无数民众都将抛洒鲜血。我们必须阻止他。

这让我回到了最初的问题。

我们究竟该如何对抗一台泰坦？

眼看着泰坦第二次向我们的位置折返，我焦虑地思索着我们可以动用的一切工具。由于泰坦的思维连接因为怒意而震颤，产生的灵能震荡干扰着我的思维，使我很难保持沉着冷静。绝境让我产生了一个念头，一个绝望的念头。

我打开通信连接，然后停了下来。这头巨物能够毫不费力地检测到通信信号。于是我将意念投射出去，试着找到拉斯。

"纳尔？"我问，"这里最坚固的建筑是什么？"

"教堂，"他说，"都是加固的石料。"

我开启了意志之力，发送出了一条信息。"尖刺环绕血亲，圣印加持，祈祷之所。"尽管拉斯对格罗西亚暗语一窍不通，但他收到了我的信号后，一定会咨询其他的队友。

在漫长的等待后，传来了回答。

"血亲呼叫尖刺，正前往祈祷之所。"

"我们出发！"我对纳尔和费希格说。

我们在其他人之前到达了教堂。此时，恐怖的泰坦巨物又迈步向我们走来，但纳尔再次成功转移了它的注意力，将它引诱到了东面——这应该是最后一次。

我们跌跌撞撞地冲进了那座古老的教堂。建筑表面的涂层完全剥落，光秃秃的墙体上布满了黑色的霉变斑点。残存的几张木制长椅因为多年受潮而腐朽。祭坛上的双头鹰被人践踏在地上，我注意到它凹凸不平的双翼表面被打磨得十分光滑。德罗尼克斯一直精心守护这个他心目中的圣地，直到图林的人闯入，砸毁了他苦心经营的圣殿。真是令人唏嘘。

我向圣坛深鞠一躬，双手在胸前比了一个双头鹰的手势。

其他人手中握着武器，匆忙赶到——分别是贝坤、哈尔、勃艮第、斯沃尔和拉斯，随后紧闭上教堂的大门。

拉斯气喘吁吁。贝坤脸色苍白。哈尔和斯沃尔在逃脱了多轮轰炸后也都挂了彩。

"你有应对之策了？"拉斯一进门就迫不及待地问我。

我点了点头。"这是孤注一掷。但我不知道还有什么别的办法。"

"不妨说说。"费希格说。

正如我先前的胡思乱想，我对于战斗泰坦的运作机制没有任何具体的认知。事实上，除了火星的牧师或图林这些传播非法学识的暴徒，没有人能真正理解泰坦的构造。埃莫斯或许知晓一二。我知道他曾经目睹机械神教的思维脉冲装置——这还是很久以前，在倨傲星圣歌区的 2-12 号，他在冬眠墓穴的冷冻室里告诉我的。但他此刻并不在这间冷风刺骨、被洗劫一空的小教堂里，更无法向他请教。

然而，我并非一无所知。我知道泰坦的功能模块取决于人与机器、人脑与机械感知系统之间的连接——这些连接无一例外，全都依赖于泰坦思维单元中堪称神迹的灵能交互能力。

简而言之，这就意味着问题的根源在于灵能。如果我们能够干扰泰坦的思维连接，或者索性彻底破坏……

"这柄符文杖是机械教修会的吉尔德·布尔神甫为我量身锻造的。"我说着将符文杖递给拉斯，让他掂量武器的重量。这是一根细长的铁杖，杖头镶嵌着一枚日冕形状的圆盘，圆盘四周镶嵌着镍银合金，圆盘中央的符石被雕刻成了头骨的形状，那是我本人颅骨的完美复制品。颅骨四周镂刻着十三个象征惩戒的印记。它用一块名为"魔晶"的高密度灵能矿石雕刻而成，是布尔神甫在辛卡尔找到的。这块符石实质上是一枚灵能放大装置，具有毁灭性的力量。

"我们可以用它强化我们共同的意念，强行闯入那台机械的意识。"

"确实可以。然后呢？"

我看向伊丽莎白。"然后，请贝坤握住符文杖，将她不可接触者的能量注入泰坦意识的核心。"

"这能有用吗？"卡拉·斯沃尔不安地问。

又是一段长时间的寂静。

贝坤看了看我，又看向拉斯。"我不知道。会有效吗？"

"我也不知道。"我说，"但我认为值得一试。"

拉斯深吸一口气。"不妨试试。我看不到其他有希望的方法，哪怕任何渺茫的希望都没有。我们开始准备吧。"

保罗·拉斯和我将符文杖立在我们两人中间，共同握住修长的杖柄。

他闭上双眼。

我试图保持放松，但根植于每个人内心深处的自我保护本能让我无法有一丝一毫的松懈。我本能地抗拒进入泰坦的意识。即便相隔甚远，它仍然充斥着腐朽的邪祟之力，散发着亚空间的恶臭。

"行动吧，格雷戈。"拉斯低声道。

我闭上双眼，屏息凝神。我知道泰坦正一步步靠近，教堂的地板正在剧烈震动。

我试着放手。

这感觉就像我正行走在一个泥潭上方，潭中满是腐蚀性极强的淤泥，我却只能牢牢握住一根左右摇晃的索道。放手就意味着失足跌落，而脚下等候我的是整个宇宙的恐怖真相，泥潭里满是滚烫的污秽与剧毒，顷刻间就会溶解我的思维，吞噬我的理智，撕碎我的灵魂。

混沌在向我招手，而我正鼓足勇气，向它走去。

我感到汗水正沿着额头向下流。我能闻到废弃教堂内弥漫的腐败气味。我能感受到手中钢铁的冰冷。

宿敌

我放开了手。

我感到前所未有的痛苦，那折磨远超我的想象。

我深陷在漆黑的淤泥中，面朝下挣扎着，几近窒息。黏稠而恶臭的物质填充了我的口鼻和双耳，像糖浆一样涌入我的口中。我无法呼吸。这里无法上浮，无法下潜，唯有虚无，除了那片黏稠的漆黑和令人作呕的亚空间气味。

一只手牢牢抓住了我的外套衣领，将我拖曳出来。终于，我又呼吸到了空气。口中吐出了许多掺杂着黑色淤泥的浓痰。

"格雷戈！格雷戈！"

救我的人是拉斯。他站在我身旁，双膝陷在淤泥中。神皇啊，幸亏拉斯有着强大的意志。倘若没有他，我早就命丧于此。

他看上去十分憔悴。亚空间在他脸上留下了斑驳的脓包和斑点，在他的脖颈上形成了褶皱和疤痕。苍蝇在我们四周乱飞，在耳旁发出恼人的嗡嗡声。

"走吧。"他说，"我们已经走出了第一步。"但他的话很快就被打断了，那些苍蝇在他干瘪的嘴唇四周盘旋，他不得不反复吐出闯入口中的飞虫。

我环顾四周。泥潭里的黑色淤泥似乎没有尽头。我们头顶的天空黯淡无光。但我很快意识到，那些遮天蔽日的云层实际上是庞大、骇人的苍蝇群，密密麻麻，足以屏蔽所有的光。

远处出现了火光，将四周的淤泥照亮。

此时，我们正位于混沌泰坦的思维连接外沿。

我们被包裹在凝胶般的薄膜中，相互搀扶，挣扎着向前跋涉。拉斯十分吃力，开始喘息。在幻境中，他失去了常拄的拐杖。

远处的火光在水平面下方闪烁。火光照耀下，令人作呕的黑色淤泥泛起波纹，不住地翻滚起伏。自从梦到切鲁贝尔以来，我从未有过如此险恶的幻境——那是多年以前的事了。

切鲁贝尔，这个名字浮现在我脑海的刹那，淤泥上方滋扰的苍蝇群便向我袭来，在我四周飞来飞去。脚下的淤泥也起了反应，在我的膝盖四周起伏鼓动。污秽的空气中顿时弥漫一种热切而敏锐的渴望。

切鲁贝尔……切鲁贝尔……

"停下！"拉斯说。

"停下什么？"

"你现在的所思所想！停下来。这个世界在变化。"

"我很抱歉……"我努力压下了关于切鲁贝尔的全部念头。四周的起伏开始减弱。

"黄金王座啊，格雷戈。我不知道你刚刚想了些什么，我也不想知道……"拉斯说，"但我……十分同情你的遭遇。"

我们继续向前艰难跋涉。我们两人时不时被绊倒，有时甚至在相互拉扯。黏稠的淤泥也在四周拖曳着我们，仿佛渴望把我们吞噬。

在我们前方的数千公里处，有一股能量正在跃动。我依稀辨认出了一个人形的轮廓，但那并不是人类，而是血意号——用最通俗的低哥特语翻译，意思是"血的意愿"。泰坦远远地站立在彼岸，是这片心灵幻境的王。

状似恶魔的形体将我们包围，幢幢鬼影中露出了一张张尖叫的疯癫脸孔。他们如同虚幻升腾的烟尘，如同笨拙舞动的阴影。他们在怒吼。

我们又前进了几百米，一幕幕壮丽的图景在我脑中浮现。我们终于打破了泰坦意识的记忆边缘。

那一刻，我见到了那些景象。

愿神皇宽恕，我见到了那些景象。

我站在泰坦记忆深渊两侧的峭壁之上。

我见到伟岸的城市在烈焰中毁灭；我见到帝国卫队的兵团在火海中焚尽；我见到千万名星际战士在顷刻间殒命，如蝼蚁般在我的足下奔走。

我见到群星在爆燃中化作齑粉；我见到蔑视天地万物的帝国泰坦，被我亲手屠戮，四分五裂。

我透过烈焰席卷的风暴，见到了泰拉的帝国皇宫大门。

虽只一眼，亘古万年。

我见到了荷鲁斯，他在振臂高呼，宣泄怒火。

我见到了整场叛乱在我的眼前上演。

我见到了纷争时代，见证了黑暗时代的蒙昧与残暴。

我在坠落，沿着悬吊着的历史长河坠落，沿着血意号深邃晦暗的记忆坠落。

我见到了太多。我开始尖叫。

"格雷戈，振作精神！我们快到了！"

此刻，我们已经走到了一切的核心，幻境如同耳语般微弱。我们在泰坦的舰桥上看到了昔日指挥官们的幻影，他们相互重叠地端坐在舰桥的宝座上，全都死了。

恶魔伏在我的后背，在我的肩膀上扭动抽搐，啃噬着我的双耳和脸颊。

我看到了惊惧之物，纯粹的惊惧之物。

拉斯正在我的身旁。他伸手触碰到了舰桥地板上的思维脉冲装置。

"现在，我想……"他犹豫地说。

"伊丽莎白！"我大声呼喊。

在简陋逼仄的教堂里，贝坤跃步上前，从两个因邪恶、压力和恐惧而不住颤抖的审判官手中接过符文杖。我们的眼珠失控地向上翻起，露出了眼白。她紧握符文杖，将不可接触者的力量灌注其中，然后——

第五章

计划失败
该死的维尔沃克
不可想象之事

她死了。

但并非立刻丧命。泰坦意识中那股难以估量的灵能力将她的防御彻底撕碎，凭借纯粹的力量吞没了她，彻底击碎了她的心灵。

强大的电流击碎了符文杖的杖柄，将我和拉斯同时弹开，伊丽莎白则被震飞到了教堂的另一侧。坚不可摧的钢铁杖柄如今还能看到当初烧灼的痕迹：保罗·拉斯、格雷戈·艾森霍恩和伊丽莎白·贝坤留下的近乎完美的蚀刻指纹。

纳尔后来告诉我，灵能对抗带来的反冲将我和拉斯像任人摆布的玩偶般抛向了两边，但最主要的冲击力指向了贝坤。她在空中飞了十几米，身后的披风拂动，最终在教堂后墙上猛地砸落，发出了噼啪声。纳尔知道，那声音意味着全身骨骼碎裂。

他当时就跑向了她，喊着她的名字。费希格也跟跄着赶去帮忙。拉斯和我躺在地上，一边啜泣，一边喘息。那根冒着热气的符文杖砰的一声砸在地上。

我的计划彻底失败了。

我的鼻腔中血液喷涌。我勉强站起身，斯沃尔和哈尔搀扶着我。我不知自己身在何处。纷争时代的图景仍然在我的脑海中浮现。

"拉斯？"我吃力地问。

"还活着！"勃艮第伏在四肢瘫软的老审判官身边说，"但他很虚弱……"

"伊丽莎白？"我看着她卧倒的位置，轻声问。费希格和纳尔正缩在她身边。纳尔回头看着我，摇了摇头。

"不……"我一把推开卡拉·斯沃尔，走向贝坤。不会的，伊丽莎白。不会的，我们一起经历了这么多年。

"她伤得很重，头儿。"纳尔说，"我会尽量让她不那么痛苦，但是……"

血意号的铁蹄声在教堂外回荡。

我跌跌撞撞地走向贝坤。她看起来如此沉静、如此破碎。

"神皇啊，不——"

"审判官……"哈尔说，"我们这下死定了，是吗？"

我这才意识到泰坦就在教堂外。

"你在做什么？"勃艮第朝我大喊。

我不知道。当时的我只有部分清醒。我手中握着巴伯瑞萨特，朝门口狂奔，一心只想用剑去对抗泰坦。我失去了理智。

一个人，执一柄剑，妄图对抗一台战斗泰坦。

我还没走到教堂门口，就听到了飞艇在半空疾驰的呼啸声与开炮声。

我无须抬头就猜到那是我的炮艇，该死的米迪亚。

"尖刺呼叫神盾，正义苦涩！撤退！撤退！"

"尖刺请求神盾，永恒暮色，拒绝剃刀战术！采取长牙战术！"

"尖刺拒绝！宁静掩护！撤退！"

"神盾回应维尔沃克。完毕。"

"不！"我怒吼。米迪亚的回答说明，她现在正听从维尔沃克的命令。他已经命令她立刻发动炮艇。此刻，他已下达命令对泰坦发起进攻。

我对他的品质坚信不疑。他确实认为这是在帮我。他渴望证明自己的价值。

这该死的维尔沃克。

当我跑到教堂门外，看到如同猛禽般的炮艇正在行星守卫军的通信站上空盘旋，对着缓慢转身的泰坦全力开火。暴风骤雨般的炮弹轰击在巨人厚实的铠甲表面。

血意号转过身，发出了金属摩擦的尖利声响，随后举起右拳开火。冲击炮轰射出锥形的烈焰，炮口的高温达到了白炽状态，伴随着轰射的节奏不住地震动闪烁。

炮艇快速调整姿态，左右倾斜着疾驰。它试图避开泰坦的火力，但敌人的炮弹火力太密集了。

猛烈的炮火撕开了我视作至宝的炮艇，艇身被轰开，尾翼也被撕扯下来。

伴随着爆燃的火焰与滚滚浓烟，无数金属碎片从炮艇表面剥离。它急转而下，试图重新攀升。

它的主引擎熄火了。

炮艇在半空中划出了一道浓烟，猛地向左倾斜，撞在了一旁锈迹斑斑的建筑顶端。炮艇的左翼支柱应声折断，最终坠落。它跌落在极地湖的岸边，一头撞进了沙滩边软泥和瓦砾中，在滩地上留下了一条三十米长的骇人沟壑，其中的残骸在闷燃。

我踉踉跄跄地向坠落的方向跑去，想看清状况。但坠落的炮艇被建筑物遮挡住了。我能看出艇身已经起火，血意号正向那边滩地走去。

我脑中突然浮现出一名猎人向受伤猎巫走去的情景——它正准备给猎物致命的最后一枪。

在下一个长屋的拐角处，我看到结冰的湖岸上布满了闪闪发光的金属碎片。泰坦踩踏在滩地上，沉重的铁蹄将卵石踩碎，留下了近乎完美的凹痕。炮艇侧卧在滩地上，已经残缺不全，一部分被挤压进了湖岸边的碎石和冰冷坚硬的淤泥内。可怖的黑烟从艇身内冒出，剧烈燃烧的碎片落入湖水，蒸汽升腾。

砰的一声轻响，炮艇的侧翼被炸开，固定在艇身表面的螺栓四处弹射。一个人从缺口处跳了出来，显然身负重伤，挣扎着在滩地上爬行。

那人是维尔沃克。

泰坦距离坠落的炮艇只有大约五十米远。当它大踏步地穿过滩地，它的铁蹄砸出了一片水雾。

我意识到我身边有人在行动。那是哈尔。他高举激光枪，枪口瞄准了泰坦——这个举动充满了挑衅意味，那英勇的姿态甚至掩盖了他的愚蠢。卡拉·斯沃尔紧随其后，焦虑地搀扶着拉斯。拉斯步履艰难地走到我身边。与泰坦的意识连接极大地损耗了他的心神，他目光黯淡，眼窝凹陷，嘴唇紧闭，毫无血色。

我不知道自己是一副怎样的面貌。

勃艮第也跟在他们身后。他将手枪重新收回。他知道，面对泰坦，手枪的火力已经失去了意义。费希格和纳尔还在教堂内，守护在伊丽莎白身边。

拉斯握着我的符文杖，用杖身支撑着自己。

"回去。"我对他们说，"回去吧……我们毫无办法。"

第五章

"我们要战斗……"拉斯吃力地回答,"我们要战斗……和帝国的大敌斗争到最后一刻……以人类神皇之名……直到战死沙场。"

他言罢,将我的符文杖高高举起,用杖头的符石放大他早就千疮百孔的意念。手杖投射出了炽热的灵能轰击,那些光束的杀伤力要比他自己拐杖中的枪弹大得多。灵能击中了泰坦高高隆起的背部。我不知道他是否真的希望通过这样的方式击溃泰坦。我不知道他是否真的意识到,这样的进攻不过是以卵击石。我想,他或许只是为了将泰坦的注意力从炮艇的残骸上移开。

拉斯手中的符文杖不断地发出灼热的轰击,看上去威力巨大,足以毁灭一切。轰击发出夺目刺眼的亮光,带起的热流甚至灼伤了我的头发。但当光束击中泰坦时,它的威力却显得十分可悲。灵能轰击在泰坦背后的金属护罩上,徒劳地灼烧着。

但他仍在进攻。符文杖发出的灵能火焰变成了绿色,随后变成了白色。哈尔也跟着举枪射击。我记得卡拉也开了枪。

我们的攻击软弱无力,用我的老导师哈普山特的话说,就像是飓风里的吻。

血意号用冲击炮扫射着炮艇的残骸。顷刻间,艇身就被轰得扭曲变形,很快就四分五裂,无数的金属碎片被冲向岸边,在极地湖的表面激起无数个浪花。

炮艇似乎在抽搐,仿佛在试图逃离注定毁灭的命运。事实上,它只是在轰击中上下颤抖,暴风骤雨般的炮弹将它从头至尾碾得粉碎。

然后它爆炸了。一道令人目眩的闪光出现并膨胀,伴随着短促的轰鸣和持续的冲击波,在海滩上炸出了一个深坑,在湖面另一头激起一道巨大的潮汐。

炮艇曾经的位置——米迪亚、埃莫斯和达哈尔特所在的位置——如今只剩下一团跳跃的烈焰。碎片、水花和卵石向四处倾泻,仿佛是末日景象中的暴雨。从我们的角度看,泰坦的巨大身影仿佛消失在了突然升腾起的蒸汽中。

我最后见到维尔沃克时,他正蹒跚着向内陆方向行进,距离坠落的炮艇只有五十米远。在一片水雾和浓烟中,我没再找到他的身影。

泰坦完成了杀戮,转身走向了我们。

我突然仰头栽倒,头重重地砸在了一旁的墙体废墟上。有那么一秒钟,我的头脑一片空白。后来我才反应过来,是勃艮第在危急时刻用一记绝望的飞铲将我踢倒在地,我也因此保全了性命。

血意号泰坦已经适应了瞄准系统。

岛屿上的冰冷空气中充斥着被爆炸雾化的岩石和矿石的粉尘。拉斯和哈尔已经不复存在。他们被泰坦的超高能武器完全汽化。我的符文杖也被轰成了焦黑色，但外观仍然完好。符文杖下方的地面被炼金术一般的恐怖烈焰熔成了皱缩不平的玻璃状晶体。二人留下的唯一痕迹，是哈尔激光步枪的一小部分残骸。

卡拉·斯沃尔在二十米开外的地方。她浑身浴血，我当时确定她已经阵亡。

我认为我们都难逃一死。图林已经赢了：他当着我的面，杀死了我的所有部下和盟友。

我失去了一切。我没有任何能与泰坦抗衡的武器。在这场自始至终都一边倒的对决中，我毫无胜算。此刻，我更手无寸铁。

我……

我突然萌生了一个阴险而可憎的念头，仿佛绝境之中闪过的一道污秽之光。我试图摆脱那个想法，那个难以言说、不可饶恕的想法。

但这个想法千真万确。我拥有一样东西。

我拥有一样比泰坦还要强大的东西。

如果我胆敢启用它，如果我真的有勇气将它释放出来，那将难以想象……

血意号四周的蒸汽逐渐退去，它向我发出了咆哮。

我能听到巨大的加特林冲击炮自动装填弹药发出的咔嗒声，连同弹仓旋转时发出的呜呜声。我清晰地瞥见脚边的每一粒卵石伴随着泰坦铁蹄砸落的瞬间，在地面不断地跳跃。

"贝克斯……"

"长官？"

"带上卡拉，快跑。跑到教堂。"

"长官，我——"

"照我说的做。"我动用了意志之力，他闻言，立刻飞奔而去。

我爬到符文杖前，伸手握住了杖柄。它摸起来滚烫，表面沾满了炙热的鲜血。

我突然意识到，或许杜克兰·哈尔和保罗·拉斯已经充当了祭品的角色，但我很快就因为这个罪恶的想法而反胃。我没有时间、没有机会做任何准备工作了。事实上，我眼前根本没有执行这类行动时必须配备的工具、装置、油膏、护符或印记。

我只有我自己。

在这一刻到来之前，我从未想象过自己居然会这样做。

我在玻璃化的地面上跪下，挡在混沌战斗泰坦行进的道路上，双手笔直地举起那根沾着我挚爱战友鲜血的符文杖。我开始念动咒语。

咒语的内容十分艰涩。要完美地记住《恶魔禁典》中的词句并不容易。我多年以来断断续续地研究着这部禁忌之书。书中有一些我内心深处渴望研习、理解的段落，但这些文字也让我心生畏惧。在我首次研习《恶魔禁典》的内容后，也就是在该书前主人奎索斯被处决几个月后，我不得不将其搁置，转而寻求精神层面的慰藉，并向阿尔索的圣心修道院的院长寻求帮助。

如今，我试图重新回忆起那些段落。我攫取自己的记忆，努力复述曾从脑海中抹去的文字。

如果我漏掉一个词，说错一个字，或少说一个音节，我们全都将命丧敌手——比血意号恐怖得多的敌手。

第六章

混沌对抗混沌
代价
后果

多年以前，在寒冷的教室内，泰图斯·恩多和我在课桌前被冻得瑟瑟发抖，黑檀木的课桌上被上千名曾经在这里求学的忠嗣子弟刻得乱七八糟。那是我们刚开始作为初级审讯员接受训练的第十八天。审判官哈普山特风风火火地迈进教室，砰的一声关上门，将一摞厚厚的法典砸在讲台上——这让我俩都吓得够呛——他随后说："倘若审判庭的人员动用混沌的力量来对抗混沌，那么他本人就将沦为比混沌更大的威胁！混沌之物往往知晓自身邪恶的界线，并遵照自己的边界小心行事。但动用混沌之力的审判官则不然，当他自欺欺人，屈服于混沌之力的那一刻，便已经走上了万劫不复的道路，这会殃及我们所有人！"

如今，在米廓尔的湖边，我并没有自欺欺人。我知道这样的孤注一掷来自怎样的绝境。

五十多年前阵亡的康茂德·沃克曾经对我说过——我无法逐字逐句地复述，但大意如此："'认清你的敌人'本身就是一个弥天大谎。永远不要试图认清、理解你的敌人。激进派的作风自有其诱人之处，而我承认我毕生也都在经受这样的诱惑。但这样的作风充斥着谎言。当你试图向亚空间索取答案，当你试图从混沌造物中探求对抗异端邪祟的学识，你就是在使用混沌本身。此举将让你沦为混沌的使徒。艾森霍恩，你可知道混沌使徒会招致什么吗？会招致审判庭的追缉。"

在荒无人烟的滩地上，我确信自己能辨别真假。沃克没有真正理解那句话的精妙。

某个深夜，迈达斯·贝坦科尔曾与我对饮，玩着格拉威亚特定规则的弑君棋。他说："为什么他们要那么做？我是说那些激进派。难道他们不知道，靠近亚空间无异于自寻死路？"

我手中握着符文杖，在杜若尔寒风凛冽的孤岛上，我绝没有自寻死路，恰恰相反，是为了活下来。

在昔日的卡迪亚墓园中，古德温·费希格曾经警告我远离混沌之力，永远不要沾染一丝一毫激进派的习气。"相信我，艾森霍恩。如果我发现你是那样的人，我会亲手毙了你。"

然而事情从来就不是非黑即白。神皇在上，一切都没有那么简单！我想起了奎索斯。曾经光明磊落、坚定不移的帝国忠仆，最终被邪祟的力量完全玷污，只因他试图理解他所对抗的污秽。我以剿灭异端之名出师讨伐，最终亲手将他诛杀。
我深知其中的危险。

血意号泰坦咆哮着向我逼近。我竭尽全力吐出了最后一个音节，意念沉浸在亚空间中。那并不是泰坦思维连接中感受到的亚空间图景，而是真正的亚空间。在符文杖的协助下，我吟唱的仪式祷文的指引下，我的意念流进了一片宽广无垠、晦暗无光的虚空。我穿透了扭曲的虚空，解开了编织宇宙万物的纤维。我的思绪伸向了一个次星区外的世界——遥远的古德伦，伸向了英瑟姆海岬的一处私人庄园。

我继续触探，将思绪伸向了一间秘密的小房间。房间的墙体用真空密封，四周竖起了亚空间屏障，入口处设有虚空盾，外加十三道门锁。只有我才知道每一道屏障的密码，因为它们都是我亲手设置的。

它被包裹在锁链中，无力地伏在地上。
我唤醒了它，让它从束缚中解脱。

第六章

我从恍惚中惊醒。恶魔的能量透过符文杖逸散而出,杖柄在我的手中不住地跃动。

我竭尽全力紧握符文杖,一字一句地喊出了口令和具体的指示。

如同一轮新日,原本被奴役的恶魔在符文杖的杖头汇聚成形。它发出的邪恶光芒点亮了原本晦暗的湖滩,在泰坦身后映照出一条细长的阴影。

"切鲁贝尔?"我低声问。

"怎么?"

"杀了它。"

闪电划破天空,风云突变。邪风汇聚成的风暴在湖面上空席卷,雨水连成一片,从半空砸落,伴随着末日图景中独有的电闪雷鸣。

一个鬼魅般的煞白之物在半空中辗转腾挪,用肉眼只能瞥见一道虚影。它从符文杖中一跃而起,径直冲向了漆黑的血意号。

泰坦迟疑了片刻,一只铁蹄抬至半空,迟迟没有落下。它开始剧烈颤抖起来,盲目地挥动着两只巨大的铁臂。突然间,那张镶嵌着铬金的颅骨从中裂为两半,化作金属碎粒,爆炸的同时散发出病态的绿色光芒。

血意号左右摇摆着,突如其来的瓢泼大雨淋湿了嘎吱作响的钢铁之躯。

一道夺目的闪光点亮了整片湖岸和废弃的行星防卫军基地。血意号——万年以前就与人类为敌的战争机械,从腰部以上开始剧烈爆炸,化作了一个炽热的球体。它的头颅、躯干和铁臂均未能幸免。

泰坦的两条钢腿——其中一只铁蹄仍然悬在半空——左右摇摆了片刻后轰然坠地。巨大的身体如同雪崩一般坍塌,将通信站的基座上残留的全部建筑都碾成了粉末。

血意号已死。费德·图林已死。

而我也逐渐失去意识,在致命的爆炸冲击波中陷入昏迷。

这也意味着切鲁贝尔将重获自由。

如果它选择当场逃跑,完全可以得逞。事实上,它可能已经遁入瘴气弥漫的亚空间深处。即便我用余生试图将它重新召唤回到现实位面,它都不会轻易中招。它现在对我十分警惕，对我使用的手段也十分熟悉。

当然，它或许已经逃得足够远。我需要花上很多年才能寻出它的踪迹，而在这段时间里，帝国将付出沉重的代价。

但它并没有逃跑。恶魔对我积怨已久，一心渴望复仇。

它要亲手杀了我，方能解心头之恨。

宿敌

我在短暂的昏迷中惊醒，立刻意识到因为我失去了对切鲁贝尔的控制，它已经重获自由。我环顾四周，但湖滩上似乎只剩下我一个人。天空依旧被浓云遮蔽，闪电划破夜空，仿佛给群山戴上了噼啪作响的金色冠冕。

雨势渐缓，滴滴答答地落在光滑湿润的卵石上，敲击在血意号的残骸表面。我感到皮肤传来隐隐的刺痛。我知道它就潜藏在周围。

我做出了一件难以想象的事，此刻我不得不采取行动，消除这件事的后果。切鲁贝尔必须被再次束缚。我不能允许一个险恶的恶魔逃走。

我举起符文杖。雨水冲刷着杖柄坚硬光滑的表面，斑驳的血迹渐渐淡去。我将它牢牢握在左手，右手抽出了巴伯瑞萨特。剑锋感知到了空气中的恶魔气息，发出了震颤的蜂鸣。

"神皇吾主，愿你神圣威严，愿你光耀永驻，愿你的子民逢凶化吉——"

"那救不了你。"一个声音响起。我转过身，却找不到声音的来源。

"愿你光耀永驻，愿你的子民逢凶化吉。伟大的主啊，我愿一生侍奉，净化你对全人类之——"

"没用的，格雷戈。《泰拉颂歌》？这不过是毫无意义的文字，格雷戈。它毫无作用。"

"我愿用一生侍奉，净化你对全人类之统治，讨逆诛魔，抵御外敌，涤荡混沌之焰——"

"但我给你的可不少。我很喜欢你，格雷戈。在我见过的所有人中，你尤其令我钦佩。我曾经为你效命，不止一次救你于水火……好好想想，作为回报，我只要求你遵照我们之间的契约行事，将我解放出来。但你做了什么？你将我玩弄于股掌之间，将我囚禁在漫无天日的监牢里。你卑鄙地利用了我。"

这些话语在我四周回响，但无论如何，我都看不到它的身影。它蛊惑人心的话语回荡在我的脑海中。我努力调整心智，不断重复经文。但这并不容易。

我想反驳它的嘲讽，努力压抑着内心的愤怒——是它先欺骗了我，而我们之间根本就没有契约可言！它利用我消除了奎索斯在它身上刻画的符文，利用我挣脱了束缚与奴役。

但我不敢掉以轻心。我必须集中精力念诵经文。巴伯瑞萨特从剑柄到剑尖都在不住地震颤，与我四周的灵能力形成了共鸣。

"……愿你的子民逢凶化吉。伟大的主啊，我愿一生侍奉——"

一颗恒星般的球体从湖面升起。光球的核心散射出夺目耀眼的白色光环。它如同狂风中的落叶一般飘舞盘旋，缓缓落在我身旁，在几米外的位置静止不动。

球体下方的卵石顷刻间被焚化为玻璃状的结晶。光线强烈到让人难以直视。切鲁贝尔悬浮在光球中央。它肉身已灭，只剩下恶魔的灵魂，简单而原始，不再被桎梏于宿主之中。我在强光内无法辨别更多的细节。事实上，我对恶魔的真实形态并不感兴趣。它不再是人形。我曾认为白色的光芒代表着纯净与高雅，是圣洁美善的化身。但我眼前的煞白之物如此可憎，它的纯洁表象之下是极端的邪恶，令人不寒而栗。

"……愿你神圣威严，愿你光耀永驻……"

"闭嘴，格雷戈。闭嘴，让我安静地杀了你。"

我的武器——符文杖和剑都无法对它造成身体上的伤害。切鲁贝尔没有可供摧毁的宿主。但这两件武器也充斥灵能的力量。我曾经使用符文杖将切鲁贝尔放逐。根据我的推测，我已经彻底抹杀了它的同类普罗法尼狄。但在那些战斗中，我的意念更加强大，而灵能武器的威力取决于使用者的意志。切鲁贝尔知道我已经身心俱疲，意志难以集中。我能感受到它正试图撩拨我内心的苦痛，进而削弱我的意志……贝坤、米迪亚、埃莫斯、拉斯、哈尔……它希望我沉浸在队友阵亡的悲伤中，而这样的悲伤会让我的弱点暴露无遗。

但它也同样虚弱。它刚刚消灭了一台泰坦，这足以消耗它的极大一部分邪能。

那道光向我冲了过来。我认为那是一次试探。我挥舞着巴伯瑞萨特，将它扫向一旁，手臂感受到了电流般的冲击。它再次猛冲，我横扫符文杖将它逼退。

它环绕在我的四周，而我的反击确实能刺痛它。它知道战斗即将来临。

宿敌

或许这正如它所愿……

我冲向它，手中的巴伯瑞萨特也在渴求战斗。切鲁贝尔用一道足以令人致盲的白光挡住了我的视线，同时发出了一道灰白色的光圈，将我提到了半空。

我重重地砸在了废墟的一块屋檐板上，立刻一跃而起。我想起了战友曾经教我的每一个动作，一张张脸孔浮现在眼前——哈伦·纳尔、卡拉·斯沃尔、阿莲霍德·依修迪尔、迈达斯、米迪亚……

它朝我撞了过来，发出的光芒令人目眩。那感觉就像在和一颗恒星搏斗。我用杖头猛击它，侧身避开它的撞击路径，双足点地后跳到一旁。

我在血意号残留的钢腿残骸下，脚踩湖滩，向通信站的方向艰难地奔跑。我能清晰地听到滚烫的热浪在身后噼啪作响。

我假装向左逃离，但它猜到了我的用意。那颗恶魔化作的星体直冲过来。我挥动剑锋，用符文杖撑在地面，高高跃起，避过了它的下一次袭击。

切鲁贝尔发出了笑声。我在两座长屋之间疾驰时，它阴森的咯咯笑声就跟在我身后。恶魔之星继续追赶，它溢散的强大灵能将身后湖滩上的卵石击得四处飞溅。

我突然听到了砖石相互摩擦和撞击的声音，发觉两侧的墙壁正在向我快速聚拢。切鲁贝尔将两间长屋连地拔起，企图将我碾碎。

我挥动巴伯瑞萨特，劈开了左侧房屋的墙体。眼看摇晃的铁梁相互挤压，我高高跃起，避开了致命的撞击。切鲁贝尔撕碎了墙体内的纤维，向我直扑而来，我用两柄武器予以还击。

我能将它格挡开，但仅此而已。我的意志过于虚弱。

我唯一的胜算是将它重新束缚。但该怎么做？

德罗尼克斯不知从何处蹿了出来。我始终坚持一个观点——在经历了如此多的磨难后，我的理智不得不这么说服自己——人类帝皇在忠实的奴仆遭难的时候，往往会以最诡异的方式向他们伸出援手。德罗尼克斯，年迈疯癫的德罗尼克斯，显然始终都在暗中观察这一天的恐怖诸事。此刻，他突然冲了出来，因为他犯了一个致命的错误。他看到恶魔的白光轻而易举地击毁了泰坦。对他来说，白光是圣洁的朋友，因为它为帝国战胜了敌人。

对他来说，那道强大的白光是帝皇挽救众生的化身。

他冲出了阴影，口中呼喊着神皇，高声称颂、虔诚、卑微地表示着感激。

他不过是一名衣衫褴褛、身形羸弱的老人，在恶魔面前无异于螳臂当车。

然而，为了见证神皇的荣耀，老牧师特意从教堂中取回了倒塌的双头鹰雕像，并将它托举在胸前。

切鲁贝尔哀号了一声，连连后退，像一团随风拂动的莎草沿着长屋之间的小路滚落。德罗尼克斯困惑地追赶着它，口中滔滔不绝地赞颂着神皇。那些话语如同神圣的钢钉，刺穿了切鲁贝尔腐朽肮脏的灵魂。

这让我得到了片刻的喘息。

我环顾四周，知道自己必须尽快想出对策。

巴斯蒂安·维尔沃克还活着。他浑身上下血肉模糊，衣服和头发在炮艇坠毁时被烧得面目全非。尽管我一直难掩对他的厌恶，但当我看到他残缺的身影时，仍然发自内心地感到怜悯和悲伤。他的双眼仍然充满了渴求，看到我向他走近时，眼中流露出狂喜的光芒。他向我伸出了血淋淋的手。

他以为我是来救他的。

时至今日，我不得不承认，我对自己的所作所为深恶痛绝。我对维尔沃克的厌恶和鄙夷并不能成为我为自己脱罪的借口。他是个阿谀谄媚的小人，给我带来的实际损失或许比我能够计算的还要大。但他终究是效忠于审判庭的奴仆。该死，他是那么崇拜我、信任我。

但我别无选择。我做了最正确的决定。我之所以释放切鲁贝尔，是为了捍卫人类帝国的利益，我必须阻止血意号。

此刻，我也必须阻止切鲁贝尔。我将被迫做出同样艰难的抉择，并为此付出代价。终有一天，当我回归神皇的黄金王座之时，我将虔诚地赎罪。

我在他身边跪下。他的神情一如既往地殷切。该死，那种纯真的殷切眼神让我感到如芒在背。

"先生……"

"巴斯蒂安，你是神皇忠心耿耿的奴仆吗？"

"我……我是……"

"你是否愿意为他供奉一切？"

"我愿意，先生。"

"你是否纯净？"多么愚蠢的问题！维尔沃克该死的纯净派作风导致了不

可估量的损失。他刻板的纯净派作风让他成为整个团队的累赘。

但他始终都保持着纯净的内心——人类面对混沌所能够维系的最纯净的内心。

我将手放在他的胸前，用他的鲜血浸湿我的手指。随后在他的额头、面颊、脖颈和心脏的部位涂抹了一系列符文和印记，口中念诵着《恶魔禁典》中记载的那些鲜为人知的咒语。

"你在——在做什么？"他语音颤抖。该死，就算这个时候，他还是那么多狗屁问题！

"一件必要的事。你在履行侍奉神皇的职责，巴斯蒂安。"

通信站的另一头传来了一声尖叫，德罗尼克斯恐慌地奔向湖边。他的双手已经起火，手上流淌着白炽的液态金属。

切鲁贝尔已经恢复了力量，将双头鹰融化。

可怜的老人仍然在尖叫，他一头扎进了冰冷的湖水。他的双手在浸入湖水的一刹那，水汽弥漫，嘶嘶作响。

切鲁贝尔的致命光球闪烁不定，沿着湖滩向我猛冲过来。

"原谅我，维尔沃克。"我说。

"当然，先生。"他喃喃地附和道。

"原谅什么？"他突然问。

我开始低声念诵束缚的真言、奴役的连祷、禁锢的咒语——那一刻，我与切鲁贝尔仅有半步之遥，手中的符文杖发出夺目的亮光。

"以恶魔奴役之契，吾将汝永缚此身！"

"这里究竟发生了什么？"费希格举着枪向我跑来，大惑不解地问。

"很多。没什么。都结束了，费希格。"

"但是……那是什么？"他问。

恶魔宿主在我的身边，在双脚离地几厘米的高度悬浮。我用腰带作为绑带，死死地扼住了维尔沃克肿胀、焦黑的咽喉。

"我捉住了一头恶魔，古德温。他已被束缚，不会伤害我们。"

"但是……这不是维尔沃克吗？"

"他死了。他值得我们尊敬，他为神皇献出了一切。"

费希格警惕地看着我。"艾森霍恩，你是怎么知道束缚恶魔的方法？"他问。

"我曾经学习过。对审判官而言，这些是必要的学识。"

费希格惊愕地后退了半步。"维尔沃克……"他有些迟疑，"你使用他的躯壳前，他已经死了，是吗？"

我没有回答。三艘运输船已经抵达湖岸，做好了登陆准备。

伊丽莎白呼叫的援军终于到了。

第七章

离开米廓尔

古德伦的圣所

她的心

我只想尽快离开这个伤心地。这里不仅让我精疲力竭，更让我付出了沉重的代价。

前来支援的人全都是训练有素的战士。他们借助运输机完成了部署，快速控制了整个区域，并围捕了图林如丧考妣的同伙。我也被告知，门得列夫和科斯都在全速赶来，带领着当地的精锐部队和审判庭的卫队。

我不打算在等待中浪费时间。

有些东西，我希望被越少人见到越好。

我发布的命令或许会让我的名誉受损，但我已经顾不上那么多了。

我尽快将贝坤送上了运输船，并安排纳尔和勃艮第看护她。

我特地嘱咐纳尔，将贝坤安置在距离最近的综合医院，等到状况稳定后，尽快安排一条前往梅西纳纺纱小队指挥部的航道。他们还带走了卡拉·斯沃尔。卡拉身受重伤，但好在性命无虞。

我命令费希格留在当地，继续担任我的代理人，但他似乎心存顾虑。我知道，恶魔宿主给他带来了极大的困扰，尽管他并未明言。

我给他的命令言简意赅：密切监视事情的进展，直到审判庭的大部队抵达后方能离开；确保容纳其他休眠的混沌泰坦的储藏室被彻底摧毁，并事无巨细地记录这一过程；最后，代表我正式终止本次巡查，重启的时间另行通知。

这些命令并非不合情理。一名高阶审判官刚刚从一场与泰坦的战役中九死一生，损失惨重。他需要时间进行康复和休整，在这时撤出杜若尔的巡查，正当且合理。

我打算晚些与费希格联络。眼下的当务之急，是带走那个邪恶之物。

我正准备驾驶另一架运输机，带着陷入沉默、满脸阴郁的恶魔宿主离开。

这时，我收到了那天第一个好消息。

米迪亚和埃莫斯还活着。

他们伤痕累累，精疲力竭。米迪亚拼尽全力，将埃莫斯从炮艇的废墟里拽了出来，早在维尔沃克破舱而出之前，两人就找到了掩体。他们躲在隐蔽处，头晕目眩，奄奄一息。

他们见到了全过程。

我紧紧抱住二人。"你们都跟我一起走。"我说。

"格雷戈，你做了什么？"米迪亚轻声问。

"先上去。"我指了指运输机。

"她是什么意思？"费希格问。

我没有直接回答他。疲惫已将我掏空。我生怕自己支支吾吾的解释无法让他信服。"先把这里剩余的工作完成，我会在一个月内给你发送新的指示。"

我将审判庭徽章递给他，以确保没有人会质疑他作为代理人的权威。

这个举动意味着我对他绝对地信任，却反而让他心烦意乱。我伸出了手，他也伸出了手，但看上去心不在焉。

"我会全力以赴。"他说，"我从没让你失望过吧？"

他确实没有。费希格始终是我最值得信赖的人，从未让我失望过，但越是如此，我就越感到不安。

两天后，我们将行李安放在一艘名为瑰丽号的远航商船的舱房内，全速赶往赫里甘次星区的古德伦。如果神皇庇佑旅途顺利的话，这将是一次为期三周的航行。

航行中，我睡了很久。令我感到欣慰的是，疲惫让我陷入了昏睡，从未进入梦境，但疲劳感始终挥之不去。在米廓尔的经历不堪回首，几乎耗尽了我的精神和情感。每当我醒来，自认为睡眠充足时，我能享受片刻的宁静。然而，回忆总是很快涌上心头，随之而来的是无尽的焦虑。

途中的每一天，我都要拜访两个地方。第一个是星船内建造的小教堂。在那里，我虔诚地祈祷，每一个动作、每一段悼词都比以往一百年来的仪式更加严格。我感到自己仿佛是个不洁之人，我被混沌玷污——而那是我自己的选择，理应受到惩戒。我渴望忏悔。换作往常，我必定会求助于伊丽莎白，

但如今已经不再可能。

每当想到这里，我就会祈求她能够生还。我祈祷斯沃尔能够恢复健康。我为保罗·拉斯、杜克兰·哈尔和在炮艇坠落中丧生的达哈尔特点燃了火烛，愿他们的灵魂得到安息。

我祈求巴斯蒂安·维尔沃克的灵魂得到解脱，祈求神皇的赦免。

我祈求费希格能够理解我的一番苦心。

在我侍奉神皇的漫长生涯里，我始终坚信自己是一个矢志不渝、忠心耿耿的灵魂。然而，我每日奉行的祈祷仪式却极容易被忽略。讽刺的是，在那趟旅途中，在我一生中最迷茫、最接近于异端行径的时光里，我却在曾经习以为常的仪式中感受到了信仰的新生。或许从万劫不复的地狱到美善纯净的天堂之间仅隔着匆匆一瞥。我在日复一日的祈祷中，受到了训诫与感化，如同经历了一场艰苦卓绝的锤炼。我蜕变成了一个更加卓越的帝国审判官。

在无数次产生自我怀疑，无数次被焦虑笼罩后，我不禁怀疑这种精神层面的升华会不会只是我在潜意识中否定自己正在堕落的事实。究竟是米廓尔事件为我敲响了迟到的警钟，让我抖擞精神，重新回归纯净派的道路，还是我在自欺欺人？就像奎索斯一样，我是否还在执迷不悟，甚至没有意识到自己正在坠入万丈深渊？

第二个我每天拜访的地方，是羁押恶魔宿主的装甲船舱。

瑰丽号的船长是一位名为格尔布·斯塔提斯的英格朗人。他见到恶魔宿主的第一眼就拒绝收容它。当然，他并不知道那是恶魔宿主。帝国境内，很少有人知道如何辨别恶魔与凡人，况且我还特意为这个沉默寡言的"人"披上了兜帽长袍，但那股笼罩在怪物四周的邪恶与腐败气息难以掩饰。

我没有心情和斯塔提斯讨价还价。我直截了当地出示了带有审判庭印记的戒指。表明身份后，我向船长承诺会确保这名特殊的客人得到严密的监控，并付给他三倍的报酬。

面对这样的条件，冒险对他来说就不算什么了。

我将恶魔宿主锁在船舱中，用了十个小时在四周的墙壁和地面准确地刻上对应的束缚印记。其间，切鲁贝尔如同一具行尸，一言不发，麻木僵直。

束缚的咒语给恶魔也带来了严重创伤，在恢复期间，它暂且算得上温和。

每次我走进这间牢房，都会再三地检查，并在必要的时候重新描画符文。此外，我还用羽毛笔和染料在它身上画上了永久性的符文。

这项工作令我不寒而栗。维尔沃克的身体已经开始愈合，皮肤看上去光滑而健康。他双眼紧闭，五官仍然是年轻的审判官模样。然而，他的额头已经开始隆起，两侧出现了退化的骨质犄角。

到了第九天，恶魔睁开了维尔沃克的双眼。切鲁贝尔那双煞白的眼眸充斥着愤怒。它终于适应了严酷的束缚仪式——想必我采取的简陋工具更让这个过程痛苦百倍。

"他想杀了你。"它开口说出了第一句话。

"我在和谁对话？巴斯蒂安还是切鲁贝尔？"

"两者都是。"它答道。

我点头道："想法不错，切鲁贝尔。我知道维尔沃克已从这副躯壳中抽离。"

"但他对你恨之入骨。当他灵魂出窍的一刻，我品尝到了他的情感。他当场就知道了你的所作所为。在魂飞魄散的最后一刻，他对你只有愤恨。"

"神皇会庇佑他。"

"你的神皇听到我的名字都会屁滚尿流。"它答道。

我用力扇了它一巴掌。"你已被束缚，恶魔。你要学会放尊重。"

恶魔宿主从肮脏的货舱地板上飘落，全身扭动，试图抖落身上的锁链。它对我发出尖叫。我无视它的狂怒，转身离开。

在我每次来时，它都会尝试不同的策略。

第十日，它开始认罪乞求。

第十一日，它看上去郁郁寡欢，并承诺不会伤害我。

第十三日，它一言不发，对我的到来视而不见。

第十六日，它开始狡黠地引诱。

"事实上，格雷戈，"它说，"我很想念你。我们共处的时光真是妙不可言。奎索斯是个残暴的主人，但你能真正理解我。在那座岛屿，你渴求得到我的帮助。哦，我们确实有过很多分歧，而你又这么诡计多端。但我喜欢这样。或许让我单独逍遥比被你奴役糟糕得多。所以，告诉我……你有什么计划？

宿敌

你和我想完成怎样的壮举？你会发现我是个善解人意、做事周全的得力干将。你迟早会发现我值得信任，像朋友一样。我一直想要一个朋友。你和我，格雷戈，像朋友一样并肩作战。岂不美哉？"

"不可能。"

"哦，格雷戈……"它哀求道。

"闭嘴！"我说，它矫揉造作的友善让我反胃，"我是帝国审判官，毕生效力于泰拉黄金王座。而你不过是个污秽肮脏的走狗，你只效力于你自己。我们之间势不两立。"

它舔着嘴唇，维尔沃克的两颗虎牙已经变成了冰白色的尖锐长牙。"所以你为什么将我束缚住，艾森霍恩？"

"这个问题我经常扪心自问。"我说。

"那就放了我吧。"它低声说，"将我从这些五芒星符文的束缚中解脱出来。让我走吧。我们就这么扯平了。放开我，我立刻从你眼前消失。以后我们老死不相往来。我保证，放我走，一切问题就都解决了。"

"你认为我究竟有多蠢？"我问。

它飘浮到了半空，将头歪向一旁，露出阴森的笑："至少值得一试。"

我走到门口时，它突然叫住了我。

"你知道吗？能被你束缚住，也让我十分满意。"

"真的？"我语气中满是不屑。

它兴高采烈地点了点头。"这给了我充足的机会将你腐化。"

到了第十九日，我险些被它唬住。当我走进货舱时，它正跪坐在甲板上哭泣。我不想理睬它，检查着地上的符文。突然，它抬头看着我。

"先生！"它说。

"维尔沃克？"

"是的！求求您，先生！它已经离开了我的身体，我终于重新夺回了控制权！拜托您了，快解开我的束缚，将它彻底驱逐！"

"巴斯蒂安，我——"

"我原谅您，先生！我知道您所做的一切都是因为别无选择，而我能为您履行如此重要的职责感到万分荣幸！但是，我求求您，我现在已经夺回了控制权！快将这个恶魔驱逐，让我从这无尽的苦痛中解脱！"

我走近它，手中握着符文杖。"我不能，巴斯蒂安。"

"您可以，先生！时机已经成熟！哦，多么痛苦！与这头怪物一起被囚禁在这副躯壳之中，分享同一身皮囊！它一刻不停地折磨着我的灵魂，向我展示邪祟之物，足以将我逼疯！怜悯我吧，先生！"

我伸手指了指他胸前那枚构造复杂的印记。"你看到这个了？"

"怎么了？"

"这是虚空印记。它是束缚契约的重要组成部分。它能驱散宿主原本的灵魂，以便恶魔完成夺舍。事实上，这个印记杀死了这副身躯最初的主人。你根本不可能是巴斯蒂安·维尔沃克，因为巴斯蒂安已经死了，他早就离开了这副躯体。我早就料到你已经学会了他的嗓音，因为你控制了他的咽喉和上下颌。但你终究还是切鲁贝尔。"

它叹了口气，一边点头，一边重新飘浮到半空，直到身上的锁链绷紧。

"多试试总没坏处。"

我又一次猛扇了它一耳光。"确实没坏处。但我会让你付出代价。"

它顿时噤若寒蝉。

"理解我的话，恶魔。束缚你、临时利用你已经让我付出了太多。我对自己的行为深恶痛绝，但我别无选择。如今，我已经重新将你束缚，不会再掉以轻心。用最稳妥的方式将你囚禁已经成为我最重要的使命之一。我在帝国历史上决不会留下自甘堕落、松懈怠惰、串通大敌的恶名。从现在起，你休想指望任何逃脱的可能。我决不允许这种事情再次发生。你只是奴隶，永远都是。"

"我明白了。"

"听懂了？"

"我听懂了，你是一名虔诚且坚定的审判官。"

"很好。"

"最后一个问题：谋杀同僚的滋味如何？"

我在前文提到过，人类帝国的公民很少有人能辨认出恶魔宿主，也很少有人理解恶魔宿主的本质。事实确实如此。当然，我的几名队友对恶魔宿主并不陌生——与我在 56-艾扎星、伊肯星、卡迪亚和法尔尼斯贝塔星并肩作战后，任何人对这样的存在都不会感到陌生。

埃莫斯和米迪亚当然能够理解"恶魔宿主"的概念。我曾经亲口向他们介绍过这样的污秽之物。我想，米迪亚或许和费希格一样，对我带上瑰丽号的至邪造物一知半解，眼中夹杂着畏惧与怀疑。

但埃莫斯对此心知肚明。据我所知，一切人类能够掌握又不至于因此被逼疯的学识，他都熟稔于心。但是他与我共事的日子比其他任何人都要久。他是我信赖的挚友，是与我出生入死的伙伴。他向来对我言听计从，极为信任，如果他质疑我的做法，那说明我确实大错特错了。

然而，经过了两天的航行，我意识到他甚至不打算与我讨论这件事。这反而令我如坐针毡。我希望开诚布公，于是主动与他谈论起切鲁贝尔。

那是一个深夜，大约是航行中途的第五个夜晚。我们在玩双弑君游戏，啜饮着船长斯塔提斯能提供的品质最好的阿玛斯克酒。

"我们的那位特殊乘客。"我说着，拿起侍从棋子思索着下一步行动，片刻后又将它放下，"你怎么看？你好像一直不予置评。"

"我不觉得我应该评论这件事。"他说。

我将侍从棋子向兵线前推进了三格，但很快就后悔了。"尤伯，我们是多久的朋友了？"

我看得出他确实在算。"我们第一次见面应该是在七月份——"

"我是说大概。"

"好吧，要说是朋友关系，或许是在我们首次见面的几年后，那么时间应该是——"

"不妨这么说吧，我们很久以前就是朋友了。"

他居然思索了片刻。"可以这么说。"他似乎因为没有具体数据而感到一丝茫然。

"我们现在也是朋友，对吗？"

"哦，当然了！至少我希望是的。"他话音未落，干净利落地将堡垒推进了两格，一口吃掉了我的蛇怪，"你觉得呢？"

"是的，我们当然是朋友。我有些困惑……想向你请教。"

"我知道。"

宿敌

"有时候，我知道有些答案无须多问。"

"嗯。"他说着，捏起代表耶鲁兽的骨雕棋子，托在眼前研究起来。"我一直觉得耶鲁兽是一种奇特的神话生物。"他说，"显然这是一种出现在家族纹章里的传奇怪兽，起源可以追溯到纷争时代。但如今，这种异兽象征着什么？其他的棋子都有明确的象征意义，在参考帝国历史和传统文化后，你能找到显而易见的提示。但耶鲁兽……真是蹊跷的扰动，在弑君棋的所有棋子里，这一枚棋子最让我不解……"

"你又开始了。"

"开始什么？"

"顾左右而言他，逃避话题。"

"是吗？"

"是的。"

"我很抱歉。"他将那枚棋子落下。出乎我的意料，他居然用耶鲁兽吃掉了我的猛禽。现在他已经占尽上风。

"嗯？"

"怎么了？"

"你怎么看？"

他皱了皱眉。"耶鲁兽……真是蹊跷的扰动。"

我调集兵力，吃掉了他的耶鲁兽。我这几步走得毫无章法，但好歹拉回了他的注意力。

"至于那名特殊的乘客。"

"它是个恶魔宿主。"

"你说得没错。"我感到如释重负。

"在米廓尔，你将它束缚在了维尔沃克的身体里。"

"是的。我想你已经目睹了全过程。"

"我当时头晕眼花，但你是对的，我看得一清二楚。"

"你怎么看待这个问题？"

他将自己的护卫升级成了摄政王，令我腹背受敌。

这场棋局不出六步就将结束。

"我并不想理解你的所作所为。我也不愿妄自揣测我追随多年、无比信任

宿敌

的审判官为何能在一瞬间释放出一头恶魔，并且娴熟地束缚住了它。我也不愿想象当时还有一息尚存的巴斯蒂安·维尔沃克被夺舍时遭受了怎样的痛苦。我只能选择信任我深爱着的审判官，并说服自己他没有越界——因为这条路一旦踏入就没法回头了。"

"哦，将军。"他补充了一句。

我在两张棋盘上都一败涂地。"我很抱歉。"我说。

"为什么抱歉？"

"让你面临这样的局面。"

"这盘棋你犯了这些错误——"

"不，我说的不是下棋。在追猎奎索斯的过程中，我接触到了一些黑暗的学识。其中最重要的就是控制恶魔的法门。原本这是我永远不会实践的知识，但泰坦的威胁太大了。我不能允许让这头怪物逍遥法外。在我能动用的一切武器与知识储备里，我只能寄托于黑暗的学识。"

"我明白，格雷戈。说实话这场谈话本就毫无必要。你做了必要的事。我们都活了下来……至少，我们绝大多数人都安然无恙。混沌之徒已被歼灭。这就是我们的职责，不是吗？没人敢说这是件轻而易举的事。牺牲在所难免，否则神皇的伟业将寸步难行。"

他身体前倾。光学镜片伴随着火光的明暗旋转聚焦。"老实说，格雷戈……如果我认为你已经沦为异端，我还会坐在这里陪你下弑君棋？"

"谢谢你，尤伯。"我满心感激。

我与埃莫斯的沟通要比我预想的更艰难。面对米迪亚，我不知该如何开口。但她的反应同样让我始料未及。

"恶魔宿……什么？我不在乎。"

"你不在乎？"

"不，我只在乎图林，而你已经竭尽全力将他绳之以法。"

"没错。"

我们坐在瑰丽号观察平台的毛绒毯上。

她斜睨着我，皱着眉。"哦，我明白了！你是害怕大伙儿把你当成异端的疯子。"

她提到的"大伙儿"指的是我的所有组员。

"你觉得我是？"

"当然没有！得了吧，头儿！如果换作是我，我也会那么干！我会不择手段地杀了图林！"

我叹了口气。"我这么做并不是为了迈达斯，米迪亚。"

"什么？"

"我是为了他，但也不完全是。我当然渴望为迈达斯复仇，但我之所以释放恶魔宿主，是因为图林和那台该死的泰坦威胁的远不止我们。"

"你是说整颗行星？"

"整颗行星……还有其他的行星。"

"对了。"

"怎么了？"

她撩开脸上的头发，伸手取过饮料。"所以你是说，如果整颗行星并没有处在危险中，你就不会使用恶魔作武器？"

"不，我想让你明白这一点。我确实想要杀死图林，我想让他为你父亲偿命。但我并不是出于复仇而释放了切鲁贝尔。我这么做经过了深思熟虑。但我永远都无法证明这一点，即便是向我自己。我释放恶魔的原因，是费德·图林与我不再是私人恩怨，他成了可能殃及整个帝国的致命威胁。当时我必须阻止他，我别无选择。我真正想说的是，释放恶魔是我深思熟虑之后的选择，而不是贪生怕死、不计后果的冲动之举。"

"管他呢。图林死得很痛苦，对吗？他被烧死了？我只关心这些。但你确实没能兑现你的誓言，对吧？"

"是吗？"

"你发过誓！以你的秘密起誓。你当时说过我必须在场——"

"你在现场！"

"不，是你把我支开了！而不是让我亲手折磨图林，所以你欠我的。我想听听你的秘密。现在就说！"

"什么秘密？"

"你看着办。但这必须是你最见不得人的秘密。你刚刚不是提到了那个……叫什么来着……切鲁贝尔？"

接下来，我告诉了她关于恶魔宿主的一切。我这么做是为了履行我的誓言。但还有一个原因：我内心深处渴望忏悔与倾诉。然而贝坤已经离我而去。

我毫不犹豫地倾吐着一切秘密，丝毫没有考虑此举可能导致的后果。

愿神皇宽恕我。

宿敌

我始终偏爱古德伦，这是赫里甘次星区的旧都。很长一段时间以来，我都将特雷锡安主星当作我的主要根据地，但那个世界人满为患，到处是肮脏的城市，不时就有作奸犯科的暴民。我住在特雷锡安只是因为方便，毕竟那里是首都世界，审判庭的总部就坐落在那里。但我很少前往那颗星球，在那里发生的往事总会让我沮丧。

五十年前，在那场"九日敬礼"期间发生的灾变之后，我将主要居所转移到了更舒适惬意的古德伦。那里总会让我感到安心。

我们与斯塔提斯作别后，将行李装卸到私人的运输机上。我为切鲁贝尔专门腾出了一间货舱，上面被我画满了符文和印记。这耗费了我好几个小时。我一丝不苟地念完了祷词，将它锁在舱内，最后补上了一道能让它温和下来的符咒。货舱被一声不吭的机仆抬进了运输机的舱门。

我们驶向了古德伦星球的表面。

从客舱的窗口，我俯瞰着这个翠绿的世界。那里有一望无垠的野地和郁郁葱葱的森林、蔚蓝色的海洋、秩序俨然的古老城市。在很长一段时间里，这里都是次星区的首府，直到被后起之秀、蓬勃发展的特雷锡安主星取而代之。经验告诉我，越是看似平静祥和的世界，在暗中越容易滋生邪恶与腐败。但恶习与缺陷在所难免，这是帝国生活的真实缩影，是我毕生捍卫的人类文明特性的巧妙体现。

我们盘旋着下降。尽管我曾经将切鲁贝尔藏在住宅地下的秘密隔间中，但将恶魔封存在居所以外的其他地方或许才是更加明智的选择。如果杜若尔事件引起了官方的注意，我的府邸极有可能面临严苛的检查。

我在古德伦置办了多处房产。但它们都不以我的名义登记，因此适合临时修整或作为安全屋使用。其中一处是位于荒野、残破不全的瞭望塔，在我府邸以南的三百公里处。这里地处偏僻、无人问津，多年以来我都将这里作为冥想的绝佳场地。

我命令运输机的机仆将载着恶魔宿主的活动货舱放在了塔楼的地下室，并进行了必要的囚禁仪式。最后，我重启了购买塔楼时安装的警报系统。

系统的构造并不复杂，但十分有效。重启花了一些时间，但不久后，我将对自己的这个举动感到万分庆幸。

我的住宅位于英瑟姆海岬。那是一处静谧的庄园，与古老的环湖城市多尔赛有二十分钟的飞行路程。这幢别墅名为斯波顿，以建造它的贵族家庭命名。建筑的主体是一座"H"形的别墅，由灰白色的琉璃石筑造而成，屋顶是翠绿的铜瓦。四周配备着停机坪和机库、一间鸟舍、一个无人机蜂巢和一座全球知名的景观园林——园林中还保留着由设计师尤提丽·克劳斯精心设计、测绘的花园迷宫。不远处的水上码头四周环绕着优美的萨利草坪。府邸的北侧和东侧被尚未开垦的丛林、自然果园和宽阔的围场环绕。站在别墅的露台上，碧雪湾的壮丽美景一览无余。

我的管家嘉莱特出门迎接。夜色已深，住宅里温暖洁净，让人倍感惬意。这时的嘉莱特年岁已高，她身材丰满，一如既往地穿着灰色罩袍，头戴装饰着白色纺纱的黑帽子。站在她身旁的是安防队长朱巴尔·克尔彻和抄写员兼图书管理员阿尔德玛·苏鲁斯。在他们身边，还有纺纱小队的伊琳娜·科伊和星语者杰库德·万斯。大约有三十人整齐地排列在他们身后，包括女佣、马夫、园丁、厨师、调酒师和洗衣工，以及五名身穿黑色铠甲的安防队员。我热情地问候了每个人。在我上一次离开后，嘉莱特和克尔彻已经雇用了几名新人，我特意与他们交谈，并一一询问他们的名字：李图，一名性情活泼的年轻女佣；科伦斯基，新入职的安防队员；阿尔特瓦德，刚刚接替退休父亲的地勤人员。

我不知道嘉莱特和克尔彻什么时候退休，或许永远不会吧。

我抵达府邸后，第一件事就是打开位于地下的监牢。我关闭了防护罩，将门锁一一打开，花了很长时间抹去了地牢里的所有痕迹。我用一把火焰喷射器将墙壁上的符文和印记一一清除。切鲁贝尔曾经的寄主，此刻已经沦为一具可怖的空壳，在松弛的锁链中缩成了一团。我用火焰将它吞没。起初，

宿敌

我私下委托他人培养了一块有机体,用于充当恶魔的宿主。当时,仅仅利用人造的肉体对我来说都是一个无比艰难的决定。

我想到了维尔沃克,一阵寒意袭来。我烧掉了所有的东西。

清理完那一团污秽后,我洗了个澡,在热水中浸泡了许久。

我花了两周时间在斯波顿府邸疗养。在返程的旅途中,我曾经试着休息或自我康复,但旅途始终充满了未知与紧张感。我收容恶魔宿主的手法过于简陋,这让我寝食难安。

此刻,我终于能安心休整了。

我在海岬的小路上走了很久,独自一人站在岬角上,凝视脚下的河流拍击着峭壁岩石,汇入海湾。这是个温暖的夜晚,我坐在花园里阅读。我走进果园,帮助年轻的园丁干农活,偶尔还能有一些意外收获。

我唯独没有去图书馆、花园迷宫或办公室。一旦靠近这些地方,伊丽莎白的倩影总会浮现在我的脑海中。

在我疗养期间,埃莫斯担任了我的秘书一职。放在过去,贝坤会主动担任这个角色。每天早餐后,他会告诉我前一天夜里收到的信函数量。我嘱托他处理,他会逐一回复日常邮件,并将涉及私人信息的内容存档以供我以后查询。他还特别拦截了大多数官方信函。因为他知道,此时的我只会关注三类消息:贝坤的动态、审判庭的密函,以及来自费希格的任何信息。

在疗养的第三周。那是个晴朗的早晨,阳光在氤氲的晨雾衬托下显得格外明媚,草坪折射出晶亮的光泽。我和朱巴尔·克尔彻在剑室里练习格斗。

这是我们开始训练的第三天。我意识到自己的剑术日益生疏,决定开展一系列的复健训练,并借此强化体能。我们穿着缝合护盾的护手和袖套,在格斗场的软垫上僵持,手中握着从卡瑟带回的格斗练习武器。

朱巴尔是一名武器大师,但他已经年迈。我在巅峰状态时能轻而易举地将他击败。他唯一的优势是毕生历练中积累的格斗知识和军事理论。那天早晨,他将这两点优势发挥到了极致,并利用了我的虚弱和迟缓,凭借耐心和纯熟的技艺将我击败。

四十五分钟内,我们就交战了五轮。我击中了他五次。他布满皱纹的老脸上流淌着汗水，但他击中我的次数是我的五倍之多。

"今天告一段落吧，长官？"他问。

"你今天有些手软呀，朱巴尔。"

"连续击败您五次还算手软？"

我摘下帽子挂在腰间，调整护袖上的挡板绑带。"如果我是你训练的安防队员，我身上现在恐怕已经有至少五处淤青。"

克尔彻微笑着点了点头。"确实如此。如果对刚刚退伍的卫队士兵或曾经在贫民窟里摸爬滚打长大的男孩，淤青和伤口是十分有益的教训。在这里的工作可不是高薪的退休生活。我觉得您不需要那样的教训。"

"再聪慧的人也需要学习。"我们同时转头，看到米迪亚走进了训练场。她在软垫的边缘徘徊，从墙角的阴影走到天窗下耀眼的方形光斑中。她注视着我。

"我只是在复述你的格言。"

我看出她心事重重。克尔彻局促地挪了挪脚步。

"让我和他比画比画。"她说。我向朱巴尔点了点头，他立刻心领神会，用卡瑟人的方式向我挥剑致敬，随后踱步走出剑室。

米迪亚脱下了父亲的樱红色外套，将衣服挂在了窗户把手上。

"怎么比画？"我从瓶架取下水杯，喝了一口。

她走到武器架的一头，在屏幕上按了两下，在显示器的图形面板中迅速地切换。她佩戴着贴身护甲和袖套，脚穿训练用的布鞋。我这才发现，她早就为这场比试做好了准备。

"我们比试剑盾格斗。"她说完，停止滑动目录，按下了"确认"按钮。

两旁传来了齿轮转动的嘎吱声和杠杆的呼啸声，安装在地下的机械库自动化系统从武器架上摘下了选定的武器，并将装备沿着两侧的墙面抬升到了武器架的终端——两枚护盾发生器和两把剑显现。剑身大约有成人的股骨长，单面刀刃呈现出微妙的弧度，剑柄上凹刻出手指的握痕。她将其中一把抛向我，我迅捷地伸手接住。

我将水杯放回瓶架，向米迪亚走去。随后拿起护盾发生器，将绑带固定在左臂。绑带上固定着一枚怀表大小的椭圆形动力装置。它在我的小臂上方投射出了一个餐盘大小的能量护盾。

宿敌

"请注意，您选择了致命武器。请注意，您选择了致命武器……"终端屏幕以柔和而紧急的方式发出了警告。

我关掉了语音提示。

"你担心的话，可以用全身护盾。"她说。

"我为什么要担心？这不过是训练。"

我们扣上了动力护盾，侧身面对彼此，盾牌相对，右手持剑，剑尖不住地相互试探。

"留意开始的信号。"我说。

"三……"终端的扬声器发出了声音，"二……一……开始。"

米迪亚最近显然花了很多时间练习。

她挥舞剑锋，横扫了一圈，同时用护盾逼退了我的第一次近身攻击。在盾牌相互撞击时，盾面发出了刺耳的摩擦声，激起了无数火星。

我防守性地向下挥击，迫使她将剑身收回到护盾边。一瞬间，两个人的四件武器就被牢牢锁在了一起，电流在四周涌动。

我们弹开彼此，展开周旋。

她举剑再刺，被我用护盾挡开了，紧接着又是一次劈砍，然后是第三次。我们又僵持住了。

她的攻防都很高明。无论在哪个世界，剑盾搏杀都是最原始的作战方式。想要活命，诀窍往往是利用好盾，而不是剑。当然，如果想要胜利，诀窍则是尽可能多用剑，而不是盾。

我将护盾挡在胸前，但她似乎无意防守。她在发起进攻时，护盾似乎被遗忘一般，随意地拖在身后。她在引诱我采用更激进的步法，或因为判断失误露出破绽。

我始终将剑锋放在她能看到的地方，用哈伦·纳尔曾经教我的方式使用盾牌。护盾也是一种武器，它不仅可以阻挡，还可以锁死甚至折断剑刃。我曾经听说过，在某些生死决斗中，盾面的固态能量力场的边缘足以致命，在借力打力的情况下甚至能切开没有防护的喉管。

米迪亚突然旋转身体，用肘部的重击将我的护盾砸到一旁，随后挑动剑尖向我直刺。那身影仿佛在训练场上舞动。我不得不举剑格挡。她变本加厉地向我施压。

第七章

她的剑刃距离我的脸只差毫厘,我奋力挥动剑和盾交叉防守。

她在剑被我锁住的一瞬间,将自己的盾牌抵在我的盾牌下,对准我的腹部发起一记重击。

我跌倒在软垫上。

"怎么样?"她问。

我站起身。"我们再来。"

她又向我发起了冲刺。就像我预料的那样,她还是将单手剑立在身前。我避开那一击的同时,也递出一剑。她的护盾刚好挡住我的剑刃。

护盾力场发出摩擦的尖啸声,将我手中的剑击飞,激起的电火花刺痛了我的手指。

而这正是我期待的。

她双眼死死地盯着我的剑,在剑被打飞的一刻有些走神。我找准时机,伸出腾出的右手擒住她绑着护盾的小臂。在她进攻时,我借她自己的护盾挡开了她的剑。这突如其来的变化让她失去了重心,我抡起自己的护盾砸中了她暴露的肩膀,将她掀翻在地。

我原本可以用剑,本可以砸向她的脸,但这只是训练。

"怎么样?"我问。

她一言不发。

"米迪亚?"

她熄灭了圆盾,将绑带解开。

"你在想什么?"

米迪亚抬头注视着我。"我其实从没想过复仇。"她说。

"但你一直坚持要复仇。"

"我知道。而且我理应如此,我内心的一部分无比渴望手刃敌人。但是复仇……并没有让我感到……"

"如愿以偿?"

"一点也没有。我只感到空虚,愚蠢而空虚。"

"嗯……我早就该告诉你这样的感受。事实上,我好像说过。"

我扶她站起身。我们将武器放回武器架的终端,并将它们送回到地下器械库。这两分钟里,我们一言不发。

宿敌

然后我们从瓶架上拿了水，推开剑室的侧门，站在阳光明媚的露台上。

屋外十分炎热。天空中万里无云，毒辣的阳光让四周的一切都显得十分刺眼。与之相比，树丛下的幽暗树荫显得格外幽雅。远方的湾流笼罩在一片璀璨的光泽中，水花如同无数滚动的钻石，夺目耀眼。

"在我长大成人后，我才理解费德·图林对我造成的影响。"她喃喃道，"我始终都在追求一样东西，而我盲目地相信那样东西是复仇。"

"复仇，往往是其他情感的伪装。"我说。

她眼中满是苦涩，瞥了我一眼。"不用你来充当我的父亲，艾森霍恩。"

这句话无异于狠狠扇了我一记耳光。我从来没有这么想过。

"我想说的是——"我解释道。

"你是个聪明绝顶的人。"她说，"不但精明，而且饱读诗书。你总能给别人最有价值的建议。"

"我一直在努力。"

"但你从来没有感受过。"

"感受，米迪亚？"

"你总在理解事物，但从来不屑于感受它们。"

鸟群在树林和果园的边缘发出叽叽喳喳的啼鸣。两名年轻的府邸员工正在操作重型压路机，在草坪中清理出一条道路。我不知道自己是否理解了她的意思。

"感受——"

"不。多数时候，你甚至没有真正体悟自己说过的话。它们充满智慧，但并非源于真心的感受。"

"很抱歉你会这么想。"

"我不是在批评你。你只是被迫去做那些……正确的事。只要一件事被认定为正确，你就会贯彻到底，而不去思考它正确的原因。我想——"

"什么？"

"我不知道。"

"试着说出来。"

她抿了一口水。"你用克尔彻教你的方式格斗，只因为他说过，那些招式无往不利。"

"可他的招式确实厉害。"

"当然了。他是当之无愧的剑术大师。那也是你能轻而易举击败我的原因。但为什么那些招式是最优的选择？"

"因为——"

"因为他是这么告诉你的，对吗？但他为什么就是对的？你从没有想过原因，对吧？你从来没有想过，走上正途之前究竟需要犯下多少错误。"

"我还是没理解你的意思……"

她笑着摇了摇头。"你当然理解不了。我指的就是这个。你毕生研习的一切都是最优解。你学习最优的格斗套路，你学习最优的调查手段，你甚至学习最优的学习方法本身。但你可曾想过，它们最优的原因是什么？"

我将手中的玻璃杯放在露台的扶手上。"人生苦短，我必须争分夺秒。"

"'人生苦短'更适合形容我父亲那样的人。"

我陷入了沉默。

"我的父亲死了。我总是在渴望着什么。你说我渴望的不是复仇。你说得很对。复仇对我来说一文不值。但为什么？我究竟在渴望什么？"

我摇了摇头。"我只能帮你摆脱苦恼。复仇是一件耗时耗力的事——"

"不。"她一动不动地注视着我，"复仇不过是在填补你我内心的空虚。你之所以会为了复仇全力以赴，不惜代价，是因为你不愿承认自己真正想做的事。"

米迪亚有些语无伦次，我开始失去耐心。"米迪亚，那你究竟想要什么？你现在知道了吗？"我问。

"我现在知道了。"她说，"图林亲手杀死了我的父亲。我因此需要一样东西，但它不是复仇。那是图林从我身上夺走的东西。我需要真正认识我的父亲。如果我真正认识过他，图林根本就不值得出现在我的回忆里。"

"我可以让你认识他。"我说，"至少关于他的一部分，如果这是你真正渴望的。"

我呼叫了星语者万斯，示意他做好准备。他认为晚上是更理想的时间段。宇宙万物在夜间会显得更加宁静。于是我让嘉莱特准备了一顿清淡的晚餐，并多准备一份冷餐，以免我们在仪式结束后饥肠辘辘。

晚上七点，米迪亚和我走进了藏书馆主屋上方的阅览室。我命令克尔彻

宿敌

不要让任何人打扰我们。府邸的多数工作人员都已经休息，在私人时间阅读学习或休闲放松。

我的抄写员苏鲁斯正在藏书馆内，全神贯注地修缮一些书脊开裂的古籍。

"给我们一些时间。"我对他说。

他欲言又止，神情局促。他身体虚弱，疾病缠身，日益消瘦，常年在藏书馆内深居简出。这是他的小世界，就这样将他赶走有点残忍。

"需要我做什么吗？"他小心翼翼地问。

"去隔壁的书房里吧，欣赏群星，拿一本好书。"

他放松下来，环顾四周，轻笑出声。

我的藏书馆位于斯波顿府邸的正中央，共有两层。下层用巨大的书柜隔开，上层的走廊则用壁龛支撑，中间并排陈列了许多书架。辉光灯散发着柔和的光芒，被一根根纤细的锁链挂在天花板上。屋内的一切散发着温暖的金色光芒。下层中央，精致雕刻的镶板阅读台上安装了独立的阅读台灯，散发出更加剔透的蓝色荧光。

这里温暖舒适，空气经过精心调节，以防湿度过大导致藏书受损。书柜散发着淡淡的木香，掺杂着保存书页所使用的化学试剂挥发的味道。最古老脆弱的标本被封存在静滞力场中，散发出轻微的臭氧气味。

苏鲁斯取走了一本《博伊邓斯特尔传记》，离开了阅览室。我领着米迪亚走上铜制的阶梯，沿着上层的走廊，走到尽头那间私人阅览室的厚重大门前。

在门口，米迪亚停下了脚步，从口袋里掏出了一把格拉威亚式的针弹手枪。

"我随身带着这个。"她说，"这是我父亲的，是他惯用的双枪之一。"

我很清楚这一点。米迪亚在作战时也在用这把枪。

"把它放在门外。"我提醒她，"将武器视作情感的维系可不是一个好主意，即便是和你并肩战斗的传家宝。它们身上总会附带着死亡的刺痛感，这会让你痛不欲生。有这件夹克就够了。"

她点了点头，将手枪放在阅览室门口的立柜上。我们走进大门，发现万斯已经等候多时。屋内点着几根火烛，三把椅子被摆放在一张铺着绒布的桌案四周。夕阳的余晖透过头顶的彩色玻璃天窗照进来。

我们各自落座。万斯原本身材高大，但星语者的工作让他变得弯腰驼背，和善的眼神中满是疲惫。他将迈达斯的樱红色夹克衫平整地放在桌布上。他已经冥想了很久，此刻精神状态已经接近恍惚。我轻声提醒米迪亚尽快恢复平静。

降神仪式开始了。这是一项简单的灵能侦查活动，我曾经在调查和研究中多次使用。万斯是我们连通亚空间的媒介。我集中自己的意志之力，以确保我们都能集中精力。完成了过渡阶段后，房间里的一切仿佛都已经凝固，散发着冰冷的幽光。固体变成了半透明状，如同水中的气泡漂浮不定。原本狭窄的阅览室仿佛开始不住地延伸、移动。

迈达斯的夹克衫已经化作一缕绿松石色的烟，笼罩在伴随时间积累的光晕中。它一旦被人触碰，就会与他的意念产生共鸣。

"拿起它。"我说，"触碰它。"

米迪亚小心翼翼地伸出手，用手指拂过那团光环般的物质的边缘。那道光环在被触碰的一瞬间开始绽放，快速膨胀。

"哦。"她轻呼一声。

我们开始唤醒那件衣服上残留的意识和记忆，直到我们找到她的父亲——迈达斯·贝坦科尔，飞行员、战士、我的挚友。我们呼唤出了他的幻影。

那并不是鬼魂，而是他残留的影响，这件衣服对他的"印象"。他的外貌、他的声音、他的情绪都被投射了出来。我隐约听到了他憨厚的笑声，闻到他酷爱抽的那种洛草烟散发出的淡淡气味，以及他偏爱的古龙水味道。我们眼中的他十分年轻，几乎还是个青年小伙。转眼间，他变成了一个身材健硕的中年人，距离他英年早逝只有几年的时光。他时而出现在炮艇的驾驶舱中——如今，炮艇也已经随他而去。他的掌心处镶嵌着复杂精密的格拉威亚电路，使他与整架炮艇的控制装置融为一体。下一秒，他正驾驶着一艘长船，从格拉威亚的高跷崖上一跃而起，迎接远方的朝阳。

我们体会到了他听闻罗勒斯·薇本阵亡时的悲伤，我示意万斯加快进度，避免我们的同理心放大这样的痛苦。我们看着他驾驶着炮艇与敌人缠斗在一起，目睹了他精湛的飞行技巧和杀敌带来的狂喜。我们一次又一次见证他载着我和同伴，避开枪林弹雨，逃脱危险。

我们坐在餐桌旁，听他绘声绘色地讲述着一个令人拍案叫绝的故事，这个故事让整个团队为他鼓掌叫好。我们三个人都被逗得前仰后合。我们看到他抓耳挠腮地盯着弑君棋的棋盘，试图弄清贝坤究竟是怎么一次又一次地将他击败。我们看到他穿过暴风雪般漫天飞扬的彩色飘带，带着他的新娘走进格拉威亚·格拉维斯的教堂。我一眼瞥见自己、费希格、伊丽莎白和埃莫斯坐在第一排的长椅上，与其他宾客一同热烈欢呼，摇晃着手中的铜铃。

"那是我母亲！"米迪亚低声道。那名头戴面纱的女人名叫嘉拉娜·莎娜·贝坦科尔，此刻正挽着迈达斯的手臂，看上去光芒四射。迈达斯眼光不错。嘉拉娜是一位杰出的女性，住在遥远的格拉威亚，在迈达斯死后担任家族船舶公司的董事。"她看上去那么年轻。"米迪亚评价道。她的声音中带着一丝悲伤。她已经多年没有回格拉威亚探望母亲了。

幻境再一次流转，我们突然闯入了迈达斯的另一个生活片段。我们看到迈达斯和嘉拉娜正在泰伊湖边拥吻。迈达斯看上去欣喜若狂。

"真的？真的？"他难以置信地问着。

"真的，迈达斯。真的，我有身孕了。"

我看向米迪亚，她眼中噙满泪水。

"恐怕我们要告一段落了。"

"不，我想继续看下去。"她说。

"我们应该停下。"我提议道。我看得出万斯已经十分疲惫了。我知道过不了多久，我们就会看到与费德·图林有关的记忆，以及迈达斯人生中的最后几小时。"我们得停下来，我们——"

我的话被尖锐的通信器呼叫声打断了。我大声咒骂起来。我曾经提醒过克尔彻，不要打扰我们。

那尖锐的鸣响彻底打断了降神仪式。蓝色的幽光闪烁了一下，随后消失不见。屋内的一切恢复了往常的模样。烛火已经被熄灭。我们痛苦地从亚空间的幻境中挣脱出来。

万斯的上半身前倾，上气不接下气。我的头脑也感到了一丝刺痛。米迪亚伸手拉过夹克，一头埋在夹克的丝绸褶皱中，情不自禁地抽泣起来。四周的墙面上凝结着水滴，仿佛在流汗。

该死的克尔彻，降神仪式不应该被这样打断。我们中的任何一位都可能因为突如其来的终止受到严重伤害。事实上，我们此刻都沉浸在极大的情感波动中。

我站起身。"待在这里，"我对他们说，"花一些时间恢复。"万斯无力地点了点头。米迪亚仍然沉浸在暴风骤雨般的情感波动中。

我冲到屋外，关上房门，感到呼吸困难。我从口袋中抽出小型通信器，按下了"回应"按钮。

"最好是个好消息，朱巴尔。"我嗓音嘶哑。

回答我的只有电流声。

"朱巴尔？朱巴尔？这里是艾森霍恩。"

依旧没有回复。那是一连串无法辨认的杂音，紧接着又是一段刺耳的电流声。

"朱巴尔？"

门外传来了爆破声，声音的源头似乎在府邸的另一端。

是激光弹。

我从门口的立柜上拿起米迪亚留下的针弹手枪，循着声音，向藏书馆的大门跑去。

第八章

斯波顿府邸的沦陷

为了生存

忠诚的萨斯特

宿敌

屋外的大厅十分安静，灯光昏暗，但我能闻到燃烧产生的气味。我沿铺着地毯的廊道走，检查了一下针弹手枪，共有三十发子弹和一块充满电的电池。除此以外，我没有备用弹药。

每隔一段时间，镶嵌在墙上的安全监视器与刻度盘上就会亮起微弱的红灯。我走到最近的终端设备，掀开盖子，刚要把印记戒指按进读取器，突然听到对面传来了脚步声。

我举起了枪。

两名女佣和一位管家向我跑来，见到我时惊呼了一声。

"冷静！"我放下枪喊道，"这边！过来！"

他们跑到我身前，蜷缩在观赏植物看台后方的角落里。

"发生了什么？"

起初，他们被吓得哑口无言。我看到他们中最年轻的是刚来的女孩李图。她满眼惊恐，眼中全是泪水。

"李图，发生了什么？"

"有人袭击。"她的声音因为恐惧而颤抖，"袭击，先生。几分钟前，楼上突然响起了爆炸声，接着是枪声。闯进来不少带着枪的人。我看到有人被杀了，好像是乌尔本。"

罗切夫·乌尔本，是我的一名护卫。

"他脸上全是血。"她心有余悸道。

"李图，那些袭击者是从哪个方向闯进来的？"

"从西边来的，先生。"管家也缓过气来，"我想应该是正门。我听到克尔彻长官说，他们来自机库的方向。"

第八章

"你看到克尔彻了？"

"我有些迷糊，先生。但我听到他从我面前跑过。"

我环顾四周。灼烧的焦味越来越浓烈，我听到了更多枪声。

"科里恩。"我说，"你有房间钥匙吗？"

"我始终随身携带，先生。"他说。

"好伙计。沿着这条路，到东侧的门廊，再带着两位女士穿过花园，躲在果园的位置，务必藏好。你带着通信器吗？"

"带了，先生。"

"如果接下来的二十分钟，你还没有听到我的消息，就头也不回地离开这里。照顾好她俩，科里恩。"

"我会的，先生。"

他们跑开了。我将戒指嵌入终端，获得授权。这个小型的壁炉式装置投射出一幅全息图。不可思议的是，整栋府邸的安全系统，所有的探测器和围栏防护装置全都关闭了。入侵者通过某种手段，用已授权的指令代码将所有的设备从源头上彻底切断。

这究竟是怎么做到的？

"朱巴尔？"我再次拨动通信器，"有人吗？我是艾森霍恩。请回答。"

手持通信器这次传来了回复。那是一个男人的声音，如岩石般冰冷。"艾森霍恩，你死定了。"

我穿过员工宿舍区，似乎每个人都逃走了。大门敞开，几把椅子被掀翻在地。喝了一半的咖啡仍在冒着热气。在男管家的用餐室里，一盘弑君棋刚刚进行到一半。一台显示屏正在转播多尔赛体育馆的赛事。一根洛草烟棒被丢弃在地上，滚烫的烟头在地毯上烧出了一个小洞。

我踩灭了火星。

穿过另一扇门后，我在西侧的楼梯平台处看到了乌尔本。他已经丧生，四肢摊开地伏在门槛上，背部高高隆起。一束激光将他炸得面目全非。

就在我检查的同时，听到身后传来了脚步声。

有三个人正从楼梯平台的另一侧走来，但我只能看到其中两个。他们行动迅捷，步伐中透着杀手特有的果断与自信。他们身穿橡胶制成的战斗护甲，脸上佩戴着造型诡异的怪兽面具，在多尔赛的嘉年华集市上就可以买到。他们都手持激光步枪。

他们一见到我就开火了。激光击中了门框。我几乎没有时间寻找掩体。我听到他们通过微型通信器发出的嘀嗒声和纷杂的语音。

其中一人戴着镀金的卡诺顿面具，弓着身子向我快速奔跑，另一个头戴人鱼面具的杀手在一旁提供火力掩护。

我以门框为掩护，向来人开了两枪。子弹在卡诺顿的面具上留下了两个细小的弹孔。那人仰面栽倒，膝盖弯曲地瘫在地上。

戴人鱼面具的杀手又一次朝我轰射，我抓住时机，换到了屋门的另一侧。

停火！我催动意志之力。对方毫无反应。他们都有灵能护盾。

看样子，敌人有备而来。

我蹲伏在地，对准天花板上的分层吊灯开火。吊灯坠落的一刻，"人鱼"翻滚到一旁闪避。我趁机打出三发细针，每一发都正中要害。"人鱼"向后踉跄着，砰的一声，将身后的一张桌案砸得粉碎。

我穿过屋门，不料第三名杀手就在门后。他的子弹擦伤了我的肩膀，将我掀翻在地。

与此同时，我听到了一声巨响。

我抬起头。

"格雷戈？"

是埃莫斯。

"格雷戈，你的这把枪好像被我弄坏了。"他说。

我站起身。埃莫斯正站在隔壁的门廊外，手中来回拨弄我的爆矢手枪。第三名藏在暗处的袭击者被他用一发爆矢弹轰飞，在石膏扶手上留下了一个触目惊心的凹痕。

"把枪给我。"我说着，松开了手枪侧面的滑槽。

"谢谢你，埃莫斯。"我补充道。

他耸了耸肩。"真是蹊跷的扰动。"他说，"枪械和我似乎总是合不来——"

"埃莫斯，安静！这里究竟发生了什么？"

"我们遇袭了。"他说。

"你能不能稍微多说些，我的老朋友？"

"呃，我知道的也不多，格雷戈。发生了爆炸。我们遭到了袭击。没有警告。

什么都没有。到处都是人，乱作一团。我们都以为你死了。"

"我？"

"他们先袭击了书房，用的是手雷或其他爆炸物。"

"该死！跟我来！"

我们拾级而上。一缕缕青烟在空中飘荡。我一只手握着针弹手枪，另一只手握着爆矢枪。在楼梯顶端，我看到了两名府邸员工。他们已被射杀，尸体倒在墙边。

"哦，太可怕了……"埃莫斯喃喃道。

确实。有人会因为这一暴行付出惨痛的代价。

我的书房大门敞开着，里面烟雾缭绕。

"后退。"我低声提醒埃莫斯，然后冲进了屋门。

书房内一片凌乱。袭击者从楼下的草坪向书房的位置发射了一枚导弹或榴弹。主窗被炸得粉碎，桌椅都被烧成了残渣。夜间的冷空气从破碎的窗外灌入屋内，将地毯和书架燃烧时产生的浓烟吹进了走廊。

书房里还有三名袭击者。他们正在搜查书架，试图用蛮力撬开文件保存箱。一个头戴小丑面具的人正忙着将珍贵的手稿、数据板和卷轴从压感控制箱中取出，并塞进手中的麻袋。另一个头戴蝰蛇面具的人正反复踢着存放着巴伯瑞萨特的陈列柜，试图砸碎玻璃。第三个人的面具是一个诡异微笑着的太阳，他握着一根撬棍，正拼命地砸着我档案柜的加固柜门。

他们听到动静，同时转身，伸手去取武器。

黄金王座啊！他们的动作快得惊人！我翻滚落地的一瞬间，他们就觉察到了我的存在。"蝰蛇"径直向我扑来，被我用一发爆矢弹击毙，他的尸体一头撞在存放宝剑的立柜上，滑落时在柜门留下了一道血迹。"小丑"的反应就逊色了一些，在放下手中的麻袋前，他的躯干就被针弹刺穿。他摔倒在地，面具撞在了书架的边缘，随后撞翻了另一个架子，倒在地上，没了声响。

就在我翻滚射击，开始重新调整准星时，"太阳脸"将撬棍扔到一旁，躲在了残破的桌子后。

他用激光枪反击，全力抵挡着我的爆矢和针弹。我十分确信，至少两发爆矢弹在半空中就被他的激光炸毁了。但是细小的针弹成功击穿了桌案，刺穿了他的身体。他向后翻滚，当场毙命。

第八章

我站起身，快步走到几乎被烧毁的书房另一头。

我在那里找到了苏鲁斯。我几个小时前让他来了这里。《博伊邓斯特尔传记》的书页仍在燃烧，灰烬与残破的书页四处纷飞。就在导弹轰开主窗时，他就坐在我的书桌旁。

"神皇啊……阿尔德玛·苏鲁斯……"埃莫斯因为这可怕的一幕感到震惊。

我感到怒不可遏。针弹手枪的子弹已经打完，我将手枪塞进口袋，从窗户旁的木架上取下了更多的弹夹。

"我们必须离开这里，埃莫斯。"我说。

他一声不吭地点了点头。我提起"小丑"刚才一直在填装的口袋，将它交给埃莫斯。"你一定知道哪些是最有价值的。"

他立刻开始整理。

我在装着巴伯瑞萨特和符文杖的保险柜中输入了正确的安全代码，加固的玻璃门弹开了。

窗外传来尖锐的蜂鸣声，探照灯扫过草坪和果园。袭击者有空中支援。

还剩最后一个重要物件。我打开保险柜，取出了那本古老、污秽的《恶魔禁典》。我将它塞进外套。这一幕被埃莫斯看到了。

"走吧！"我说。

"再等会儿。"埃莫斯说着将最后几摞卷轴塞进了口袋，将袋子背在了背后。

"现在我准备好了。"他说。

我向门外走去，一只手握着爆矢枪，另一只手提着巴伯瑞萨特。符文杖被我背在身后。我能听到脚下传来一阵猛烈的枪声。那是一场激烈的交火。

我忠诚的朋友朱巴尔·克尔彻决不会不战而退。

"跟我来。"我对埃莫斯说。

距离通信警报打断降神仪式，只过去了短短几分钟，但这段时间里发生的事，让我感到与迈达斯·贝坦科尔幻影的宁静邂逅似乎已经遥不可及。

整栋房子都在燃烧。东侧的火势尤其凶猛，火光冲天，热流涌动，空气中飘浮着灰烬和浮渣。我们隐蔽在厨房外侧院落的一堵墙后，朝草坪的方向眺望。三架重型速攻艇降落在草坪间，如同几只外表光滑的漆黑昆虫伸长四肢，匍匐在地上。它们的舷窗都敞开着，船舱内空无一人。此外，还有两艘正在半空中盘旋，从我们头顶掠过。空中的速攻艇用探照灯来回扫描，艇载炮台的火力全开，在房屋后方的空旷地带扫射。

共有五架重型飞艇。每一架都能装载十二名武装人员。这意味着斯波顿府邸遭到了一小支军队的袭击。某人早就计划将我和我的部下一举消灭。某人渴望夺走我的秘密和珍藏。某人有足够的金钱与手腕动用一支军队完成他的任务。

事实上，宅邸的自动防御系统原本可以轻松抵御任何袭击，即便是这样的人员规模也不在话下。审判官树敌颇多，一座坚不可摧的住宅是必不可少的。

但斯波顿府邸的防御门户大开。它的监控屏幕、虚空盾、门锁、动态捕捉仪、哨兵机仆、炮台……所有防御设备在袭击来临时同时失灵了。

我敢断言他们是雇佣军，全都训练有素，斗志十足，手段毒辣。但究竟是谁雇用了他们？又是为什么呢？

我决定晚些再去探求这些问题的答案。一系列的爆炸席卷了整个庄园，火光印染了一半天空。

我的停车坪和机库被夷为平地。

"用他们的载具如何？"埃莫斯低声提议道。

"太冒险了。公然闯出去会吸引火力，而那些速攻艇也可能有重兵把守。"我摇了摇头。

"那么走水路？"他再次提议，"或许他们还没有占领船只？"

"不，他们占领了一切。这场行动经过周密的部署，甚至知道第一时间炸毁机库。他们对这里了如指掌。"

我们返回屋内，穿过厨房和带有围栏的小型草药园。一缕缕青烟如同丝质的帷幔在空中缭绕。我们还剩下最后一条逃生通道，敌人并不知道。他们绝对不可能知道。

我手中的灵能剑巴伯瑞萨特突然抽动了一下，我知道有人在靠近。我将埃莫斯挡在身后。

两个人影闯入了我的视野。其中一人是伊琳娜·科伊，是被派遣驻扎在这栋府邸的不可接触者。她搀扶着克尔彻麾下的卫兵赛尔·萨斯特。他的胳膊和肩膀都负伤了。

"伊琳娜！"我喊道。

宿敌

"天啊,感谢神皇!我们以为你已经死了!"她原本就瘦削的面庞因为惊慌失措而紧绷。萨斯特血流如注,鲜血沾满了伊琳娜名贵的拉绒长袍。

我快速检查了萨斯特的伤口,并不乐观。但如果我们将他及时送到医务室,他还有一线生机。

"你看到其他人了吗?克尔彻呢?你看到他了吗?"

"我看到他战死了。"萨斯特说,"敌人将我们击退了,而他自己选择留在大厅死战。杀了二十个杂种。"

"你确定他已经——"

"他们将他炸得四分五裂,但付出了六七个人的代价。他告诉我……是科伦斯基放他们进来的。"

"什么?"

"科伦斯基,上个月刚加入的新人,就是他关闭了所有的防御系统。"

和我担忧的一样,这是一场里应外合的袭击。克尔彻真诚地雇用了这个科伦斯基,毫无疑问,他一定一丝不苟地审核了他的背景,并对他的头脑进行了细致扫描。而我本人也欢迎了科伦斯基的加入——我的敌人蓄谋已久,计划周密,并掌握了远超出我预期的渗透技术。

一辆速攻艇在窗外呼啸而过,零星的炮火轰得屋檐剧烈震动。

"你们能跟上来吗?"我问萨斯特和伊琳娜。他们点了点头。

"我们去哪儿?"伊琳娜问。

"我们先穿过餐厅,然后尽快横穿玫瑰园的草坪,转进迷宫后方的果园。在那之后,我们一路向南,翻过栅栏和主路,藏进树林。"

我计划的路线超过两千米,但大家都毫不犹豫地跟在我身后。此时留在原地无异于自杀。

我想再次拨通语音通信器,想要联系米迪亚。但我知道这毫无意义。袭击者封锁了所有的通道。于是,我动用了我的意志之力。

"米迪亚……米迪亚……"

让我惊讶的是,我几乎立刻就收到了回复。对方是万斯。

"我们正在剑室外。米迪亚正准备夺取一辆飞艇。"

"不,阻止她,杰库德。他们戒备森严。告诉米迪亚'风暴橡树'。她知道这个词的意思。如果我先到那里,我会尽可能等你们。"

餐厅里伸手不见五指。光洁的木地板上散落着无数玻璃碎片。窗户被炸开，残破的窗帘在风中猎猎作响。我们朝着窗户走去。屋外的玫瑰园十分宁静，散发着阴郁的气息。半空映照的火光将草坪上的阴影拉得细长。

一架飞艇驶过，我们连忙躲进屋内。那艘飞艇停在草坪上方，引擎的呼啸声震耳欲聋，在草坪上搅动出一片涟漪。它离我们很近，我甚至能听到驾驶室通信器的噼啪声和模棱两可的话语。探照灯扫过我们的头顶，令人目眩。冰冷的白色灯光照进了餐厅，将满地的玻璃碎粒照得透亮，如同天空中的星辰。

随后，飞艇呼啸着离开，向宅邸后方飞去。

"快跑！"我低声呼喊。

我们在草坪上飞奔。令我惊讶的是，埃莫斯步伐矫健。但伊琳娜与萨斯特吃力得多。我回头帮助他们，搀扶着萨斯特。他连连道歉，让我们不必管他。

他是个好人。

我们跑到了果园的边缘，沿着迷宫后方的小路，很快就消失在了乔木林的阴影中。空气中弥漫着迷宫里种植的白蜡树和各种野果混合的酸甜气味。飞蛾和其他夜行昆虫在明暗交替的火光下翩然起舞。

我们走进距离房屋七十米处的果园，停下来大口喘息。枪声和叫嚷声仍在不远处的房屋里回荡。我环顾四周，尽量不看明亮的火光，以便自己尽快适应树丛里的黑暗。四周有低矮的苹果树、图敏果树和普隆果树，全都整齐排列。图敏果树的白色树皮在昏暗中如同皑皑白雪般折射着银白色的光芒。一些尚未成熟的普隆果被封在袋中，以防鸟类啄食。就在几天前，我还和一些年轻的园丁一起采摘了第一批成熟的图敏果。我们一边劳作，一边相互逗趣。阿尔特瓦德一直和我们在一起，用胶带将袋子包裹在隆起的普隆果四周。那天晚上，嘉莱特也应景地为我们端上了一份美味的图敏果馅饼作为饭后甜点。

嘉莱特，我不知道她在遭此变故后会怎样。

我再也没有见过她。

萨斯特突然站在原地，将枪口对准了一处有活动踪迹的草丛。但那只是一台花园机仆。它在果树之间的过道上来回移动，喷洒着农药。它丝毫没有发觉附近发生的屠杀，只是循规蹈矩地完成夜间的任务。

我们继续向前。但当我回头观察时，我看到几个人影正从餐厅破窗而出，在玫瑰园迅速分散，开始了地面搜查。

我命令另外三人加速前进，随后悄无声息地返回，尽可能隐藏起来——他们全都佩戴着夜视仪和动作捕捉仪。

我蹑手蹑脚地靠近了那台缓慢移动的机仆。当它机械地向前移动时，我掀开了它背后的一块挡板，输入了新的指令。它随即向玫瑰园走去，并避开了沿途的树木。我加快步伐，重新追赶其他三人。

在即将与其他人会合前，我听到了身后传来了枪响——那是袭击者的枪声。突然出现的机仆令他们如临大敌。如果运气好的话，那台机仆会极大地拖延他们的搜索进度，或者分散他们的注意力。如果他们一直在搜索有动静的区域，这台机仆或许能说服他们：这就是他们监测到的动静的唯一来源。

我们继续向前，一直钻出了迷宫。我们冲破了一片漆黑、杂草丛生的围场，艰难地摸索前行。唯一的光源来自我们身后半空的烟雾中斯波顿府邸的大火。

我们粗略计算了方位，向南方撤离。这里仍在我庄园的范围内——事实上，以斯波顿府邸为中心，周围几千米内的土地都属于我。只不过这里依旧是一片未开垦过的树林与灌木丛。我能听到远方海岸传来的波涛声，在我们身后的岬角外，显得遥不可及。

我不知道，当袭击者烧毁整栋建筑，并意识到我们已经撤离时，我们能走多远。

我们又匆匆行走了二十分钟，穿过了一片被高耸的山毛榉和沃瑞树环绕的林间空地，地上长满了密密麻麻的荨麻。我们走到一条水沟边，花了几分钟时间才搀扶着萨斯特蹚过水流。

我隐约看到了四周的栅栏和远方的道路。在这片土地的尽头，是一片广袤的野生林地，这片原始森林覆盖了古德伦将近三分之二的土地。自从第一批殖民地在那里建立以来，它们从未受到过任何开发和破坏。

"我们快到了。"我低声说，"走吧。"

可事情从来都不会如想象中那么顺利。

一枚激光弹在我们头顶炸开。刚开始子弹并不密集，但接下来越发凶猛。至少有四个来源。他们将准星压低，闪亮的明黄色光束射穿了荨麻叶，四周升腾起雾化的汁液。围栏一旁的两棵落叶松被轰成了碎片。干燥的沃瑞树干在枪林弹雨中颤抖着，很快就燃成一团火焰。

一颗照明弹缓缓升起，如星辰般散发着光芒，此时，无处不在的光却是我们所有人的诅咒。

"跑向围栏，快！"我吼道。

火光中，我看到身后的黑色人影正踏过荨麻地，身影在树丛间若隐若现。每隔几分钟，其中一人就会停下来举起武器，朝我们射来一连串刺眼的激光脉冲。

我们继续前进。远方的斯波顿府邸已经快要燃尽。我看到两个夺目耀眼的白色光点正在上升，从火光中一跃而起。显然，敌人呼叫了两艘飞艇作为支援，它们正咆哮着向我们的方向疾驰。

我们走到了围栏边。我将怒火倾注在巴伯瑞萨特上，两剑劈开了一个两米宽的缺口。

"钻过去！"我高喊。埃莫斯已经钻了过去。萨斯特却被绊倒了。伊琳娜没有扶稳，险些跌倒。我将她推过缺口，转身去搀扶受伤的战士。

萨斯特将手枪对准了正在逼近的杀手，开始射击。他坐在原地，背靠围栏。我记得他连续击毙了两个人。他的火力暂时压制住了躲在五十米以外的杂草和灌木丛中的杀手。

"快走，长官！"他说。

"我不能抛下你不管！"

"快走！没有人拖延他们，你们都走不了！"

一梭激光弹轰射在我们四周，将围栏打得千疮百孔，地上的湿土块被轰得四处飞溅。我不得不转过身，挥动巴伯瑞萨特护住周身。刀锋嗡嗡作响，吸收着激光轰击的能量。

"快走！"萨斯特又喊了一声。我意识到他刚刚又一次中弹了，而且正努力掩盖自己的伤势。他在咳血。

"我不能就这么把你抛下——"

"你当然不能！"他怒吼道，"给我一把武器再走！这该死的能量电池就快耗尽了。"

我在他身边蹲下，将我的爆矢枪和备用弹夹塞在他手中。

"即使我活不过这次袭击，神皇也将铭记你的牺牲。"我对他说。

"你最好给我好好活着，长官！否则我的努力就白费了。"

第八章

已经没有时间做别的事情了，甚至连握住他手的时间也没有。我翻过围栏，听到了一声枪响。

　　伊琳娜和埃莫斯在原始森林边缘的道路另一侧等着我。我们三人会合后，一头扎进了黑暗中。我们在无数多节、结实的树根上磕磕绊绊，沿着柔软的斜坡向上攀爬。原始森林的午夜是一片纯粹的黑暗。

　　远方的爆矢枪持续开火了一段时间。紧接着是永恒般的寂静。

　　愿神皇赐予赛尔·萨斯特安息。

第九章

风暴橡树

回马枪

让迈达斯引以为傲

在接近一个小时的时间里,我们被森林的无边黑暗吞噬,沉浸在伸手不见五指的绝望中。片刻前,我们眼中还是火光冲天的末日图景,此刻我们却什么都看不见。古老而繁茂的丛林仿佛让我们与世隔绝。

"我们迷路了吗?"伊琳娜支支吾吾地问。

"没有。"我宽慰道。克尔彻、米迪亚和我曾经花了很多时间在这片野生林地打猎。我对森林的边缘地带十分熟悉,尽管午夜的黑暗给这里增添了一丝神秘与陌生感。

每隔一段路程,我都会发现一些熟悉的地标,比如一颗突出的牙齿般的岩石、一棵参天大树、一片地形间的过渡地带。尽管一片漆黑,当我们走到这些地标时,我通常能够意识到,并确定我们的方位,进而调整前进的方向。

有两次,飞艇掠过了我们的头顶。探照灯透过浓密的树叶,洒下晦暗的光芒。如果他们有热追踪系统,恐怕我们早已毙命。但他们只使用了最普通的探照灯。我不禁感到庆幸,这是敌人犯下的最大错误。

我们抵达了橡树。

米迪亚曾经称这里为"风暴橡树"。它活了几百年,直到一道闪电击中并杀死了它,只留下一副支离破碎、毫无生气的躯壳,如同一座破碎的塔楼。树皮从枯木上剥落,四周满是蛆虫和腐烂的甲虫。它从黑色的土坑中拔地而起,沿着二十米高的峭壁生长。从裸露在外的巨大树根到支离破碎的树冠,橡树有将近五十米高,树干部分足足十五米宽。

我钻进了树根下的洞窟。多年前,当闪电击中橡树时,将位于地表上方的一截树干从正中撕开,并在根部凿出了一个洞穴。这个潮湿的洞窟就像是一间天然的小教堂,交错的根须成了天花板上的横梁。据我所知,斯波顿府邸过去的主人就曾经将这个洞窟作为私人仪式的圣地。

米迪亚和我决定将它作为机库使用。

除了克尔彻、米迪亚和我,没有人知道这里的存在。我们一致同意,将这里改造为一个秘密的飞行基地,并存放轻型载具。尽管当时我们不会料到,一场厄运会降临斯波顿府邸,但我们确信一点,在所有人的视线外开辟出一处隐蔽之所,是一个明智之举。

在这里,我们选择了一架单体涡扇飞艇。飞艇制作精良,由能工巧匠在乌尔德什手工制作而成。它轻便、快捷,机动性极强。十年前,米迪亚百无聊赖之余买下了这艘飞艇,并将它存放在斯波顿的主机库里。然而,在一个令人不快的夜晚,我们外出处理案件时,几名年轻的侍从居然开着它去兜风。可想而知,这艘飞艇的速度要比普通的房车和组装赛车快得多,极其难以驾驭。

等我们到家时,那些毛头小子已经将损坏的部位修复得七七八八。但米迪亚敏锐地发现了破损之处,并严厉地谴责了他们。

几周后,当我们在一次狩猎外出中发现了"风暴橡树",并产生了秘密飞行基地的想法时,米迪亚当下决定将飞艇转移到这里。我们从没想过有朝一日它会派上用场。这不过是一个可有可无的借口,目的是让这艘名贵的飞艇远离那些毛手毛脚的年轻人。

我掀起飞艇上的防水布,打开舱门。机舱内飘出了皮革的气味,混杂着丛林特有的潮湿气息。

飞艇长达六米,灰色的表面十分平整,浑然一体。船舱呈楔形,尾翼是精巧干练的"V"形,共有三组涡扇发动机。其中一组固定在机舱尾翼的下方,是主动力源。另外两组分别安装在机舱两侧的粗短机翼上。机翼的控制单元十分灵敏,能够自由地调节升降和姿态。驾驶舱十分舒适,共有三排座椅:机头安装着飞行员座椅,中间是两个高背乘客座椅,在座舱后方的隔板前还固定了一条功能齐全的长椅。

我将自己固定在飞行员座椅上,唤醒了驾驶系统。伊琳娜和埃莫斯在我的身后落座。当涡扇开始转动,仪表盘亮起了绿灯,传出了一声低沉的叹息。

伊琳娜侧身关闭了舱门。树根洞窟里的落叶跟着抖动起来。

自从我们走进这片荒无人烟的林地,就再也没有听到来自万斯的消息。我向对方投射出意念,却没有得到任何回应。

根据动力单元的数据，飞艇的动力电池还剩大约百分之七十五的能量。诊断面板上也没有任何警报或故障的迹象。我做了最后一次检查。这艘飞艇配备了一台轻型激光炮，并安装在了机头下方的固定平台上。我们从来没有用过它。仪表显示，激光炮处于停用状态。我输入指令代码想将它激活。这时屏幕弹出了一个窗口，表示出于安全考虑，激光炮被暂时切断了动力源。

涡扇还在预热。我走出飞艇，绕到飞行器的前端，蹲下来检查艇身下方的线路。与其说那是激光炮，倒不如说是一根长矛形状的长管。炮管和装填模块都被包裹在一层橡胶中，以防止灰尘落入发射器。我拉开了防护罩，顺带切断了一枚金属扣。我将露出来的一根金属长针拔出，激光炮立刻被激活。

我重新攀上了驾驶舱，关上舱门，重新检查了仪表。屏幕显示武器已经就绪。我接通了动力模块，为激光武器充能。

就在我完成武器重启的一刻，我突然感受到了什么。

"长官，怎么了？"伊琳娜看到我突然倒抽了一口冷气，弓起身子，连忙询问。

"格雷戈？"埃莫斯也十分关切。

"我很好……但是万斯……"从庄园的方向传来了一声短促而可怖的灵能尖叫，是一名被痛苦折磨的灵能者。

我试着与他重新联络，但除了那一团用痛苦堆砌而成的模糊背景外，我什么都没有找到。然后我听到了一段含糊的话语。他在催促米迪亚，让她立刻跑……不要回头。

当第二次剧烈的痛苦波动传递到我的脑海时，我再次忍不住喘息。

"该死！"我咒骂一声，启动了飞艇。涡扇发出了呼啸声。我们闯进了一张杂乱的树丛和枯枝交织而成的网。树叶和枝条在艇身和窗户玻璃上嘎吱作响，偶尔传来撞击声。我操纵机翼两侧的涡扇发动机垂直向下推进，将艇身抬高了几厘米，以减少与地面的摩擦。我们以最小的动力从"风暴橡树"的洞窟中缓慢地驶出。

我始终关注着环境扫描仪，当它探测到舱身与周围物体的距离过近时就会发出红色的警报。当它发出信号，表明尾翼已经离开了树根后，我进一步提高了升力。舱体下方鼓动起强大的气旋，四周的树叶漫天飞舞。

我们在低空缓慢地盘旋，用地形扫描仪观察着四周，随后悬浮在半空。

宿敌

"嗯，格雷戈？"埃莫斯身体前倾，指了指我左臂上方的罗盘球体，球面上的标记闪闪发光，"我们正在向北走。"

"是的。"

"呃，可我们刚从北方逃出来。"

"我知道。抱歉，我们要杀个回马枪。"

我调转机头，机翼两侧的涡扇发动机以四分之三的推力调整着方位。我锁定方向，驾驶飞艇驶入了黑暗。

我们将灯熄灭，以大约每小时四十公里的航速在森林上方飞行。四周的能见度几乎为零。我不得不交替使用探测器和近距离环境扫描仪辅助飞行，在遇到隐约出现的树干和枝杈时，屏幕上会捕捉到墨绿色或琥珀色的阴影。我将飞艇压得很低，防碰撞警告不断亮起，屏幕上扫过一片红光。但每次我们都惊险地与下方的障碍擦过，唯独有一次，我碰到了某样东西——幸亏那只是一根细小的枯树枝。埃莫斯和伊琳娜都禁不住惊叫了一声。

"放松。"我提醒他们。

我们理应在森林上方尽可能稳妥地飞行，但我希望尽量保持隐蔽。

我一边滑行，一边探出意念，搜索着万斯的思维。

我勉强避开了一根粗壮的树干，在树丛下的一处斜坡悬停。探测器显示，我们重新回到了林地的边缘。那条位于庄园和丛林交界处的道路映入眼帘。

透过丛林的边缘，我看到了一抹白色的亮光。敌人又发射了一枚照明弹。我连忙切断了驱动力，将涡扇向下倾斜。飞艇仍悬停在半空。

我看到了窗外的道路和围栏，以及围场中的灌木丛。我们回到了为了逃命而徒步走过的斯波顿府邸以南的地带。整个区域都笼罩着一圈冰冷、黯淡的光环，在即将熄灭的照明弹光芒中若隐若现。数十个黑色的人影在草地上排成一排，在杂草丛中争先恐后地搜索着。

"米迪亚。"我投出意志之力。她不掌握灵能，无法回答我。但我祈祷她能听得见。

"米迪亚，我们马上就到。"

东北部突然传来一阵响动，来自沃瑞树丛的方向。又有两枚照明弹砰的一声在空中引爆，刺眼的闪光将地面的一切照得非黑即白。袭击者正朝着树丛的方向移动。

有人被逼进了死角，动弹不得。我知道，那多半是米迪亚。

我没有打开飞艇的灯光，而是压低艇身行驶，悄无声息地掠过道路和围栏，驶向了围场。涡扇发动机搅动的气流分开了草丛，留下了一道浅浅的尾迹。在我们靠近围攻树丛的敌人时，他们纷纷回头观察。在刺眼的闪光下，我看到了一张张惊恐万分的脸。

我径直冲向了那片树丛，并时刻保持贴地飞行，驱赶路上的袭击者。几束激光向我们袭来。

我用拇指按动控制杆顶端的安全盖，盖子向后弹开，露出了火力控制按钮。除了飞艇本身，固定在飞行器前端的火炮并没有瞄准装置。这就意味着飞艇指向的方向也正是激光炮的方向。

我按下了按钮。

我只需要轻轻按动扳机，激光炮就会发射出连续的杀伤性光束。它的设计十分原始，无法调节激光脉冲或爆破模式。所有的火力都是一道明亮的金色射线，像铅笔一样纤细，从机鼻下方射出，将不远处的灌木丛撕裂。我看到泥土和植物碎屑从撕开的裂口中喷出。飞艇的前端开始向下倾斜。我感到艇身正在下落，在调节涡扇发动机的角度后再次开火。

两名袭击者被击倒。激光束将他们击穿。位于树丛边缘的几棵树苗和一株成熟的沃瑞树被齐腰斩断，树叶四处散落。飞艇移动时，瞄准就变得十分困难。

距离目标树丛还有二十米时，我控制飞艇悬在了半空。密集的子弹从四面八方向我们射来。其中一发击中了舱体下方，飞艇左右摇晃起来。

我第三次按下扳机，尽力保持飞艇的平衡，并从右向左旋转着扫射。致命的激光束一旦扫到敌人，就足以将他们齐腰斩断。那些突袭者见状纷纷躲避，有几人没能逃开，激光丝毫没有感受到阻力，轻而易举地将他们消灭了。我一定是击中了他们身上佩戴的电池或榴弹一类的装备，其中一人被爆炸的火焰吞噬。

更多的子弹从我们身后击中了飞艇。我故技重施，又向前飞出了一段距离，随后停在树丛的西侧，一边转向一边扫射。

我在探测器上看到了米迪亚。她钻出了树丛，在树丛间的空地上奔跑。

宿敌

我花了点儿时间用肉眼找到了她——杂草堆里的一个小亮点。她还是穿着父亲遗留下来的樱红色夹克。我意识到,她之所以跑出来是为了给我降落接应的机会。树丛里的空间太过狭窄,根本无法降落。

敌人的火力追赶着她。她扭头用手枪反击,脚下的步伐却一刻不停。

"我找到你了!快卧倒!"

我看到她抬头看了一眼,想要寻找我的位置。就在这时,她被一发激光命中,面朝下栽倒在草地里。

"米迪亚!"我全力加速,座椅压迫着我的背部。

"埃莫斯!准备打开侧舱门!"

我尽我所能地接近她倒下的那片荒草地,但我又必须有所控制,因为飞艇向下的气流可能对她造成严重的伤害。我将飞艇保持在低空悬浮的状态,艇身剧烈颠簸着。埃莫斯努力地拉开舱门,但他年老力衰,又因为恐惧而四肢无力。伊琳娜被埃莫斯挡住,只能在一旁干着急。

我跳出了驾驶座,将埃莫斯推回他的位置,就重重地摔在潮湿的荨麻和柔软的草地上。夜晚的空气突然变冷了许多。又是一枚照明弹在我们头顶绽放,不远处传出了子弹弹射的声音,我意识到敌人已经追了上来。

我向前狂奔,搜寻着她。

"米迪亚!米迪亚!"

我站在地上,茫然地看着四周。野草没过了我的膝盖,我根本不知道她躺在哪里。

"米迪亚!"

一发激光弹在我身边炸响。距离我最近的袭击者已经穿过了围场,站在几十米以外的地方向我射击。

我这才意识到自己手无寸铁。我刚刚将爆矢枪交给了萨斯特,而巴伯瑞萨特和符文杖都被我塞进了飞艇的角落。

不,我还有米迪亚的格拉威亚针弹手枪。它就在我的上衣口袋里。我抽出手枪,用双手托枪瞄准。

我的第一枪击中了那名距离最近的袭击者,他一头栽倒在草丛中。第二发子弹又击中了一人,他也立刻消失在了灌木丛后。

我瞥了一眼针弹手枪的计数表盘,还剩两发子弹。

我弯下腰，近乎疯狂地在草地上搜寻。枪声距离我越来越近。

"米迪亚！"

我终于找到了她。她面朝下躺在厚厚的草叶上。丝绸夹克背后有一个被灼烧得漆黑的弹孔，透出了殷红的血迹。

我拖起她，将她软弱无力的身体扛在肩上。那把自动手枪从她松弛的手指间滑落。

我弯腰接住了它，弹夹中还有一半子弹。

我侧身背起她，调整平衡，避免她从我身上摔下，随后举起自动手枪，朝敌人的方向接连射击。我感受着大口径的实弹武器的强大后坐力和令人满意的杀伤力。那把针弹手枪虽然优雅而致命，但后坐力若有若无，让我产生了一种绵软无力的沮丧感。而这把武器则不然。它用结实的铬金锻造，枪口四四方方，造型粗犷厚实，且后坐力惊人，黄铜弹壳从侧槽飞出时发出低沉的轰响。

我向飞艇跑去，时刻提防身后的枪声。我能听到激光枪的火力，但那并不是从我身后传来的。伊琳娜·科伊从敞开的侧舱门中探出身子，手持激光手枪为我掩护——我此前都不知道她还带着枪械。埃莫斯已经挪到了后排的长椅，给伊琳娜腾出了更多空间。

埃莫斯伸出手来，将米迪亚一把抱住。伊琳娜也抓住了她。我们三人将女孩推进了埃莫斯一旁腾空的长椅上。

我希望她没有性命之忧。

伊琳娜最后打出一发子弹，连忙跌回座椅。我也跳进了舱门，高喊着让她关闭舱门。

已经没有时间系好安全带了。几发子弹击中了飞艇的侧翼。一块后窗玻璃被击碎。座舱内的金属壁被砸出了无数的凹痕，表面的涂层已经严重剥落。

我驾驶炮艇离开地面，调转方向，对准了冲锋中的袭击者。

我不知道我有没有击中他们中的任何一人。感谢黄金王座，这一举动让敌人产生了恐惧，他们全都停止进攻，开始寻找掩体。

"长官！"伊琳娜努力让声音压过涡轮发动机的轰鸣。

一个光球从树丛的另一侧靠近。我看不清那艘速攻艇具体的样子，但它发出的光芒在漆黑的夜幕中如同闪亮的白矮星。

是时候撤退了。

我将飞艇飞行高度压得很低，一路加速，冲过了围场上空。当我们抵达中间的道路时，我们的航速已经达到了每小时八十五公里。眼前浮现出了那片广袤的原始森林。

一瞬间，我开始权衡自己的选择，要么向上爬升，飞过那些高耸的树木——这会让我们成为众矢之的；要么仍然关闭灯光，从树林间穿过，但必须最大限度地减速以避免机毁人亡；要么打开前灯，保持原本的高度和速度穿过密林。

我选择了第三个方案。

飞艇的前灯被我点亮，在我们前方投射出一块明亮的锥形区域。即使有充足的光线、探测器和防碰撞报警装置，这个过程也无异于自杀。短短几秒内，我就险些与一株高耸入云的云杉相撞，不得不将速度临时降到每小时五十五公里。

"你……这样会让大家撞死的！"伊琳娜号啕大哭。

"安静！"漆黑的树干从两侧飞快地掠过，迫使我侧着肩膀，用力掰动摇杆。飞艇反复侧倾，左右摇摆。头顶的枝杈和相连的树冠如同一座座近在咫尺的桥梁，在我们头顶扫过。有几次，我们直接钻进了茂密的树冠，将枝条和树叶撞得漫天飞舞，涡扇发动机的刀片将树叶搅碎，熄火的警报声也随之响起。扫描仪屏幕上几乎一直是刺眼的红光。

伊琳娜吓得不轻，开始向神皇祈祷。

"祈祷要带上所有人。"我喊道，"埃莫斯，米迪亚状况如何？"

"她还活着，感谢群星。但她呼吸困难，可能是肺部塌陷或体内灼烧的症状。她需要医生，格雷戈。"

"我会给她找个医生的。尽可能让她保持舒服的姿势。你身后的储物柜里有一个医疗箱，先给她包扎伤口。"

除了足以将人逼疯的死亡威胁外，夜间在茂密的古老丛林中高速飞行也让我眼花。为了避免撞击，我必须保持高度的专注，留意每一个突然出现的细节。这也意味着我很容易在大的方向上迷失。比如，我们刚刚被迫向左连续拐了几个弯，正面朝东方。而为了纠正航向，我们又向右避开了一棵危险的橡树，这让我们转向了西面。我们在这片荒废的丛林中蜿蜒前行，而那可不是最高效的逃跑路线。

敌人的五架速攻艇中，至少四架在我们身后追逐。其中两架位于身后大约五百米处，正跟着我们穿过丛林。另外两架已经攀爬到了树梢上方的高空——与我们相比，它们轻松惬意得多，眼看着已经要赶超到前面了。

它们都是前军用型号。我看到它们停靠在草坪时就已经辨认出了它们的配置。那些速攻艇有着比灵巧的乌尔德什涡扇发动机更强大的动力、更结实可靠的装甲。它们的火炮安装在门框内侧的火力平台上，这就意味着敌人可以朝任何方向开火，而不用正对着目标。

探测器发出了警报声，我看到一道强光从我们头顶的树冠上笔直地坠落，如同阳光刺穿低矮的云层。丛林上方的速攻艇与我们保持着同样的航速。

我的飞艇翻滚着避开了。与其说是避开，倒不如说是为了避免撞进前方的树干而错过了。我看到丛林低处传来了震动和植被树木泛起的波纹。

于是我用力倾斜艇身，一侧的机翼朝下，绕过了一棵巨大的神庙树，朝着西方飞去。头顶的亮光消失了一会儿，随后又从左侧追赶上来，与我们保持平行。敌人开始预判我的方向，我右侧的树干被一发激光炮擦去了树皮。

该死，我很确定他们并没有配备热感应或动态捕捉仪。他们正透过浓密的树冠观察我的灯光。

我熄灭了灯，速度却丝毫没减。防撞击警报再次发出尖鸣，尽管我猛地拉动操纵杆，我们还是撞在了一根结实的树干上。

飞艇剧烈抖动。发动机熄火的警报连续发出刺耳的叫声。右舷下方的涡扇熄火了。

我连忙将飞艇悬停住，按下了右舷装置上的重启按钮，内心祈祷那只是撞击导致的临时关闭。但如果叶片或引擎外壳被彻底卡死，重启会给我们带来大麻烦。

卡死的叶片发出了呜咽声。我又试了一次，又是一声呜咽。在我们身后二十米处，丛林被炮弹炸成了树皮与树叶的碎屑，头顶的速攻艇跟丢了我们，正试图用齐射逼我们现身。

右舷的涡扇发动机在第三次尝试时不负众望，重新启动。在悬停的几秒内，我将操纵杆左右拨动，让飞艇做出对应的俯仰、摇摆的动作。我快速地切换机头、机尾的相对高度，调整机翼的角度与姿态——这么做是为了测试飞艇是否还能行动自如。看样子，刚刚的撞击并没有给飞艇带来十分严重的损伤。

宿敌

我回头看向身后的两人,发现伊琳娜正盯着我发愣,面色惨白。埃莫斯正在照顾米迪亚。

"我们没事了吧,格雷戈?"他悄声问。

"没事了,抱歉。"

话音未落,我们左侧的空地突然被光线照亮,一发激光弹轰射在丛林的地面。他们仍在盲目地试探。

我的脑海中闪过一幕。那是一场敌众我寡的空战。当时的迈达斯穿着裁剪考究的飞行裤,坐在驾驶舱中,全神贯注地操纵着炮艇。我记得有那么一瞬间,他将目光从炮艇的控制台挪开,回头看了我一眼,轻描淡写地说了三个字:鼠变猫。

飞艇仍然悬停在半空。我稳住摇杆,将飞艇前端缓慢地向上抬起,将炮口对准了树冠上方有亮光的位置,瞄准了亮光的来源。

我按下了"发射"按钮,只持续了一秒。

激光炮发出的高热光束击穿了背光的树冠。一瞬间,那艘装备精良的速攻艇化作一枚金属火球向下坠落,将沿途的枝杈齐齐斩断,随后它撕裂开来。爆燃的碎片向四面八方散落。

"逮住一个。"我不免沾沾自喜。好吧,迈达斯通常就会这么说。

我们身后照来了亮光,在漆黑的丛林中距离不断拉近。我仍然没有开灯,而是用手肘推动飞艇远离那副剧烈燃烧着的残骸,并在一棵粗壮的鹿皮树后调转方向。那棵树十分古老,茂密的树冠歪向了一边。枝杈表面长满了苔藓,宛如一道帷幕从半空垂落。

我看到灯光越来越近,调整机鼻的方向,尽可能对准光源。敌人放慢了移动速度,寻找着我们的踪迹。最近的光源已经近在咫尺,但我们中间隔着一排郁郁葱葱的橡树。

不远处,另一艘速攻艇正赶往坠落的残骸处检查状况。

我将机鼻抬起,对准了正在滑行的速攻艇。

我隔着空隙看到了它掠过林地表面的探照灯。

我又一次开火。

这一击的效果很好。高热激光直接切开了速攻艇的尾部。它的尾翼跃动着蓝色的电弧,整个艇身彻底失控。它将一棵神庙树撞得面目全非,而神庙树也给了它同样的重创。

另一架飞艇从橡树丛中驶出，向我们直接开火。火力撕开了鹿皮树的苔藓帘幕。

我意识到对方佩戴了夜视镜，能够在黑夜中看清我们的方位。

我试着击中它，但打偏了。我不得不全速调转方向，冲破漫天飞舞的木屑和碎叶，将速度提高到了我能驾驭的最高水平。防撞击警报的屏幕再次亮起一团重叠的红光。调转的速度过快，我们在惯性的作用下左右摇摆，反复撞击在舱壁上。

追赶我们的速攻艇驾驶员是一个技艺娴熟的家伙，给我带来了不小的压迫感。正如那些枪手和士兵一样，他显然是用金钱能买到的最好的驾驶员。

此刻，他就像是一条该死的水蛭，死死地黏在我身后。

我以每小时七十公里的航速在茂密的丛林中飞驰，只有在不得不调整方向时，我才会减速。他紧盯住我不放，享受着我带来的涡流。

这场追逐酷似一场芭蕾。我们在树丛间蜿蜒飞行，像一对舞伴盘旋着。有好几次，我将侧翼调整到垂直的姿态，绕着一棵参天大树飞行。而他也模仿我的动作，在另一侧飞行。涡扇发出尖鸣声。我起初向北疾驰，随后翻滚着上下调转，朝着南方加速。这让我暂时摆脱了他，但他很快就调整了过来，几次加速又咬住了我的尾巴。几枚曳光弹从我两侧掠过。

伴随着两次剧烈的震动，驾驶舱的仪器表明我们被击中了。我们的动力系统受损，虽然并不严重，但电容的表面已经断裂。他再次开火。一排曳光弹从驾驶舱前端扫过。我的操纵面板上亮起了警告符文。

我必须采取应急措施，否则我们将成为他新捕获的猎物。我本想切断涡扇，让他来不及减速。但以我们现在的速度，直接悬停极易导致自毁与爆炸。

"握紧扶手！"我喊道。

"哦，该死。"伊琳娜·科伊哀号着。

我没有减速，更没有悬停，而是将航向从水平改成了垂直。

我们猛地向上跃起，穿透了茂密的树冠，驶向了高空，将四周的枝杈撕成了碎片。速攻艇在我们脚下掠过。那名驾驶员显然大吃一惊，试图调转机身重新追赶。但我剑走偏锋，让他陷入了片刻的诧异与迷茫。虽只片刻，却足以扭转乾坤。

他试图转向，但为时已晚。侧前方的一棵巨树将速攻艇的侧翼撞断了。这是我最后一次见到那架速攻艇，它被定格在了树木间的一系列碰撞和爆炸引起的耀眼火光中。

我情不自禁地颤抖起来，手指僵直麻木。我感觉疲惫到了极点。每一次躲闪和应急都需要注意力的高度集中，这让人精疲力竭。

但是迈达斯，我确信会让他引以为傲。他从未教我任何飞行技巧，而且不止一次奚落我，认为我永远不会成为一名优秀的战斗飞行员。

在他眼中，我虽然体能充沛，应变灵活，却无法一眼看清空战的全貌。而事实上，空战中最致命的东西，往往就是那些看似无关紧要、直到最后才显现的细节。

此时此刻，那最后的致命细节已然显现——在北方树丛的上空，亮起了一道自动火炮的光芒。

第十章

坠落
拉维罗的贝斯柴尔德医生
利刃弯刀

那是一直在追赶我们的第四辆速攻艇。我还没来得及咒骂,它的连射火炮已经轰断了我们的尾翼,摧毁了尾部的涡扇发动机。我们引擎的后盖被彻底炸碎,仍在旋转的叶片严重变形。

飞艇开始猛烈旋转,像癫痫患者一样剧烈抖动着。伊琳娜尖叫起来。

我用力调整操纵装置,拼命地掰动操纵杆。我将机翼两侧的涡扇调整到水平方向,并加速前进,试图借助气流避免坠落。但飞艇在与一团树枝摩擦后,与一棵树发生了碰撞,随后笔直地坠落。

我几乎是站在驾驶台上,猛地将操纵杆向后拉。

"坚持住!"我喊道。这是我能说出的全部。

飞艇侧面撞上了一棵圣堂树的树干,左舷的涡扇被砸飞。艇身的油漆层层剥落,露出了斑驳的金属表面。我们接着在另一段布满苔藓和霉菌的树干上弹了一下。我继续调整方向,向左方调整,试图重新获得升力,而那台仅存的涡扇引擎已经达到了极限。在引擎因为压力而熄火时,警报声再次响起。飞艇再次失控,与一棵橡树正面撞击,挡风玻璃被震得粉碎,一头栽进了泥泞的土地,滑了足足五十米才摇摇晃晃地停下来。

我的头脑还清醒,但坠机后的漫长沉默让我感到自己几乎要昏厥。我眨了眨眼,肩膀倚靠在侧面的舱门边。伊琳娜在呻吟,埃莫斯咳嗽着。唯一的声音是破碎的挡风玻璃坍塌到机舱中的叮叮当当声。

我站起身,从座椅上爬了过去。

"伊琳娜……你受伤了吗?"

"没有,长官……应该没有……"

"我们要爬出去。帮我一下。"

我们一起将咳嗽不止的埃莫斯拖出了艇舱，随后回到米迪亚身边。幸运的是，米迪亚虽然仍在昏迷，但没有大碍。

速攻艇的探照灯从我们头顶透过孔隙照射下来，搜寻着我们。

我们随时都可能被发现。

伊琳娜和我将另外两人拖进了一个距离坠机地点很远的洞窟中。

"待在这里。"我轻声嘱咐，"把你的武器给我。"

她一言不发，将一把短柄激光手枪递给了我。

"趴在这里，不要动。"我又叮嘱她。我跑回坠落的飞艇旁，取回了我的杖和剑。我将符文杖藏在灌木丛中，随后抽出了巴伯瑞萨特。

速攻艇正在下降，灯光聚焦在那艘残破不堪的飞艇上。我将剑和手枪塞进腰带，快速转移到了附近一棵高大的山毛榉树的浓密枝叶下。

这棵树高耸入云，有着粗壮而多节的树干。我艰难地爬上了主干，沿着一节一节的凸起向上爬，隐藏在树枝形成的网中。

速攻艇在我的视野中盘旋，缓慢地朝着冒烟的残骸爬行。探照灯来回闪烁着。我能看到舱门内站着戴着面具的机枪手，他一只手放在自动火炮的轮轴上，另一只手按在探照灯的支架边。

速攻艇开始降落。我趁机爬到了山毛榉树上更高的位置，直到再也无法向上为止。速攻艇一边下降，一边侧移到了我的正下方。

驾驶员说了些什么。我清楚地听到了他通信器中传出了电流的噼啪声。门口的机枪手答复了一句，放开了手中的探照灯，用双手握住自动火炮的手柄，调转炮头，瞄准了皱皱巴巴的飞艇。

他火力全开，将那架早已残破不堪的飞艇打得千疮百孔。我脚下响起了剧烈的轰射声，伴随着刺眼的火光。精致机巧的乌尔德什飞行器如同锡箔一样被撕得粉碎。

门口的机枪手停止了射击，呼叫着驾驶员。

时机已到。

我松开树枝，跳上了速攻艇的顶部。它在我脚下轻微地摇晃着。我稳住重心，蹲了下来，抓住了舱门的边框，翻身跃入了舱门，用靴子向门内猛踹。

枪手正背朝舱门，弯腰在墙上的弹药架旁填充弹药。我的靴子刚好踢在了他的腰部。他面朝墙壁狠狠地摔了一跤。我落在他身边，在他摇摇晃晃向后撤退时，我一手抓住了那张鲜血直流的脸，另一只手擒住了他的胳膊，将他推出了舱门。我们距离地面约有十米高。

驾驶员回头张望，看到我时发出了低沉的怒吼。一秒后，我将手枪的枪口抵在了他的下巴上。

"下降，着陆。"我说。

我暗自祈祷与我对峙的是一名雇佣兵，而不是不知死活的邪教徒。雇佣兵知道什么时候应该减少损失，他们知道变通，也知道讨价还价，总是渴望多活一天或多领一份薪水。但邪教徒则不然，无论我手中是否有枪，他们都会毫不犹豫地撞向眼前的巨树，与我同归于尽。

驾驶员故意放慢动作，好让我看清他的操作过程。他切断了速攻艇的动力系统，我们降到了丛林的地面上。

"关闭所有设备。"我说。

他继续按我的要求操作。速攻艇的升降调节装置被关闭。除了几枚橙色的备用灯，仪表盘上一片空白。

"解开安全带，出去。"

他解开了绑带，缓慢地从驾驶舱的座位上站起身。他身材矮小，但十分健硕，穿着烧蚀材料制成的铠甲，头戴灰色的飞行头盔，面部佩戴着呼吸面罩。

他从飞艇的侧门跳了下去，举起双手站在原地。

我手中托着枪，落在他身旁。"摘掉头盔，丢回速攻艇里。"

驾驶员按照指示照办。他的皮肤苍白，长着雀斑，头发稀疏。他有一双蓝眼睛，目光锐利地注视着我。

"脱掉制服。"

他皱了皱眉。

他将一只手举起，另一只手拉开了护甲的拉链，露出了一件背心和肩膀，肩膀上布满了模糊的旧文身。他的脖子上用塑料绳挂着一枚碟形的灵能屏蔽装置。装置被我一把扯掉，扔进了灌木丛。随后，我动用了意志之力。

"名字？"

"嗯……"他表情扭曲地呻吟着。

"名字！"

"艾诺·葛兰。"

第十章

我催动意志之力，向他施压。那种感觉就像挤压塑料袋中的物体。

"好吧。我们都知道这只是雇佣兵的假身份。这确实是一项需要隐姓埋名的工作。真名是什么？"

他拼命摇头抵抗，咬紧牙关。

雇佣兵套用的身份在黑市上很容易买到，尤其是像这种一眼就会被拆穿的低劣伪装。它们都是伪造的身份，通常会和配套的证件一起出售，就像家具上的防尘罩一样。这并不稀奇。如果你有更多的钱，可以购买对应的指纹和虹膜。再加点钱，你甚至可以换一副面孔。

这名雇佣兵的身份就像是一面假墙，为了掩盖真相匆匆建立，以应付一般的检查。这个身份没有真实的历史，甚至缺乏模糊的背景和传记性质的描述。这就像他的队友们佩戴的狂欢节面具一样，廉价、低劣、毫无欺骗性。

然而，尽管伪装十分简陋，它仍然被一股强大的力量支撑着——雇佣兵对自己的虚假身份坚信不疑。我试着撬动他固执的念头，但那股力量纹丝不动。这令我颇感懊恼。他的身份明明破绽百出，我却无法推翻它。

现在担心这些显然不是时候。

"停！"我再次投射出意志，他瘫倒在地，失去了意识。

"伊琳娜、埃莫斯，来这里！"我一边呼叫，一边将昏迷的驾驶员拖回速攻艇。我仔细搜了身，发现他手无寸铁。我从速攻艇的滑轮上截下了一段缆绳，将他的双手缚在背后。当伊琳娜和埃莫斯小心翼翼地抱着米迪亚向我走来时，我已经堵住驾驶员的嘴，蒙上他的双眼，并将他的双手固定在了速攻艇内的一根横梁上。

我们将携带的物品都带上了速攻艇，包括我们从书房里抢救出来的卷轴、符文杖和所有珍贵的东西。我们将米迪亚固定在了速攻艇船员舱尾部的一张下拉式帆布床上。我坐进驾驶舱，在尽快熟悉控制台的构造和功能后，载着众人驶入了天空。

我们没有开灯，悄无声息地抬升到了树梢上方。在月光之下，这里的夜晚静谧而清朗，只有北方的群星被一道棕色的污痕遮盖。毫无疑问，那是从我燃烧的庄园中升起的滚滚浓烟。从半空中看，一切似乎恢复了正常。我贴着树丛的顶部，向南行驶。

第十章

我们刚刚登船时，我就仔细检查了驾驶舱。显然，这是一架军用速攻艇，在我看来，是幕后主谋特意为了本次行动从黑市购买的。原本的徽章装饰已经被凿穿，部队编号已经被酸蚀洗掉。除了基本的操纵设备外，驾驶舱还配备了多功能模组接口。仪表和控制模组可以用螺栓灵活地安装在接口处。然而，驾驶舱只安装了一套语音通信设备。原本应该安装监测器、地形扫描仪和夜视显示器的接口上空空如也，导航编码仪、远程火力控制系统等常规的装置都被拆除。这些设备原本可以让驾驶员直接控制舱门后的重火力武器，而无须专门配备一名机枪手来手动操作。为这些雇佣兵购置载具的人显然是有意为之，只为士兵提供最基础的装备。这台军用载具只安装了过时的通信装置，没有任何自动化操作系统。因此，也没有任何可供追溯的数据残留下来。

但这架速攻艇的动力和稳定性都不错——在下一次充能前，它还可航行一千多公里。它虽然算不上顶尖装备，但十分耐用。

丛林在我们脚下若隐若现。通信器中传来了断断续续的信号声，但我不知道他们使用的是什么代码，更不希望向任何人暴露速攻艇的位置。

过了一会儿，通信信号戛然而止。我拔掉了接口，将通信器从模组支撑架上扯出，让伊琳娜将它扔进大海。

"为什么？"她问。

"谨慎为妙。这台设备可能有内置追踪设备或信号发射器。"

她点了点头。

我尝试使用驾驶台上的基本仪器手动确定方位，努力在头脑中回想该地区的地图。但那几乎是毫无依据的猜测。距离我们最近的主要城市是多尔赛，位于西面，大约要飞行一个小时，但考虑到本次袭击的规模之大，前往多尔赛这种鱼龙混杂的市井之地，如同走进卡诺顿兽的洞穴。

英瑟姆海岬的东部是一片小渔村和港口小镇，我们前往距离最近的渔村需要两个多小时。东南部的一座教会小镇马杜亚也在能够抵达的范围内。还有英特威，一座位于荒野林地边缘的集市城市。阿泰纳特群山也是如此。

我原本计划用通信设备联系当地的法务部，但很快打消了这个念头。多尔赛的法务部哨兵一定留意到了斯波顿府邸的袭击事故，却没有安排任何紧急支援部队。会不会有人提前买通了法务部的人，他们才会对这件事睁一只眼闭一只眼？他们会不会是这起袭击事件的同谋？

在我查明真正的敌人究竟是谁之前，我不能相信任何人，包括审判庭在内的所有官方机构。

这不是我首次孤军奋战。独自行动反而会让我事半功倍。

我驶向了群山，朝拉维罗飞去。

宿敌

拉维罗是一座山城，位于阿泰纳特山脉的侧面，因撒山口的正下方。这里坐落着一片狭长的淡水湖，是德伦纳河的源头。城市内有一座规模不大却很卓越的学府，专攻医学和语言学；有一座历史悠久的酿酒厂，用湖水酿造的啤酒在整个古德伦供不应求；还有一座专门为圣徒卡文修建的精致教堂——我认为，这座教堂收藏着整个次星区最精妙的宗教壁画。

这是个十分静谧的所在，城市里的一切都拥挤在一起。古老的建筑在狭窄的山路两侧鳞次栉比。翠绿色的铜制屋顶像鳞甲一样重叠。从空中俯瞰，它就像是附着在伊特威尔的蓝色山坡上的一片墨色苔藓。

当我们从北方靠近时，太阳正冉冉升起。空气清澈，天空一片蔚蓝。我们在黎明的第一缕曙光中驶离了这片荒野林地，沿着阿泰纳特山脉的边缘攀爬。伊特威尔山高耸入云，被雾气环绕。在淡水湖的另一侧，屹立着另外几座高峰：如同长牙般的伊森博，直指天空、宛如紫罗兰色三脚架的福尔柯山，白雪皑皑的科瓦乔山——登山爱好者的乐园与梦魇。

速攻艇的动力即将耗尽，反应也迟钝了。我在道路一旁的斜坡上着陆，随后驶入了城市西侧的大门。当时还是凌晨，路上既没有车辆，也没有行人。

街道铺着与建筑材料相同的蓝灰色晶体，在阳光下显得晶莹剔透，在狭窄街道的阴影中则显得黯淡无光。我们驶过一座广场，看到一名当地学生蜷缩在小喷泉边，他显然喝了一夜酒，此刻宿醉未醒。在宽阔的街道边，无数的车辆和民用飞艇停靠在"人"字形的停车架上。我们又拐进了一条窄路，迎着明媚的朝阳，沿着坡道攀爬。我打开了驾驶室的窗户，呼吸着扑面而来的清新空气。速攻艇引擎低沉的震动声在耳畔响起，在小巷两旁的建筑之间回荡。这些房屋窗门紧闭，仿佛尚未苏醒。

距离上一次来已经很长时间了，但我还记得路。

我将飞艇停在一条小巷的尽头。那是一座十分简陋的庭院，几株马刺树在墙边挣扎着生长。马刺树，它们在春天生长的鹅黄色花朵，是圣徒卡文的象征。树木生长的石盆中被人撒满了祭品瓶和硬币。

一楼的房门伴随着我们的引擎声在颤动着。我不禁庆幸提前让埃莫斯收起了门后的火炮，让它更像是一架私人交通工具。

"留在这里，"我对伊琳娜和埃莫斯说，"等我回来。"

我沿着来时路向回走，一人独行的街道显得格外安静。我穿着前一天晚上降神仪式时穿的靴子、马裤、衬衫和皮衣，埃莫斯将他那件灰绿色斗篷借给了我。我身上没有任何审判庭的标志，只有手上的印记戒指会引起注意。我在速攻艇弹匣中找到了子弹，将米迪亚的自动手枪装填好弹药，塞进了腰带里。

一条流浪犬从市中心向我凑了过来，停下来嗅了嗅我的斗篷。它对我的气味似乎不感兴趣，小跑着离开了。

我记得那间房屋就在小巷的中间。我们上坡时曾经路过。我很快就找到了那间四层小屋，镶嵌着铜瓦的屋檐下是一座露天阳台。窗门紧闭，入口处的两扇亮红色的重型镶板木门上挂着厚重的门锁。

和我记忆中的一样，门口没有门铃。我敲了一下门，在一旁等待。

我等了很久。

终于，我听到门后传来了碰撞声，门板上镶嵌的猫眼裂开了一道缝隙。

"你这么早拜访，有什么要紧事吗？"门里传出一个老人的声音。

"我想见贝斯柴尔德医生。"

"有谁生病了吗？"

"请让我进来，我会和医生详说。"

"现在太早了！"那声音反驳道。

我抬起手，展示了手上的审判庭印记戒指，确保对方能通过猫眼看到上面的图形。

"麻烦你了。"我再次请求道。

猫眼合上了，门框里传出了钥匙拧动的嘎吱摩擦声。其中一扇门向外推开，露出了里面的黑影。

宿敌

　　我走进大厅，发觉屋内的空气凉爽宜人。我的瞳孔很快习惯了室内的昏暗。一名驼背的黑衣老者在我身后关上了房门。

　　"稍等片刻，先生。"他说完，拖着年迈的身子走开了。

　　大厅的地面由抛光的大理石拼接而成，在屋外投射进来的阳光照耀下闪闪发光。墙壁上的纹路由能工巧匠精心绘制而成。精美细致的解剖图稿被装裱在镀金画框内，每一幅都是珍贵的古董。房屋里弥漫着温和的石料气味，夹杂着前一天的晚餐留下的淡淡香气和烟味。

　　"哪位？"一个声音从我头顶上方的楼梯出口处传来。

　　我踏上一步，站在楼梯下方的平台上。平台边的窗户已经打开，柔和的晨光照射进来。

　　"很抱歉，我这么冒失地闯进来。"

　　"格雷戈？格雷戈·艾森霍恩。"拉维罗的贝斯柴尔德医生向我走近了一步，原本满是困意的脸上露出了惊诧的神情。

　　她仍然是个美丽端庄的女人。

　　我本以为她要上来拥抱我，抑或在我的脸上轻轻一吻。但她停在原地，满脸阴沉。

　　"无事不登三宝殿，你来干什么？"

　　我返回速攻艇，让它驶入了她家的后院，私人围墙将飞艇遮挡得严严实实。医生的老仆人法比斯打开了一楼的落地窗，并取出了一张为米迪亚准备的滚轮病床。伊琳娜、埃莫斯和我跟在他身后。我将雇佣兵驾驶员继续绑在艇舱中，他仍然处在意识遭到侵入后的恍惚状态。

　　科里琪娅·贝斯柴尔德已经穿上了手术服，在一楼大厅等候着我们。她一丝不苟地检查着米迪亚的状况，监测着她的生命体征，整个过程一言不发。

　　"推她进去。"她对仆从说完，看着我，"还有别人受伤吗？"

　　"没有了。"我说，"米迪亚状况如何？"

　　"岌岌可危。"她说着，语气凝重。她看上去气鼓鼓的。我能理解她的心情。"我会尽力而为。"

　　"我万分感激，科里琪娅。很抱歉给你添麻烦了。"

　　"她应该去镇上的医疗室！"她很焦急。

"可以尽可能不去吗？"

"你的意思是尽可能自己解决吗？去你的，艾森霍恩。我没必要帮你！"

"我知道你没有必要。"

她噘起嘴。"我会尽力而为。"她重复道，"到客厅去。我已经让法比斯准备了点心。"

她转过身，走向了米迪亚所在的手术室。

"那么，"埃莫斯轻声问我，"这是谁来着？"

第十章

科里琪娅·贝斯柴尔德医生是这颗星球上最资深的解剖学专家。她的论文和专著广泛发表，被整个赫里甘次星区的医学界奉为圭臬。在多尔赛和梅西纳从医了一段时间后，她选择在拉维罗学院就任解剖学教授一职。

这并不是最重要的。很久以前，我差点娶她为妻。

一百四十五年前，准确地说是在 M41 的 241 年，我在萨米特的一次行动中失去了左手。那起案件的细节已经无关紧要，而且我在先前的卷宗里已有记述。当地医生给我安装了假肢，但我对那根假肢深恶痛绝，始终不愿使用。直到两年后，我在梅西纳停留期间，才植入了一根功能齐全的义肢。

那次手术中，科里琪娅担任主治外科医生。我知道，与一位刚刚将人工培育的丑陋克隆义体缝在你手腕上的女子交往，是一件十分艰难的事，更别说娶她为妻了。

但她思维敏捷，博学多才，性情活泼，而且并没有因为我的身份而有丝毫退缩。多年来，我们之间断断续续地产生过不少交集，刚开始是在梅西纳，许久之后，我们在古德伦重逢。当时，她返回拉维罗攻读博士学位，而我刚好将根据地迁移到斯波顿府邸。

我一直很喜欢她，至今仍是。我不知道除了喜欢，我还能用其他什么词形容我对她的感觉。我们从来没有相互表露过心迹，尽管有时候我理应主动一些。

我已经有二十五年没有见过她了。想到这里，我坐立难安。

我们在客厅里坐了一个多小时。法比斯拉开窗帘，露出明晃晃的天空。薄纱窗帘一瞬间就变成了一块亮闪闪、白茫茫的矩形。我仿佛能嗅到群山上冰凉的自然气息。

客厅里摆满了精致的古旧家具，柜子里堆满了古籍珍本、历史悠久的外科手术工具，几个陈列柜中摆放着修复得近乎完美的古董器械。埃莫斯很快就沉浸在了对古物的观察与研究中，忍不住喃喃自语，啧啧称奇。伊琳娜坐在柔软的扶手椅上，看上去十分平静。我确信，她正在念诵纺纱小队的静心口诀。每隔几分钟，她就会心不在焉地拨弄散落到面颊上的几缕棕发。

医生的老仆人推着一辆银质餐车走了回来，里面放着酵母面包、水果、黄油和滚烫的黑咖啡。

"是不是太清淡了？"他问。

"刚好，谢谢您。"

他指着门边的一根加粗的丝线。"有任何需要，可以摇铃叫我。"

我给其他两人各倒了一杯咖啡。埃莫斯就着一只普隆果，吃了一大块面包。伊琳娜将五六块琥珀冰糖加进了咖啡。"是谁干的？"她终于问道。

"伊琳娜？"

"是谁……谁袭击了我们，长官？"

"实话实说。我不知道。我在思考所有的可能。我们或许要花很久才能找到答案。但在那之前，我们必须确保自己的安全。"

"我们在这里安全吗？"

"安全，至少现在安全。"

"他们是雇佣兵。"埃莫斯说着，擦了擦皱缩嘴唇上的面包屑，"这毋庸置疑。"

"我也这么认为。"

"那个被你俘虏的飞行员，你看到他身上的文身了吗？"

"看到了。但图案非常模糊。"

埃莫斯啜饮了一口甜咖啡。"浮屠文，属于维萨的耶尼切里佣兵团。"

"真的？你确定？"

"至少这个判断合乎情理。那人的皮肤上文的是遣返契约书。"

这是个极有价值的信息。维萨是一个蛮荒世界，位于安提马次星区的边缘。那个世界民风剽悍，诞生了一支刀口舔血、恶毒嗜杀且十分顽强的战士群体。当局曾经尝试在当地建立一支帝国卫队兵团，但最终没能让维萨人屈服。这并非因为他们缺乏纪律性，而是他们发现向泰拉效忠是一个过于理性、高尚的概念。他们只忠于自己的氏族，视物质财富高于一切，毕生都在不择手段地争夺土地、财产、宅邸和武器。因此，他们天生就是最顶尖的雇佣兵。他们热衷于常人难以想象的野蛮战斗，至死方休——他们以神皇之名而战，只是因为这个名字经常被印在高面额的货币上。

难怪斯波顿府邸的突袭如此高效。如今看来，我们几人能活着逃脱实属不易。我很庆幸自己起初并没有发现他们的真实背景。倘若有人中途告诉我，我面对的是来自维萨的耶尼切里雇佣兵，我可能会踟蹰不前，而不会为了挽救米迪亚，向他们发起冲锋。

我脱掉了埃莫斯借给我的斗篷和皮衣，卷起衬衫的袖口。阳光将客厅照得暖融融的。我刚抽出腰间的手枪，准备检查时，科里琪娅就走了进来。她正摘掉手术手套，看到我手中握枪的一瞬间，本就阴晴不定的脸上立刻满是怒意。她指着我，又指了指门外。

"跟我来。"她没好气地说。

我灰溜溜地将武器塞进斗篷的口袋，跟着她走了出去。我们穿过大厅，走进了一间挂满油画和全息版画的休息室。这里的窗户紧闭，但她没有开窗，而是提高了灯光的亮度。

"关门。"她呵斥道。

我赶紧关上了门。"科里琪娅——"我想解释。

她竖起手指，示意我闭嘴。"少来这套，艾森霍恩。别再耍花招了。我差一点儿就要把你轰出去！你竟敢——"

"米迪亚，"我连忙打断了她的话，强装镇定，"她怎么样了？"

"伤势勉强稳定了些。她的后背遭到了激光武器的重创，伤口裂开后的好几个小时都没有经过处理。你究竟是怎么想的？"

"她能活下来吗？"

"除非伤情恶化，否则应该没有大碍。她需要在维生系统里多看护一段时间。"

"谢谢你，科里琪娅。我欠你的。"

"哈，你欠的可多了！你可真是个让人不可思议的家伙，艾森霍恩。二十五年了，二十五年了！你半个人影都不见，连封像样的信都没有。现在倒好，突然跑到我家门口！不请自来也就罢了，居然还带着武器和伤员，一

第十章

副亡命之徒的模样!你还有脸大摇大摆地闯进我家?"

"不是这样的。我知道这么做非常鲁莽,但我认识的科里琪娅·贝斯柴尔德是那种能救我于水火的人。她永远都是我最值得托付的朋友。"

"朋友?"

"是的。你是我现在唯一能信任的人,科里琪娅。"

她轻蔑地哼了一声,扯掉了身上的医护服。"这么多年了,我很荣幸能成为你愿意托付的人,格雷戈。但你从来没有真正托付给我什么。你始终与我保持着距离。你从来不愿让我参与你的事务。现在却……"她没有说下去,只是沮丧地耸了耸肩。

"我很抱歉。"

"你居然还带着枪——"她愤愤地说。

"看样子,我可能不应该告诉你,后院的速攻艇里还捆着一名雇佣兵。"我愁眉苦脸地说。

她连忙转过身,满脸惊异的表情,然后苦笑着摇头。"难以置信,二十五年之后,你确实找回来了,还带来了这么多麻烦。"

"不,没有人知道我来过。这也是我来的原因。"

"你确定?"

我点了点头。"昨晚有人袭击了我的庄园。斯波顿府邸被夷为平地。我的人也被杀了。"

"我不想听!"

"几乎无一幸免,我们四人勉强逃脱。我需要庇护和医疗帮助。我需要一个值得绝对信赖的安全场所。"

"我不想再听了!"她怒吼道,"我对你们的战斗没有兴趣。我不想卷入其中!我在这里过得很安逸,而且——"

"你必须仔细听我说。你需要知道发生了什么。"

"凭什么?我不想被卷进这件事!你为什么不找法务部?"

"因为我无法相信任何人,甚至是官方机构。"

"该死,艾森霍恩,为什么找我?为什么来这里?"

"因为我信赖你。因为我的敌人或许会监视我在这颗星球上的每一个熟人,无论他在哪一块法务部的辖区,或在帝国内政部的哪一间办公室。但我们之间的关系始终都是秘密,就连我最亲密的朋友也不知道我们曾经在一起共事。"

"共事?曾经一起共事?我真是荣幸啊,你这头蠢猪!"

"拜托你了,科里琪娅。有几件事情需要你帮忙。我需要你帮忙安排一些事情,然后我们立刻离开,你也不用再胆战心惊。"

她坐在躺椅上,焦虑地搓着双手。

"你需要什么?"

"首先,当然是你的原谅。之后……我需要一台民用通信设备。如果可能的话,我需要你聘请一名能帮忙联络其他星球的星语者。再让你的仆人帮忙给我们买一些衣物。"

"镇上的裁缝店今天不开门。"

"我能等。"

"这里可能有些多余的衣服。"

"那可真好。"

"我的书房就有一台语音通信器。"

我探望了米迪亚。她正安静地躺在科里琪娅房屋地下室的一间经过清洗的医疗观察室内。然后我返回了法比斯为我整理好的房间。伊琳娜和埃莫斯分别在两侧的房间休息。

我冲了个澡,刮了刮胡子。这两件事都是我在思考问题时不自觉地完成的。我发现前一天的颠沛经历让我的身上多出了好几块淤青。大腿上有一块激光弹留下的擦伤,而我居然完全没有留意。我的衣服满是淤泥,千疮百孔,领口被烟熏得漆黑。裤子上沾满了毛刺和又湿又黏的草籽。

法比斯在我的房间里放了几件衣服。当我换上后,才发现那些衣服是我自己的。以前的那段时间里,我经常将衣服放在这里,其中大部分是柔软舒适的便服。我来这里时往往就会换上。科里琪娅一直保存着它们。我不知应该感到欣喜还是恐慌。这么多年过去了,我留下的东西她居然一件也没扔。衣服都完好如初,好像定期就会经过洗涤和晾晒。我意识到科里琪娅·贝斯柴尔德一直在期盼我回来。

或许我回来的方式确实刺痛了她——我回来并不是为了她,而是为了获得她的援助。她的愤怒情有可原。考虑到我的危险境地,换作是我,也不会乐于接纳。更何况我在二十五年前中断了一切联络。这就更不可原谅了。

教堂的钟声在山脚下的城镇间回荡，呼唤着善男信女们前去祈祷。湖边的酒馆纷纷开张，烤肉和草药的气味混杂在一起，随风飘散。

我穿着一件深蓝色的低领棉衬衫、一条黑色斜纹长裤和一件黑色翻毛皮的夹克衫。我只有前一天晚上穿的鞋，所以我用布将鞋面的泥渍擦干净，凑合着穿上。我本想将手枪塞进夹克口袋，但我知道科里琪娅对枪械深恶痛绝，于是将它和巴伯瑞萨特、符文杖一起放在我的床垫下。将埃莫斯和我从斯波顿挽救的卷轴和手稿让埃莫斯保管，暂时放在他的房间。

我身上几乎没有别的物品了，除了印记戒指、一个短距离语音通信器、一些硬币和我的身份证明——一枚存放在皮革钱包里的金属印章。自从杜若尔事件以来，我头一次怀念自己的审判庭徽章。无论费希格身在何处，他都戴着徽章。

我将皮衣挂在衣橱里时，不由自主地掂量了下衣服口袋。我这才想起我还有一样别的东西——《恶魔禁典》。

这是一本充斥着恶毒诅咒的地狱之书。据我所知，宇宙间仅此一本。整个审判庭中，有一半的人会为了夺取这本书，毫不犹豫地置我于死地；而另一半人则会因为我私藏禁书的罪名，将我视作异端焚烧。

我最终在法尔尼斯贝塔星上揪出了年迈的审判官奎索斯。他在那里发展壮大了自己的势力。我应该在杀死他的同时，将这本罪恶之书付之一炬，或者至少将它上缴给修会。但我并没有这么做。我使用了它，通过它窥探禁忌，通过它提升自己的能力。借助其中的知识，我成功俘获了切鲁贝尔，并再一次束缚了它。得益于它给予我的洞察力，我接连破获了数个邪教分子的阴谋。

而它不过是一本平平无奇、瘫软在地的小册子，裹着粗糙的黑牛皮。原始的书页由手工剪裁，边缘粗糙，看上去毫无恶意。

我坐在床角，掂量着它的分量。清晨的明媚阳光透过窗户玻璃照射进来，天空一片湛蓝，对面的房屋后，高耸的伊特威尔山仿佛是一团柔和的丁香花。但此刻的我如坠冰窟，寒冷与黑暗令我战栗。

我从未真正思考过，究竟为什么保留了这样一本至邪之书。是为了知识吗？或许吧。或是出于好奇？我一生目睹过无数禁忌之物，其中就不乏最腐化、险恶的《亡灵经》——那本邪书仿佛自己就拥有某种生命。它能蛊惑触碰书页的人，通过呢喃的耳语的诱导，魅惑你展卷阅读。仅仅靠近它都是对自己心灵的荼毒。

但《恶魔禁典》则不然，它就那样安静地躺在那里。书页从未展现出任何意识或生命——那只是一本平平无奇之书。尽管内容耸人听闻，但书本身……

我感到一丝迷惘。从我拥有它的那一刻起，一切就在发生变化。我的厄运从切鲁贝尔开始，一直持续到杜若尔的惨案。

或许它正在毒害我，挑拨着我的神经。或许它充满恶意的蛊惑已经让我越界，而我却浑然不觉。

或许这才是它最邪恶的地方。它的蛊惑毫无痛苦，无知无觉，潜移默化。当你接触到《亡灵经》的那一刻，你便知道那是至邪之物，你知道自己必须全力抗拒腐化的诱惑。你知道你在抵抗它。

但《恶魔禁典》截然相反……如此邪恶，在受蛊、觉察以前，那种邪恶就已经缓慢地渗透到了灵魂深处。

为什么像奎索斯这样对神皇忠心耿耿的伟人却沦为了怪物？这个问题困扰着我。他为什么从来没有认清自己？为什么他对自己的堕落与污秽视若无睹？

我打开了床头的抽屉，将书放了进去。一旦我们离开拉维罗，我会尽快清理这件邪物。

我走到科里琪娅的书房，找到了通信器。此外还有一台全息广播，我按动旋钮，打开了设备，播放起了早间新闻，从天气预报到行星通报。我看了一会儿，没有提到任何与多尔赛辖区相关的事件。虽然在意料之中，但我还是感到惴惴不安。

我将通信器切换到了帝国频道，分别窃听了法务部、行星守卫军、国教的通信频道，结果一无所获。要么没有人知道斯波顿府邸发生了什么，要么他们出于某种不可告人的原因，集体噤声。

我需要一名星语者。如果我要联络别人，就必须与其他世界取得联系。我别无选择。

这个星球上的任何人都不值得信任。

宿敌

飞艇还停在后院。法比斯已经准备好，从屋内接了一根电缆，为速攻艇完成了充能。

院子里十分闷热。昆虫嗡嗡作响，围着墙头盛开的蓝铃花喧闹地舞动。

佣兵被惊醒了。他戴着眼罩，也说不了话，听到我走近时，开始拼命摇头。

我撕开了他嘴边的胶带，然后将从厨房接来的水倒进一只茶杯，举到他嘴边。

"这只是水，喝吧。"他抿紧嘴唇，把头歪到一旁。

"这么热的天气，你会脱水的……喝吧。"

他又拒绝了。

"听着，如果你脱水，你会更加虚弱，那么你就更容易受到审讯和意念探针的影响。"

他停止了挣扎，但当我举起杯子时，他又扭开了头。

"你看着办吧。"我说着放下了杯子。维萨人以耐力强著称。据说，如果战斗需要，他们可以连续几天不吃不喝。既然他想发挥自己的这一体质优势，我也没意见。

我站起身，仔细检查着速攻艇内的物件。我从科里琪娅的书房里借了一根扫描棒，将检测频段按照从高到低的次序进行了全面扫描……我试图找出应答器、信标和编码器。但我什么也没找到。这并不让我感到惊讶。我也扫描了那个维萨人。飞艇和俘虏都没有问题。如果佣兵再来找我们，飞艇和驾驶员都不会成为他们的目标。

我花了半小时才完成了扫描，随后回到驾驶员身边。日上三竿，亮光透过飞机的侧舱门投射进来。他显然感受到了灼热的阳光，将腿缩进了阴影中。

我又将水递了过去。他毫无反应。

"报上你的姓名。"我说。

他的下巴抽动了一下。

"报上你的姓名。"我重复了一句，运用了意志之力。

他颤抖起来。"艾诺·葛兰。"他的声音沙哑无力。

"在你叫艾诺·葛兰之前，你叫什么？"

"嗯……"

他的抵抗十分顽强。维萨人对灵能的反应十分迟钝，出现不可接触者的概率很高。他们军事训练的重要一环便是学习抵抗审讯。刚开始，我以为他使用了某些高超的思维技巧以隔绝灵能的冲击。但当我进一步审问他时，我发现这与他使用的虚假身份有关。

　　我试着将那个身份从他的记忆中抹除，但它纹丝不动。这个假身份或许构造十分简陋，但它在佣兵的精神中已根深蒂固。我敢肯定，他对虚假身份坚信不疑。不是他不愿意，而是根本无法说出口。

　　"格雷戈？"

　　我向舱门外看去，发现科里琪娅已经走进了后院。"格雷戈，你到底在干什么？"

　　我跳出飞艇，将她拉回后院的门外。毫无疑问，维萨人已经听到了她喊我的名字。这可不妙。

　　"那人被捆得像一只鹌鹑！"她说。

　　"那人一有机会就会置我于死地。我捆住他是为了我们的安全。我需要问他一些问题。"

　　她瞪了我一眼。她已经换上了一套蓝色绸缎的长礼服，衣角装饰着繁复的花纹镶边。她的稻草色金发梳在脑后，用两根金色的发夹固定。和我记忆中的一样，她是个美貌俏皮的女人。科里琪娅颧骨微凸，嘴唇宽而红润，浅棕色的眼眸投射出激情与智慧。自从我不请自来到现在，我在那双眼睛里看到的唯一激情就是愤怒。

　　"像一只鹌鹑。"她重复道，"我不能允许这种事发生在我家。"

　　"那你有什么建议吗？你有没有密封的房间，可以将他反锁在里面？"

　　"给你一间牢房？呸！"她嗔怒道。

　　"否则就只能那样关在飞艇里。"

　　她思忖片刻。"我会让法比斯清理出楼上的隔间。"

　　"不要有窗户。"

　　"所有房间都有窗户！但那间屋子只有一扇很小的通风口。没有人能钻出去。"

　　"谢谢你。"

　　"我想检查下他的情况。"

与她争辩毫无意义。她仔细检查着维萨人的身体。

"别害怕。我是医生,叫科里——"

"他真的没有必要知道你的名字,还有我的。谨慎些。"

她深吸一口气。"我是名医生。我会给你检查。你有名字吗?"

他摇了摇头。

"他用的名字是艾诺·葛兰。"

"我知道了。艾诺,我知道现在你的处境很糟。但是你如果配合我和格雷——与我共事的人。一切都会好转的。"

"共事。"我能听出她在这个词上表达的恶意。

科里琪娅不以为意地看着我。"他需要吃喝,尤其是饮水,天气太热了。"

"告诉他,别告诉我。"

"你需要饮水,艾诺。如果你不想喝东西,我可以给你带一些流食。"

他有些犹豫,慢慢地从她的杯中饮下了一口水。

"很好。"她说,然后看着我,"他被绑得太紧了。"

"必须这样。"

"让他站起来活动活动。再换个方式捆住他的手。"

"晚些吧。如果你知道他是谁,知道他做过什么,你决不会这么人道。"

"我是帝国医疗协会的官员。我不在乎他们做过什么。"

我们走回到了客厅。

"他的身份是伪造的。我需要冲破那层意念屏障。"

"获取他的真实身份?"

"以及他在为谁卖命。"

"我明白了。"她坐下来咬着指甲。她遇到麻烦或困扰时总会那么做。

"你这里存放的药品中,有没有增多卡因?通用氧化巴比妥?"

"你在开玩笑吗?"

我摇了摇头,坐在她对面。"我是认真的。我需要一种精神活性药物,或者至少有致幻成分的药品来松懈他的意志力。"

"不行,绝对不行。"

"科里琪娅……"

"我不会参与这种不人道的事。"

第十章

"这并不残忍。我不会伤害他。我只需要开启他的心智。"

"不。"

"科里琪娅,我必须这么做。为了神圣的帝国审判庭,我必须进行审讯。如果有必要,我在特殊情况下甚至会采取更极端的行动。难道你不希望自己作为医疗专家监督这个过程吗?"

下午晚些时候,我们将维萨人送进了法比斯清理过的封闭隔间。隔间里除了床架和床垫外,什么都没有。我摘下了他的眼罩,随后用自动手枪对准他,以确保埃莫斯松开绑带时,他不会突然反抗。

科里琪娅目睹了全过程,看到武器时,欲言又止。

"解开你的外套。"我说。

科里琪娅想说些什么,但我打断了她的话。"你需要检查他的胳膊,是吗,医生?"

让他脱掉衣服还有一个原因。埃莫斯趁机研究了维萨人的文身,并进行了记录。维萨人只是光着上半身站在那里,满脸阴郁。他拒绝任何眼神交流。

我发现他虽然瘦削,但非常强壮。他身上满是旧伤疤。我揣测他其实相当年轻。要么他比看上去要老,要么他过去的短暂人生中充斥着腥风血雨。

埃莫斯完成了记录。"我会翻译好。但和我起初的猜测应该出入不大。"他转过身,朝楼下走去。我拦住了他,将手枪递到他手里。

"还要麻烦你,帮我看着他。"

埃莫斯拿着枪戒备地站在一旁,我重新将雇佣兵的手绑在身前,然后将他的脚踝捆在一起,固定在床架上。

"坐下。"我对他说。我从埃莫斯手中接过武器,塞进皮带,示意他可以离开。

"可以开始了吗,医生?"

她瞥了我一眼。"直接开始吗?不问问他愿不愿先交代?"

尽管这么做毫无意义,但我还是希望科里琪娅能参与其中。

"说出你的姓名。"我说。

"艾诺·葛兰。"

"说出你的真实姓名。"

"艾诺·葛兰。"

我看了一眼科里琪娅以示警告，随后动用了意志之力。我将这股力量尽量对准维萨人，避免波及科里琪娅，但她还是颤抖起来。

他含糊不清地说了些什么。

"请开始吧。"

科里琪娅熟练地向对方的上臂中注射了二十毫升的增多卡因，随后抽出了针管。增多卡因是一种精神活性物质，一种作用于大脑皮层的神经突触强化剂，且具有舒缓、麻痹效果。那人咳嗽了一下，片刻后，眼睛变得湿润，呈现出玻璃般的光泽。

科里琪娅测试了他的血压。

"状态良好。"她说。

我将手放在雇佣兵的太阳穴上，让我的思绪流淌进他的内心。他十分放松，没有反抗，但他的头脑十分活跃。这是个十分理想的平衡状态，有助于撬开他的虚假身份。

我分别用口头和灵能的方式问了一些测试问题。他的回答仍然含糊不清。

"你叫什么名字？"

"艾诺·葛兰。"

"你的年纪？"

"四十标准年。"

"你的身高？"

"二又三分之一昆。"这是个好的迹象，虽然我不知道"昆"的含义，但我猜这是维萨人的长度计量单位。

"我们在哪儿？"我继续问。

"在一个房间里。"

"这房间在哪儿？"

"在一间屋子里。具体不知道。"

"在哪个世界？"

"古德伦。"

"天空是什么颜色？"

"嗯，这个天空？"

"对，窗外的天空是什么颜色？"

第十章

"蓝色。"

"除了这个天空,你刚刚认为还有别的吗?"

"不知道。"

"我叫什么名字?"

"格雷戈。"

"你怎么知道的?"我快速地追问,不给对方思考的时间。

"她这么称呼你。"

科里琪娅紧张地看了我一眼。

"这个名字对你意味着什么?"

"不知道。"

"你觉得我应该是谁?"

"艾……森霍恩。"

"你怎么知道这个名字的?"

"工作要求。"

"什么工作?"

"拿钱办事。"

"具体一些?"

"不知道。"

"你叫什么名字?"我再次问。

"我说过,艾诺·葛兰。"

"你从哪里来?"

"长庚星。"

"天空是什么颜色?"

"当然是蓝色。"

"你叫什么名字?"

"艾诺……葛兰,艾诺·葛兰,艾诺·葛兰……"

他的回答就像是一条山涧,重叠往复,脱口而出。

"你从哪儿来?"我继续问。

"长庚星……呃,我不知道。"

"你上半身的文身是什么意思?"

宿敌

"是契约。"

"用什么语言写的？"

"不知道。"

"遣返契约？"

"可能是。"

"这是雇佣兵特有的习俗，对吧？"

"嗯。"

"这种契约规定，如果你完成任务并安然返回故乡，你将得到一笔巨大的补偿，是吗？"

"是的。"

"那么，你是雇佣兵？"

"是的……"

"天空是什么颜色？"

"蓝色，不，是的……蓝色。"

"你叫什么名字？"

"呃……"

"我问的是，你叫什么名字？"

"等等……我应该知道……"他的眼珠快速地转动。

"你叫什么名字？"

"不知道。"

"你是雇佣兵吗？"

"是的……"

"你昨晚的目标是我吗？"

"是的。"

"你昨晚的目标叫什么？"

"艾森霍恩。"

"我是艾森霍恩吗？"

"是的。"他看着我，双眼湿润，眼神呆滞。

"你得到的命令是什么？"

"杀光他们。烧掉一切。"

第十章

"这个命令谁给你们的？"

"部族长艾特里克。"

"部族长是你们那里的头衔吗？"

"没错。"

"部族长艾特里克是维萨的耶尼切里吗？"

"是的。"

"你是维萨的耶尼切里雇佣兵？"

"是的。"

"耶尼切里，你叫什么名字？"

"族长，我叫瓦默克·塔尔，族长！"

他停顿了一下，眨了眨眼，显然忘了刚刚在说什么。科里琪娅在一旁目瞪口呆。

"你做得很好，塔尔。"我说。

"啊哼。"

伪装身份如同一张湿纸巾，在他的脑中破裂。我集中意念，向他开放的意念中摸索，直击要害。

"你是何时被雇用的？"

"二十周以前，嗯，二十周。"

"在哪里？"

"席福伦。"

"当时你们在做什么？"

"找活儿干。"

"在那之前呢？"

"咳，嗯……我们参与了边境战争。当地的总督雇用了我们，但行动失败了。"

"所以你找了新的顾客？"

"不是我，是部族长。买家给了个好价钱，而且是长期业务。任务目标在某个外部世界，转账支付。"

"做什么？"

"开始他们没说。但载着我们到了某个地方。"

"哪里？"

"古德伦。"

"你确定是古德伦？"

"是的……"他浑身颤抖。

"你们收到的任务是什么？简略地说。"

"客户提供了必要的设备和飞艇，透露了目标在岬角边。要杀掉所有人。"

"这个地方是谁的？"

"一个叫艾森霍恩的人。"

"一共招募了多少人？"

"所有人。我们整个部族。"

"你们部族一共有多少人？"

"八百个。"

我吃了一惊。怎么会有八百人？

"这些人都到古德伦了？"

"不，只有七十人到了这里。其他人有别的安排。"

"什么安排？"

"不知道。啊……我的头很疼。"

科里琪娅拽了拽我的衣袖。"得停下来了。"她低声道，"他开始呼吸困难了。"

"还有几个问题。"我不安地沉吟着。

我看着塔尔。他大汗淋漓，呼吸急促，身体在座位上左右摇晃。

"在发起袭击前，你们在哪里着陆？"

"嗯……在皮特罗。"那是一座位于碧雪湾的小岛。这引起了我的好奇。

"运送你们登岛的船叫什么名字？"

"贝特兰德号。"

"你们的委托人叫什么？"

"不知道。"

"你见过他本人吗？"

"没有。"

"你见过他的代理人或手下吗？"

"见过……呃，好痛！"

"格雷戈！"

"还没结束！塔尔，他的手下叫什么？"

"是个女人，一个灵能者。袭击前她给我们植入了伪装身份。"

"是她本人为你们安装了这套伪装？"

"没错。"

"她叫什么名字？"

"她自称马拉。马拉·塔雷。"

"试着回忆她的样貌，塔尔。"我命令道。我旋即从他的脑海中截取到一张简短而细致的相片，那是一名身材高大、黑长直发的女性。那双眼睛令我至今记忆犹新——她眼影浓重，散发着翠玉般的绿色幽光。她正透过雇佣兵的意念直视着我。我退缩了一下。

"你还好吗？"科里琪娅问。

"还好。"

"我们得停下来，"她催促道，"不能再拖延了。"

"现在就得停？"

那名耶尼切里躺在床上，身体浮肿，大汗淋漓。他闭上了眼，开始呻吟。

"他挺不住了。他已经感受到了你的思维探针。"我看到她在微微颤抖。她也间接感受到了灵能带来的压迫感。

"最后一个问题。"

"我说了，我们现在就得停下。我要稳住他的精神。"

我抬起手，打断了她。"最后一个问题。他的心智仍开启着。如果明天再来，他的意念会重新闭合。你也不希望再经历一次这样的过程，对吧？"

"不。"她语气中满是怜悯。

"塔尔？塔尔？"

"走开……"

"你的雇主叫什么名字？马拉·塔雷究竟在为谁卖命？"

维萨人低声呢喃着。

"他说什么?"科里琪娅低声问,"我没听清。"

可我听得一清二楚,但不是通过语音,而是意念。他根本无法亲口说出那个名字,他脆弱的意识刚刚触达那层记忆,顷刻间便分崩离析。在短暂的一刻,他心灵深处的最后一道屏障被完全撕破,一个名字随之浮现。

"他说的名字是'弯刀'。"我说,"利刃弯刀。"

宿敌

第十一章

希耶罗

死亡通知

危险的怜悯

我在黎明前醒来。窗外笼罩在一片霞光中,房间的窗帘在寒风中摆动。

我穿好衣服,走下楼梯。我沿途检查了一下塔尔。他正蜷缩在床上昏睡。科里琪娅已经检查了雇佣兵的身体状况,确保无恙后,给他服用了一种轻度镇静剂,以缓解精神层面的创伤,并给了他一条毛毯。他昏睡了将近十四个小时。科里琪娅得知关在房间里的是一名来自维萨的耶尼切里雇佣兵时,吓得魂飞魄散。

我检查了捆缚塔尔的绳索,碰到毛毯时,他发出了轻吟。

埃莫斯已经起床,并给自己煮了一壶咖啡。他坐在科里琪娅的书房里,一边喝咖啡,一边听着早间新闻。

"你不睡吗?"我问。

"我睡得很好,格雷戈。但我向来不用睡太久。"

我拿起一只空杯,从他的壶里倒了一杯咖啡。

"还是没有与我们有关的新闻。"他说着,指了指广播。

"什么都没提?"

"真是蹊跷的扰动。只字未提,就连法务部的通告也完全无关。"

"某人雇用了八百人的维萨杀手团体,尤伯。对方是个手眼通天的人物。我们被入侵的消息已经被封锁,或者遭到了审查部门的屏蔽。"

"其他人总会知道。"

"你指的是?"

"费希格和纳尔。他们与斯波顿府邸的联络一中断,立刻会觉察危机。"

"但愿如此。你研究出我们那位朋友的文身了吗?"

"那是标准的浮屠文，和我此前的推测一样。我用医生的沉思者计算器做了核对。"他抽出一块数据笔记板，推了推眼镜，"这个标记表明，耶尼切里佣兵瓦默克·塔尔，隶属于艾特里克部族，如果能安然无恙还乡，需被偿付一万兹克尔。血肉所铸，血肉所偿。"

埃莫斯抬头看了我一眼，评价道："真是奇怪的条例。"

"这和维萨人的心态十分契合。耶尼切里都是消耗品，和物资一样。在他们眼中的价值还不如一门大炮或一辆坦克。他们没有政治派别，卷入任何冲突时都不会对任何一方保留契约以外的忠诚。用人质相威胁对他们毫无作用。正因如此，他们对待敌方战俘的态度也简单明了，明码标价，或用其他利益交换。"

"一万兹克尔是多少钱？"

"数目一定不小。"

"我们离开前，应该怎么处理他？"

这是一个问题。

我走进厨房，打算再煮点咖啡，找一些面包充饥，刚好看到科里琪娅正在用榨汁机搅拌普隆果和山莓汁。她头发蓬松，穿着一件奶油色的丝绸短睡袍。

"哦！"她看到我走进来，吓了一跳。

"抱歉。"我说着，连忙后退一步。

"哦，没事，格雷戈。你见过我穿得比这少得多的时候。"

"是的，我见过。"

"当然，你见过。来点果汁？"

"事实上，我是来煮咖啡的。"

"我怎么会忘呢？我们在露台的早餐……我吃着水果和谷物蛋糕，你偏爱咖啡、鸡蛋和咸肉。"

我向平底锅里倒满了水，点燃了炉子，然后将锅清洗干净。

"我猜你恐怕要说'早知今日，何必当初？'"我说。

"怎么讲？"

"你总是说水果和谷物制品是保持健康的良方，还记得吗？你过去常常和我谈论膳食、纤维和各种健康话题，告诉我咖啡因、酒精、红肉总有一天会要了我的命。"

"我收回这句话。"

"真的？"

"要你命的东西太多了，根本轮不到饮食，格雷戈。"她说着，突然咬起指甲。

"你是对的，当然。看看你自己。"

"少来。"她说着，用力从一枚普隆果中挤压剩余的果汁。

"你和我们第一次见面一样，光彩照人。"

"别说谎了，格雷戈·艾森霍恩。我们第一次见面时，你正深度昏迷，我戴着增量的手术面具。"

"啊，我怎么会忘呢？"

她看着我，满脸落寞。

"时至今日，"我说，"我仍然感到羞愧。我对你并不好，甚至此时此刻，我都在辜负你的心意。像你这样的女人，不应该被这样对待。"

她抿了一口果汁。"我现在不想斤斤计较。但……能听到你这么说，我很高兴。"

"我说的是事实。我说你光彩照人，也是事实。"

她叹了口气。"回春手术并不罕见。我之所以还保有过去的容貌，得益于帝国科技，和果汁没什么关系。"

"我仍然认为是果汁的功效。"

她莞尔一笑。"考虑到红肉和咖啡的危害，你看上去也没有那么糟。"

锅里的水开始沸腾。"我在你身边，感觉自己苍老无力。我的生活并不如意，磨难重重。"

"哦，我不这么觉得。你的伤疤看上去很威严。你的年龄赋予了你特殊的男性魅力。"

我抬头寻找咖啡豆。

"在那边的罐子里。"她说，"那是菊苣口味的咖啡。我还是喜欢它的芳香。"

我从锡罐中舀了几勺咖啡豆，倒进了锅里。

"科里琪娅，"我说，"你早应该将我放下。你和我在一起没有好处。说实话，任何人和我在一起都不会有什么好结果。"

"我知道。"她说，"但我做不到。感情这种事……"

我又向锅中倒了些沸水，盖上了锅盖。

"伊丽莎白近来可好？"她突然问我。

我其实一直在等她问这句话。我之所以没有和科里琪娅·贝斯柴尔德修成正果，最主要的原因是贝坤。尽管我和伊丽莎白除了成为朋友外，几乎没有别的可能，但我深知自己做不到移情别恋。

世事艰难，这对科里琪娅并不公平。

二十五年前，在同样的房间里，我对她也说了类似的话，然后离开了。

"她生命垂危。"我说。

科里琪娅突然放下手中的玻璃杯。"垂危？"

"或者已经死了。"我对她诉说了在杜若尔发生的一切。

"哦，神皇啊。"她说，"你应该去探望她。"

"我能做什么？"

"守护在她身边。"她斩钉截铁地说，"你要说明你的心意，否则你将追悔莫及。"

"你怎么知道我从没说过？"

"我还不了解你吗，格雷戈？"

"我……呃……"

"你们从来没有……发生过……？"

"没有。她是不可接触者。我是灵能者。这是命中注定。"

"而你从来没对她说过？"

"她知道。"

"哦，她当然知道！但你从来没有亲口表白？"

"没有。"

她抱住了我。我将她拥在胸前，突然感到五味杂陈，脑海中涌现无数令我抱憾终身的事。总有些事情，我该做却未做，或是无暇顾及，或是有始无终。还有些事情一旦开始就覆水难收，令我悔之不及。

"你应该忘了我。"我对她的头发轻声说道。

"这件事由我做主。"

厨房的门突然打开，埃莫斯一瘸一拐地走了进来。科里琪娅和我同时放开了对方。

我们正局促地不知如何解释。

埃莫斯却无心八卦，说："你得听听这个，格雷戈。"

他一直在听次星区新闻广播，包括整个赫里甘次星区各个区域的报道，其中一些发生在几天甚至几周前。当我们站在客厅的餐桌四周时，新闻已经轮播到了股票与货物栏目。

"有什么吗？"我问。

"来自梅西纳的报道，格雷戈。在二十四小时前，梅西纳巢都主巢的第十一号尖塔上层被摧毁，报道称之为恶意袭击。"

我感到脊椎发凉。第十一号尖塔，梅西纳主巢，那是我为纺纱小队置办的居住地点。出于安全考虑，纳尔和勃艮第带着伊丽莎白和卡拉抵达那里疗养。

"据报道，一万多人因此丧生。"埃莫斯说，"梅西纳的法务部正在追捕嫌疑人。但有人认为这是梅西纳当地激进的自由组织所为。"

我颤抖着坐下。科里琪娅蹲在我身边，拥抱着我。

纺纱小队……全军覆没？贝坤……纳尔……卡拉·斯沃尔……勃艮第？

这损失太大了。

我意识到"利刃弯刀"动用如此之多的维萨耶尼切里雇佣兵的原因。多个世界，多重打击。这个"利刃弯刀"究竟还采取了哪些行动？敌暗我明，我甚至不知道自己还遭受了怎样的打击。

他还杀了哪些人？

"发生了什么？"伊琳娜一边问，一边睡眼惺忪地走了进来。

我在房间和庭院花园之间踱步。有那么两三次，我握着自动手枪走向塔尔的房间。该死的雇佣军团，我恨不得将他大卸八块！

但每次我都尽可能恢复镇定。我曾经和米迪亚探讨过关于复仇的话题，并宽慰她冷静地对待自己的仇恨。而杀死塔尔与我的理念背道而驰。米迪亚是怎么说的？复仇不过是在填补你我内心的空虚。你之所以会为了复仇全力以赴，不惜代价，是因为你不愿承认自己真正想做的事……我需要一些东西，但它不是复仇。

我究竟需要什么？我需要回到这场角逐中。我需要召集我的盟友。我需要撕开"利刃弯刀"的真面目。

到那时，我将全然不顾给米迪亚的建议，将他彻底摧毁。

九点整，希耶罗修士带着助理抵达。他是前一天收到科里琪娅雇佣邀请的星语者。两人显然出于保密的考虑，全都头戴兜帽，身披斗篷。

我在客厅接待了他们，科里琪娅也在场。她穿着一件米色的裤裙。

希耶罗修士是一位年迈的星语者，经验丰富，也是拉维罗的星语者公会大厅中能找到的最好的星语者。

"我猜是私事？"

"是的。"

"您用现金支付吗？"

"不，修士，银行转账。我需要发送一组加密信息，用我自己的保密通信服务。"

"公会将担保您的信息安全，先生。"希耶罗说。他的助手打开了一块数据面板，将指纹扫描仪递给了我。

我输入了我的账户代码。

"啊。"数据板发出了嘀嗒声，随后显示出了一组数字。"支付完成。您的账户已经释放了资金。一切就绪，艾辛格先生。我们开始吧。"

当然，我没有使用与格雷戈·艾森霍恩有关的任何账户。我有充足的理由怀疑我的账户已被非法冻结，或至少受到严密的监控。我甚至不打算尝试发起申请，因为这会让我的敌人知道，那个有权限访问格雷戈·艾森霍恩账户的人还活在世上，一旦敌人识别出访问地点，我的行踪瞬间就会暴露。

和我在各地的房产一样，我以其他的身份登记了各种资源。"戈登·艾辛格"在帝国特雷锡安的行星银行开了几个户头，充足的资金足以满足我目前的全部需求。

多年前，我就建立了自己的保密通信服务，以便自己在不透露真实身份的情况下发送和接收信息。它本质上是一个自动维护的邮箱账户，而我可以借助星语者在任何位置访问登录。我可以通过它发送信息，并阅读收到的全部信函。这项服务注册在名为"神盾"的账户下。

在希耶罗访问"神盾"时，没有找到任何未读信件。我用格罗西亚暗语编辑完内容后，让希耶罗发给了杜若尔的费希格，以及在梅西纳、特雷锡安主星、长庚星、萨鲁姆和卡托尔世界上的各个分支机构的成员。我特地使用了"玫瑰尖刺"的署名。此外，我还发送了一段私人加密讯息，收件人是位于赫里甘次星区之外的一位旧友，信息只有一个词：圣所。

我将一直等候回复，并在时机成熟时与罗尔金领主联络。我要步步为营。这并不是我职业生涯中第一次面临这样的困境，在联络友人的同时，我需要尽可能保持隐蔽。

当然，即使以化名发送信件也充满了风险。我试图联络的许多人，甚至所有人都可能处于严密的监视之下——如果他们还没有遭到殃及。但格罗西亚暗语是一种私人代码。即便我的信息被截获，也不会遭到破译。

我们在次日中午收到了第一批答复。希耶罗的助手特意从公会大厅赶来递给了我。

其中之一是费希格用格罗西亚暗语编辑的信息。他说自己已经从杜若尔出发，并在大约二十天内抵达古德伦。我回复了一封措辞严谨的信，并强调让他在即将抵达时与我联络。

助手接着递给我一块数据板。"发往梅西纳、特雷锡安主星、长庚星和卡托尔的信函均被退回，无法送达。这很不妙。来自长庚星的回执中附带了法务部的声明，建议我与他们直接联络。萨鲁姆也杳无音信。"

希耶罗的助手离开后，我和埃莫斯开始商量对策。他与我一样觉察到了事态的严重性。"无法送达？真是蹊跷的扰动。长庚星法务部的介入也值得怀疑。"

"关于那个名字，有什么进展吗？"我问。他整个早晨都在科里琪娅的编码器前工作。

"一无所获。既没有马拉·塔雷的动态，也没有'利刃弯刀'的线索。众所周知，弯刀是一种单刃武器。一种诞生于古泰拉、锋刃具有弧度的砍刀。这个词条在帝国境内各个地方被广泛使用。"

"能进一步挖掘吗？"

"用这台机器做不到。但你的医生朋友今天下午会带我去一趟大学，并连接他们的主数据存储系统。"

　　他离开了几个小时，直到傍晚才返回。科里琪娅还有执教工作，法比斯始终不见人影。我和伊琳娜留在屋中。

　　期间，我检查了塔尔的状况。他虽然醒了，但对我发出的声音毫无反应。科里琪娅给他送去了一盘食物和一些水，他却丝毫没有动过。在灵能审讯后，他就陷入了长期昏迷。

　　米迪亚仍在沉睡，但她的生命体征良好，也没有出现术后感染的迹象。我轻吻她的额头，随后回到了厨房。

　　伊琳娜坐在餐桌旁，喝完了将近三分之一瓶的优质长庚星红葡萄酒。她问也不问，直接给我拿了一只空杯，帮我斟满。

　　我坐在她对面。厨房的门敞开着，客厅里吹来了凉爽的晚风，窗外还能看到庭院外伊特威尔山的壮丽美景。伊特威尔山在夕阳下被晕染成了一片赭色。它的色彩伴随着时间不断变化，不久后化作黄褐色，接着变成猩红，最终变成了媲美极限战团铠甲的湛蓝色。

　　"你吃饭了吗？"伊琳娜问。

　　"没有，你呢？"

　　"我不饿。"她说着，喝了一大口红酒。

　　"我很抱歉，伊琳娜。"我说。

　　"抱歉？为什么？"

　　"我很抱歉让你参与其中。这份工作并不轻松，我们最近损失惨重。"

　　她微微一笑。"是您带我活着逃出了斯波顿府邸，长官。我感激不尽。"

　　"我真希望自己能救出所有人。"

　　她耸了耸肩。显然，我们被雇佣兵追杀的现状让她心绪不宁。目睹萨斯特英勇牺牲，更令她的心灵受到了重创。伊琳娜·科伊只有二十五岁，是一个涉世未深的女孩，是纺纱小队招募不久的新兵。她至今还没参加过正式的作战行动。贝坤为了让伊琳娜尽快适应，暂时将她安排在斯波顿作为短期驻扎的不可接触者——驻扎是纺纱小队挑战性最低的工作，也是新人在过渡期的职责之一。

　　"如果你想离队，我完全能够理解。我可以差人办理文件，为你筹措一些资金。你可以离开这个世界，到安全的地方去。"

伊琳娜似乎受到了冒犯。"我是正式入伍的不可接触者，先生。神皇庇佑，或许也是最后一名苟活于世的不可接触者。自始至终，我都知道为审判官工作是一件多么危险而艰辛的事。我从来不抱任何幻想。"

"即便如此——"

"不，长官。我有足够的信念坚持下去。尽管困难重重，但我接受了您的招募，这就是我的分内之事。除此之外……"

"除此之外，什么？"

"我们知道敌人中至少有一名灵能者。这就意味着你需要一名不可接触者。"

"确实如此。"

"而且……我感觉在您身边反而会更安全，长官。如果我独自离开，我的余生或许都会在颠沛流离与提心吊胆中度过。"

"谢谢你，伊琳娜。不过从现在起，你不必再叫我长官。如果在过去几天的经历后，我们都算不上战友的话，世上恐怕也没有什么战友了。"

"没错。"她笑着说。她的微笑让她柔和了不少。在我看来，她个子很高，十分消瘦，总是一副紧张过度的表情。而这个微笑让她的气质温柔了许多。

我们许久都没有说话。

"那么，我该怎么称呼您？"她打破了沉默。

我们闲聊了一会儿，直到窗外的伊特威尔山化作一团浓墨，融入深蓝色的夜空。群星开始闪耀。

"我们下一步如何计划？"她问。

"从理论角度，我们必须尽快揪出这次突袭的幕后主使，并尽快将他猎杀。从操作角度，我们短时间内需要保持隐蔽，伺机而动，或许要过段时间才能离开这颗星球。"

"您认为我们要隐藏多久？"

"大约十五天以后，我们会用最稳妥的方式离开这颗星球。"

她重新斟满一杯酒。"听起来不错。一切都在掌握之中，我喜欢这种感觉。"

"我也是。"我嗤笑道。

"那么……我们离开这颗行星后，该怎么做？从行动层面说。"

"这取决于一些前提。取决于我们在接下来两周内能发现什么。取决于我们和审判庭官方是否能取得联络。"

"您认为审判庭没有被牵涉在内，是吗？"

"不一定。"我答道。我无意撒谎，因为我很确定敌人来自帝国内部。我从事这项工作的时间足够长，深知没有什么是不可能发生的。但我没有必要让她过于担心。"我们面对的是一位深谋远虑的敌人，有着超出想象的手腕与权力。他对我们的一切了如指掌。如果我与审判庭联系，必定会暴露行踪。"

我端起酒杯，喝了一大口上好的红酒。"如果没有其他意外发生，当我们离开的时候……或许会顺利起来。我们可以先转移到安全地带，联络盟友，重整旗鼓。我们最好能找到一个隐蔽的地点，整理思路，谋定而后动。但我现在的心情很复杂，我想去梅西纳。如果他们还有生还的可能……"

除了在各种复杂的任务中参与前线行动外，位于梅西纳的纺纱小队总部是我仅次于斯波顿的行动基地。如今，二者都遭受重创，我顿时产生了一种漂泊感。

"我在纺纱小队的大厅有很多朋友。我希望她们都能幸免于难。"她看着桌面，手指轻弹酒杯，"我猜您一定挂念着贝坤女士。"

"这个——"我欲言又止。

"她是您最信赖的挚友。在杜若尔，她却遭受了那样的重创。何况……大家都知道……"她突然陷入了沉默。

"伊琳娜，都知道什么？"

"您深爱着她。"

"大家都知道？"

"这种事情很难掩盖。我见过你们在一起的样子。你们深爱着彼此。"

"但是——"

"但您是灵能者，她是我们的一员。我知道。我懂的。但这并不能否认您对她的爱。"

她看着我，脸上突然浮现了红晕。

"这酒……"她说，"是我贪杯多言了。"

"不，伊琳娜。"科里琪娅在一旁说，我们都没有听到她走近的声音，"好好劝劝他，好吗？他必须回去探望。理应如此。"

科里琪娅穿着正式的教授长袍，从架子上取下了一只玻璃杯。她走到桌边，发现酒瓶已空，便打开了另一支。

"今天过得顺利吗？"我试着改变话题。

"我花了四个小时给大二的学生讲解胸腔触诊的基本原理。我从没见过这样一群不长脑子的学生，而且没有一个做过预习。课后我带着一个实习生去做临床实践，结果他死抓病患的大腿不放。你觉得我今天过得很顺利？"

她加入我们，坐在了桌边。"我去看了看那位客人。我有些担心他的健康状况。他一直不吃不喝，只是有些极其轻微的反应。我认为，你的灵能探针把他伤得不轻。"

"要么是审讯的问题，"我说，"要么是他对药物产生了不良反应。"

"或许吧。如果他明天还是这样，我会为他验一次血。无论怎样，他的身体状况很糟，伴随着疼痛症状。他手脚上都是淤青，我觉得是你把绳子绑得太紧了。"

"必须那么紧，科里琪娅。别忘了，他是一个被雇来杀我的耶尼切里。"

"闭嘴，再给我倒一些酒。"

埃莫斯归来时已经过了晚上十点，我立刻觉察到情势不妙。他扛着一小摞数据板，一言不发地从伊琳娜手中接过了酒。这不是他往常的风格。

他双手颤抖着将杯中的酒一饮而尽，就连科里琪娅也能觉察出他不太对劲。

"怎么样，老朋友？"我问。

"我用了好几个小时搜查那些名字，格雷戈。尽管我列出了所有仍然在使用'弯刀'这个词的行星，但还是一无所获。"他说完，将一块数据板推给了我。

"至于马拉·塔雷……收获稍微多一些。五年前，一位名叫马拉·塔利的女子被哈洛肯的法务部逮捕。在即将面临审判的前一夜逃脱了羁押。此外，她还留下了两次案底。第一次在菲尔顿，是著名的邪教领袖贝丽金·帕斯沃尔德的副手；第二次在森西塔，她因为涉嫌谋杀森萨姆主教和五名国教牧师而遭到全球通缉。审判庭也将她列为危险分子和流亡灵能者，并批示了逮捕令。"

"这么说，她是个活跃的异端分子？"我看了看埃莫斯誊抄在数据板上的摘录，其他有价值的信息并不多。但如果我联络审判庭，能拿到更加完整的档案。尽管这么做有风险，但我还是倾向于与罗尔金取得联络。

"如果留下案底的是同一个人的话。"他答道。

虽然档案中没有留下相片，但文字的描述和我从塔尔脑海中检索到的图像十分吻合。

"她有什么背景？"

"什么都没有……不过，被羁押在哈洛肯监狱期间接受审讯时，曾经声称自己三十七岁，并表示出生地在古德伦。"

"有意思……"我思索着，"或许我们应该从行星人口学统计数据里查找她的信息。"

"你知道，我向来不放过任何蛛丝马迹，格雷戈。"埃莫斯有些突兀地打断了我，"我早就查过了，没有她的记录。事实上，古德伦根本就没有塔利或塔雷这样的姓氏。尽管其他世界出现过这种姓氏，但涉及的世界太多，没有实际参考价值。"

"所以，学者，"科里琪娅问，"那您为什么看上去心不在焉？"

埃莫斯又啜饮了一口红酒，随后抽出了另一块数据板，放在桌面上。"从名字上我已经找不出太多端倪，所以我着手搜查了其他可能有用的情报。我翻阅了次星区近几日的卷宗和新闻存档，试图找出其他的线索。恐怕你们不会喜欢我接下来的发现。"

我逐行阅读数据板上的文字，心仿佛坠入了冰窟。数据板中列举了次星区发生的一系列事件。这些事件都不大，绝大多数甚至都不会出现在区域新闻或地方专栏中，因此也不会被收录在跨行星广播节目中。埃莫斯之所以找到了这些信息，是因为他一直在有意搜索关键字，在《帝国新闻数据汇编》中详细地查阅。

第一份通报是关于梅西纳的爆炸事件。事发地点位于梅西纳，巢都主巢的十一号尖塔。爆炸发生在当地时间十点五十分。这个时间点让我心生寒意。考虑到不同星系之间的时差，事实上，爆炸与对斯波顿府邸的袭击发生在同一时间。爆炸摧毁了尖塔最顶端的整整十层。死亡人数达到了一万一千六百。行星总督已经正式宣布，全球进入紧急状态。

最新公布的被摧毁建筑和企业名录很长。在第二页的正中间，我找到了"尖刺之所"——这是纺纱小队总部的注册名。

无人生还。这或许是一场巧合，但我认为绝不会如此简单。这意味着我的敌人，这个"利刃弯刀"为了彻底抹除我的纺纱小队，毫不犹豫地屠戮了上万名平民。

新闻称，一个自称为"梅西纳后裔"的组织宣称对此事件负责。据说，它自创立之始，就试图将梅西纳从帝国独立出去。但他们不过是无理取闹的乌合之众。梅西纳早已是帝国文化不可分割的一部分。

第二份通报来自卡托尔。一户正在科纳省度假的家庭遭到了不明身份杀手的枪杀，两男三女丧生。他们的身份一经核实，将正式公布。卡托尔的法医和专业人员推测他们死亡的时间在两天前的晚间十点到午夜之间。

五个月前，我曾经派遣麾下的探员勒雷斯·菲顿，与比隆·法卡尔、罗伊斯·纳兰和两名不可接触者一起前往卡托尔世界侦查，收集科纳地区一个死亡邪教的资料。他们定期会向我汇报动态。神皇啊……

我滚动滑条继续浏览。下一条记录来自特雷锡安主星。第六十二号巢都的一处私人住宅在午夜时分发生了爆炸，死伤者身份不明。具体地点是六十二号巢都，高层区域的871层114号房屋……而那里恰好是我设立在赫里甘次星区首都行星上的办事处。事发时，曾经与我共事三十多年的巴尔尼德·费立卡正管理那里，手下还有七名员工。

下一条，长庚星。发生在一周前的午夜，两名男子在一伙帮派的交火中丧命。根据法务部发言人说法，他们误入了黑帮的地盘。

鲁托·怀特和甘·布莱克是我手下最得力的卧底探员。他们在长庚星已经开展了为期一年的活动，正试图捣毁一个威胁下巢都安危的奸行教派。

接下来是萨鲁姆，安提马次星区的首府。我最有前途的弟子之一，审讯员德芙拉·希伯尔收到我的命令后抵达了那里，在八个月后成功渗透并揭发了中央大学内的一个祭拜混沌的团体。我记得她伪装成了来自彭泽尔的历史学家——泽扎·巴吉博士。

萨鲁姆的新闻记载了这名前途无量的学者巴吉的死亡，而且断定是自杀。在她"自杀"八小时后，清晨鸣钟时，她的尸体在浴室中被发现。

最后一个新闻，也是最令我震惊的。来自一周前萨米特的全球新闻。审判官内森·因沙贝尔的私人住宅遭到了不明敌人的袭击，被夷为平地。因沙贝尔也被列在遇难者名单中。

第十一章

175

宿敌

我跌坐在椅子上。所有人都在盯着我。埃莫斯双手托腮陷入了沉思。在场的两名女性向我投来了焦虑的目光。

"都死了,"我说,"所有人都死了。我在各个世界的驻地和作战人员。我在这里的基地、纺纱小队的总部,以及前线调查的所有特遣人员,所有人,一切。在那周的同一天、同一时间遭到了高效而致命的打击。"

我声音沙哑起来,因为震惊而战栗。科里琪娅给我倒了一杯阿玛斯克酒,给自己也倒了一杯。

所有的一切都化作乌有。我花了几十年时间建立的势力根基,我的朋友、战友和盟友……一夜之间被全部抹杀。我赖以维系的全部资源都被准确地锁定并消除。除了亲爱的费希格正全速撤回之外,我们能依赖的只有我们自己。

我比过去的任何时刻都更加感到孤立无援。我从走马上任伊始就开始建立、维护的情报网络顷刻间分崩离析,被幕后主使残忍地剥离。

我感到孤独无助。

我别无所求……只渴望在第一时间揪出"利刃弯刀",与他清算一切。

直到我上床睡觉,那杯阿玛斯克酒一口未动。我半睡半醒,辗转反侧。凌晨时分,我从噩梦中惊醒,脑中一片空白。我躺在黑暗中许久,那梦中的细节才缓缓浮现在脑海里。我梦见众人逃离了斯波顿,身后米迪亚和杰库德·万斯正在向我呼喊,乞求我的援救。我记得自己握住了米迪亚的手,另一只手伸向了万斯。但万斯离我很远,我抓不住他。耶尼切里佣兵的子弹击中了他,无数道激光将他撕成了碎片。他发出了一声灵能尖叫,如同一道灼热的闪电击中了我的脑海,将我唤醒。

这真的是梦境吗?

我在凌晨四点再次醒来。除了窸窣的虫鸣外,夜里一片寂静。

我感到有些异常。我站起身,从床垫下取出了自动手枪,走上了楼梯平台。

我听到了埃莫斯房间传出了鼾声。隔壁,科里琪娅在睡梦中发出的轻微叹息。

伊琳娜的房门敞开着。

我向门里看去。床上没有人，被单掉在了地板上。

我背对着墙，沿着走廊缓缓走下，双手举着手枪立在眼前，就像在祈祷。楼梯下亮着一盏灯，那是浴室的灯光。

我听到了汩汩的水声，拉开屋门，灯光倾泻出来。

我举枪瞄准。

"哦，神皇啊！长官！你究竟在做——"

我伸手捂住伊琳娜张开的嘴，将她拉到阴影中。

"你把我吓死了。"我刚松手，她低声说。

"抱歉。"

"我才刚进来。"

"抱歉。有些不对劲。"

"格雷戈？什么声音？"科里琪娅的声音从楼梯上传来。

"回你的房间！"我低声催促。

科里琪娅天生孩子气，而且总和我唱反调。她提着丝质长袍的边缘，不慌不忙地走下，加入了我们。

"到底发生了什么？"

"只此一次，请你安静，科里琪娅。"我训斥道。

"好吧。"

我将她们挡在身后，轻手轻脚地走到了塔尔所在隔间的门前。

"好翘的臀。"科里琪娅说道。我当时只穿着一件外套。

"这不是儿戏。"我狠狠地说。

"拜托，医生，"伊琳娜也抗议道，"严肃点。"

隔间的门关着，里面一片漆黑。

"看到了吗？"科里琪娅说，"没什么问题。"

我摸了摸门把手，发现它松动了一些。我一脚踢开门，把科里琪娅吓了一跳。我举枪对准了床。

床上是空的。

伊琳娜拧开了灯。塔尔纤细且磨损严重的捆绳挂在床架上。绳子已经被他用牙磨断，或是用蛮力扯断。

"黄金王座啊！他不见了！"

第十一章

"哦，不……"科里琪娅喃喃道，"我只是稍微把捆绳松了松。"

"你做了什么？"

"我说过！我说过束缚太紧，他手上有了淤青，而他——"

"你没说你给他松过绑！"我怒吼道。

"我以为你能理解我的意思！"

我狂奔下楼。月光透过半掩着的前门斜照进来，在原本昏暗的客厅中映照出一片苍白。

"他又不会跑太远！有什么关系？"科里琪娅在我身后喋喋不休。

我阔步走上了街道，没有任何异常的痕迹。月光洒下的阴影在石质的街面上流淌。

塔尔已经逃离多时。

我转身朝屋内走去，科里琪娅打开了客厅的灯。

她发出了尖叫。

法比斯正蜷缩在角落里，就像一个坐着睡着的人，但他已经死了。他的喉咙被割开，一大摊血在他的身体下缓慢地流淌。

"你现在知道后果了吗，科里琪娅？"我吼道。

塔尔正在逃窜。他知道我的身份和位置。我们必须撤离，尽快。

第十二章

潜入夜色，遁入群山

阿泰纳特的列车

死者的提示

"不可能。"科里琪娅说，"我决不走。"

"关于这一点，我不会和你争辩，科里琪娅。这不是建议，是……命令。"

"你敢像命令部下一样对我发号施令？艾森霍恩，我不走！"

我欲言又止。她的老仆人法比斯刚刚被残忍地杀害，这给她带来了巨大的创伤，说服她很难。

我转向埃莫斯和伊琳娜。"准备好衣物和行李，把它们带上飞艇。我们必须在半小时内离开。"他俩立刻分头准备。

我很难推算出耶尼切里雇佣兵逃跑的具体时间，埃莫斯给法比斯的尸体盖了一层薄毯。尸体仍然温热，因此我推测距离塔尔离开只有一小时不到，最差也不过九十分钟。考虑到维萨人一贯务实的作风，他在挣脱束缚后会直接奔向附近的通信站，并向同伙通报我们的位置。如果换作是我，我也会在第一时间这么做。他本可以亲手刺杀我，但他不愿低估我的战斗力。我极有可能重新占据上风，那时，关于我藏身之所的秘密将永远无法传递给他的队友。

他当然不希望这样的事情发生。我不知道他的同伙此时在何方，但如果我们六十分钟以后还留在这里，无异于束手就擒。

与此同时，我也料到，他一旦发送了我的位置信息，极有可能会再次返回，尝试亲手将我杀死。

我拉着科里琪娅的手，将她带回到楼上。她的双眼红肿，仍然处在震惊与恐慌中。我穿衣服时，她正坐在我的床头发愣。

"如果我的离开能让你脱离险境，科里琪娅，我决不会让你移动半步。"我拿起一件干净的衬衣，轻声说，"如果我走开后，能将我带来的危险一并带走，那该有多好。但事情不会那样。雇佣兵正朝这里赶来，他们很快就会扫荡这间屋子。或许在黎明前,他们会审问并杀死任何留在这里的人。到时候,一句'我不知道他去哪儿了'可没办法应付这些穷凶极恶的家伙。他们……是杀人不眨眼的耶尼切里雇佣兵。我不能把你一个人留在这里。"

"我不想走。这是我的家,格雷戈。你看看你都做了些什么。"

"我很抱歉。"

"看看你给我的生活带来了什么!"

"我很抱歉。我会补偿你。"

她站起身,满面的愁容顷刻间被怒意席卷。"怎么补偿?你还想怎么补偿?你对我造成了这么多痛苦用什么弥补?"

"我不知道。但我会的。只要你还活着,我就一定会补偿。科里琪娅,我毁了你舒适安逸的生活,我的良心不能允许你再离我而去。"

"说得真好听啊。我不会和你们一起走。我要回去睡觉了。"

我抓住了她的胳膊。我需要尽快想出另一个理由。作为一名医生,她的职业赋予了她至高无上的荣耀与无私奉献的精神。指望她为了自保而离开,几乎是徒劳的。

"我需要你一起。这是客观需要。我必须带上米迪亚。我不能把她留在这儿。但她还没办法靠自己踏上旅途。"

"她当然不行!"

"那就放任她自生自灭吗?"

"你们要直接带着她走?"

"当然不是,最好能有医生陪护在身边。你觉得呢?"

她甩开我的手。"我决不允许你危害我病人的健康,艾森霍恩。"她警告道。

"请务必考虑这件事的前因后果,医生。如果她留在这里,活不过早上。他们找到她后会立刻杀死她。如果她在没有你陪同的情况下跟我们走,她可能也会因为伤口无人照料而死,而你也会背弃救死扶伤的誓言。"

如此威逼利诱让我感到惭愧……但无论如何,我都必须带着她撤退。她恶狠狠地看着我,仿佛一只被困在角落的野兽。

"你这个畜生,你这个聪明狡猾的畜生,我不知道自己为什么爱过你。"

"我也不知道。但我知道我为什么爱你。你永远待人真挚,充满关怀。你永远会做正确的事。"

她转过身，朝屋外走去。

我穿好衣服，收拾好行李，将巴伯瑞萨特和旧衣物塞进了在衣柜顶端找到的一只皮箱中。

我捡起符文杖，刚要走出门——

——我突然停下脚步。

我突然意识到《恶魔禁典》还安静地躺在隔间抽屉里。我用布匹将经卷裹好，一起塞进了皮箱。我竟然会忘了它？

我脑海中浮现了一个怪诞又令人不安的答案：或许它渴望被我遗忘。

飞艇内的灯光将后院的一小片地面照得很亮。埃莫斯和伊琳娜已经收拾了所有的行李——包括每个人的衣物，以及我们从斯波顿府邸抢救出来的手稿和古籍。我将自己的东西搬进了飞艇，并做了飞行前的例行检查。一切准备就绪。

"帮我个忙，该死！"科里琪娅喊道。

她穿着墨绿色的工作服和厚棉衣，手中提着两个行李袋。米迪亚躺在一张巨大的轮床上，身体被固定在维生系统，一旁以磁吸方式固定着装满药剂和手术用品的医疗箱。科里琪娅给我们的病人配置了两枚医用伺服颅骨，它们在轮床后方的半空中盘旋着。

我们将米迪亚转移到了飞艇上，然后依次落座。科里琪娅坐在米迪亚身边，一言不发。她甚至没有回头看一眼她常年生活的住所。我们在夜幕中升起，加速离开。

我们飞向了南方的阿泰纳特山脉。它连绵起伏，海拔将近三千五百千米，将大陆中心一分为二。与这个庞大的地质构造相比，伊特威尔和四周的山峰不过是它庞大山麓下的侏儒。

我不打算在空中飞行太久。塔尔知道我们截获了他们的飞艇，一定会将这个信息告知给同伙。因此这只是我们出发的第一步。我展开地图和图表，开始计划撤退的路线。

拂晓时分，我们攀爬了几百米后，抵达了在出发地西南方向九十公里处的伊森博峰。山峰的边缘参差不齐，山体在晨曦中黯淡无光，只有顶端的积雪散发出晶莹的光泽。四周群山环绕。

我们在一座名叫提洛耶尔的小镇着陆。这里地处偏僻，曾经是伐木业的中心，也是前往伊森博山口顶部度假村的重要中转站。我将飞艇停靠在城镇边缘的冷杉丛中，以免敌人从空中发现我们的位置。

我们比平时沉默许多。山间的空气冰冷刺骨，为了让米迪亚不受影响，我将机舱的加热器功率调到了最高。

"我们得吃点东西。"伊琳娜说，"我可以去买一些食物，但是……"

我们都囊中羞涩。

科里琪娅摘掉手套，从外套中掏出了一只钱包。"只有我会考虑这种实际问题吗？"她语气尖刻地问。

伊琳娜从科里琪娅手中接过了一根信用条，穿过树林，走向了镇区。十五分钟后，她提着一个苯乙烯餐盒回来。盒子里放着盛满甜咖啡的大号一次性纸杯，用蜡纸包裹的热点心，一根长棍面包和一包真空包装的香肠肉。

她还买了一块微缩数据板，上面载有该地区的旅游指南。"我觉得这或许会有用。"

"好极了。"科里琪娅说，"让我们看看现在最佳的滑雪地点。"

伊琳娜离开的一段时间，我费尽周折想要松开飞艇侧舱滑门的扣锁。此前，这道门被固定在开启的状态，并作为完全开放的火力平台。自动炮已经被我收好，再加上飞艇上还有一位虚弱的病人，我打算将机舱密封起来。但滑门似乎被卡死了。我试过使用蛮力，但恐怕这道门自从投入使用就从来没闭合过。

我们默不作声地填饱了肚子，医用伺服头骨用输液的方式为米迪亚提供营养。

我望着头顶的天空和通往城镇的弧形坡道。道路还算通畅，偶尔有几辆多功能载具或移动无人机，不时有疾驰而过的私人用车——那是前往度假村的游客。

我一边吃，一边翻阅旅游指南。

我们九点半离开了提洛耶尔镇，继续向西方飞行，绕过伊森博的山腰，在平静如水的山湖上空掠过，朝着北方的度假胜地格鲁吉镇区飞去。很长一段时间，我都隐约看到身后跟着一辆明黄色的小型飞艇。我心生疑虑，转向东方行驶，沿途绕过了一片高山上的牧场和茂密的丛林，直到看不到那艘黄色飞艇为止。

　　大约三十分钟后，我发现一艘黑色快艇与我们保持着五公里的距离，不远不近地跟踪着我们。我又警惕起来。

　　下午晚些时候，我们飞往格鲁吉镇区时，那艘黑色快艇向南转向，驶入了福尔柯山脉南侧的菲利尔温泉度假村。

　　或许是我多虑了。

　　在格鲁吉，我将速攻艇降落在老城墙西南方向的松树丛间。我拿着科里琪娅的信用条，独自走在通往镇区的路上。

　　格鲁吉是一座古老的城镇，有着与拉维罗相似的蜿蜒结构，但建筑的色调单一，远未到风景如画的程度。酒吧和舞厅占据在街道两旁，到处都是从古德伦各地慕名而来、休假放松的红男绿女。

　　我在主广场的角落找到了星语庭的分局。这是一座高大的建筑，装饰着密不透风的黑色窗户。我走了进去。

　　一个名叫尼欣特的女子从我的手中接过信用条，扣款后帮我打通了开启"神盾"账户的权限。我想查询最近一天有无新的信件。

　　结果出乎我的意料。

　　有一封来自哈伦·纳尔的信函。

　　他居然还活着。

　　信件内容很长，是用格罗西亚暗语写成的。主要内容是，他在两周前就离开了梅西纳，因为他从某种尚未深究的迹象中感受到了潜在的危险。这丝毫不让我惊讶。纳尔对潜在的危机十分敏感。在我所有遭到袭击、死于非命的部下当中，他是唯一能够提前捕捉到袭击信号，并成功逃脱的。我对此并无怀疑。在信件寄出时，他距离古德伦只有三天的路程。

　　我让星语者用暗语写了一封回信。信中，我告诉纳尔我们正在赶往南部的首都城市新吉弗。一旦抵达，我们会尽快筹备离开行星。我请他在靠近古德伦时再和我联络一次。我暂定在四天后与纳尔在新吉弗会合，一起离开这颗星球。

乘坐雪地旅行车是一种奢华的休闲旅行方式。亮灰色的车体内，装潢豪华的驾驶舱与客舱相连，在附带滚轮的滑轨动力装置驱动下行驶。

租车经纪人滔滔不绝地称赞这台载具时，我连忙打断了他的话。

"这车我要了。"

"明智之选，先生。"

"我需要租两周。我们要去昂特市，车到时候会停在那儿。"

"没问题，先生。联络我们在昂特市的分公司就可以。有一些文件需要您填写。您带着身份证明吗？"

我用科里琪娅的信用条缴纳了押金。我希望这笔交易尽可能匿名进行。

我用经纪人的便携读写器激活了我的另一个伪装身份。托林·格里高利，一位资金充裕的特雷锡安商人。经纪人见状，对我们更加恭敬了。

雪地旅行车如同一头巨大的野兽，动力十足。我将车开出了镇区，朝速攻艇驶去，在通往杂货市场道路的路肩一侧停了下来。

我留在飞艇的朋友们看到我选择的载具全都面露警惕之色。我发现伊琳娜躲在门后，手中已经举起了手枪。

我从舱门中探出身，向他们招手。"做好上车准备。我们要换一台交通工具。"

我们将那艘速攻艇留在树下，米迪亚被安排在柔软舒适、铺设着皮革软垫的隔间里。一切就绪后，我沿着小路继续行驶。

我没有对任何人透露与纳尔有关的信息。我不希望他们因为这个转机而放松警惕。

傍晚时分，我们在通往昂特市的堆满积雪的山口加速行驶。格鲁吉镇区消失在我们身后的蜿蜒山路间。在我们离开时，我似乎又一次看到了那辆明黄色的飞艇。但与它的距离很远，我不确定是否看得真切。

我们在夜间轮流驾驶。天气转晴，驾驶舱的通信广播被切换到了天气频道，降雪可能导致道路受阻而影响通行。

我们沿着背部的山道攀上了福尔柯山，在漫天的暴风雪中疾驰。能见度很低，我们不得不打开主灯，并适当减速。科里琪娅当时正在驾驶。她常年居住在山区，对眼前的景象不以为意。

我坐在客舱的长凳上小憩，对面是仍在沉睡的米迪亚。我又梦见了她，梦见自己抓住她逃脱了敌人的追击。杰库德·万斯也出现在我的梦境中，乞求着我的支援。他尖叫着，又一次发出了刺耳的呼喊，那充斥着灵能的痛苦嚎叫再次刺痛了我，将我惊醒。

我朝着米迪亚的位置眨了眨眼，恍惚间看到她仍然安静地躺在那里。伊琳娜在一旁睡着了。

耳旁传来了摩擦的噪声，窗外的林木和岩石呼啸而过。

"你还好吗，格雷戈？"埃莫斯问。

他坐在客舱后方的长椅上，四周堆满了数据板。

"一个梦罢了，尤伯。前一天晚上，我也是因为类似的梦而醒。"

我坐起身。前一天夜里，我以为自己是被塔尔逃跑发出的声音惊醒的，但此刻这个梦境又一次出现。连续两次，杰库德·万斯夹杂着痛苦、愤怒和沮丧的可怖尖叫将我惊醒。

第二天下午，我们驶入了昂特市。遮天蔽日的大雪严重降低了我们的时速，著名度假胜地的铜制屋顶上结满了坚冰。但大雪也将前来参与冬季运动的人们留在了城镇里。这里人群熙熙攘攘，道路上挤满了汽车，空中不时有往来的飞艇呼啸而过。

我将雪地车开进了昂特车站的停车场，找了一个合适的停车位。埃莫斯和我一起前往售票大厅，以托林·格里高利的名义购买了三张紧邻的卧铺票。工作人员贴心地提醒我们，列车一小时后就要到站了。

就像阿泰纳特山脉横亘在古德伦最大的陆地上一样，这趟特快列车贯穿在阿泰纳特中央，如同一条活跃涌动的动脉。这条轨道以浪漫著称。多数人之所以选择这趟列车，是因为比起到达，他们更愿意追求路途中的享受。年轻的男男女女往往对格鲁吉和昂特这样的滑雪胜地趋之若鹜，但真正的富人则会选择乘坐阿泰纳特号列车。在这趟列车上，他们坐在豪华的车厢内，欣赏着全古德伦最壮丽的雪景从两侧穿梭而过。

五点整，由铬金锻造、以钚素为燃料的火车头驶入了昂特市的车站，拉着一列十节双层车厢。车厢的工作人员帮我们将米迪亚在隔间中安顿下来。

我们乘坐的是宽敞的头等舱，位于第三节车厢的顶层。我们将米迪亚放在其中一节卧铺上，伊琳娜躺在一侧，科里琪娅在另一侧，尤伯和我共用一间。套房之间有活动门相连通，室内的陈设全都用抛光的枫木雕刻而成。

列车呼啸着驶出了昂特市，沿着斜坡驶入了芬尼特隧道。这银色的巨兽在平坦路段的时速能达到一百七十公里。

我浏览了一下列车时刻表。列车将在深夜路过芬尼特，然后全速穿过阿泰纳特的山体，横穿南方高原，直达海岸。

我们三天后就将抵达新吉弗。

在全速行驶时，列车几乎和静止时没有区别，只有轻微的震动感，以至于乘客们很容易忘记自己正在高速移动。车厢外壳十分坚固厚实，自带加热装置，且隔热性能极佳，足以抵御极端的严寒。但这也带来了副作用——外面的声响完全听不见。在昂特的站台上，列车车头的引擎震耳欲聋，此刻却悄无声息。只有当快车路过一条路堑或峡谷，发动机的噪声扩散空间被急剧压缩、沿着陡峭的坡道向后传导时，我们才能听到若有若无的低鸣。

隔间的百叶窗被放下后，我感觉自己仿佛正坐在家中的舒适客厅里。

天色渐暗。我拉开窗帘，能够看到远处群山的全景，在夕阳下散发着粉红色光晕的雪原，一根根冰棱拔地而起，被漆黑的岩石拦腰截断。偶尔，发动机冒出的米灰色烟雾从窗前飘过，会遮住视线。

在转弯时，我可以探身看到隔壁的车窗和列车外层的侧影——如同一条巨蛇，一节一节地游动，蓝白相间的铬金车身在余晖中散发着光芒。有两次，暮光在身旁的雪地上投射出了一条长长的、跃动着的车影，与我们并列疾驰。

夜幕降临，窗外的景色融入黑暗中。我放下了百叶窗。埃莫斯昏昏欲睡，我决定沿着走廊散步，顺便研究一下列车的内部构造。

滑门打开了，科里琪娅走了进来。她穿着一件灰色的锦缎长袍，从颈部到裙摆上镶嵌着精致的褶边。她的肩膀上搭着一块毛皮坎肩，将头发高高束起。

我立刻从座椅上站了起来。

"怎么样？"她问道。

"你看上去……很美。"

"我问'怎么样'，是想问你是不是该去吃晚餐了？"

"晚餐？"

"一日三餐之一，通常发生在午餐和睡前之间的某个时间。"

"这个概念不用解释。"

"很好，我们去吃晚餐？"

"我们正在逃命。你觉得现在合适吗？"

"现在再合适不过了。格雷戈，我们正在逃命，而且用的是全古德伦最奢华的交通工具。我们当然可以选择最优雅的逃命方式。"

我去盥洗室换上了随身携带的最体面的服饰。我挽起她的胳膊，沿着走廊路过了三节车厢，最终走进了餐车。

"你随身带着这些衣服？"当我们漫步在柔光闪烁、铺设着名贵地板的走廊上时，我们与其他穿着考究的乘客擦肩而过，我忍不住小声问她。

"当然。"

"我们那么仓促，你居然带了这种礼服？"

"我觉得我总得为所有事情做好准备。"

餐厅在第六节车厢的上层。拱形的屋顶上悬挂着水晶吊灯，屋顶由加固玻璃制成，因此，平时它也是一间观景休息室。此刻，透过天花板能看到满天的繁星。

餐厅的另一侧正上演着弦乐四重奏，整个场地都挤满了人。空气中充斥着柔和的音乐、叮当作响的银器和窃窃私语声。毒物探测器如同萤火虫般在各个餐桌四周盘旋，其中一位身穿制服的侍者将我们领到了靠近侧窗的一张桌子旁。

我们研究了一会儿菜单，我这才意识到自己已经饥肠辘辘。

"你记得有多少次吗？"她问。

"什么多少次？"

"多年以前，我们还在一起的时候。你经常会来拉维罗看望我。虽然你的举止很神秘，但我总是提议一起坐这趟列车穿过山区。"

"你确实提到过很多次，没错。"

"可我们从来没有坐过这趟车。"

"确实没有。我很遗憾。"

"我也是。而我们如今坐这趟车是因为别无选择，这真可悲……尽管我曾经想象过和你一起踏上这趟浪漫之旅。"

"无论起因如何，我们终究还是一起乘坐了这趟列车。"

"当年我应该再坚持下。"

我们点了红丝绒汤，搭配低地伦卡兽的西冷肉，香草与蘑菇调味的什锦肉卷，以及我记得她最爱的萨米特出产的辛迪埃红酒。

那道红丝绒汤配上美味的蒜蓉面包和精心烹饪的肉丸，口感真的如丝绒般绵软，回味悠长。它被盛在别致的白色餐盘中，餐盘边缘压印着大陆轨道运输公司的徽章。在阿玛斯克酒中简单地用平底锅煎烤的伦卡肉，虽然掺着少许血水，却美味无比。辛迪埃红酒的口感起初发涩，但回甘很快，让科里琪娅的脸上浮现出了美好回忆带来的笑容。

我们交谈了很久。我们有几十年的话要说。她向我诉说着她的生活与工作、对异形解剖学的兴趣、她撰写的专著，她还开创了一种新的肌肉移植技术。她在工作之余，开始培养演奏竖琴的爱好，以放松身心，并且除了古塞拉的两首曲子外，已经掌握几乎所有的曲目。她写了一本书，以及一篇关于人类早期生物型的骨骼二型性比较分析的论文。

"我本想给你寄一本，但我担心会被误解。"

"我买了第一版。"我承认道。

"真的吗？你读过没有？"

"我读了两遍。你对特克森关于蒂姆玛尔-A考古遗址的著作有很深的见解，分析的思路很有说服力。但我对你关于塔兰头骨学的章节不敢苟同，你此前就和我讨论过很多次关于'飞出泰拉'假设的合理性。"

"啊，是的。在这方面，你的学说堪称异端。"

我不知道自己能与她分享什么。在过去这些年里，我的生活有太多无法告知她的细节。所以我告诉了她关于纳尔的事。

"这个人值得信任吗？"

"完全值得信任。"

"你确定是他本人的信？"

"是的，他用的是格罗西亚暗语。这种暗语的精巧之处就在于每个人的措辞都存在差异。它无法被外人破译，更无法被真正理解。你必须和我一起共事很久，才能掌握特定词汇的基本含义。"

"我担心的是那名护卫,那个背叛了你的保镖。"

"科伦斯基?"

"是的,我记得你提到过他。"

"他入职时间很短。即使他能掌握一些基本用法,他也没办法长篇地使用暗语,甚至骗过我的眼睛。"

"所以我们会得救?"

"我很确定我们能够离开这颗星球。"

"太好了,格雷戈。这个消息值得再点一份美味的甜点庆祝。"

侍者给我们端上了香甜黏牙的糕点,接着是浓郁的长庚星清咖啡。最后我点了一杯橡木阿玛斯克酒,给她点了一杯帕夏鸡尾酒。

天蒙蒙亮,我被一阵碰撞声惊醒。窗外响起了汽笛,虽然隔着厚实的车厢墙体,但我还是能隐约听到交谈声。

我缓慢地滑下床,尽量不惊扰到科里琪娅。她翻了个身,还在酣睡。我轻手轻脚地走向我自己的房间。

黑暗中,我试着找到自己的衣服。它们被凌乱地丢在地上,我只能伸手摸索。

我用一根手指扒开百叶窗的叶片向外窥探。窗外是一座车站,有人正在月台上来回奔跑。

我们已经抵达了芬尼特。

我披上衣服,还是瑟瑟发抖。列车已经停稳,墙上通风口的气流温度暂时下降了。

我打开隔间的门走了出去,又向后看了一眼。科里琪娅在睡梦中缩成一团,把自己紧紧地裹在被单里,仿佛要将寒冷连同整个世界都隔绝开来。

窗外银装素裹,十分明亮。宽阔的月台上挤满了上下列车的乘客,以及运送着金字塔形状行李的乘务人员。

雪花飞舞。我裹紧衣服,跺了跺脚。有几名旅客和我一样,下车舒展筋骨。

芬尼特车站位于城镇高处,北面隐约能看到福尔柯山脉起伏的轮廓,南面是伍特斯主峰和卫峰,风雪天气仿佛为远方的阿腾山罩上了一层面纱。

"我们要停站多久？"我问路过的搬运工。

"二十分钟，先生。"他答道，"时间刚好能让乘务人员换班，并输送乘客用水。"

但远不够我去城镇里一趟。我在月台上踱步，直到乘车的哨声响起，才回到车厢一侧的走廊，将半个身子探出窗口。列车缓缓驶出了小镇。

站台和大楼在我眼前掠过，眼前浮现出在站台上无法领略到的城镇美景。高耸的屋顶被冰雪覆盖，不远处坐落着一座迷你教堂，一座十分坚固的法务部岗楼。位于车站堤道下方有一片停机坪，挤满了暂时停泊或加油的飞艇。

其中一架明黄色的小型快艇十分惹眼。

我回到了科里琪娅的房间，脱下外套，躺在她身旁，直到她醒来。她翻了个身，吻了我。

"你刚刚干什么去了？"她睡眼惺忪地问。

"我去看了看时刻表。"

"这条线路应该不会有什么变化。"

"是没有变化。"我表示同意，"我们大约四小时后到洛卡斯特。在那里的停留时间会更长，大约四十五分钟。最后一口气直达新吉弗。"

她坐起身，揉了揉眼睛。她还是一脸倦意，却比以往任何时候都要迷人。

"怎么了？"她问。

"我有空得找星语者检查一下信件。"

门外传来了敲门声。乘务员推着满当当的手推车，正站在门外等候。昨晚，我们做的最后一件事就是预订一份丰盛、热乎的早餐。

哦，不是最后一件。

伊琳娜和埃莫斯已经起床，正在一起吃早餐。科里琪娅穿上长袍，检查了米迪亚的状况。飞行员的状况仍然稳定，睡得很沉。

"她恢复得不错。"她一边向回走，一边说，"明天，或许晚些时候，她就能和我们聊天了。"

我们在她的车厢里吃饭，继续谈论前一天的话题。一切似乎都回到了往常，轻松惬意。时光仿佛回到了二十五年前。我逐渐意识到，自己原来如此怀念她的陪伴、她的活力。

"怎么了？"她突然问我，"你看上去心事重重。"

我想到了那艘可疑的明黄色快艇。

"没什么。"我敷衍道。

就在列车缓慢地从伍特斯峰向洛卡斯特山脉行驶的过程中，我查阅了埃莫斯从斯波顿袭击至今收集的资料。我特别留意了与"利刃弯刀"有关的全部条目。埃莫斯已经编制了一份行星列表，在这些世界，"弯刀"一词仍被普遍使用。一共有九千五百个世界，我逐一浏览。尽管我知道埃莫斯已经这么做过，而且他的学识远胜过我，但我认为其中任何一个世界的名称都可能是揭开谜底的钥匙。"弯刀"在贝尼法斯、卢伟思和克莱顿等世界特指宗教仪式用的匕首；在遥远的梅肯俚克，"弯刀"是一个黑帮俚语，特指帮派的头领人物；在斯卡鲁斯兴起中的五个世界上，它代表普通的修剪刀具；在莫瑞蒙达的巢都，它是一个形容词，用来表示一项任务极具挑战性。然而，在绝大多数的三千个世界里，它只是刀。

这把刀锋利无比，让我吃尽了苦头。"利刃弯刀"究竟是何人？为什么他处心积虑，动用极大的资源，只为了毁灭我，抹杀与我有关的一切？

我转而研究起数据板上记录的他对我造成的损失。我已经确信，这一系列伤亡都源于他的指令。时至今日，他的行动范围、杀戮规模之大仍然令我震惊。位于这么多世界的这么多目标……所有这些几乎都是在同一个恒星时发生的。

我意识到自己总会不自觉地想到因沙贝尔的事故。原因很简单，这次袭击有些不寻常。所有的其他受害者或袭击目标全都听命于我，或是隶属于我麾下的组织，但内森·因沙贝尔不是。他曾经是一名审讯员。大约在五十年前，他在我抵抗奎索斯的行动中加入过我的团队。在特雷锡安主星遭遇暴行期间，他尽心竭力地追随过我，直到我们在法尔尼斯贝塔将奎索斯和他的据点一举歼灭。行动结束后，我推举他成为一名正式审判官，助他开启了自己的职业生涯。

但那之后，我们见面的次数屈指可数。除了我们旧日里并肩作战的友谊外，我们之间几乎没有什么交集。为什么他也会被列为袭击的对象？巧合绝对不是唯一的答案。

我们之间究竟有何共同之处？谁能将我们二人联系起来？最显而易见的答案莫过于奎索斯，但这个名字早已失去意义。我亲手诛杀了奎索斯。

我重新审视那一长串由世界名称组成的列表，试着从中寻找到关联。

其中一颗星球引起了我的注意——坤瑟斯八号星。

这个名字如同从暗处突击的锐爪，刺痛了我。坤瑟斯八号星，一个边缘世界。我从未去过那里。但曾几何时，某人却对我提起过它。

几乎是出于本能，我开始在塔利、塔雷等姓氏出现的世界里寻找坤瑟斯八号星。埃莫斯已经对与"弯刀"和"塔雷"有关的世界进行了交叉分析，并形成了单独的列表——共有七百种可能。如今，我已经为其中一种可能找到了最合理的解释。

我找到了。"弯刀"在坤瑟斯八号星的意思是战刃，而"塔雷"也是这个世界一个氏族的姓氏。大约三百五十年前，整个帝国最龌龊卑鄙、最心狠手辣的反社会罪犯之一在坤瑟斯八号星开启了异端生涯。根据报道，马拉·塔雷曾经在接受庭审时供认自己的出生地位于古德伦，但埃莫斯在搜索了古德伦的人口学统计档案后，已经证明那是彻头彻尾的谎言。

但我的老学究追溯得还不够深入，至少没有挖到三百五十年前。而我则揪出了问题的症结，我发现当年在古德伦务农的人中，有人姓氏为塔利，但那段族谱到那一年就戛然而止了。

我知道了。我终于推测出了敌人的真实身份。

第十三章

洛卡斯特

急刹车

尽头

我们比计划晚了一个多小时才抵达洛卡斯特。罕见的暴风雪从东部席卷了整个伍特斯山脉，列车因此不得不缓速行驶。在穿越山口的陡坡时，列车因为动力不足，险些向后滑动，我们甚至可以感觉到列车转向时在结冰铁轨上频繁挤压造成的颠簸。列车在伍特斯主峰以西的一段直线道路上停了将近十分钟，列车工程师们不得不下车检修，将错位的列车头重新调整到原来的位置。当时暴风雪几乎将我们吞没，窗外是一片朦胧的无色旋涡。

我走到列车尾端，透过车窗向外张望。白色的浓雾中闪过零星的黑色斑点，偶尔闪过绿色或红色的亮光。我感到脚下的地面开始震动，偶尔响起金属的刮擦声。

乘务员低声通知大家，列车很快就要重新出发了，并向我们承诺天气不会带来任何危险。为了抚慰乘客的情绪，他还提醒餐厅提供免费的热饮。我看到还有一些乘客裹着毫无必要的厚实毛皮或昂贵的登山服，隔着车窗向外眺望，似乎在抱怨着什么。

我踱回与埃莫斯共用的车厢，锁上屋门，和他一起坐下。我详细阐述了我的理论。

"庞提乌斯·格劳……"他苍老的嘴唇缓缓吐出了这个名字，"庞提乌斯·格劳……"

"有些道理，对吧？"

"根据你的推断，确实有理有据，格雷戈。尽管……事实上，我对你在辛卡尔上与那头怪物之间发生的事情知之甚少。"

早在二百四十年前，我在古德伦揭发并扼杀了庞提乌斯·格劳和他子嗣们的恶行，那似乎已经是一个时代之前的事了。格劳本人曾经是一名恶名远

宿敌

扬的异端，在审判官安格文的追缉下，两个世纪前就已经伏诛。

但是，格劳超出常人的才智与根深蒂固的个性被追随他的贵族子嗣封存在了一枚可怜的水晶球中。我们成功挫败了格劳家族复活庞提乌斯的阴谋，在那之后，我就将水晶托付给了我的老友、机械教修会的神甫吉尔德·布尔。

一个世纪后，也就是340年，我在奎索斯一案中再次造访了布尔在矿业世界辛卡尔设立的据点，并从那位囚犯口中获取了与恶魔宿主有关的神秘知识。如果没有庞提乌斯·格劳传授的黑暗手段，我或许永远也无法击溃奎索斯，以及被他奴役的恶魔宿主普罗法尼狄和切鲁贝尔。我们的战斗将会是另一种结局。

但为了得到格劳的协助，我不得不与他达成交易。作为回报，我承诺会委托布尔神甫为他锻造一副躯壳。

我向来言出必行。事后，我兑现了诺言。但我坚信，即便格劳获得了可以移动的身躯，他永远也无法挣脱吉尔德·布尔神甫的控制。

看来我大错特错了。

在辛卡尔的秘密对话中，格劳向我讲述了驱使他——昔日古德伦最显赫的贵族子弟——首次接触混沌，最终沦为亚空间奴仆的前因后果。

那件事发生在019年的坤瑟斯八号星。格劳当时正在参观坤瑟斯圆形角斗场，为了满足自己角斗的癖好而去选购角斗士。在他堕落前就是生性残暴之徒……他购买了一名来自遥远野性世界的狂暴角斗士……我想起来了，那名奴隶来自波利亚。角斗士急于取悦新的主人，将自己的项圈赠予了格劳。那是来自野性世界的先祖遗物。起初，无论角斗士还是格劳都没有意识到那是至邪的污秽之物。格劳戴上了它，立刻被它蛊惑。这一简单而鲁莽的举动永远改变了他的命运，最终将他蜕变为了崇拜混沌的恶魔。在那之后，将近二十年的时间里，他不断荼毒着赫里甘次星区。

我将这个故事讲给了埃莫斯。

"确实合得上。你认为，庞提乌斯·格劳从辛卡尔的囚牢中逃脱，招募了属于自己的军队。此刻正向你寻求复仇？"

"复仇？不……那或许只是间接的目标。他当然渴望复仇，但他的袭击范围很广，而且毫无保留地无差别攻击……几乎涉及了与我有关的每一个人，甚至还有因沙贝尔。"

埃莫斯耸了耸肩。"当时在辛卡尔，因沙贝尔确实也参与了行动。"

"我就是这个意思。庞提乌斯正试图杀死所有可能知道他存活于世的人。毕竟帝国绝大多数人都认为他已经死了，而我们因为知晓他的存在而构成了威胁。"

我发现埃莫斯欲言又止。

"埃莫斯？"

"没事，格雷戈。"

"有什么不愿说的吗，老朋友？"

他摇了摇头。

"我知道你想说什么。庞提乌斯·格劳的存在之所以仍然是秘密，是因为我从未向审判庭汇报过他的存在。因为我从未遵照本职工作，将水晶球上缴给讨逆修会。如今他重获自由，只因为我多余地帮他造了一具躯壳。"

"不。"他站起身，眯着眼看向车窗外的飘雪，似乎正从纷乱的雪花中找到了一丝规律，"我们似乎不久前刚有过这样的对话，或至少类似的对话，关于切鲁贝尔。"

他转过身看着我，老学究看上去年迈而深邃。"你是伟大人类帝国的堂堂大审判官。你毕生致力于为神皇铲除三种形态的邪恶：异形、恶魔和异端。你面临的危难时刻超乎任何普通人的想象。你肩负着帝国所有忠仆中最艰巨的使命，而你必须动用一切武器与手段履行这一使命——即便是敌人的武器。你深知这么做会导致的苦果。如今，我们都会为你当年对庞提乌斯·格劳的所作所为感到遗憾，但倘若你不那么做，奎索斯的阴谋势必得逞。我们可以用一整天玩关于这种'倘若……'的游戏。真相其实很简单。胜利从来不是无故获得的，它需要付出代价，而清算的时候总会到来。衡量你品质最真实的标准，在于你如何使用你的品质。"

"我会挽回我的错误。我会将庞提乌斯·格劳绳之以法。"

"我从不怀疑。"

"谢谢你，埃莫斯。"

他又坐下。"这个叫塔雷的女人。她充当什么角色？"

我将人口学记录递给了他。"在格劳肉身未灭的那段时间里，塔雷是古德伦的一个低种姓家族的姓氏。在那时，那个家族的族谱就断了。与此同时它又出现在了坤瑟斯。我认为塔雷家族，或塔雷家仅存的那个人加入了格劳的组织。他将塔雷这个姓氏带到了坤瑟斯。我需要你在洛卡斯特帮我查一查。"

"洛卡斯特？但我们只是经停洛卡斯特，我们在那里停留不超过四十五分钟。"

我指了指窗外的飞雪。"考虑到恶劣天气，停留的时间或许会延长很多。但你还是得尽快行动。我会利用这段时间访问'神盾'账户。"

隔间门上的把手前后转动着。

"格雷戈，你们锁上门在里面干什么？"科里琪娅在门外问。

"我在和埃莫斯讨论要事。"

"他们在餐车供应果味酒。我觉得我们可以喝两杯。"

"稍等。"我喊道。伴随连续几下震动，列车重新开动。

我看着埃莫斯。"我们刚刚讨论的事……务必保密。谁也别说。科里琪娅不需要知道，伊琳娜也不需要。"

"我会守口如瓶。"他说。

列车冲出了暴风雪的边界，沿着一道平缓的斜坡停在了洛卡斯特。时间已经临近中午。恶劣的天气如同一堵灰白色的高墙在我们身后追赶，为伍特斯群山盖上了一层面纱。但天气预报称，暴雪正在向山谷方向移动。

在洛卡斯特，乘务员宣布将停站九十分钟。

我示意伊琳娜，尽量确保列车在埃莫斯和我返回前不要发车。

洛卡斯特坐落在冰川时期形成的裂口山谷两侧。镇上的古老建筑全是深灰色的，大量的花岗岩建筑与古德伦传统的建筑风格十分相符。这里海拔很高，气候严酷，街道上环绕着加固玻璃拼接而成的隔热隧道。我租了一架机仆电车，快速穿过温暖潮湿的隧道。透明隧道的顶端，恶劣的暴风雪几乎让人窒息。

在星语庭公会的办公室外，我指示机仆等候，并将信用条插进了电车的计价器中。它伸出蜘蛛般的足肢，将底盘放低，液压系统不断地喷吐着蒸汽。

纳尔的信件在"神盾"账户的信箱中已经等候多时。他一路都很顺利，此刻已经在新吉弗等候。他已经联络了一艘名为中坚号的货轮，随时与我会合。

纳尔的信件还是用格罗西亚暗语写成，我的回答也一样。如果气候允许，我们将在两天后抵达新吉弗。到达后，我会立刻安排与他会面。

"就这些吗,先生?"负责通信的星语者请示道。

这时,我突然想起了科里琪娅对纳尔信件的质疑。我又加了一句话,暗示我们面临的局面让我想起了几年前,我们在伊肯星面对毒巫萨蒂亚时的绝境。

"现在发送吧,谢谢。"我说。

车站的方向传来了催促的汽笛声。

在恶劣气候的追赶下,列车在轰隆声中驶入了阿腾市中心。尽管我们此刻正在攀登途中最陡峭的长坡,但列车仍然保持全速行驶,试图与暴雪竞速。

我们沿途经过的阿腾山脉有着全古德伦最高大的山峰:斯卡诺峰、多帕林峰、海勒格峰、维斯帕峰和阿特纳山。每一座高峰都足以让我们之前经过的那座福尔柯山显得渺小,如同大地颠覆,遮天蔽日,似要吞噬一切。

但不能否认的是,它们有一种壮丽的美。蓝白相间的冰层如水晶般剔透,洁白无瑕的积雪在刺眼阳光的照耀下,如同夜幕里闪烁的星光。

当被真正的夜幕笼罩时,一切又归于虚无。车厢内散发出的冰冷水汽,快速凝结,如同幕布般笼罩在四周。可见范围快速缩小到了几十米。漫天的雪花飘落,列车的速度被迫降低。恶劣的天气已经赶上了我们。

"格雷戈?"

我在窗前,欣赏着肃杀的雪景。"进来。"

科里琪娅从滑门内向我招了招手。米迪亚醒了。

我坐在她的小床旁时,盘旋在两侧的伺服颅骨退到一旁,为我让出了些许空间。她看上去疲惫而憔悴,黝黑的肤色甚至都显得苍白了许多。她的双眼半睁着,但看到我时,还是勉强挤出了一丝微笑。

"一切都好。你很安全。"

她的嘴唇抽搐了几下,却没有发出声音。

"别急着说话。"科里琪娅低声道。

我看到米迪亚看科里琪娅的眼神中闪过一丝好奇的光。

"这是贝斯柴尔德医生,是值得信赖的朋友。她救了你。"

"……多久……"

"什么?"

第十三章

"我睡了多久？"

"将近一周。你的后背伤得很重。"

"肋骨很疼。"

"会好转的。"科里琪娅说。

"他们……会追上来吗？"

"不，他们追不上我们。"我说，"而且他们也不会追。"

在狂啸的暴风雪中，我们保持着每小时六十公里以下的速度穿过了世界屋脊。我冒险走进了列车的公共区域，甚至去了几次娱乐沙龙，发现那里有不少趣味活动：冷餐会、音乐演奏、纸牌游戏、弑君棋锦标赛、流行的全息影片放映活动。身穿制服的大陆轨道运输公司的工作人员也参与其中，试图取悦每一位在场的乘客，并滔滔不绝地宣扬着一种乐观的理念：即便是被困在阿泰纳特的暴雪中，也是这条路线的浪漫魅力所在，而那不是置人于死地的天灾。

如果列车脱轨，或引擎发生故障，这趟列车将会连续几天被暴风雪吞没，而我们会被活活冻死。营救人员毫无办法，必须等到来年开春再将我们挖出冰窟。

当然，大陆轨道运输公司已经运营了九百九十年，类似的事故从未发生。列车总是安全抵达。考虑到沿途的崎岖地形和恶劣环境，它是一种十分可靠的交通方式。

但对喜欢胡思乱想的人来说，任何事总有第一次。多年的服务经历已经让列车的乘务人员积攒了足够的经验，一旦恶劣天气降临，他们就会不约而同地安抚乘客，分散他们的注意力。富人们总是杞人忧天。

次日黎明来临前，我们一共停了四次。第一次是在晚上十点左右。列车广播提示我们，在穿越斯卡诺峡谷大桥前，我们需要等候风速降低，没有担心的必要。不到五分钟，我们继续行驶。

凌晨一点，我还没有入睡。列车的时速再次减缓，最终停下。我感到惴惴不安。十五分钟后，我将自动手枪塞进腰带，将灵能剑巴伯瑞萨特绑在大腿一侧，用埃莫斯的墨绿色长袍遮住武器。

走廊里一片漆黑，灯光被调暗，泛着琥珀色的微光。车厢尽头的镶板墙上安装着员工专用显示器，屏幕上闪烁着绿色的指示灯。

我听到有人正从车厢下层沿着螺旋楼梯向上走来，连忙转过身，迎面看到了一名服务员。他正困惑地看着我。

"一切都好吗，先生？"他问。

"我也正要问这个问题。我想知道为什么停下。"

"这是例行公事，先生。我们刚刚途经斯卡诺的斜坡，引擎总机师命令检查刹车元件，以免结冰导致失灵。"

"我明白了。只是例行公事。"

"一切安然如常，先生。"他语气坚定，极具说服力。

仿佛是为了证明他的话，灯光闪烁了两下，我们脚下的列车又一次启动。他笑着说："我们恢复了，先生。"

我走回隔间。那天晚上我们又中途停了两次，我没有出门查看，但将武器放在了手边。

第二天的旅程顺利得多。漫长而猛烈的暴风雪和阳光倾洒下的宁静雪景交替出现在窗外。晚餐前，我们一共停了五次，以及五次例行的减速。列车广播低声通知，尽管我们的旅途已经落后于计划，但一旦我们驶离群山，穿梭在平坦的南部高原，我们很有可能会补回延误的时间。

我有些失去耐心了。我在列车走廊上踱步，从一头走到另一头。我甚至带上科里琪娅到沙龙去吃午餐，并在那里逗留了很久，和她玩了一两盘弑君棋游戏。

米迪亚康复得很快，已经开始有了力气。到了下午，她已经能坐起身用餐了。伺服颅骨已经停止了点滴注射，仅开启了健康状况监测的功能。我们轮流陪在她身边。我让伊琳娜给她事无巨细地讲述了斯波顿府邸遇袭之后的经历。米迪亚聚精会神地听完，神情越发沮丧。

轮到我陪她一小时了。

"你回来救我了。"

"是的。"

"你可能会被杀。"

"你更可能。"

"他们杀了杰库德。"她有些哽咽,"我们一路跑过围场的时候,他们将他击倒了。"

"我知道。我感受到了。"

"我没能救下他。"

"我知道。"

"我感觉糟透了。他刚刚向我展示了父亲的样貌。对他的死,我却无能为力。"

"或许他死得没有痛苦。维萨人都是利落的杀手。"

"我记得他摔倒时喊出了声。我本想回头拖着他一起,但敌人已经围上来了。"

"没关系。"

她从床头柜上端起茶杯,抿了一口水。"伊琳娜说他们杀了所有人。"

"恐怕是的。"

"我是说,不只在这里,就连纺纱小队……还有纳尔和因沙贝尔。"

我点了点头。"那天晚上,我们的敌人计划周全。但我有一个好消息给你:纳尔还活着,费希格也一样。我们正要去和他们会合。"

她立刻破涕为笑。"纳尔怎么逃脱的?"

"我不知道。他没有在信里说太多的细节。或许他在梅西纳听到了风声,提前逃之夭夭。我也很好奇他当时发现了什么。"

"你是说,他可能发现了幕后主使?"

我对她眨了眨眼。"米迪亚,我已经知道是谁了。"

她瞪大双眼。"谁?"

"我还有些问题悬而未决,解决后就告诉你。我不希望给你带来无谓的困扰。"

"你这是在折磨我!"米迪亚怒道,"这下我满脑子都在想凶手是谁。"

"正好看看你自己能不能推测出来。"我说。米迪亚对我麾下的多数分支机构都了如指掌,我不禁有些好奇,她能否自己推出结论。

突如其来的剧烈颠簸让我的头撞到床边的墙壁上,我猛地惊醒,在列车完全停稳前,我又感受到了几次剧烈的震动。

那是凌晨三点,窗外一片漆黑。隔着墙壁,我能听到水滴沿着窗沿上悬挂的冰片啪嗒啪嗒地落下，仿佛远处传来的手枪射击声。

列车沿途每一次减速、停留都尽可能和缓，而不会像这样。

埃莫斯也被惊醒了，慌乱地坐了起来。我打开了侧灯，收起了巴伯瑞萨特。

"那是什么？"他问。

"但愿没什么。"内侧的隔间门被拉开，伊琳娜望向我们。

"你感觉到了？"她语气中带着倦意。

"带上手枪。"我提醒她。

我们叫醒了科里琪娅，让他们三人守在米迪亚的隔间中。科里琪娅满脸困惑和焦虑。伊琳娜已经完全清醒，正在仔细地检查手中的武器。

我披上了埃莫斯的长袍，将武器藏在其中。

"守在这里，保持警戒。"我说完，走出了我的隔间。

在阴暗的大厅中，我听到了其他车厢传来的动静，有人在低声说话，偶尔传来铃铛和警报声。显然，一些忧心忡忡的乘客正在呼叫乘务员。

我回到车厢后方的显示器，看到两枚红灯正在一排绿灯中频频闪烁。

我掀开了显示器的玻璃罩，将印记戒指按在读取装置上。我在印记戒指上加载了全帝国最高权限的调查代码，并快速获取了大陆轨道运输公司的授权，允许我自如地访问列车的主系统。

显示器上的一块小屏幕被唤醒，上面列着一行行数字和图形——其中的含义一目了然，我滑动屏幕，要求查询红色警示灯的信息。

警报代码 88.508——制动装置的系统性触发，从第七车厢到第十车厢被强制刹车。

警报代码 521.6911——车门密封装置非常规开启，第八车厢下层，第 34 号门。

我连忙沿着列车的上层向后奔跑。沿途有一些车厢门被打开了，不少乘客面带焦虑地向外张望。"不用担心！"我尽可能模仿着乘务员的口吻，并在语调中灌注了轻微的意志之力。这句话让那些原本焦躁不安的乘客纷纷关上了门，关门声如同打出的一串鼓点。

由于餐厅在六号车厢的上层，我不得不从下层走进七号车厢。我看到三名列车人员正沿着走廊朝八号车厢慌忙地奔跑。

八号车厢的下走廊中寒风呼啸，冰冷刺骨。我看到六七名铁路维修工穿着厚实的防寒装备，手中举着照明设备，从敞开的车门跳出，消失在了夜色中。还有几个人聚集在显示器周围。一名乘务员向我走来。

"请您回到自己的车厢，先生。一切正常。"

"有什么问题吗？"

"您只需要回包厢等候消息。您是几号包厢的？我几分钟后会为您端上免费的利口酒。"

"后制动器刚刚被强制激活，三十四号门被打开了。"我说。

他诧异地眨着眼。"您怎么知道——"

"发生了什么？"

"先生，让您体验舒适的旅途是我的使命，请您——"

我没时间与他多费口舌。"发生了什么，英克斯？"我从黄铜制成的翻领徽章上看到了他的名字，在话语中投出一道意志之力。有时，念出对方的名字能够增强灵能带来的精神压迫感。

他眨了眨眼。"后面四个车厢的制动系统全都闭合了，这导致整辆列车被动刹车。"他语速很快，恭恭敬敬地回答。

"有人拉了紧急制动阀？"

"没有，先生。我们确实有这样的装置，但那会让整个列车的制动系统同时启动。我们认为是车厢下方结冰造成的故障。"

"这故障会导致部分车厢的制动装置锁死？"

"是的，先生。"

"那扇门怎么解释？"

"我们刚停下，车门就被打开了。乘务长认为是其中一名工程师操作失误导致的。他当时正打开车门，想下车检查刹车情况，却没有向系统发出解锁车门的申请。"

"不是强制开启的？"

"不，是用钥匙从内部打开的。"我意念的压迫效果正在减弱，他的腔调又变得滑稽起来，"我们已经派人去检查了，先生，检查制动装置。"

"包括这位迫不及待打开车门检修的工程师？"

"没错，先生。"

"找出他。"我说着，在话语中注入了更强的灵能。

他跑回显示器的面板。当他按照我的要求进行操作时，他的乘务员同事都满脸困惑地站在一旁。

"谁保管着门钥匙？"

"你是谁啊？"一旁有人问。

"一个关心这件事的普通乘客。"我对所有人使用了意志之力，"谁有钥匙？"

"通常只有二级或更高级别的工程师，以及一级乘务员和警卫人员。"另一个人脱口而出，但说话不太利索。

"有钥匙的一共有多少位？"

"我不知道。"英克斯说。

"让开。"我命令他，同时将戒指抵在了显示器上。这趟列车共有八十四名车组人员和乘务员。每个人都植入了一枚位置跟踪器，以便列车长随时了解各个成员的位置。显示屏上浮现出列车的完整结构图，但屏幕太小，我不得不拖动屏幕，一节一节地观察图纸。主控人员被标记为红色圆点，工程师是琥珀色圆点，乘务员是绿色，警卫则是蓝色。厨师、侍者、搬运工和清洁工等维护、辅助人员都是粉红色。

红色和琥珀色集中在列车头部区域，蓝色和绿色的圆点散落在列车各处。在九号车厢上层的员工宿舍区，是一片粉红色的光斑。我看到八号车厢下层、第34号门后有一圈绿色和蓝色的亮点——它们代表着聚集在我周围的人。屏幕下方区域弹出了一张列表，上面闪烁着离开列车检修的琥珀色和蓝色光点。

我发现，在九号车厢的粉色灯中有一枚绿色的圆点。我点击查询，发现那枚圆点属于一级乘务员勒博特·阿文斯。他居然在自己的房间里。

列车突然刹车，除了维护人员外的全部车组人员都纷纷投入了行动，以确保列车的安全，除了阿文斯。

"这个阿文斯是一级乘务员。他有钥匙。"

"是的，先生。"英克斯回答道。

"那么，他为什么不协助你们一起检查？"

他们面面相觑。

"你们上次看到他是什么时候？"

"今早换班的时候。"其中一人回答。

"我看到他换班时，正在休息室吃午餐。"另一个人补充道。

"还有吗？"

他们全都摇头。

"他应该在九点回到岗位。"英克斯不解地说，"我是不是应该去找他？"

不，我刚想说。显然，这个可怜的阿文斯已经死了。没有必要惊动更多人。

但我又改变了主意。"去找找他。"我从距离最近的人身上摘下了对讲耳机。他并没有拒绝，甚至没有发现。

"去他的房间，告诉我你发现了什么。通信的频道切换为……"我低头拨弄着耳机，旋动应答器的频段，"……六号。"

"好的，先生。"英克斯说。

就在他转身离开前，我伸手轻轻抚摸了他的额头。他浑身颤抖。我的灵能印记将会在他身上保留三十分钟。即使他离开，也会按照我的指令照办。

英克斯跑开了。

我看了看车门。尽管门板已经被拉开，但提示着"危险"的警示灯仍然在闪烁。门内的金属隔板上残留着尚未融化、掺杂着污泥的雪水。

"有多少人出去了？"我问。

其中一人看了一眼屏幕。"二十人，先生。"

"你们来这里后，有多少人回来过？"

"没有人。"他们异口同声。

他们为我而来，为我们而来。他们无疑知道我们正躲在这趟列车上，并派人在芬尼特或洛卡斯特上了车。此人与勒博特·阿文斯相识，并伺机杀了他，夺走了他的车门钥匙。他显然精通机械技术，熟练地让多节车厢制动装置的锁死，进而迫使列车停下。他随后用阿文斯的钥匙打开了车门，让自己人进来。

他现在一定已经摸清了我们的车厢位置。

我沿着列车下层的走廊，朝三号车厢奔跑。我从皮革刀鞘中抽出了巴伯瑞萨特。在狭窄的列车走廊中挥舞剑刃可不是一个明智的选择，但我四周的车厢全都是帝国的无辜民众。我只能尽量不用手枪。

我也不能用广播设备。

我释放了意志之力。伊琳娜无疑是一个不可接触的存在，于是我呼唤起了埃莫斯、科里琪娅和米迪亚。

"做好准备。有危险。"

我经过大厅时，与几名乘务员擦肩而过。他们看到我手中的利剑，惊慌失措地连连避让。

"忘记！"我每过一处都释放出一道意志之力，他们闻言，又恢复了常态。

我跑到了四号车厢的前端，准备沿着楼梯向上走。一名大陆轨道运输公司的乘务员面朝下地躺在楼梯上，脖子被拧断了。

几乎与此同时，我的耳机听筒中传来了一阵疯狂的哭嚎。"他死了！哦，神皇啊！他死了！勒博特死了！快拉响警报！"

警笛声响起，尖利得几乎要刺穿耳膜。墙上镶嵌的灯饰闪烁着橙色的光。在车厢尽头镶板的显示器上，我看到了第三枚红灯在闪烁。

我将印记戒指抵在读取器上，屏幕上弹出了提示信息。

警报代码946.2452——窗体密封非常规开启，三号车厢上层，第146号窗。

我跨过乘务员的尸体，爬上了楼梯。

三号车厢的上层甚至比八号车厢还要寒冷。开启的窗口位于两个隔间的连接处，刺骨的冷风灌进车厢，搅动起纷乱的雪花。那扇窗户是用动力刀刃或热熔刀切开的。

车厢里半明半暗，不断闪烁的警告灯光让人更加看不清房间里的一切。尖锐的警笛声仍在头顶回荡。

我隐约在走廊前方辨认出三个黑影。他们将身子压得很低。在暴风雪的呼啸与刺耳的警笛声中，他们没有听到我靠近的声音。

我紧贴着镶板墙，手中的巴伯瑞萨特正渴求地跳动着。不用试探，我能感觉到这三人都进行了严密的灵能防护。他们身披战斗铠甲，在夜色中勾勒出三个高大的剪影。透过昏暗的灯光，我看到了一把武器的丑陋轮廓——其中一人正挥舞着它，示意同伙向前行动。

向我们居住的隔间行动。

我缓步靠近。

似乎是出于职业本能，刚刚指着前方的人回头看了一眼，立刻发现了我。

火光冲天。

第十四章

巴伯瑞萨特与耶尼切里
和艾特里克的争锋
新吉弗的午餐

宿敌

距离我最近的两名杀手转过身，用手中的大口径自动手枪向我开火。我猜是我手中的剑暴露了我的身份，但即便他们认为我是个多管闲事的路人，也会毫不犹豫地对我痛下杀手。

他们是职业杀手，维萨的耶尼切里雇佣兵。他们训练有素，杀人如麻，为了履行合同不择手段，任何阻碍他们的人都会惨遭毒手。

他们使用的是实弹武器，这进一步彰显了维萨人的作风——精打细算，滴水不漏，追求最有效的杀伤。由于他们追赶列车时乘坐的飞艇隔热性能很差，长期暴露在暴风雪的酷寒中，在这样的环境里，标准的激光武器必定失效，电池能源将被低温消耗殆尽。但自动枪械只需要稍加保养，在严寒中同样可以开火。实弹武器只依赖击锤产生的动能。

这些人是耶尼切里雇佣兵。我首次面对他们时，对他们的真实身份一无所知。如今我知道了，他们的恶名远扬，让我感到了片刻的迟疑。我面对的是三个维萨人。他们身穿铠甲，手持重火力武器。坦率地说，与他们相比，我宁愿与愤怒的卡舍津对峙。

但我手中握着巴伯瑞萨特。灵能剑焕发出了活力，蓄势待发。我开启灵能已经有一段时间了，这增强了它的力量。我舞出了一个甘法索式的"8"字形剑花，弹开了迎面而来的三枚子弹，剑刃上激起一片火花。我迅捷地使出了尤伟萨式、乌尔撒式和维拉贝依式，子弹被剑刃砸得变形，轰进了两侧的镶板。木屑和碎片飞溅。

更多的子弹沿着走廊直射过来，我迅速卧倒，身后的车厢门接连发出爆裂声。前后车厢都传出了乘客惊恐的尖叫。

第一个维萨人从车厢的角落里蹿了出来，向我接连发射了六枪。我紧贴着漆黑的地面，连续翻滚后找准机会，站起身来。伴随着翻滚的蓝灰色浓烟，弹壳噼里啪啦地四处弹跳，在他身上滚落。他的枪口如同喷灯般亮起，火力全开。

但我已经翻滚到他的身后。

他的大口径子弹撕碎了包厢的墙壁，将窗框轰成了几段。我则用巴伯瑞萨特杀了他。

第二人也发起了冲锋，并举枪扫射。当他看到战友的惨状时，在面具后发出了一声怒吼。

我旋动剑锋，使出了尤拉格的连招，拨开了密集的子弹，剑刃上迸发的火星连成一片。紧接着，我施展出逆向的塔恩维拉式，一剑斩断了他的枪管，并又一记逆向的塔恩式的劈砍切断了他的前臂。最后是厄尔卡式，我的终结一击。

一发子弹击穿了我的下巴，撕开了我面颊上的一块肉。我被掀翻在地，刚要挣扎着站起身，第三名维萨杀手已经冲了上来。我听到了他的枪咔嚓作响。

他突然惨叫一声。我闻到了空气中弥漫着的灼烧气味。

我抬头观察。

那名维萨人正在寻找掩体，浑身扭动，仿佛正在躲避一群无孔不入的蚊蝇。科里琪娅的伺服颅骨正在他四周盘旋，将一道道手术激光刺入他的身体。

他的惨叫声被两声激光发射的声响打断了。

耶尼切里雇佣兵轰然倒地，伏在我身边一动不动。

我朝楼下的大厅望去，看到伊琳娜·科伊正站在我的隔间门口，双手紧紧握着她的手枪。

"伊琳娜，"我喊道，"把其他人带到大厅里！往这边走！"

"但是米迪亚——"她刚要反驳。

"快！"

我一路跑到被切开的窗口前，扒着窗沿探出身，立刻被卷进了严寒中。我不得不将巴伯瑞萨特收回刀鞘，但这似乎让它感到不快。车厢外的世界冰冷刺骨，暴风雪夹杂着石子般坚实的冰雹。车体外几乎没有可供抓握的地方，而且多数部位都已结冰。

我总算找到了可以抓握的东西，但很快就意识到那是一块凸起的冰块。

宿敌

我的手指几乎要被冻僵了。

我奋力爬上三号车厢的顶部,头顶是阿泰纳特山脉的巨大黑影,如同一块巨大的黑色幕布点缀着无数纷乱的雪花。

暴风雪遮蔽了我的视野。寒风吹得我几乎站不起身。列车顶部隆起的铝制结构极为光滑,仿佛是一个天然的溜冰场。

我刚迈出几步,就脚下一滑摔倒在地。我感到头晕目眩,呼吸越发急促。我摔倒时咬破了舌头,满嘴都是血腥味。

我痛得龇牙咧嘴,愤怒地啐了一口血沫,艰难地在恶劣的暴风雪中前行。我看到前方不远处,一扇覆盖着白雪的黑色舱门下站着三名身穿铠甲的杀手。

他们正将一枚定向爆破的雷管放置在我和埃莫斯同住的隔间窗户旁。我刚刚看清他们的动作,他们就触发了雷管,车窗在火焰与冰雹中化作一团碎渣。第一名耶尼切里雇佣兵沿着绳索降了下来,他身手矫健,很快就靠近了窗口。他的两名同伙伏在屋顶上,在绳子的另一头放哨。

我一跃而起,拔剑出鞘,巴伯瑞萨特在雪花中飞速掠过,剑身上的灵能噼啪作响。

经过改良的卡瑟剑刃将绳子一分为二,车厢顶部的隔层也被一并劈开。那名杀手从车厢一侧跌落,发出了一声惨叫。

另外两人猛地转过身,一人伸手去摸手枪,另一人撩起铁爪向我猛扑过来。我提起剑尖,使用了塔恩维拉式,将他斩杀。

尸体从车顶滚落到黑暗中。我站稳脚跟,巴伯瑞萨特在我手中发出了蜂鸣。最后那名维萨人后退了半步,用大口径的自动手枪瞄准了我。风雪之中,我们两人都在勉强维持站立。

他开了一枪。我用乌尔萨式将子弹挑飞。他又开了一枪,强大的后坐力让他失去了平衡。我反手用乌尔萨式将子弹弹进了黑暗中。

"我名为格雷戈·艾森霍恩。我就是你受雇要杀的人。报上你的名号。"

他迟疑了片刻。"我的名字是艾特里克,手握部族长徽章者,索博部族之首。"

"艾特里克部族长,我听说过你。"我努力让声音压过了暴风雪的呼啸声,"瓦默克·塔尔提过你的名字。"

"塔尔?他——"

第十四章

"那个给你机会闯进列车的人?"我打断了他的话,"不出所料。我总感觉他在尾随我。"

"到此为止吧,我们一决胜负。"

"到此为止?放弃抵抗吧。"

"我不会。"

"好。庞提乌斯给你们部族付了多少钱?"

"庞提乌斯是谁?"

"那么'弯刀','利刃弯刀'呢?"

"闭嘴。"

他再次开火,向我发起了冲刺,左手甩出一把动力剑。巴伯瑞萨特击退了呼啸而过的子弹,旋即我使出了一招尤伟萨式,格挡住对方闪闪发光的剑刃。剑锋交会处迸发出能量体碰撞的刺耳噪声。

当艾特里克企图再次射击时,我切换为双手持剑,挥舞巴伯瑞萨特,左右交替地劈砍。剑刃切开了对方的枪身,只留下孤零零的手柄。但部族长的剑非同小可,那是一柄坚韧牢固、年代久远的猎鹰短剑。短剑径直朝我刺来,剑尖刺穿了我的右肩。我痛得低吼了一声。

我怒吼着使用了一记勒瑟夫式,弹开了他的刺击,紧接着旋动握柄,重心向前,用逆乌尔萨式挡了另外两次快速劈砍。艾特里克是个大块头,臂展很长,力量惊人。这就意味着即便是在我看来很远距离的捅刺也破坏性极强。我不知道他使用的是什么流派的剑术,我只知道维萨人的战士极其看重剑术,并将其列为三项最主要的战斗技能之一。他们在训练中磨炼剑技的时间与练习射击、徒手搏斗的时间一样长。还有一个不容忽视的事实,他手中的武器是一柄削铁如泥的宝剑,这件传家宝也证明了他是一位名副其实的剑术大师。

我的剑术则融合了众多派别,但核心是厄尔维拉剑法。"厄尔维拉"的意思是刀锋的天赋,是卡瑟人独有的精湛剑术。

在阿泰纳特的特快列车上,哪怕再烂熟于心的剑法都无法运用自如。我们两人光是站稳都十分困难,靴子在结冰的金属上不住地滑动,狂风拍打在我们身上。

他的每一次进攻都集中在我的肩颈上方,企图一剑封喉。我不得不牢牢握住剑柄,将剑刃竖起勉强招架,用塔恩费式保护自己的头部和双耳。我自己的进攻则要低一些，连续用以冯乌尔式、冯乌因式瞄准对方的心脏、腹部和持剑的手。

他的防守十分精妙，尤其是向侧后方的滑步，每一次都能避开我企图从侧面挑刺的冯贝伊式。我的进攻并没有破解他的防御。他的进攻则带有独特的节奏感，而且每一击都出其不意，让我根本无法通过预判占得先机。他的剑法世所罕见。

我想知道这是否就是庞提乌斯·格劳雇用这些维萨人的原因。他对战士的技巧和出身十分看重，并深谙此道。能让他一掷千金的决不是普通的杀手，而是杀戮艺术的大师。

不得不说，部族长艾特里克是一个物有所值的选择。

我猛然意识到，雇佣兵行云流水的格挡与反击已经将我逼退到了第三、四节车厢之间的空隙。我已经走投无路，面临的战斗选择也屈指可数。我不敢向后跳，尤其在无暇转头观察的情况下——我在目光离开他的剑的那一刻，必定会身首异处。我知道他正准备发起致命的正面攻击，要么趁着我无力招架，将我杀死，要么逼我坠下列车。

卡瑟剑法曾经教导我，当敌人的致命一击近在眼前而无法避免时，唯一有价值的反应是削弱或控制那一击。这种剑技有很多种形式，被统一称作"格库阿芙式"，意思是悬崖勒马。将对手想象为一头难以驾驭的坐骑，无论你怎样阻拦，它都会奋不顾身地冲下悬崖。而你的刀锋是一根长长的缰绳，能够自如地控制它的行动。艾特里克想要以弓步发力劈砍，所以我就应当限制弓步的空间。我摆出了恩库尔撒式的防御姿态，双手持剑，剑柄高度过肩，剑刃向下，与水平呈三十五度夹角。如若他想要侧身或迈步靠近，巴伯瑞萨特的锋利侧刃将予以重创。我逼迫他将注意力集中在下盘，从他的进攻方式看，他并不习惯进攻腰腹以下的部位。对于这名身材高大的剑士，那样进攻意味着重心过低与失去平衡。

艾特里克勉强迈出了一个弓步，肩膀向下倾斜，手中的剑柄与腰齐高，剑身向上挑刺过来。我的"缰绳"完全影响了他出击的高度与方向。

我没有选择后退，更没有试图倾斜剑刃格挡，而是侧步躲开，如同一名曼卡雷尔狂欢节表演上的斗牛士避开一头狂奔而来的极光兽。他的挑刺落了个空。

他想收手，但剑上已经使出了全力。他的左脚踢在屋顶的坚冰上，右脚早已滑出。艾特里克心知为时已晚，咒骂了一声，做了他唯一能做的事。他利用弓步的惯性，高高跃起。

他跳到了下一节车厢顶部，胸部和手臂猛地砸在车顶上，双腿在下落的过程中踢蹬扭转。他的猎鹰短剑上有一个倒钩，他猛地抡出短剑，死死钩住了车厢顶部。他的靴子挣扎着踩在了车厢间相连的防雨塑料棚上。

优势稍纵即逝，我本可以趁此机会获得胜利。但我的快速滑步也让我付出了代价，在结冰的屋顶上，我也没能保持平衡。我的双腿出于惯性向前滑出，仰面摔倒在地。我尽可能在翻滚的过程中用手抓住什么，但这也让我手中的巴伯瑞萨特松脱了。那柄利刃从车厢顶端的边缘处滚落，叮当作响。

我勉强支撑着身体。艾特里克已经调整了重心，倒钩在屋顶上发出尖锐的摩擦声。他用靴尖用力踢了几下，爬上了四号车厢的车顶，回头看了看我。当他发现我的处境比他还要糟糕时，发出了刺耳的嘲笑声。

他向我小心翼翼地迈了几步，跨过连接车厢的铰链顶部，随后又跨了一步，口中仍然不住地狂笑。他调整重心，准备了结我的性命。

再走近两步，我就会进入他的刺击范围。

我调整抓握的姿势，将重心集中在更牢固的一侧，尝试腾出了另一只手在身上拼命搜寻。

艾特里克出现在了车厢边缘，他迈出最后一步，剑尖向我直刺过来。直到此时，他才发现自己正面朝下，迎接着我自动手枪的枪口。

用子弹结束一场剑术对决，这显然违反了厄尔维拉剑法的规则。卡瑟的剑术大师们恐怕要以我为耻了，尽管当时的我似乎已经没有什么荣誉可言。

我只开了一枪。子弹轰开了他的胸腔，将他向后震飞。艾特里克的脸上露出了被欺骗后难以置信的表情，消失在了车厢的另一端。

返回车厢的过程中，我已经因为严寒与战斗而精疲力竭。上层走廊里挤满了人。乘务员正说服惊魂未定的乘客返回原来的车厢。车组人员困惑且沮丧地看着列车的一片狼藉和那三具维萨人的尸体。伊琳娜正在与一个列车长打扮的人激烈地争论着什么。

我沿着窗口钻进车厢时，几乎所有人都惊愕地回头看着我，有人发出了惊叫。我在窗口的碎玻璃的反光中瞥见了一幕：我的手臂和下巴伤痕累累，浑身上下都是凝固的血液。

科里琪娅和埃莫斯推开人群，关切地站在我身边。

"我没事。"

"让我看看……黄金王座啊！"科里琪娅惊呼道，扭着我的脑袋研究起我下巴上的伤口。

"别大惊小怪。"

"你需要——"

"现在不是时候。米迪亚还好吗？"

"很好。"埃莫斯说。

"你们都没有受伤吧？"

"你受的伤够我们忙活的了。"科里琪娅说。

"这伤真的不算什么。"我说。

"是的。"埃莫斯表示同意，"和他受过的伤相比，确实不算什么。"

伊琳娜还在与列车长争吵。列车长的态度似乎十分恶劣。他是一名身材魁梧的男子，身穿锦缎缝制、装饰华丽的大陆轨道运输公司的制服，头戴着海军风格的帽子。显然，他已经十分年迈，双眼、双耳和鼻子都做过器官移植手术，取而代之的是黑色金属制成的功能调节装置，或许是车组工程师们为他手工锻造的，就连他的牙齿都是由铸铁制成的，下巴上镶嵌着一副浓密的白胡须。他名叫奥利文德·苏克。我事后得知，他担任这趟阿泰纳特列车的负责人已经长达三百七十八年。他本人看上去就像一个长着花白胡须的火车头。

我把伊琳娜拉到一旁，与他正面相对。

"我需要一个解释。"苏克怒吼道，他声如洪钟，话音从机械般的喉咙中发出，"我需要你为这样的……暴行做出解释。在阿泰纳特的列车上从没有发生过如此恶劣的暴力行径和令人发指的——"

"令人发指？"我反问道。

"你对这件事负责？"他问。

"我不会主动选择让这件事发生。但是……我确实对这件事负责。"

"立刻逮捕他！"苏克大喊。警笛声大作，两名魁梧的保安人员从特快列车的应急储物柜中取出了手枪，向我靠拢过来。

"这里死了三个人，外面还有三个。"我无视气势汹汹的警卫，心平气和地注视着列车长的双眼——那双眼睛在机械的控制下眨动着，"他们全副武装，武器精良……都是刀口舔血的战士。你觉得逮捕一个刚刚杀了他们的人算是明智之举吗？"

走廊上一片寂静，但那寂静却比窗外呼啸的暴风雪还要令人窒息。所有的目光都集中在我们身上，包括最后一名被赶出去的乘客。苏克警惕起来。

"我可以私下向您解释吗？"我提议道。

我们走进了一间被疏散的车厢。我打开了套间内微型编码器的铰链木盖，将机器切换到了全息投影模式，将我的印记戒指抵在数据读取器上。这张小桌案立刻投射出了一幅全息图像，图像的背景是审判庭标志，上面写满了我的资质和证件细节，以及缓慢旋转的我的三维扫描头像。

"我是赫里甘审判庭的审判官，格雷戈·艾森霍恩。"苏克和他的护卫全都瞠目结舌。

"你是想现在接受这个事实，还是希望我的头像在你面前继续旋转下去，直到你百分之百确定为止？"

列车长盯着我，似乎正努力将刚刚想说的话咽回去。"我很抱歉，大人。"他说，"大陆轨道运输应该如何为您效劳？"

"嗯，先生，你可以先重新发动这趟车。"

"但是——"

我已经失去了耐心。"列车长先生，这趟旅途中，我一直在隐姓埋名。但现在已经没办法继续了。既然我审判官的身份已经暴露，那么我别无选择，我只能采用审判官的方式。这列火车已经被我征用了。"

我们停留了很久，时间足够工程师们对刹车系统进行全面维护，并修复了爆炸中被破坏的车窗。期间，列车警卫在我的直接带领下搜查了整个列车，寻找没有车票的乘客。

我裹着车组人员配发的隔热装备，在车外找到了巴伯瑞萨特。它似乎正在抱怨自己被遗弃在暴风雪中的遭遇。我将焕发着灵能的剑刃收入刀鞘，转身去检查那三名四肢摊开、早已冻僵的耶尼切里雇佣兵的尸体。

列车在清晨五点继续前行，此后就没有中断过。我们在呼啸声中离开了黑夜，迎来了温暖的黎明。沿途的积雪很厚，但暴风雪已经明显减弱。

列车长苏克将动力引擎的功率开到了安全允许的最高水平。列车从阿泰纳特山脉的南侧穿出，驶入了丘陵地带和岩石遍地的冰川平原。如果我醒着，或许能看到紧邻着森林与落叶林的牧场与碎石滩，或许能看到辽阔的南部高原上的小村庄，在清晨阳光的沐浴下渐渐苏醒。

但我的伤口包扎好还没多久，我就沉沉地睡去。巴伯瑞萨特也在我身边沉睡。科里琪娅在一旁照看着我。

我在傍晚五点醒来，列车仍在飞驰。按照计划，我们将在午夜抵达新吉弗。我对苏克下达了严格的命令，除非再次深陷绝境，不到迫不得已的关头，切不可对外透露任何消息。

庞提乌斯极有可能在新吉弗再次设下埋伏。我仔细研究了路线图，思考着是否要让苏克在新吉弗北侧城镇的一处通信站停留——这次停留并不在列车时刻表中。或许，我们届时可以提前下车，并租一辆飞艇，而列车则继续向城市中央行驶。

但我认为我那位精明冷酷的敌人或许早就预料到了这一步。况且在敌人极有可能设伏的情形下，乘坐飞艇堂而皇之地抵达这座鱼龙混杂的大型城市并不是明智的选择。

我躺在车厢的卧榻上，开始冥想。高原上的自然风光在窗外掠过。米迪亚已经能够站立，此刻正四处走动。她看上去有些痛苦，吃力地踱步，而最让我意外的是，她居然用我的符文杖作拐杖。所有人中，也只有她才有这样的胆量。

她一瘸一拐地走进我的小屋，扑通一声坐在床边，伸手抚摸着酸痛的后背。科里琪娅在对面的床铺上睡着了。

"没有一刻清闲，是吧？"米迪亚说。

"没有。"

她朝着科里琪娅点了点头。"她与你寸步不离，格雷戈。一整天了。"

"我知道。"

"她不只是普通朋友，是吗？"

"是的，米迪亚。"

"你和你的秘密……"

"我知道。"

"你从没对我说过。"

"我从没对任何人说过。科里琪娅·贝斯柴尔德的隐私值得保护。"

她瞥了我一眼。"格雷戈·艾森霍恩的隐私也值得保护，不是吗？你或许是一位令人闻风丧胆、心狠手辣的审判官，但你也是个有七情六欲的人。在艰辛的工作之外，你有自己的生活。"

我思索了片刻。悲哀的是，我不同意她说的话。

"但你们又聚在一起了，你和这位好医生。"

"我们重续了友谊，我不会再放手了。"

"是啊，重续。"她对我比画了一个很不文雅的手势，但非常形象。

我只能苦笑。"你除了这些粗俗到极点的模仿外，还能学点别的吗？"

"当然有别的。我们到目的地之后做些什么？"

第十四章

新吉弗是一座由无数金字塔相连形成的巨大巢都，城市的主体覆盖了萨纳斯三角洲。在我们抵达前的一个多小时内，已经能看到远处楼宇上闪烁的灯光。距离午夜两分钟的时候，横跨阿泰纳特山脉的列车在轰鸣中驶入了站台，制动装置发出了嘶嘶声。我走在人群前面，大步穿过拱形玻璃屋顶下的宽阔大厅，并走进了月台附近的星语者公会办公室。

我访问了"神盾"账户，并阅读了纳尔的回信。他在信中表示，这次经历与伊肯星腹背受敌的困境一样，并对毒巫萨蒂亚表达了唾弃。他表明中坚号已经准备就绪，他将在次日中午，在一家名为恩提保罗的酒吧里等候。它位于四号巢都的第六十层。

我悲伤地读完了他的来信，随后看了一眼工作人员。"只回复一句话：玫瑰尖刺出席。发出吧。"

第二天中午，距离正午还有一分钟的时间，我走进了恩提保罗的酒吧大门。它是一座用喷漆铝管和扇形钢板拼接而成的建筑，从外表看，如同一只构思精巧的牢笼。屋子里的灯光伴随着音乐的节奏，不断地跳跃鼓动。酒吧的主人似乎刻意地想将这里营造得阴森恐怖，但这只是哗众取宠，吸引客流的手段罢了。这里本质上是一个供巢都工人、内政部办事员在午餐时间或下班后消遣的地方，一个与迷人女孩幽会取乐的所在，偶尔还是人们在庆祝升职、退休或生日时举办酒会的理想场所。

我曾经去过真正的变种人酒吧，听过那些震人耳膜的打击乐。此时此刻，这间酒吧的气氛截然不同，是个掩人耳目的戏台。

我穿着埃莫斯的学者长袍，将兜帽高高拉起，戴着我从列车上借的呼吸面罩。我希望伪装成一位利用午休时间寻找消遣的科技修士，或是忙里偷闲和女孩约会的机械工程师。

酒吧很空旷，几乎没有人。一名看上去百无聊赖的酒保正在狭窄的吧台后方擦拭玻璃，两名身穿制服的女服务员在后门边聊天，她们像拿着防爆盾牌一样提着玻璃托盘。酒吧正中央零零散散地坐着六个客人，其中有一人戴着兜帽，背对着大门独自小酌。

我坐在其中一张桌边。一名女服务员走了过来。她身上带有浓烈的暗影烟气味，在眉笔的勾画修饰下，一双大眼睛格外明亮。

"想来点什么？"

"滕德利麦酒，两倍浓度，要冰镇的。"

"好嘞。"她应和一声，转身离去。

音乐继续在耳畔轰鸣。她用托盘端来了一杯酒。那只杯子看上去是玻璃的，实际上却是用冰块压制而成的。她把杯子放在了桌上，伸手接住了我抛给她的硬币。

"零钱留着吧。"我口齿不清地说。

"大款呀。"她挑衅地说了一句，又踱步走开，臀部没有必要地扭动着。

我没有动那杯酒。冰杯逐渐融化，油状的液体在桌面上流淌。

那个头戴兜帽的人站起身，向我走了过来。

"玫瑰尖刺？"

我抬起头。"是我。"

她放下兜帽，挂在双肩，露出了五官和一头黑直长发。她身材纤细，眼影浓重，眼中散发着翠玉般的光泽。

来人不是哈伦·纳尔，是马拉·塔雷。

她坐在我对面，将我桌上的酒一饮而尽，舔舐着残留在修长手指上的冰水。

"你知道，我们迟早会逮住您。"

"我也这么想。'我们'指的是谁？"

其他的酒客同时站了起来，在我们四周围成一圈。马拉·塔雷打了一个响指，他们全都掀起外套或斗篷，露出了贴身携带的枪械。她又一个响指，那些武器就都消失了。

"这是个陷阱？"

"当然了。"

"那些信件不是纳尔发的？"

"毫无疑问。"

"你们破译了格罗西亚暗语？"

"我们真聪明，不是吗？"

我倚在椅背上。"你们是怎么做到的？"

"您真的很想知道呢，艾森霍恩。"

我耸了耸肩。"我已经无处可逃了。这些人应该也都是训练有素的维萨人，不是吗？我终究难逃一死，不妨说说你的手段。"

"我想你已经猜到答案了。"她说。她自鸣得意地笑着。我感到她强大的意念正试图读取我的思维。

"是杰库德·万斯？"

"太对了，艾森霍恩先生。您的星语者起到了很大的作用。当然是在恰当地说服的前提下，而耶尼切里最擅长的就是说服。万斯假扮成了纳尔，发出了那些信。他对你们的暗语了如指掌。"

她再次对我释放了灵能探针。

"你用了灵能防护？"她蹙眉道，脸色也阴沉了许多。

"我当然用了。倘若形势逆转，你也会这么做。但我不得不说，我很失望。我本以为庞提乌斯会亲自埋伏在这里，毕竟这是个酝酿已久、布置精巧的陷阱。这将是艾森霍恩的最后一战。他理应像过去一样彬彬有礼地等我出现，并亲耳聆听我的临终遗言。"

"庞提乌斯自有要事……"她厉声反驳，突然意识到自己似乎说了不该说的话。

"感谢你帮我确认了这一点。"

"你这个杂种！"她恼羞成怒，"你死定了！知道这个又有什么用？你已经掉进了我们的陷阱！"

"没错，确实是个陷阱。"

她愣了一下。四周的耶尼切里雇佣兵闻言，同时拔出了枪。酒保和服务员见状，惊恐地四散奔逃。

马拉·塔雷缓缓伸出手，扯掉了我的呼吸面具。

"艾特里克？"她瞪大了翠绿色的眼睛，满脸惊诧。

"是的。"我坐在三公里外一间被反锁的客房内，手持符文杖，汗流浃背地释放出一股股意志之力，远程操纵着艾特里克的尸体。

塔雷一跃而起，撞翻了身后的椅子。

"该死！"她叫嚣道，"他识破了！他识破了我们的计谋！可他怎么做到的？"

"你们或许能够逼迫万斯模仿纳尔的口吻，甚至在书信中熟练地使用格罗西亚暗语。但杰库德·万斯并不像纳尔那样掌握各个行动的细节。我们是在莱斯十一星击败毒巫萨蒂亚的，而非在伊肯星。"我通过艾特里克之口说道。

马拉·塔雷抽出了一把等离子手枪，朝着艾特里克的胸口开了一枪。四周的维萨人也用自动手枪和激光枪向"我"扫射。

就在我的傀儡被子弹撕碎时，我释放出了一道致命的亚空间涡流——自从我召唤它以来，就一直将它封存在脑海中。

它从艾特里克破碎的躯壳中涌出，并快速席卷开来，爆燃的烈焰将现场的耶尼切里雇佣兵恩提保罗酒吧，连同巢都第六十层方圆五十米内的一切焚烧殆尽。

马拉·塔雷的身体在顷刻间化作齑粉。在她生命的最后几毫秒,她的灵能防护因为恐惧而土崩瓦解。我从她灵能者的意念中捕捉到了极为珍贵的一幕。

虽然那只是匆匆一瞥,转瞬即逝,但已经足够。

足够我确定一点:我成功诛杀了帝国大敌——庞提乌斯·格劳的亲生女儿。

第十五章

圣所，狂怒的费希格

特因撒式

普罗莫迪

宿敌

十五天后，我们已经远离了新吉弗，也已经远离了古德伦。我暂时挣脱了"利刃弯刀"的魔爪。

我，或者说我的傀儡和马拉·塔雷在中巢都酒吧碰面前的早晨，埃莫斯和我租用了一艘名为"维斯滕之魂"的轻型客机。当天晚上，我们就驶离了那颗星球。从古德伦出发的五天半之后，我们就在赛托船港与伊森号会合了。

我的老朋友托比亚斯·马希拉是伊森号的船长，其言行离经叛道。他毫不犹豫地响应了那句暗语——圣所，并立刻中断了在赫里甘次星区的全部商业活动，全速赶往古德伦世界。他从未正式参与过我的行动，但他是一位坚定可靠的盟友，曾经多次为我们提供运载服务。

自始至终，他都在宣称自己之所以帮助我们，主要是出于两点：其一是金钱——事实上，我为了感激他的协助从未吝惜过活动经费；其二是与帝国审判庭保持良好的合作关系。而我私下里却不以为然，他对我的忠诚源于一种根植在内心深处的冒险精神。帮助我完成横跨各大星系的远航，要比在赫里甘的各个世界之间穿梭更令他振奋。

没有任何一艘船，没有任何一名船长能比伊森号和托比亚斯·马希拉更值得我的信任。如今，我的生活支离破碎，无路可逃，我的敌人循着我的血迹欲置我于死地，而他是我寻求援助的对象。

我从来不怀疑慷慨激昂的马希拉对团队士气的提振作用。事实上，在新吉弗发生的事让多数成员都感到了不安。

这主要归咎于我。

当我意识到"纳尔"不过是格劳的另一个骗局、另一个引诱我落入陷阱的诡计时，我将计就计，设置了一个更隐蔽的陷阱。《恶魔禁典》中的一些章节记载了创造并远程控制尸奴的禁术。"尸奴"特指被灵能操纵的肉体傀儡。我从未尝试过这样的禁忌咒术，因为它十分残忍。根据书中记载，这种咒术对于刚刚死亡的尸体最为有效。但从另一个角度看，它只是我意志之力的另一种巧妙的使用方法，刚好能让我达到反制敌人的目的。

我没有向众人详细说明我要做的事，但米迪亚、伊琳娜、科里琪娅和埃莫斯显然觉察出某件不同寻常的事情正在酝酿。当我将艾特里克的尸体从列车上偷偷带回到我们在四号巢都的临时住处时，他们都显得忧心忡忡。科里琪娅含糊其词地说了我夺走尸体的过程，一旁的米迪亚听得一头雾水。当初在我们离开米廓尔，登上瑰丽号返航时，米迪亚对我越界过多的顾虑不屑一顾，甚至认为这不过是一个玩笑。她似乎完全接受了我使用切鲁贝尔这件事。

此时此刻，她似乎有些动摇。

就连见多识广的埃莫斯也感到了彷徨。自从他看到我将《恶魔禁典》从保险柜中取出后，就没说过一句话。而他曾经多次表示，他对我的判断深信不疑。

但我俩之间的气氛已经发生了微妙的变化。

就在我举行禁忌的仪式时，我将他们全都拦在了门外，这或许是一个错误。除了天生感受不到灵能的伊琳娜以外，仪式所产生的邪恶气息让所有人都感到汗毛倒竖。

我过去从未使用过亚空间涡流，但它是我通过一具尸体克敌制胜的唯一武器。如今追忆起来，我不禁怀疑《恶魔禁典》是否早就将那些可憎的念头灌输进了我的脑海。

涡流起到了预期的效果。释放出的邪能将试图围困我的敌人撕成了碎片。但我恐怕此生都不会再使用那样的咒术。施咒过程产生的震荡反馈让我陷入了昏迷，我之后连续两天都虚弱无比。我的挚友们听到异动，破门而入的一刻，必定被眼前的景象吓得不轻。地板上满是灵能炙烤留下的残渣，墙面上流淌着融化的浆液——依稀还能辨认出我涂抹在墙上的符文轮廓。我想，在他们眼中，这或许是我第一次尝试自己无法控制的事物。

或许他们是对的。

他们对这件事绝口不提。埃莫斯在我一旁的地板上看到了《恶魔禁典》，趁其他人还没有看到，立刻将它塞进了口袋。事后，在"维斯滕之魂"上，

第十五章

他悄悄将经卷递给了我。

"我不想再碰到它。"他说,"我也不想再看到它。"

埃莫斯的反应令我感到沮丧。他穷尽毕生,追求人类所能掌握的一切知识——他对于神秘学识的渴望已经上升为了一种病态的强迫症——但由于《恶魔禁典》至暗至邪的本质,他终究放弃了这个全银河独一无二的奥秘之源。我本以为只有他才能意识到这本典籍的价值。

"这是《恶魔禁典》,是吗?"

"是的。"

"他们一直没能找到它。在法尔尼斯贝塔星,奎索斯伏诛之后,修会的人为了它费尽周章,却一直没能找到它。"

"没错。"

"因为它被你占为己有,你欺骗了他们。"

"是的,这是我的决定。"

"我懂了。你也通过它学会控制恶魔宿主的法门?"

"是的。"

"我对你相当失望,格雷戈。"

和任何时候一样,马希拉都是一位完美的主人。当我们走进他的舰船,总会感到精神愉悦,原本的烦恼一扫而空。此刻,马希拉正在伊森号右舷的登机口等候我们。他穿着一身柔软的格子长袍,用金星图案的别针将一枚海蓝色的丝绸领结固定在领口,戴着一顶装饰着银色流苏的紫色翻毛圆帽。他的皮肤被染成了亮白色,眼睛上方画着两颗黑色的心形眉毛。在左耳垂的钻石耳环和镶嵌在鼻翼上的蓝宝石鼻钉之间,悬挂着一条精致的铂金细链。在他身后,镀金的机仆正端着茶点等候。他向我们热情地致意,用挑逗的语气问候米迪亚,看到科里琪娅和伊琳娜这两位素未谋面的女性时,他夸张地表示了惊讶与喜悦之情。

"去哪儿?"这是他见我的第一句话。

"让我先借你的领航员一用,向我们第一次见面的星球进发。"

我用暗语向费希格写了一封信,示意他尽快改变路线,避开古德伦,换一个世界与我会合。"尖刺期盼猎犬，六时会师于猎犬的摇篮。"马希拉的无名领航员肤色苍白，开始执行超速传送的工作，并操纵伊森号以最大功率跃入了亚空间。

和往常一样，我在炼狱般的亚空间中总是难以入眠。于是，我与马希拉相约在会客室。他是个喋喋不休的人，每当我们聚在一起，他总能和我滔滔不绝地聊上几个小时。陪伴在他左右的船员们并不是人类，而是没有感情的机仆，因此他渴望尽可能多地陪伴我。

但我一直期待与他私下交谈。我从未向他吐露过任何秘密，但此刻，我觉得他或许是整个帝国唯一一个能心平气和地聆听我心声的人。即便不那么心平气和，至少也不会对我恶言相向，妄加批评。马希拉是个天生的冒险家。他从不会为自己违法乱纪的行为推脱责任。他的一生都在试探帝国律法和一切规则，热衷于挑战制度的边界。我想知道，他是如何看待我的。

他的会客室位于伊森号如同教堂般宏伟的舰桥后，是一间奢华的双层大厅。大厅中央摆放着一张由杜拉合金打磨而成、能容纳十人同时就餐的宴会桌，我曾经多次在这里用餐。这张名贵的餐桌占据了穹顶下的高台。那座穹顶的构思更加精巧，马希拉的手杖能操纵它向外开启，成为一个能观察到外部环境的泡状窗口。

穹顶下的高台两侧安装着两组优美的弧形楼梯。楼梯的栏杆是由特拉木精雕细琢而成的。据马希拉说，木材来自著名的古船鹦鹉螺号的二十根桅杆。楼梯一直延伸到了这座宽阔大厅的大理石地板。包括绘画、雕塑、古玩、全息图像在内的各种奇珍异宝被摆放在大厅水晶石柱之间，供人观赏，有些被保管在静滞力场的柔和光芒里，有些则悬浮在透明的反重力射线中。

沙发和座椅被摆放在房间中央的奢华的长方形奥利塔里地毯上，有着卷轴形状、外观典雅的扶手，表面覆盖着一层透光的桑帕尼斯薄纱。光是一条地毯就价值连城。房间里有六盏透亮的树枝状吊灯，全都是巧夺天工的玻璃制品。每盏吊灯上都固定着一块小巧的反重力板，优雅地飘浮在碟形的天花板下方。

我坐在沙发上，从马希拉手中接过了一杯上好的阿玛斯克酒。"你看上去心事重重，似乎迫不及待地想说些什么，格雷戈。"他在我对面坐下。

"我的心思这么容易揣测吗？"

"不，我恐怕你要讲述的不止一两宗案件那么简单。我过去几个月的经历太枯燥了。当我认识的唯一能让我领略到惊心动魄、离奇怪诞的故事的人向我求助时，我根本按捺不住激动的心情。"

他将一根洛草烟棒插进一根修长的银质容器中，用安装着微缩装置的戒指轻轻一弹，点燃了烟头。他重新坐了下来，开始吞云吐雾，娴熟地晃动着杯中的阿玛斯克酒。

"我……"我欲言又止，思绪万千，不知道该从何说起。

他放下酒杯，像魔术师一样挥了挥手杖。我感到气压发生了微妙的变化，让人感到轻微的沉闷。

"你可以畅所欲言。"他说，"我已经激活了这个房间的隐蔽力场。"

"事实上，"我坦言，"我之所以犹豫是因为不知道该说什么。"

"我精通航行，格雷戈。根据我的经验，旅途里最让人愉悦的地方往往是——"

"起点？我知道。"

刚开始，我的描述十分笼统，但伴随着事态的发展，我很快就开始讲述细节，杜若尔、图林，与血意号、切鲁贝尔的战斗。但当我说起伊丽莎白时，他染色的面庞悲伤地扭曲成了一团，如同夸张的小丑——但我知道他是发自内心地感到难过。他一直很喜欢贝坤。

尽管我接受了他从头开始的建议，但我越往后讲述，就越意识到自己并没有从头开始。我不停地回忆过往，填补细节。为了解释切鲁贝尔的起因，我甚至讲解了法尔尼斯贝塔星上与奎索斯斗争的全过程，而这段经历又与我在辛卡尔的任务密切相关。我向他讲述了斯波顿府邸的突袭和我们横穿古德伦的经历。我又说起了次星区发生的一系列谋杀与暴行。他与哈伦·纳尔、内森·因沙贝尔都是旧相识，更不用说团队里的其他成员。我一一列举了庞提乌斯·格劳采取的复仇行动。

一旦开始，我就无法停下。我毫无保留地诉说着一切，仿佛这些经历是我沉重的负担。我确实感到了解脱。我解释了关于《恶魔禁典》的事，以及保留这本典籍让我付出的惨痛代价。我告诉他我动用了恶魔宿主，以及尸奴傀儡和亚空间涡流的咒术。我讲述了与格劳在辛卡尔达成的交易，以及他借此机会重获力量，进而成为我最致命威胁的全过程。

宿敌

"所有人，托比亚斯，我麾下的全部人员——用你的话说，是我的全部亲信。除了你、费希格及刚刚登船的寥寥无几的成员外，他们全都因为我当初在辛卡尔的选择而死。两百名帝国的忠仆在突袭中殉身，两百个将一生奉献给帝国、忠心耿耿、无怨无悔地追随着我的人……全都因为我的固执而殒命。我还没有算上屠杀发生前就在杜若尔阵亡的保罗·拉斯、杜克兰·哈尔，以及那个可怜虫维尔沃克。还有布尔神甫——他一定在格劳逃脱时就遭了毒手。"

"我能纠正你一个错误吗，格雷戈？"

"请讲。"

"你刚刚说他们因你而死。他们忠心耿耿地追随着你，但恐怕并非如此吧？"

"你想说什么？"

"你是否仍然坚信，你在效忠于神皇？"

"该死，当然了！"

"那么他们就是为神皇献身的。他们在追随神皇的过程中殉职。对于任何一名帝国公民而言，除此之外，还能有怎样的奢求？"

"恐怕你没有听懂，马希拉——"

他站起身。"不，恐怕没有听懂的人是你。你甚至没有听懂你自己的心声。当局者迷，我只不过说出了你长久以来忽略的事实。"

他在会客室中央的走廊上踱步，站在一幅帝国战士的画像前。那幅画历史久远，我不想过多追究他究竟是怎么获得这幅画的。

"你知道这是谁吗？"

"不知道。"

"这是战帅特弗尔克。在将近五十个世纪前，他参与了平叛战争，并担任帝国总指挥。这已经是古代史了。我们多数人都不知道这场战争的前因后果。在科罗萨战役中，特弗尔克向战场投放了超过四百万人的帝国卫队。四百万，格雷戈。幸亏我们不会再打这么大规模的仗了。当然，那时候人们信奉着'帝国至上'，对战帅推崇至极。无论如何，特弗尔克取得了战争的胜利。就连他的参谋都一致认定他无法取得科罗萨的胜利，但他确实做到了。在全部四百万人中，只有九万人活着离开了战场。"

讲到这里，马希拉转过身看着我。"你知道他在回忆录中是怎么说的吗？

他是如何评价这场惨痛的战争的？"

我摇了摇头。

"他说能如此出色地完成神皇赋予的使命，是他一生中最高的荣誉。"

"我为他感到荣幸。"

"你没理解我的意思，格雷戈。特弗尔克决不是杀人如麻的屠夫，更不是沽名钓誉的暴徒。认识他的人都说他有慈悲之心，体恤下属，公平慷慨，深受士卒的爱戴。然而，就在他力挽狂澜的关键时刻，他丝毫不后悔为了守护帝国付出了那样惨痛的代价。"

马希拉又坐了下来。

"我认为这就是你感到负罪感的原因。你的愧疚并无必要。为了神皇的伟业，你不得不克服常人难以想象的恐惧，不得不做出常人闻所未闻的抉择。你需要大胆履行你的义务，并坦然接受对应的后果。我很确定，特弗尔克在那场血腥的战役后，连续多年都会辗转难眠，但他独自扛下了那些苦痛，无怨无悔。"

"统兵打仗和审判庭的职责不一样，我——"

"我不敢苟同。帝国社会就是你的战场。你的队友就是你的士兵。而士兵只是资源，军事资源，他们原本就是用来使用、消耗的。你需要用好你的资源赢得战斗。你提到的那本书……那个恶魔宿主，他听上去似乎有种独特的魅力。我想见这个人一面。"

"我保证你会后悔这么想。另外，它不是人，是一头邪物。"

马希拉耸了耸肩。"我猜你之所以迫不及待地和我讲述这些事，是因为你需要一双乐意倾听的耳朵。我是个老行商浪人，什么事没见过。"有些时候，我觉得马希拉也掌握了读心术。

"让我告诉你一些事吧，格雷戈。我虽然视你如手足兄弟，但我们之间却是天壤之别。我不过是一个退休的行商浪人，大众眼中的江湖骗子、市井无赖。我一生恶行无数，从不屈服于任何一条律法——我打破禁忌，无视法律，唾弃一切维系秩序的条条框框——无论我身在何处，或者使用怎样的手段，我都有一颗热爱冒险的灵魂。但如果仅凭这一点，你我确实是同道中人。你也违背了帝国律法，打破了审判庭的禁忌。你现在，毫无疑问，已经成为一名激进派。但是格雷戈，你我的相似性也仅此而已。我打破律法是为了一己私利——为了扩大我的财富积累与声望，谋求更奢靡的生活。我只为了自己而活，但你却不同。你之所以一再越界，是为了坚守你所信仰的体系，为了效忠你侍奉祈福的神皇。艾森霍恩，这足以证明你比任何人都要纯净。"

他情感充沛的言论着实出乎我的意料。他最后的话更让我心中一惊——这件事从未有人对我提过——我已经成为激进派。这是什么时候发生的？我的行为无疑接近了激进派的作风，但这是否让我本人成了激进派？

坐在那间富丽堂皇的大厅中，我意识到马希拉或许真的参透了真相，我始终都在逃避、否认的真相。我已经不再是过去的我了，却丝毫没有意识到自己的改变。我将永远感激托比亚斯·马希拉，感激他一语惊醒梦中人。我感觉平和了许多。

"你没有求助于你在审判庭的上司？"

"没有。"我说着，仍然深陷在被点醒的震惊中。

"因为你必须告诉他们你不愿让他们听到的事？"

"当然。要得到任何官方的协助，我都必须呈交一份完整的报告。如果报告透露了与《恶魔禁典》、切鲁贝尔有关的任何细节，无须过多审查，整条逻辑链就会土崩瓦解。神皇在上。我甚至向他们隐瞒了庞提乌斯·格劳。我该怎么说？庞提乌斯·格劳正在瓦解我的部队。他从哪里来的，我的审判官大导师？实话实说吧，我几个世纪以来一直知道他的存在，但我一直瞒着你。而他现在之所以能四处行动，是因为我决定给他一副躯壳。"

他咯咯笑了起来。"我明白了。你会怎么和费希格解释？我亲爱的费希格比我认识的任何人都要疾恶如仇，眼里不容沙子。"

"我会和费希格说清楚。"

"那么，你下一步去哪儿？你刚刚提到了他的女儿，那个灵能者。你杀死她的一瞬间看到了一些东西，是吗？"

我确实看到了。就在亚空间涡流撕碎马拉·塔雷之前，她的灵能屏障彻底瓦解。我所看到的那一幕虽不完整，却包含了很多信息。

"马拉·塔雷比她看上去年长许多。她是庞提乌斯·格劳的私生女，也是格劳从古德伦带到坤瑟斯八号星的婢女。马拉出生于020年，同样遭到了庞提乌斯的项圈腐化。在过去的三百多年里，有不少恶名远扬的异端之徒逃脱了审判官的追查，实际上都是她伪装的。如今她已被灭，不少悬案都可以告破了。"

"庞提乌斯不会善罢甘休。"

"我猜庞提乌斯·格劳比以往任何时候都更想置我于死地。但值得注意的是，他们正在寻找《恶魔禁典》。我从她毫无防范的头脑中捕捉到了这个念头。格劳知道这本书一直为奎索斯所有，而奎索斯死在了我的剑下。他自然能揣测出书落到我的手里。他十分渴望得到它。"

"你知道为什么吗？"

"就在马拉·塔雷死前，我看到了一个干涸世界的图景。干涸的地表之上，只有被掩埋在灰烬中的古城遗迹。格劳似乎在那里寻找什么，他需要《恶魔禁典》提供帮助。"

"他在找什么？"

"我不知道。"

"那个世界在哪儿？"

"我也不知道。但她的头脑中残存着一个名字——古尔。我不知道这个词是什么意思，也不知道它指代的是人还是地方。她当时的意念已然崩溃，信息破碎，不合逻辑。"

"我会在海图册和导航仪中搜索。或许会有答案，谁知道呢？"他向前探了探身子，注视着我，"这本书，这本《恶魔禁典》，我能看看吗？"

"为什么？"

"因为我酷爱珍奇古玩，尤其是独一无二的物件。"

我从外套口袋中取出古书，递给了他。他脸上挂着满足的笑，仔细研究起来。

"看起来平平无奇，但就它包含的内容而言，它无疑是美的。感谢你给我近距离触碰它的机会。"他将书还给我。

"我自己也无法相信我居然会这么说。"他补充道，"或许在所有人里，我是最不会这么干的。但是……如果我是你，我会立刻毁了它。"

"你是对的。我相信我会毁了它。感谢你的时间与热忱，托比亚斯。或许我应该告退了。"

"好好休息。"

"最后一件事。"我说着转过身，看着门廊内的马希拉，"你说过，你经常因为一己私利而触犯律法，其原因都是为了你自己。"

"我是这么说的。"

"那你为什么总会向我伸出援手？"

他咧嘴一笑。"晚安，格雷戈。"

四天后，伊森号抵达了倨傲星。倨傲星是位于赫里甘次星区的一个偏远世界。240年，费希格、贝坤、马希拉和我在那里首次相逢。

而这里也是我们与庞提乌斯·格劳发生交集的地方。命运就像一个古怪的车轮，总会转回原地。

尽管地处偏僻，我安排费希格在这里碰头并不是心血来潮。当他第一次遇见我时，他就在当地的法务部担任惩戒官一职。这里是他的故乡，"猎狗的摇篮"。

每二十九个月之中有十一个月倨傲星的轨道会远离恒星。整颗星球的地表温度将骤降，以至于当地人不得不选择在巨大的冰窖墓穴中冬眠，以等候寒冬的结束。如同永夜的寒冬被当地人称作蛰伏季，那也是我上一次抵达时所处的季节。

但现在，我们正处在融雪季，在蛰伏季与繁茂季之间。

冬眠墓穴空无一人，整座城市正在煞白的阳光下苏醒。人们疯狂地举办宴席和舞会，纵情享乐，大吃大喝。这样的庆典往往会持续三周，意在庆祝整个社会的苏醒。但这样的习俗也极有可能起源于古代人离开长期低温的环境后，恢复身体机能的传统方法，例如：强制性的运动或高热量摄入。

我主动提出降落到地表与他会合。一部分原因是我认为科里琪娅、伊琳娜和米迪亚可以在节庆氛围中放松心情，而马希拉对宴会狂欢总是来者不拒。

但费希格拒绝了，说他很快就会登上伊森号。几小时后，他就驾驶着自己的飞艇抵达。

在他登上星船的一刻，我看得出他十分紧张。他先是满面春风、彬彬有礼地对米迪亚、埃莫斯和马希拉打了招呼。但面对我时显得有些拘谨。

我表示很高兴能再见到他，对他能逃脱格劳的袭击而感到欣喜。

"嗯？格劳？"他问道，他已经得知了关于纺纱小队和其他成员遇袭的全部消息，"我一直在思考真凶是谁。"

宿敌

"我们需要谈谈。"我说。

"是的。"他说,"但不是在这里。"

马希拉将他的会客室让给了我们,我打开了隐蔽力场。

"古德温,我们没有什么需要回避他人的话题。"我说。

"没有吗?格劳杀了除我们以外的所有人。因为——"

"因为什么?"

"你多年前就应该杀了这头怪物,艾森霍恩。或者将它上缴审判庭。你到底在想些什么?"

"和我现在想的一样。我需要做出最优选择。"

"纳尔?因沙贝尔?布尔神甫?苏斯科娃?整支纺纱小队?最优选择?"他用咄咄逼人的语气连续质问道。

"是的,费希格。我从没听过你反对我的决定。"

"好像你会听我的一样!"

"听你的?我会听你的。我从没听你说过要将格劳上缴给审判庭。"

"因为你总是让一切听起来合情合理!仿佛你永远手握真理!"

我耸了耸肩。"不要孩子气,古德温。很多事情都不会按我希望的方向发展,你却将一切归咎于我。我做了我自认为正确的决定。如果你曾经表示反对——任何形式的反对——我会充分考虑你的意见。"

"说得轻巧,太轻巧了!我只是你的走狗,你的马前卒!如果我说要消灭格劳,你会表面答应,然后将他藏在别处。"

"你当真觉得我如此卑鄙?在我所有的伙伴中,我最尊敬的就是你!"

"真的?"他将手套扔在沙发上,躺在马希拉的血爪躺椅中,"是谁让布尔神甫给格劳锻造一具躯体,都没和我们商量过?是谁转眼间就精通如何召唤恶魔?你用堂而皇之的正义借口掩盖了你肮脏的秘密,以至于所有人全都蒙在鼓里,我们甚至还要感谢群星与神皇能有幸追随着你讨伐异端。但你是个伪君子、阴谋家!或许更糟!"

"你是个纯净派,更是个理想主义者,这对你有好处,对我也是。"我低声道,"我非常需要你的帮助,古德温。你是我真正信任的少数几人之一,也是对我直言不讳的少数几人之一。我毁灭格劳的战斗,需要你的加入。我无法相信你会这样离我而去。"

他低头凝视着杯中的酒。"我总是警告你不要越界。"

"我没有越界。但如果你真的这么想……那就走吧。离开这艘船,让我自己完成未尽的使命。我为你这些年立下的汗马功劳心怀感激,但我不接受这样的质疑。"

"你真的这么想?"

"是的。"

他犹豫了片刻。"我曾将性命托付给你,格雷戈。我仰慕你、爱戴你。我始终坚信你是……对的。"

"我现在也是对的。我效忠于神皇,如你一样。收起你的愤懑。或许我们还能一起共事。"

"我需要想想。"

"我给你两天时间,然后我们即刻动身。"

"好吧,两天。"

显然,他思考这个问题只用了一天。

我从伊森号的领航员处收到了一份令我倍感欣喜的信件,连忙去寻找费希格。我发现科里琪娅在甲板中央的套间里,正和马希拉玩弑君棋游戏。短短几天,贝斯柴尔德医生就与他相谈甚欢。

我走进房间时,她站了起来,兴奋地向我展示着身上那件令人惊叹的丝质长袍。"托比亚斯让机仆给我纺的衣服!很美,不是吗?"

"是的。"我点头同意。

"这个可怜的女人连一个像样的衣橱都没有,格雷戈。她居然只带了几个旅行包。这是我力所能及的。你等着看它们为她绣的拉绒长礼服吧。"

"你们看到费希格了吗?"我问。

科里琪娅目光尖锐地看了一眼马希拉,船长连忙低头,一丝不苟地研究着棋局。

"怎么了?"我问。

科里琪娅拉着我的胳膊,将我拽到了窗户边。"他走了,格雷戈。"

"走了?"

"今早走的。他驾驶飞艇走了,真是个可怕的人。"

"他是我的朋友,科里琪娅。"

"我觉得,他不再是了。"

"他说了什么吗?"

"没有。除了简短的告别以外,没对我说,也没对托比亚斯说。不过他昨晚一直没有睡,彻夜都在和米迪亚、埃莫斯聊天。"

"聊了什么?"

"我不知道。我没有参与。当时,托比亚斯带着伊琳娜和我参观了他的艺术收藏。他可真是——"

"他们聊完后,费希格今早就走了?"

"我很喜欢米迪亚这个姑娘,但她好像有那么一点大大咧咧。我从没对他说过你在新吉弗做的那些事。"

"米迪亚说了?"

"有可能是她说了。"

我安排机仆叫来了埃莫斯和米迪亚。他们几乎同时走进了我所在的会客室。两个人看上去都面带尴尬。

"嗯?"

"嗯什么?"米迪亚怒道。

"你们对他说了什么?"

她看向一边。埃莫斯摆弄着学者长袍的衣角。

"我只是想让他明白,格雷戈,明白你当时……做的一切。我想如果他知道了,或许能和我站在同一个角度看问题。"

"真的?你就不动动脑子?他这种动辄上纲上线的死脑筋、纯净派会有什么反应?就当无事发生?"

"我觉得诚实才是朋友相处之道。"埃莫斯喃喃道。米迪亚也在小声嘀咕着什么。

"哦,说出来,让我们都听到!"我怒吼。

"诚实才是相处之道。"米迪亚说,"真是讽刺。"

"怎么讲?"

"你有那么多事从没告诉过我们。你对待朋友从没诚实过。"

"这话从你口中说出,真的很有分量,米迪亚·贝坦科尔。事实上,我相信我已经对你坦白了一切,分享了一切。用我的秘密立过誓言。"

"是的,呃……"她看向一旁,说不出话来。

"黄金王座啊!你都告诉他了,是吗?你对他说了切鲁贝尔,说了《恶魔禁典》,包括格劳和所有的事!"

她转头看着我,眼中噙满泪水。"我以为开诚布公之后,他会理解我们的。"

"难怪他会离开。"我无力地坐下。

"米迪亚和我一样。"埃莫斯说,"我们都在为你辩护,试图让他理解事情的经过,让他用我们的角度看待问题。我们本以为——"

"什么?"

"我们本以为,如果他真的知道了事情的来龙去脉,他会改变主意的。"

"我本以为你们能稍微通点情理。"我说完,大步走出了房间。

伊森号的机库中停靠着几艘飞艇。其中有两艘空运客艇、一艘卸货用的运输船、三艘标准的运输机和几艘小型飞艇。

米迪亚走进来时,我正忙着指挥机仆维护一艘双人飞艇。米迪亚两眼通红,穿着羊毛夹克走上了平台。

"我载你下去。"她说。

"不用。你做的够多了。"

"可这是我的工作,格雷戈!我是你的飞行员!"

"算了吧。"

我爬进了那艘鲜红色飞艇的狭窄驾驶舱,拉上玻璃罩,启动了推进器。

前方的滑轨展开,我全速驶出了伊森号。

我循着他的飞行路线,找到了倨傲星的首都卡萨提斯。在这座内陆都市的斜屋顶上,装饰着营造节日氛围的火炬,喷吐着喜庆的焰火。庆典活动如火如荼地进行着。当我将轻巧的飞艇停靠在卡萨提斯的登陆港后,刚刚走出港口,就发现自己汇入了一条喧嚣的河流——一条由欢呼雀跃的人群组成的、沿着蜿蜒街道流淌的河流。他们脸上带着冬眠乍醒之后的苍白,全都酩酊大醉。

宿敌

年轻的男男女女将酒瓶塞进我的手里，亲吻我的脸颊。我被来回推搡着，花瓣和彩屑四处飞舞。人群身上散发出的低温维生药剂的气味弥漫在整个城镇。

我找了一整个下午才发现他。他独自一人在旅店套房中，旅店虽然破败，但风格鲜明，能够俯瞰圣歌区的墓穴。

"出去。"见我打开了门，他喊道。

"古德温……"

"滚出去！"他怒吼一声，将手中的玻璃杯砸在了对面的墙上。他喝了一天酒，与平常判若两人。尽管除了我以外，整个倨傲星上的人都处在醉酒状态。

烟火在窗外的广场上绽放，嘶嘶作响。

费希格瞪了我很久，随后走进了套间的浴室，又提着两只水杯和一盘冰块走了出来。

我站在门口，看着他慢悠悠地调制着两杯饮料，将香料和碎冰搅拌在一起。

他将其中一杯放在自己面前，将另一杯滑向了对面的椅子。

对我而言，这意味着邀请。

我坐在他对面，拿起了玻璃杯。

"致我们经历过的一切。"我说。我们碰杯后一饮而尽。

我将空杯滑回到他面前。他又调了两杯。

他将第二杯酒递给了我，这才看着我的眼睛。我凝视着他，看到了我们相遇时他脸上就已经存在的模糊伤痕，看到了我们在 KCX-1288 的混沌世界与萨鲁提交战后，他脸上留下的那道淡紫色伤疤。

"我从不想离你而去。"他说。

"我也这么觉得。古德温·费希格不是临阵脱逃的人。"

他苦笑起来。我们喝光了第二杯酒，他开始调第三杯。

"米迪亚对你说的一切，还有埃莫斯对你说的……都是真的。但事情并非你想象的那样。"

"哦？"

"我不是异端，古德温。"

"不是？"

"我想我或许已经成了你们所说的激进派。但我不是异端。"

"所有的异端不都这么说吗？"

"是的，恐怕如此。但如果你能读懂我的心思，你会……"

"免了！"他语调颤抖，将椅子向后推了推。

"好吧。"我抿了一口酒，"没有你，一切都会不一样。"

"我知道。我们配合默契。该死！恐惧之眼看到我们都要流泪！"

"是这样的。"

"我们可以继续共事。"他说。

"可以吗？"

"我们可以像过去一样并肩作战，惩奸除恶。"

"是的，我们可以。我希望能够继续下去。"

"我对自己的不辞而别而感到抱歉。我本应留下。"

我点了点头。"是的。"

"我欠你太多了。我始终都应该全力以赴。你并没有越界，至少没有完全越界。你只是跌倒了。"

"跌倒？"

"跌进了泥潭，激进派的泥潭。没有人可以从泥潭中逃脱。但我可以将你拉回来。"

"拉回来？"

"是的。现在还为时不晚。"

"什么为时不晚，古德温？"

"救赎。"他说。

窗外的人群爆发出了欢呼和掌声。无数烟花被投放到傍晚的天空，如同萤火虫一般漫天飞舞，又如同璀璨的流星从空中散落，天各一方。

"你说的'救赎'是什么意思？"我问。

"这就是我在这里的原因。这就是神皇让我与你并肩作战的原因。这是命运。"

"是吗？这命运意味着什么？"

"舍弃一切，你从越界开始获得的一切，《恶魔禁典》……恶魔宿主和你的符文杖。让我带你回到特雷锡安的审判庭总部。你可以在那里忏悔。我会为你辩护，请求当局宽大处理。他们不会为难你的。不久后你就能东山再起。"

宿敌

"你真的相信你能带我回到审判庭,告诉他们我的所作所为后,他们会给我再来一次的机会?"

"他们会理解你的苦衷。"

"费希格,你不理解!"

他看着我,满脸失望。"那么,你不愿这么做?"

"恐怕我必须和你告别了。我感激你的良苦用心,但我不会被救赎,古德温。"

"你会的!"

"不。"我摇了摇头,"你知道为什么吗?我不需要救赎。"

"那么,恐怕我也要告辞了。"他说着,又倒了一杯酒。

"记住我们一起战斗的时光。"我说。

"我会的。"

我关上门,离开了旅馆。

我花了三小时才穿过狂欢的人群,回到登陆港。我开着那艘红色的飞艇返回了伊森号。我走入舱门时,发现所有人都在机库旁等着我,马希拉、科里琪娅、伊琳娜、埃莫斯、米迪亚。

我从口袋里掏出了一张此前收到的那份皱皱巴巴的星语庭信件,丢给了马希拉。"我们要离开轨道。新的目的地:普罗莫迪。"

"费希格呢?"米迪亚问。

"他不会来了。"

在卡瑟人的剑法中,有一个动作叫特因撒。招式名称从字面上解读,是对运剑时步伐的描述,但其中的含意十分深刻。它象征在对决中你重新占据上风的一刻。这是一个转折点,代表着生死逆转。在这一刻,你意识到自己的命运正发生变化,你意识到有志者事竟成,胜利终究会属于你。

对我来说,那封来自普罗莫迪的星语庭信函就是"特因撒"。信件内容没有加密,来自一位久违的旧友。

上面写着"弯刀之阴谋必须扼杀"。

伊森号花了十几周才抵达普罗莫迪。这里丛林遍布，位于斯卡鲁斯星区的边缘，也在安提马次星区的外围。

　　为了防止这次碰面又是一个精心布置的陷阱，我驾驶着那艘红色的飞艇独自降落。

　　他们站在丛林的山坡顶端，在一片粉红色的彭兹树丛下等着我。这里的夜晚很温暖，散发着芬芳的花香。昆虫在幽暗中发出了窸窸窣窣的嗡鸣。空气十分潮湿。

　　我走出喷吐着蒸汽的飞艇。

　　我昔日的爱徒基定·拉文纳，沿着长满青苔的泥泞地面，乘坐着悬浮动力椅向我缓缓驶来。掩护在他左侧的是战舞者卡拉·斯沃尔。

　　走在他右侧的是，哈伦·纳尔。

第十六章

从梅西纳生还

基定的誓言

世无定事

哈伦给了我一个熊抱,卡拉腼腆地踮起脚尖吻了吻我的脸颊。我看着他俩,惊讶得说不出话。

"你好像有一种起死回生的天赋。"我对哈伦说,"好在这次是真的。"

他皱了皱眉:"什么意思?"

"我晚些再解释。至少你得先说清楚你们是怎么活下来的。"

"我们为什么不进屋呢?"拉文纳提议道。他带着我们走上了回去的路。我们穿过彭兹树丛和林间空地。四周的光线被树冠的橙色叶片染成了一片金黄。长着漂亮羽毛的蜥蜴在树枝间来回飞舞,手掌大小的透明昆虫在湿润的微风中如同幼苗般左右摆动。

拉文纳的动力椅在离地几厘米的半空中悬浮着,嘶嘶作响。四周环绕着构造精妙的球形力场,力场底座上的反重力环缓慢旋转着。

在树木繁茂的山坡外,是一片被洪水吞没的滩地。流淌着黄色液体的湖泊延伸到丛林的树冠下,奇形怪状的树冠凌于水域上方,如同一头阴森诡异的怪物。树叶、灯芯草和虬结的树根在湖中拼凑出了一座吊床造型的孤岛,一排蓬松的淡紫色和橙黄色的组塔斯树长在上方,巨大树叶垂落,缠绕在腐朽的藤蔓四周。

一块反重力通道横跨在树脂质地的水面,将几座孤岛相连,从旱地一直通向拉文纳的营地。

营地建造在一座二十平方米的杜拉合金木筏上,用一座锁定的悬浮升降舱固定在水面上。木筏上方的架构呈棱角状的几何图形,远处看仿佛是一顶巨大的帐篷。但从它散发的柔和光芒中,我意识到整个建筑都处在灵能的半透明交叉力场中。

我们穿过由单向力场控制的屋门，走进了一个由光球照亮的凉爽房间，屋里的环境可以自由调节。设备被堆放在金属容器中，还有几件可折叠的家具。几道屏障将四周的房间隔开。一名穿着亚麻长袍的灰发男子正在一张桌案旁工作，时不时查看便携式编码器上的数据。

卡拉打开了三张折叠椅，哈伦翻出了几瓶冰镇果露和一些装着真空压缩包装的口粮。一个年轻的女子从隔壁房间走进来，与编码器旁的男子悄声交谈。

"你好像很忙？"我问。

"是的。"拉文纳说，"图像必须清晰。"

我没有理解他的话，但顾不上追问。那时我无暇顾及其他的事。

哈伦用拇指拨开瓶盖，将瓶子递给我，坐在我身旁。

"为在座的所有人干杯，尽管九死一生，但我们还活着。"他碰了碰我的瓶子，举起果露庆祝。

"说吧！"我说。

"一群狗杂种炸毁了纺纱小队的总部。整座尖塔都受到了波及。杀了很多我们的人。"哈伦说的是事实，但听上去如同在咒骂。

"你呢？"

"贝坤女士救了我们。"卡拉说。

"什么？"

"我们将她护送回了梅西纳，她当时很稳定。"卡拉说，"我们把她在纺纱小队配备的医疗设施里安置妥当。医生们让我在一周内重新站了起来。但突然间，贝坤女士的状况突然恶化了。"

"她的生命体征突然产生了波动。"哈伦怒意未消，"是严重的……叫什么来着……"

"脑血管出血。"拉文纳低声说。

"这严重超出了总部医疗队的能力，设备和药品也没办法满足要求。所以我们将她快速送往桑达斯·赛达的市政医院接受手术。"卡拉说，"我知道您不会允许我们将她独自一人丢在那儿，所以轮流守在她身边。我负责看护了一晚，接着是纳尔。就在总部遇袭的当晚，我刚开始接替纳尔看护。"

"而我在返回第十一尖塔的空中客机上。"哈伦说。

"所以你们都不在？"

第十六章

"不在。"

"你们……还有伊丽莎白……都活着？"

"我们很幸运，对吧？"哈伦说。

"她在哪儿？"我问，"她怎么样了？"

"始终都没有恢复意识。我将她安排在我飞船医护室的维生系统里。"拉文纳答道，"我的私人医生正在照料她。"我认识基定的随行医生安特里布斯医生。能将贝坤交给如此经验丰富的医护专家看护，我十分欣慰。

我看向哈伦和卡拉。我敢说，这名出生在洛基星的前赏金猎人对离奇的冒险故事总是乐此不疲。他或许已经排练好几个星期了。

"那么……请继续说。"

"事发后，我们立刻返回地面。我和卡拉着手准备反击。但我们暂时没办法带上贝坤女士，所以为了以防万一，我们想方设法为她重新注册了一个假身份，这样她和纺纱小队的关联就不会被敌人觉察。后来，我们就开始了战斗。我们在远郊的一处贫民窟升降台附近遇到了一支突击队。他们一共有三十人，全都是维萨的耶尼切里雇佣兵，难缠得很。我从来没和这些家伙起过冲突，但我对他们早有耳闻。嘿，都是些好勇斗狠的家伙。"

"我遇到过他们。"

"那你应该想象得到我们两个打他们三十个是多困难的事。真是一场硬仗。我炸死了他们三个——"

"两个。"卡拉说，"别吹牛了，就两个。"

"好吧，两个确定死亡，一个待定。至于卡拉，愿神皇保佑，杀了六个，砰砰砰！"

"等我们有阿玛斯克酒的时候，再发挥演技也不迟。纳尔，说重点。"

"这是叙事技巧，老大。"哈伦咧嘴一笑，"事实证明，我和卡拉或许得罪了不该得罪的对手，结果被困在了升降台出口旁的仓库角落。我们被逼近了死角，刚打算拼命。然后，就那么巧。"

他打了个响指。"拯救我们的人赶来了。"他看向了审判官拉文纳。

"很高兴我能帮上忙。"拉文纳似乎不同意"拯救"的说法。

"帮忙？他带着队伍把敌人杀了个片甲不留！据我所知，只有八个雇佣兵逃跑了。他们跳上船，溜到了别的世界。"

第十六章

我将空瓶放在杜拉合金地板上，手肘撑在膝盖上。"那么，基定，"我说，"你究竟为什么会去梅西纳？而且在最关键的时候？"

"我本可以到得更早。"他说，"按照原计划，我应提前一天抵达梅西纳。但我的舰船被卷进了一场亚空间风暴，而这场风暴也切断了我的通信。"

"拉文纳，这是我来之后，你第二次表现得高深莫测了。"我说，"你能给你的老师详细说说吗？"

基定·拉文纳在330年末曾经是我的审讯员和弟子，也是我见过最有天赋、无可挑剔的候选接班人。他灵能极其强大，天赋异禀，聪慧过人，身手矫健，各方面都受过最顶尖的训练。但造化弄人，在特雷锡安主星的"九日敬礼"期间，他被卷入那场骇人听闻的灾难中，身体落下了严重残疾。自那之后，他虽然性命无虞，却不得不生活在如同蚕茧般封闭的动力椅中，他聪慧的头脑被限制在了那副瘫痪的躯壳里。

但这并没有阻止他成为审判庭的得力干将。在346年，我亲自推举他正式成为审判官。就任之后，他成功破获了数百起案件，其中最著名的莫过于葛米科暴行，以及发生在萨鲁姆的赛万·霍尔曼案。他笔耕不辍，将深邃的思辨与洞察整理成了文稿，并发表了著名的《迈向帝国乌托邦》《巢都沉思录》和《泰拉纪事：审判庭初创史》——一部被评为帝国全境标准读本的亚空间研究论著，以及最知名的著作《烟尘之镜》——该书探索了人类与亚空间之间的关联，辞藻华美，有着诗歌般的韵律，我甚至认为该作品的艺术价值要远高于其实际指导意义。

拉文纳完全被包裹在动力椅中。在朦胧晦暗的静滞力场中，只留下一个近乎无形的残影。他的身体几乎多余，因为他的一切都通过灵能驱动实现。他的意志力在身体瘫痪后得到了大幅度增强，弥补了他在生理上的缺失。我确信他已经达到了远超德尔塔级灵能者的水平。

"过去几年，我的工作要求我不断思索占卜与预言的本质。"基定慢条斯理地说着，"有些事情……正通过预言向我揭示，至关重要的事。"

我看得出他的措辞十分拘谨。他似乎想告诉我更多细节，但又心怀顾虑，不敢直言相告。我决定尊重他的谨慎，仔细聆听他愿意透露的信息。

"其中一个启示——或者你更愿意称之为异象——揭示了纺纱小队遭遇突袭的厄运。这件事甚至精确到了发生的具体时间。但当我全速赶到时，梅西纳大势已去。"

"你是说，这场针对纺纱小队的袭击有征兆？"我说。

"分毫不差，精确得让人感到绝望。"他答道。

我突然意识到我此刻听到的是他本人的声音——与拉文纳严重受伤前的声音几乎一模一样，与他的嘴唇和咽喉被燃烧的钜素融化之前发出的声音一模一样。我已经习惯了他通过动力椅传声器后发出的单调、没有感情的合成语音。

"我的工作也赐予了我一些更强大的能力。"他说，显然其中包括读取我的表层思维，"我一年前就不再使用传声器了。我对灵能的控制力进一步增强，可以自然地扩散我的话语。"

"我听到的是你向我脑中投射的语音？"

"是的，格雷戈。你对这个声音应该更加熟悉。当然，这种说话方式对不可接触者或佩戴灵能防护的人来说毫无作用。这就是为什么我还保留着那台老式传声器。"

他通过动力椅上内置的发声器械说完了句子的最后半句。我们被突如其来、毫无情感的机械音吓了一跳，随后都大笑起来。

"尽管我没能及时救出纺纱小队，但至少带着卡拉、哈伦和伊丽莎白安全逃出了那个世界。"

"我对此深为感激。但你为什么从如此遥远的世界呼叫我来见你？"

"普罗莫迪藏着我们需要的秘密。"他说。

"什么秘密？"

"我窥见了一部分未来，格雷戈。"拉文纳说，"那个未来并不美好。"

"帝国文明从来都不允许所谓'神性'的存在。"基定对我说，"我时常怀疑这是一种潜在的弊端。"

沼泽般的水湾静谧而平和，散发着荧光的飞虫在夜幕的衬托下翩然起舞。拉文纳和我漫步在营地后的反重力通道上。

"弊端？恐怕迷信才是更大的弊端吧？如果我们盲目地相信市井街头的占卜卦师，或是疯疯癫癫、煞有介事寻求神谕的国教先知——"

"我们将陷入疯狂，此言非虚。多数神谕都是无稽之谈，是蓄意的捏造，是妄想的诳语，是疯癫之人的呢喃。或许有时神谕确有其事，但大多数是灵能者不经意间或丧失理智时窥探到的。无论是机缘巧合，还是疯癫所致，这些幻象都不值得信任，多数神谕也因为模棱两可而缺乏实际意义。然而，人类无法掌握的事情，不代表它没有利用价值。"

"根据我的了解，不少其他种族都深谙此道。"我说。

"我见识过他们的能力。"他答道，"在攘外修会的工作极富启迪性。我对外星种族弱点的研究越多，对他们优势的认识就越深刻。"

"我们讨论的是灵族，对吧？"我直截了当地问。他没有立刻回答。他最后的话已经近乎异端。他四周的能量场因为焦虑而微微颤动。

"他们是一个奇特的种族。他们能够读懂视线之外时空的信息，并以极高的精确度揭示未知的可能性。但他们性情无常。有时，灵族将这种洞察力当作扭转局面的工具；有时，他们却若无其事地冷眼旁观，静候预言成真。我相信，当今世上没有人能真正解释他们为什么做出如此迥异的选择。我们与他们的视角截然不同。"

"他们的寿命更长，看待问题的视野更广阔。"

"这是一部分原因。正统理论提出，更广阔的视野是一种诅咒。国教认为灵族是一个过于听天由命的种族。他们懒惰成性，心狠手辣，酷爱用残忍的手段将他人玩弄于股掌之间。"

"你不这么认为？"

"我承认我有些一厢情愿，格雷戈。他们拥有与构成宇宙的基础构造互动的能力。正如你所知，一切超脱于肉体之外的存在与感知力在我眼中都有着非凡的意义。我的工作——"

他欲言又止。

"基定？"

"我渴望学习他们脱离肉身束缚，凭借超脱于物质世界的意念去洞悉真相与未知的技艺。比如说，灵族先知就具备一种超出时空界限之外的强大感知力——"

我们在通道的尽头停下了脚步，眺望着雾气弥漫的沼泽。夜幕下，散发着荧光的昆虫和植物孢子在空中飘浮，有些在半途突然消失不见，被隐蔽在半空俯冲而下的捕食者吞食。扭曲的生物在反射着荧光的水面下快速游动，却丝毫没有搅起半点波澜。

"我说得太多了。"他喃喃道。

"基定，你无须提防我。我不会因为你寻求知识而对你妄加批评。我……已经不再是你曾经认识的纯净派。"

"我知道。我理应如实相告。但为了研习这些学识，我必须遵守承诺。"

"对灵族的承诺？"

"我甚至无法回答这个问题。这些承诺原本就不光彩，但我会践行我的诺言。"

"那你能告诉我什么？你说过一些事情已经通过预言向你揭示。"

"其中一位预见到了我们即将面临的巨大黑暗。征兆突如其来，却足以颠覆一切，甚至扭曲、转变了灵族对未来预言的核心。他窥视到了一系列密切关联的幻象，其中之一就是遭到袭击的纺纱小队。当这一幕成为现实，我感到无比震惊。这足以证明那些幻象并非虚妄。"

"他还看到了什么？"

"一柄有意识的剑，半人半机械的怪物，它降临在死亡世界，挥舞巨剑发起了致命一击。人类因此惨遭血洗，一如当年陨落的灵族。"他说，"在那之后……什么都没有。"

我低头看着他。"什么都没有？"

"是的。这是先知能够窥探到的最遥远的图景——那一幕距离现在不到六个月。当他放眼六个月之后的未来时，眼中却空无一物。"

"为什么？"

"因为根本没有未来。"

第十七章

灵能考古

古尔

魔君的战船

基定向我发送的信件表明，他已经知道了"利刃弯刀"这个名字。但当我们谈论这个名字时，他对此却知之甚少。

"纳尔和我追踪了从梅西纳逃离的耶尼切里雇佣兵，试图揪出幕后真凶。但对方隐藏得极好。维萨人会不遗余力地保护客户的身份。他们会留下误导性的线索，通过临时账户完成付款。但我们最终还是找到了答案——'利刃弯刀'。"

"你觉得这个名字有什么含义？"

"我不知道……我只知道这是下令袭击你的分支机构和团队成员的人……他的名字在很多预言者窥视的幻想中占据显著的位置。我们认为，这个'利刃弯刀'或许和最终预言中半人半机械的怪物是同一个人。"

"利刃弯刀就是庞提乌斯·格劳。"我说。

拉文纳显然很震惊。所谓的神谕没有提到任何与格劳有关的信息。"利刃弯刀"的伪装瞒过了灵族的窥探，成功隐藏了格劳的真实身份。

"他为什么要针对你？"他问。

"为了自保。我是少数几个知道他仍逍遥法外的人之一。事实上，我不得不遗憾地说，他是因为我才得以存活至今。他在寻找一样属于我的东西。"

"什么？"

我别无选择，只能对他和盘托出，我与格劳的交易、马拉·塔雷和《恶魔禁典》。

"你说自己不再是我曾经认识的纯净派，原来你不是在开玩笑。"他说。

"你很震惊？"

"不，格雷戈。我很坦然。我认为激进主义是不可避免的。当我们面对帝国大敌，唯有知己知彼，方能立于不败之地。因此，我们都会成为激进派。真正的威胁来自那些极端的纯净派。纯净派的根基是无知，而无知是万恶之首。我从不认为激进主义的行为是某种捷径。即便是最谨小慎微、忠诚的激进派审判官，也会被亚空间裹挟。衡量一个人的品行与价值的客观标尺绝非'纯净'或'激进'，而是他在越界过远之前，能为帝国创造怎样的价值。"

"还有一件事。在他女儿的脑海中出现过一个干枯世界的影像，与灵族预言中描述的世界十分吻合。与它有关的还有一个名字：古尔。"

"我会进一步追查。"他说着，调整动力椅的方向，沿着通道向营地行驶。

拉文纳之所以邀请我到这个遥远的丛林世界，是因为普罗莫迪曾经出现在一名灵族人的幻象中。六周前，"利刃弯刀"曾经来过这里。拉文纳专程赶来查明原因。

拉文纳安排的团队约有十人，包括几名技术人员、六名星语者和一位名叫肯泽尔的考古学家。他就是我起初遇到的灰发男子。

"但是普罗莫迪没有遗迹废墟。"在被介绍给考古学家时，我提出了简短的质疑。

"现在确实没有了，先生。"他表示同意，"但也有一种令人信服的理论，认为普罗莫迪曾经是古文明居住的几个世界之一。"

"多古老的文明？"

他神色紧张地看了我一眼。"黎明年代之前。"

那是人类崛起之前的文明。这让我倒吸一口凉气。

"这个有说服力的理论，"我说，"来自灵族？"

他本不想回答，但是我居高临下的询问让他必须回答。

"是的，先生。但这个文明比灵族还要久远，甚至在灵族迈向群星前，他们就已经灭亡了。"

拉文纳的技术人员在抵达普罗莫迪后，在星语者的协助下进行了全面的搜查。他们研究了星球的地表结构和大气构成，并寻找与"利刃弯刀"有关的蛛丝马迹——飞艇着陆留下的痕迹、载具尾气的残留和人类思维的回音。他们现在确信一点，他们位于河口上方的营地距离"利刃弯刀"着陆的地点十分接近。此时，拉文纳的星语者们正在酝酿一场宏大的降神仪式——规模超过了我施行过的任何一次。

基定呼叫我前往营地。

"古尔是一个星球的名字。"他说。

"是死亡星球？"

"很可能。"

"它在哪里？"

"我们不知道。"

"谁是我们？这些信息从哪里来的？"

他叹了口气。"先知领主。"他作此回应。

一块内置屏障应声开启，从隐秘的里间中走出了一个身材修长、头戴兜帽的长袍身影。那件长袍由亮蓝色的纤维编织而成，晶亮剔透，乍看上去与丝绸相仿，但仔细观察后会发现它有一种浓稠液态的质感。空气中弥漫着一种怪诞而令人不快的甜味，有点像烤焦的糖块。我知道那顶兜帽永远都不会在我面前放下。我无意窥探他的面孔。

"这是艾森霍恩。"他说，语气中并没有询问的意思。他的话语伴随着奇特的韵律流淌着，带有一种人类完全无法模仿的节奏感。

"敢问阁下高姓大名？"我说。

"那本书就藏在他的衣袋中。"神秘人对拉文纳说，丝毫没有理会我的问题，"如此草率，着实是一种冒犯。"

"格雷戈？"

我从口袋里取出了《恶魔禁典》。那人举起佩戴着护手的右臂遮挡在面前，后退了半步。

"恐怕你的朋友需要对这样的冒犯稍加容忍。"我说，"这本书我必须随身携带。"

"这书已将他污染。书页在他的血液中闷燃。那些文字已经将他献祭给了恶魔。"

"毫无疑问，而且远不止于此。"我反驳道，"但你或许可以读取我的意念，然后再告诉我，我保留此书是否为了挽救苍生。"

我略带挑衅地降下了脑中的灵能防护。尽管我能明显感受到他想要一探究竟，但他丝毫没有触碰我的意念。

"拉文纳替你担保。"戴着兜帽的人沉默片刻后说道，"我理应信赖。但休要靠近半步。"

"我该如何称呼你？"

"你不必称呼我。"他拒绝回答我的问题。

"好吧。"基定突然插嘴道。我和灵族先知剑拔弩张的架势显然让他有些不自在。"格雷戈，你可以称呼我的客人为'先知领主'。领主大人，或许您可以向格雷戈说说关于古尔的事？"

"上古之时，混沌涡心之中诞生一支部族，游荡至此，休养生息，遂筑成七大世界，为首者名作'古尔'。七大世界盛极而衰，后遭异族倾覆，昔日繁华荡然无存。"

"混沌涡心？你是说亚空间？这是一支恶魔部族？"

先知默不作声。

"这是否意味着，这些恶魔曾经占据过实体宇宙的七个世界？"

"部族魔君战士，族人厚葬其尸身。古尔乃陵寝所在。其余六世界以众星拱月之势环绕，以颂其威名。"

"所以，这个古尔是恶魔君王的古墓？"

依旧没有回答。

"怎么？你能回答我的问题吗？古尔是作为坟墓的世界吗？这就是格劳的追求？恶魔的陵寝？"

"我看不到答案。"灵族先知说。

"那就试着推测！"

"魔君已死。弯刀不可能助其复生。"

"除非用《恶魔禁典》。"我说。

"也不可能。"

"那格劳究竟有什么企图？"

"按照传统，"基定说，"至少在人类的文化体系中，君王的陵寝往往有价值连城的财宝和器物陪葬。"

"所以陵寝中有某样东西。这件东西非同小可，而《恶魔禁典》则是获取它的钥匙。这个古尔在哪里？"

"我们不知道。"拉文纳说。

"格劳知道吗？"

"我认为这就是他来此的原因。"

灵族先知的离开让我感到放松许多。我很难理解拉文纳为什么能容忍他这么久。

屋外的一切都已准备就绪。除了肯泽尔和六名星语者外，拉文纳率领的其他成员都退回了他的船上。纳尔和卡拉正要返回伊森号。

"来自马希拉的消息，"纳尔说，"费希格发来了一封邮件。"

"费希格？真的？"

"看样子他改了主意。他很后悔和你发生争执，请求归队。"

"我想现在太晚了，哈伦。"

纳尔耸了耸肩。"头儿，给他个台阶下吧。你知道他有多固执，要花很久才能回心转意。他也需要时间想清楚这些问题。让他回来吧。我们很有可能需要他。"

"不。以后再说吧。我暂时无法相信他。"

"他可能也对你这么想。"纳尔咧嘴笑道，然后举起双手，做出一个安慰的动作，"祝你好运。"他说完走向了运输船，卡拉·斯沃尔正在斜坡上等候。

天刚亮。在他们开始前，技术人员将反重力通道延长，形成了一条直径五十米的环形通道，覆盖住了整个河口。星语者分散站立在悬空通道四周，头顶上是茂密的植物，四周雾气缭绕。我和基定、肯泽尔也站在了环形通道的内侧。星语者们低声吟唱，进入了恍惚的状态，空气中充斥着灵能。与我和杰库德·万斯使用迈达斯的外套作为媒介不一样的是，这些星语者们不专注于某一个物品，而是打开了整个区域，召唤出了这片土地的灵能痕迹。一道冰蓝色的光芒在我们四周扩散，与温暖的朝霞相互映照。四周的一切变得模糊不清。

"我看到了……"肯泽尔说。

我也看到了。人影仿佛汇聚的云层般在环形通道中央的水面上扭动。没有什么特别值得留意的景象。

我感受到拉文纳释放意志之力，调整了我们眼前图景的清晰度。我站在他身边，能够感受到他的意念强大到恐怖的程度。我昔日的弟子早已今非昔比。

转眼间，眼前的图像突然发生了切换。有三个人正涉水在过膝的河流中探索。一名体形高大粗壮的欧格林人手持爆裂火炮一马当先。一位身形健硕、身披浅棕色战甲的男子紧随其后，呼吸面具遮住了面庞。他手中握着一台手持探测器。在他们身旁还有一个身影——体格魁梧，以一种怪诞而僵硬的姿态行走着，背后覆盖着状似羽毛斗篷的物体，从肩头垂落。

但那并非羽毛，而是刀锋。数柄尖锐的利刃被安插在铠甲上。铠甲之下，我隐约瞥见一具用铬金、硬铝合金和钢铁塑造的躯壳——一个做工精细的金属人形。

毫无疑问，这是已故的机械教修士吉尔德·布尔神甫的手笔。

这便是"利刃弯刀"，人形机械……灵族先知眼中的那柄"有意识的剑"。

我能看到他的面孔。那是一张俊美的年轻面孔，一头金鬃般的卷发。他的头发并没有摆动，脸上没有表情——这是一副黄金锻造的面具，仿佛华美的镀金雕像般的头颅。我曾经见过那张面孔，在旧时的记录中，那是庞提乌斯·格劳风华正茂之时的样子。

没有声音，但格劳显然对身边的人说了些什么。他转过身，似乎对我们视野之外的人说了些什么。

他们在原地等候了很久，那名欧格林人似乎被什么东西吓了一跳，好久后才涉水走了回来。手持探测器的人调整着仪器的摄像焦距。格劳站在原地，一动不动，仿佛被眼前的景象震慑住了，随后愉悦地拍了拍金属手掌。

"我看不到他们在做什么……"肯泽尔说。

"可他们面前什么都没有。"基定失望地说。但事实就是如此。在他们四周只有轻微的空间扭曲，仿佛森森的鬼影在四周萦绕飘移，无法附着到一个固定的实体上。但除此以外，什么都没有。

"不对。"我觉察到了异常，"我认为有。让你的星语者扩大仪式的范围。"

"什么？"基定问。

"照我说的做。"

拉文纳的星语者们调整心智，没花多久就提升了灵能感应的直径。我们立刻看到了那些在边缘闪烁的身影。

"是灵能者！"基定说。

"没错。"我说，"我们之所以无法看透他的四周，是因为他们也在做同样的事！"

"降神仪式。"

"是的。"

"你是怎么推断的，格雷戈？"

"肯泽尔先生说过，普罗莫迪没有残留任何古代遗迹。因此，格劳只能通过其他手段进行探测。"

"可我们看不到他们通过仪式见到的东西。"

"倒回去。"我们身后传来了一个声音。灵族先知已经悄无声息地加入了我们。

"倒回去。"他说。

星语者花了几分钟重新进入恍惚状态，再次建立起图景。现在，我感觉到灵族先知的灵能也在支撑着他们。

我看着眼前的一幕再次流转。三个人和先前一样向我们走来。格劳和保镖交谈了两句，随后转身向灵能者说了些什么。

世界发生了变化。

雨林和水域消失不见。表面光滑的巨石拔地而起，直指天空。林立的石柱如同顶天立地的巨大枞树。我们看清了神秘的灵能者向格劳展示的景象。普罗莫迪的地表回到了人类诞生之前的亘古时期。那是一座由晶莹的黑色岩体筑成的巨型城市——建筑群早已灰飞烟灭，只剩下投射在灵能世界的虚无幻境。

"神皇啊！"肯泽尔气喘吁吁，昏迷在地。那景象过于恐怖。投射出的建筑让人窒息。我们感觉自己就像是帝国巢都街道上的微生物或尘埃。

我凝视着那幅景象，沉迷其中。半晌后，那名欧格林人从恐惧中回过神来，向回走去。我终于明白了格劳感到震惊的原因。格劳欣喜地拍了拍手，示意身边的人用探测器扫描那片虚无的鬼影。

"上面有铭文！"拉文纳喊道。

我从通道上跳了下来，穿过浓稠的湖水，直到我几乎站在格劳和他的手下身边。"我们要在它消失前记录下来！"我喊道。拉文纳驱驶动力椅贴着水面向我而来。动力椅上配备的记录传感器嗡嗡作响，将眼前的图景记录了下来。

它们是用我从未见过的语言书写的。光是直视这些文字就让我作呕，它们的线条没有遵循任何章法，只是在巨大的墙面上螺旋扭曲的图案。

我感到头晕目眩。格劳像疯子一样在原地蹦跳。他的机械身体左右摇晃，动作滑稽而笨拙。

我们四周的光芒闪烁起来，逐渐黯淡。

"就要结束了。"拉文纳说。

"或许时间已经快到极限了……"我说着，蹒跚着向通道的方向走去。

那座巨大的城市化作虚无。格劳和他的同伙们也逐渐淡去，直到冰蓝色的光芒也消失不见。

拉文纳的星语者们已经精疲力竭，几乎瘫坐在通道上。灵族先知垂首站在一旁。

"看上去是一幅地图。"

"是一幅地图。"灵族先知说，"那是七大世界的布局。其中标注了古尔的位置。"

庞提乌斯·格劳已经得到了目标的位置。他已经知道好几个星期了，或许此刻他已经抵达多时。

拉文纳和灵族先知用了大约一天时间才破解了其中的奥秘。基于时间的流逝，他们全面考虑了恒星演变和星体结构发生的变化，最终将这个在人类出现之前就被称作"古尔"的世界锁定在了一个遥远未知的蛮荒星系中。这个星系编号为5213X，距离帝国边境三个月的路途，距离我们有将近二十周的航程。

我们准备第二天晚上离开近地轨道。拉文纳向我解释，灵族先知将在途中为我们开启一条神秘的路径——他称之为亚空间通道。拉文纳对他表示感激。

我们约定在抵达5213X三周之前在杰甘达会合，随后一同前往目的地。

"我们是否应该上报给审判庭当局？"拉文纳问。

"不。当局会带来的麻烦恐怕远远超出他们能提供的协助。不过，我已经提前草拟了任务结束后回传给审判庭总部的完整报告，以免我们……"

"怎么？"

"以免我们遭遇不测。"我说。

在我们离开前，我拜访了拉文纳的舰船暗光号。我也带上了科里琪娅和哈伦·纳尔。安特里布斯医生带着我们走进了星船医务室外的一个光线昏暗的房间，伊丽莎白静静地躺在散发着柔光的静滞力场中。

科里琪娅和哈伦同时退到了舱门外。

伊丽莎白看上去仿佛在熟睡。她脸色苍白，如同阿泰纳特高山上的积雪。

"她还活着吗？"我问安特里布斯。

"是的，长官。"

"我是说……如果没有这些维生设备，以及静滞力场——"

"如果我们关闭设备，她会保持现在的状态，但很有可能会再次恶化。她伤势很重，在这种状况下，一切都很难预测。"

"她会恢复吗？"我问。

"不会。"他关切地看着我的双眼，缓慢答道，"除非奇迹降临，她不可能恢复意识。"

"所以，对我们而言，她已经死了？她有没有知觉？"

"我不知道，长官。但我知道她现在没有痛苦。我认为她正处在宁静而邈远的梦境中。如果您认为这么做过于残忍，我们随时可以切断她的维生系统。"

他后退了一步。科里琪娅出现在我的身边。

"你要做什么，格雷戈？"她问。

"我不会关掉机器的，至少现在不会。我满脑子都是格劳那个杂种。我想以后再做决定，如果还有以后的话。我希望你和纳尔可以留在她身边，照顾好她。你愿意吗？"

"当然。"她说。我突然意识到这是她第一次亲眼见到伊丽莎白·贝坤。

"真的？这对你来说并不是一件容易的事。"

"我是医生，也是你的朋友，格雷戈。这没什么大不了的。"

我转身离开。

"她可能听得到你说的话。"她突然开口说。

"你真这么想？"

第十七章

科里琪娅耸了耸肩,苦涩一笑。"我不知道。应该有这个可能。即使她听不到,又有什么关系吗?"

"你在说什么?"

"说出你的心意吧,格雷戈。趁现在,在你离开前。亲口告诉她。我和她之间,你至少应该做一件对的事。"

她转身离开,留下我独自一人坐在伊丽莎白的床头。

尽管我不确定她能否听到,能否理解我说的话,但我还是开口了。

我向她诉说了多年前就该表明的心意。

我与拉文纳告别,并与他相约在杰甘达会师。我与科里琪娅吻别后,走进了暗光号的机库,驾驶飞艇返回了伊森号。纳尔站在门口目送我离开。

我握了握他的手。"留意基定。"我说。

他皱了皱眉。"你不相信他?"他问。

"我对他愿以性命相托。但我不相信他的朋友。"

伊森号驶离普罗莫迪轨道,星舰全力加速,向马希拉的领航员计算的亚空间跃迁点驶去。

我去找了埃莫斯。

他正在房间里,满脸费解地翻阅着从马希拉藏书馆中借来的一大堆五花八门的书籍。

"我有一些东西或许可以吸引你的注意力。"我说着,将一摞数据板和记录磁条递给了他。在我们分开前,拉文纳已经尽可能把所有的资料都复制给了我,包括他通过动力椅的记录传感器记录的古尔的铭文。

"基定已经标注出了记录中最关键的段落,供我们尽快了解最新的情况。但我真正感兴趣的是这段铭文,它其实是一张地图。基定的灵……伙伴已经解读了其中的含义,或至少其中与古尔有关的那部分含义。我希望从文本中读取更多有价值的信息。"

"你希望我破解这些早在人类诞生前就消亡的异形文明的文字?"

"这很有挑战性,姑且一试。拉文纳还从其他地方收集了一些类似的文本。我不知道有没有用。看看你能发现什么吧。任何新的解读对我们的行动都会有帮助。"

前往杰甘达的旅途对我而言算不上漫长，却让我感到度日如年。我从未感到如此苦恼、郁郁寡欢，我迫不及待地渴望抵达目标世界。格劳快我们一步，让我坐立难安。我脑海中不断浮现出格劳的谋划与布局，以及灵族先知预言中的湮灭景象。

为了打发时间，我进行了一系列冥想与修炼，在马希拉的藏书馆中搜索与灵族及其传说有关的任何东西。在卡拉的照料下，米迪亚康复得很快。不到两周时间，我们三人就可以进行激烈的战斗训练。有时候伊琳娜也会加入一些相对轻松的训练，以确保身手敏捷。考虑到我们的目标和格劳的能力，我对身边还有一名不可接触者感到十分欣慰。

除了已经无法参加行动的伊丽莎白，伊琳娜是纺纱小队的最后一名幸存者。

我想知道我今生能否再组建一支不可接触者的队伍。

我想知道自己还有没有那个机会。

在第三周，埃莫斯将我叫到了他的房间，讨论其迄今为止的全部发现。我想知道他为什么不在用餐时和我讨论，毕竟我们每天晚餐时都有很多时间来进行交谈。

他告诉我，他已经有了不少进展。建造古尔的远古文明在很多古老的文献中被间接提及。古代的人类帝国探险家们最早接触到异形生命时，探知过一个关于已消亡种族的神话。尽管埃莫斯担心其中一些神话来源于其他文明，或是多个文明移植拼凑的产物。但其中有一个主题意义非凡。古尔的种族无一例外地被标注为"他者"或"外来者"，因为他们并非起源于我们所在的银河系。自那之后，"古尔"这个名字就再也没有被提及。

"位于米塔斯的多伊文明曾经流传过一则关于'索尔·索恩·索伊'的传说。传说中的世界由恶魔统治，而魔王终有一天会重返人间。那些恶魔又被称为'被扭曲者'。"

"还有一段更加精确的记载。灵族似乎相信，这个文明起源于亚空间的恶魔盘踞之地。他们甚至很难称得上是一个文明，更像是一群入侵者，一支军队……一个结构简单的部族。不过是一个君王率领着拥戴他的仆从。"

宿敌

"还有一些零星的东西，但寥寥无几。我对铭文的内容一窍不通，尽管它看上去非比寻常，内涵丰富，而基定记录的景象充满了……蹊跷的扰动。我想向你借一本书。"

"什么？"

"你那本被诅咒的经书。"

"可你说过，你再也不想见到它。"我提醒道。

"我现在也不想，格雷戈。光是想到那本书还在这艘船上，都让我感到如芒在背。但让我更加不安的是我们即将面对的敌人。你将研究工作委托给了我，那本书是唯一我还没尝试过的工具。"

我从口袋中取出了《恶魔禁典》。在短暂的一瞬间，我竟丝毫不愿将书递出。

"务必当心。"我低声提醒。

"我知道规矩。"他没好气地说，"你以前也让我研究过禁忌的文本。"

"这本书尤为危险。"

在那之后，我一直密切关注埃莫斯的精神状况，定期拜访他，确保他和大家一起吃晚餐。他每次出现时都一脸疲倦，脾气暴躁。我想要回书，他却拒绝了我，说工作即将完成。

我们距离杰甘达还有一周时，他完成了工作。

"还不完整，"他提示道，"但是主要内容已经完成。"

他看上去比先前还要疲惫，左肩微微颤抖，仿佛随时会瘫倒。他的房间里乱七八糟，堆满了文件、数据板、存储条和写满文字的纸张，还有散落一地的书籍。在一些地方，他显然将文字写到了纸张之外，在桌面和墙面上都留下了潦草的字迹。

尤伯·埃莫斯显然完成了我安排的最重要的工作，也是我有史以来布置的最艰巨的任务。他为此付出了不少代价。这严重损害了他的健康，也侵蚀了他的理智。

"恶魔君王，"他说着，展开了书桌上涂抹着杂乱记号的羊皮纸，"在这里用楔形符号表示……"他颤抖着指向一处标记，"……这个三角符号称作伊，伊，伊——"

"埃莫斯？"

"伊萨瑞尔！"他逼迫自己吐出了那串音节。杂乱床铺一旁小桌上的镶金闹钟毫无征兆地敲击了两下。

"这钟总是这样。"他语带愠怒。他用手指戳了戳羊皮纸上的一个记号，随后用指尖划过一道弧线，示意我看一旁的文字。我意识到他在一旁写满了笔记，所用的语言竟然与铭文的文本完全一致。"快看，这里记述了一场战争。恶魔君王伊，伊——"

"叫他恶魔君王就行。"

"恶魔君王与他的宿敌展开了一场旷日持久的战争。敌人的名字并未提及，但根据文本里的记述，我猜测他的敌人就是如今我们所理解的构成混沌的四股力量之一。但根据描述，当时好像只有三股势力，这让我感到困惑，怎么会这样？"

我不能回答这个问题。我不知道那位灵族先知是否愿意揭晓答案。

"他的对手被称作'污秽术士'。"埃莫斯继续说道，"我必须承认，我对亚空间势力的阶级划分一窍不通。但从字面上看，这个叫伊，伊——该死！这个伊萨瑞尔有很多头衔，包括将领、军阀、亲王……无论怎样，他选择揭竿而起，背叛了他原本效忠的混沌势力。"

埃莫斯打开了另一张皱皱巴巴的纸，掸去了上面的铅笔屑。"这场战争持续了……十亿年。正如后世所见，恶魔君王被他的对手击败了，战死沙场。他的子民在这场惨败中四处奔逃，在现实位面，也就是在我们的宇宙中寻求栖身之所。他们在这里建立了首都世界和六个密切关联的殖民世界。这个首都就是古尔。它在恶魔君王的陵寝之上拔地而起，那座陵寝则是围绕着他的战船修建而成。"

"他的战船？"

"我认为文字中指的就是战船。这个词在字面意义上更接近'战车'或'帆船'。我认为这或许才是问题的关键。这艘战船是他的战争机器，是他参战时的重要武器。根据描述——对，在这里——它拥有无可匹敌的力量，甚至让那些记录这段历史的亚空间造物们都感到恐惧和战栗。"

他看着我。"魔君的战船，一件蕴藏着无穷力量的武器就埋藏在古尔陵寝之中。我被告知，那就是格劳处心积虑、渴望占为己有的战利品。"

"告知？"

他愣了一下，连忙摇头。"我很累。我说错了，是研习出的结论。"

"你说的是'被告知'。"

"我没有。"

"不要狡辩。"

"好吧，我确实说了。因为我措辞不准确。我想说的是研习。"

我将手搭在他的肩膀上，意在抚慰他，但他畏缩了。"埃莫斯，你做得很好。我的要求确实充满了挑战，几乎不可能完成。"

"是的。"

"太难了。"

"这没什么，长官。都是分内之事。"

"我会让马希拉重新安排一个房间给你。你不能在这间屋子里睡觉了。"

"我在乱糟糟的房间里睡惯了。"他说。

"我担心的不是环境。"

他咕哝着什么，走到了一边。

"我想要回那本书。"我说。

"就在这里。"他连忙回答，"我一会儿就给你拿来。"

"我现在就要。"

他注视着我。

"现在，请把书给我。"我再次命令。

他从一堆纸条下抽出了《恶魔禁典》，将它拿起。我伸手去拿，可他并没有放手。

"埃莫斯……"

我夺走了书。闹钟又故障般地敲响了一下。

"我觉得你应该考虑一些别的选择，格雷戈。"他说。

"什么意思？"

"我们对抗的力量非常强大，或许对我们而言过于强大了。我们毫无胜算。我们理应变得更强。"

"你有何打算？"

"召唤恶魔宿主。"

他摘下了厚重的光学镜片，用长袍的衣角擦拭着。

他的双手在剧烈颤抖。

"先前，我在杜若尔对这种行为感到排斥。但时至今日，我更能理解你当初做出的选择。你违反了规则都是为了保全大义。我对自己曾经会质疑你感到抱歉。如果能掌控恶魔宿主，我们还有胜算。请在这里召唤它。"

"怎么召唤？"

他开始暴躁起来。"就像你在米廓尔做的那样！"

"那是绝境中迫不得已的！"我反驳道。

"我们现在难道不是绝境吗？"

"我们现在没有可用的宿主……"

"你当时也没有！"

"在我重新束缚它之前，它险些将我们全部杀死。"

"那就用马希拉的领航员当宿主！"

我感到难以置信，目不转睛地注视着他。"我不会为了得到宿主而杀人。"

"你在米廓尔这么做了。"他放低声音，无力地说。

"你刚刚说什么？"

"你在米廓尔就这么做过。当时维尔沃克没有死。你为了救我们，牺牲了他。你为什么不能再做一次？"

"这件事情已经让我抱憾终身，我为什么还要再做一次？"

"我们难道不是为了最崇高的目的而战？倘若格劳成功，数百万人将惨遭屠戮，与之相比，一条性命算什么？召唤恶魔宿主，召唤切鲁贝尔吧。"

我缓步走到门口。"休息吧。"我强作镇定，努力保持语气平和，"冷静下来，好好想想。你会改变想法的。"

"算了。"他转过身，语气中带着不屑和无奈。

他紧绷的神经放松下来，对我突然释放的意志之力毫无防备。

"它对你说了什么？"我突然发难。

埃莫斯尖叫了一声，双腿抽搐。他一头栽倒，伸手想要扶住什么，却掀翻了身后的书桌。

满桌的笔记散落了一地。

"是它告诉你的，对吗？你这个蠢家伙，尤伯，你都做了什么？"

"因为我破解不了这种语言！"他号哭着，"凭我自己的头脑根本无法破解这种语言！但那本书里蕴藏了太多的知识！那本美妙至极的书！"

"你和恶魔宿主交谈过！"

"没有！"

"那你是怎么知道它的名字的？我从来没提过它的名字！"

埃莫斯尖叫着，跌坐在地上，脸上写满了痛苦、羞赧与恐惧。

"就在书页里！"他喊着，"就如同耳畔的低语，语气是那么温和！它说它能提供帮助！如果我能将它释放出来，它会向我讲述我想知道的一切！"

"神皇啊，你今天所说的一切都是从切鲁贝尔那个杂种口中听来的！"

"可那就是真相！"他号哭着，"真相！伊萨瑞尔！伊萨瑞尔！"

闹钟开始狂响。桌上的玻璃盏和三只水杯被震得粉碎。埃莫斯的镜片上出现了几道裂痕。

他瘫倒在地，不省人事。

我连忙叫来了机仆，将他送到了医务室。为了安全起见，我将他锁在了隔离舱中。这是为了他的安全，也是为了我们其他所有人。

那只该死的闹钟在我重返房间时还在响个不停，直到我将屋内的所有纸张焚为灰烬。

第十八章

杰甘达的相会

错位的忠诚

直到生命的尽头

埃莫斯……在最后一周的旅程中,埃莫斯让我操碎了心。我在医务室看护他,他却对我不理不睬。他在那次对峙的几小时后醒来,一言不发。他不吃不喝,连续几个日夜没有合眼,呆滞地凝望着隔离间紧锁的大门。

我真心希望自己不必将门锁上。

一天后,他开始饮水用餐,但仍然保持沉默。我们都试图让他恢复心智。米迪亚和马希拉每次都会花上几个小时和他交流。

我们提前一天抵达了杰甘达。大家的情绪都很低落。

在此之前,我从未意识到埃莫斯对团队士气的重要性。我们都很想念他,对发生的一切感到懊恼。

我为此深感自责。

埃莫斯在本该戒备的环节放松了警惕,但即便如此……这都是我的过错。我从没如此憎恨过自己。

我也憎恨切鲁贝尔。他的邪恶诅咒常年困扰着我。我不知道自己何时才能摆脱它。

我下定决心。如果我还活着,如果我击败了格劳,我会立刻烧掉《恶魔禁典》,并尽快返回古德伦,彻底毁灭切鲁贝尔。我会用我的符文杖将它彻底抹杀,就和我在法尔尼斯贝塔消灭普罗法尼狄时一样。

杰甘达星系环绕着一个巨大的气态恒星。星系中配备着一座半自动化的货运中转站,由贸易协会和领航员公会的联合主体修建和经营,供往来舰船中途停留和维护。

伊森号停靠在中转站的港口处,周围没有任何其他舰船的迹象。马希拉与站长取得了联络，一架无人机引导我们驶入了碟形中转站边缘的登陆口。

我带着马希拉和米迪亚走出了星船大门，受到了站长欧肯的欢迎。他满脸胡须，行动迟缓，带着四名员工管理着整座空间站。他解释说自己签了一份二十个月的合同，然后又更换了一名新的员工。他们接待的往来游客并不多。他们很乐意用最优惠的价格满足伊森号的各种技术和物资需求。

他一直喋喋不休。孤独会给人的头脑带来可怕的影响。

我们没办法让他闭嘴。我不得不让马希拉和他对接。马希拉也很乐于交谈。

米迪亚和我去了空间站的中央枢纽，想从常驻的星语者那里查看基定给我们发送的信件。空间站里一片昏暗，四处都是锈蚀腐烂、年久失修的滑轨和机库。此外，空气中还弥漫着一种刺鼻的气味，我认为那是腐肉，而米迪亚则认为是过期的乳制品。

事实证明，尽管欧肯是个话痨，但他有一件事未曾透露。

有人在休息室等着我们。

"格雷戈。"费希格从破损的沙发上站起身。他穿着黑衣，上身束着一条深红色的齐腰披肩，胸前绣着一枚银色的审判庭图案。

我看着他，穿过房间。"你在这里做什么，古德温？"

"我在等你，格雷戈。等待弥补一切的时机。"

"你打算怎么做？"

他耸了耸肩。这个姿势看上去轻松随意，又带着一丝歉意。"我说了一些不该说的话，对你的批评也操之过急。我一直是个死脑筋。你或许会想，我追随你这么多年，却毫无长进。"

"有长进吗？"米迪亚打趣道。

我对她伸出一根手指，让她保持安静。"你在倨傲星的态度已经很明确了，费希格。我不确定我们还可否继续共事。我们之间缺乏信任。"

"我想收回我的话。"他说。我从未听过他用如此平静、真诚的语气说话。

"古德温，你对我的纯净表示了质疑，认为我的行为是异端之举，并提出要给我救赎。"

"我那晚醉得厉害。"他说着，挤出了一个微笑。

"是的，你确实醉了。现在呢？"

"此时此地，我愿与你和解。"

第十八章

"好吧,我们从'此地'开始。你怎么知道我会在这里?"

他没有回答。我慢慢转身,看着米迪亚。她正假装低头研究桌面上的纹路。

"你告诉他的,是吧?"

"这个……"

"是吗?"

她敏捷地转过身,看着我。她的眼中满是傲慢与叛逆的气质,就和她该死的父亲一样。"好吧,是我说的!怎么了?我们需要费希格——"

"或许我们不需要,丫头。"

"别叫我'丫头'!他是我们的队友。他不停地向船上发送信件。一封接着一封。你又不肯搭理他,所以我回了他一封。"

"纳尔说过,他会替我回一封信。"

"是啊。"她冷笑着说,"纳尔说起了你给他回信的内容。你不留余地地拒绝了他。他为你出生入死多年,不应该遭受这样的冷遇。他刚开始很生你的气,但不久就后悔了。费希格只是想弥补他的过错,重新归队罢了。难道你就没有做过让自己后悔的事情吗?"

"多到你无法想象,米迪亚。但你应该提前和我说的。"

"是我让她别说的。"费希格说,"我能想象你会作何反应。我很感激米迪亚对我有如此高的评价。你能不能再信我一次?就像她信任我一样?"

"或许吧。但当我准备好时,我会安排新的机会。最近发生的事实在太多。"

"哦,得了吧。"米迪亚催促道。

"你是怎么来的?"我突然问了费希格一个问题。

"我搭了趟行商浪人的便车。一周前到了这里。"

我之所以问这个问题,是为了测试他的回答,并评估他是否有所隐瞒。当他回答的时候,我开启了意志之力,仔细探查他的思想。但我发现了自己最不愿看到的东西。

"你用了思维防护?"我问。

"以防万一。"他说。

"防什么?"我追问。

"防止这一刻的发生。"费希格说着,眼中流露出痛苦的神态,他从披肩下抽出爆矢手枪,对准了我。

宿敌

"费希格！"米迪亚惊慌地大喊。

巴伯瑞萨特早已被我握在手中，发出了嗡鸣。"别做蠢事。"我说。

如果他只身犯险，那才是真正的蠢事。

这些话并不是语音。每一个字都如同沾满剧毒、灼烧着的丝线，缠绕在一柄锋利的灵能匕首四周——那柄匕首刺进了我的后脑。我蹒跚着向前走了两步，双眼几乎失明。米迪亚重重地摔在地上，不省人事。

我在休息室的门廊外看到了几个人影，有五六个人，甚至更多。他们穿着审判官护卫专用的紫红色铠甲，头戴兜帽，胸前装饰着用金色叶片拼接而成的审判庭徽记。其中两人将我抬起，从我无力的手中夺下了灵能剑。其他人将枪口对准了我。

"别伤害他！别伤害他！"费希格喊道。

审判庭护卫将我拖进了休息室一旁遍地油渍的厨房中，有一个人正在等我。我看到一个身穿黑色铠甲和长袍的高个男子。他长着一张怪脸，在遭受重创后面目全非，令人心生憎恶。准确地说，那是一张马脸，口鼻被拉长，露出了满口粗粝的牙齿，眼眸漆黑，脑后插满了纤维状的缆线和闪闪发光的输液导管。

他曾是我死去多年的战友康茂德·沃克的弟子和审讯员。如今，他已经升为审判官。

"艾森霍恩，与你重逢让我感到恶心。"格里希·康斯坦丁·费波斯·赫尔丹说。

卫兵们将我和米迪亚拖回到了伊森号。我感到头晕目眩，耳旁响起了费希格的声音，他在恳求赫尔丹让手下务必小心。

哦，费希格犯了多么致命的错误。

当我们被捆在登机平台上时，我看到一艘黑色的审判庭巡洋舰，它有着流线型的外观，正停靠在伊森号一旁的港口处。那是赫尔丹的舰船，此前极有可能隐藏在气态恒星的另一侧，直到我们落入陷阱才暴露踪迹。

他们将我们都带进了会客厅。赫尔丹的人手充足，我粗略估算出那是一支完整的分遣部队的规模。此刻，他们已经占领了伊森号。

"你有多少同行人员？"赫尔丹怒斥。

我没有回答。

"多少人？"他又重复了一遍，话语中充斥着让人痛不欲生的灵能冲击。我需要集中精力，尽快建立起一道灵能屏障。

我假装身受重伤，倒在地上，环顾四周。马希拉站在离我不远的地方，被卫兵团团包围，怒目而视。伊琳娜坐在沙发上，脸色惨白。米迪亚伏在地上，渐渐转醒。没有埃莫斯和卡拉的踪影。

"我们有四个人！"马希拉说，"就这四个。其他人都是我的船员和机仆，为我的星船服务。"他正努力扮演无辜受到牵连的船长形象，对自己的船只遭到入侵感到愤懑。他表面上毫不退缩，并与我们这些麻烦的乘客保持着距离。但我知道，他心里早就七上八下了。

"你在撒谎。我能看得出来。"赫尔丹说着，在马希拉四周踱步，"你的灵能防御可圈可点，船长。但别对我撒谎。"

"我没有——"马希拉刚要反驳，立刻痛得说不出话来。

"不要对我撒谎！"

"放开他！"费希格吼道，"他只是船主，和这一切都无关。"

赫尔丹转身瞥了一眼费希格，眼中显出憔悴的病态。"是你促成了这件事，惩戒官。是你跑到审判庭，乞求我们拯救你亲爱的异端朋友。你希望我们助他脱离苦海。我正在这么做。所以请你闭嘴，让我继续工作。或者，你希望我先审问这些年轻可爱的女士？"

"不。"

"很好。我们的船长大人似乎是一位有趣的人。他甚至都算不上人类，是吗？托比亚斯·马希拉？你对灵能的防御水平很高，只因你的头脑并不全是有机构造。你是一台机器，先生，你几乎配不上'人'这个称呼，不是吗？"

"快瞧瞧啊，说这话的人自己是怎么一副'人'样。"马希拉鼓足了勇气。

我感到一道灵能传来，痛得我心脏骤停。赫尔丹非人的面容因为愤怒而皱缩成一团，他发出了动物般的咆哮。马希拉站立不稳，痛苦地跪倒在地。从他的颈部、右肩到右手的零件在灵能冲击下迸溅出了火花。

"有五个人！"我大声说，"我们一共有五个。"

"啊哈……异端终于开口了。"赫尔丹扭头看着我，他的注意力暂时从马希拉身上移开。这让船长的痛苦得到了短暂而轻微的缓解。

"团队还有一名成员,是我的学者埃莫斯。我相信你还记得他。他就在医务室。"

"你很配合,格雷戈。"赫尔丹说。我暗自祈祷我能在智谋上战胜对方,赫尔丹无疑能够从我的脑海中读取到有人失踪的情报。如果我透露了埃莫斯的存在,他或许会暂时收手,而完全忽略卡拉的存在。

"我建议你先不要管他。"我说,"他受伤了。"

"被亚空间所伤?"

"不,他会康复的。"

"但他之所以在医务室,是因为接触到了亚空间?"

"不是!"

赫尔丹转身看着几名手下。"去医护室,找到这个人,把他烧成灰。"

"神皇啊,不!"我喊道。

我想站起身,试着用意志之力从赫尔丹手中夺过灵能剑。但我太虚弱了,而他孔武有力。另一道灵能袭击将我轰倒在地。

"一切顺利吗?"另一个声音响起,"似乎有不少痛苦的喊叫声。"

"一切顺利,大人。欢迎登船。"我听到赫尔丹的回答,转身看到一个身影走进了伊森号的会客厅。他身披黄铜铠甲,甲片折射着夺目的光芒。他和我上次见他时一样,佩戴着人造下颌。

"奥斯玛……"我低声说。

"是赫里甘次星区审判庭大导师奥斯玛,你应该这样称呼。"赫尔丹厉声道。

奥斯玛正式掌权。奥尔西尼死后,莱昂纳德·奥斯玛终于踏上了他毕生追求的权力巅峰。就在我为了审判庭的使命往返奔波期间,赫里甘次星区已经发生了太多变化。奥斯玛与我早有过节,他曾经试图宣布我为勾结恶魔的异端,甚至囚禁、拷打和通缉过我。如今,他已经是赫里甘审判庭的首脑,也是我的顶头上司。

卫兵将我推到了伊森号会客厅的夹层区域,把我按在一把椅子上,面对着那张长长的宴会桌。奥斯玛和赫尔丹走了过来。奥斯玛握着巴伯瑞萨特,仔细端详着剑刃上的复杂纹路,研究起灵能剑的工作原理。他随身携带的巨大动力锤被别在腰带间。

赫尔丹在我对面坐下。

"我们之间原本无冤无仇，艾森霍恩。我不想继续羞辱你。我们都可以少一些麻烦。认罪吧。"

"认什么罪？"

"你的异端之罪。"奥斯玛说。

"我不是异端。这也不是符合法庭的规章。你们没有权力审判我。"

但我知道他们有的是权力。无论他是不是大导师，他都可以随心所欲地折磨我。

"认罪吧。"他说着，坐在了赫尔丹一旁的座椅上，身上的铠甲相互碰撞，发出了哀鸣。他似乎对巴伯瑞萨特很感兴趣，托着宝剑反复翻看。

"认什么罪？"

"我们有一份指控清单。"赫尔丹说着，从斗篷中抽出了一份列表，"你的部下，费希格非常详细地表达了他的担忧。你曾经多次和恶魔勾结，并让其中之一成为恶魔宿主供你驱使。你向审判庭隐瞒了禁忌文本的存在，并占为己用。你还包庇了一名异端，放任他逍遥法外，四处作祟。"

我瞪了赫尔丹一眼。"你是说庞提乌斯·格劳？我不会认罪，但我要告诉你。如果你继续延误我的时机，你会付出远超出你想象的代价。我发誓要阻止庞提乌斯·格劳，你们在妨碍我履行审判庭的神圣职责。"

"你履行神圣职责的时光已经一去不复返了。"奥斯玛说。

"《恶魔禁典》在哪里？"赫尔丹问。

我加固了脑海中的意识护盾，希望自己的表层思想不会轻易泄露。那书就在我的口袋里。他的人搜查了我的武器，但他们不会留意我外套里那本不起眼的旧书。

赫尔丹并没有读出我的想法。"他执拗得很。"他对奥斯玛说。

他们似乎认定《恶魔禁典》被藏在了安全的地方，或许是保险箱、手提箱，甚至在我的床垫下，但他们不会想到那本书就在他们面前，只隔着一层薄薄的皮衣。我必须隐藏这个可笑的事实。

"如果你们不让我完成手头的工作，成百上千万人都会死。"

"他们都这么说。"奥斯玛说完站起身，俯视着我，那张粗糙苍白的脸离我很近，"你会被活活烧死，艾森霍恩。在烈焰焚身中痛苦地死去。我之所以能成为唯一的大导师，是因为我从不放过任何一个如你一样的异端。你是个邪恶的蠢货。"

"说说关于恶魔宿主的事。"赫尔丹说，"它在哪里？我们如何找到它？操纵它需要怎样的咒语？"

"操纵？"我问，"你们需要这样的咒语做什么？你要自己操纵恶魔宿主？"

赫尔丹靠在椅背上，转头看着奥斯玛。

"他们当然不会！"一直站在夹层台阶后旁听的费希格打断了我们的对峙，"他们不是异端，和你不同……他们不会——"

他转头看着奥斯玛和赫尔丹。

"你们不想得到恶魔宿主，是吗，大导师？"

"它必须得到妥善的处置。"奥斯玛说，"这件事应该由高层处理。你说得太多了。"

"但恶魔宿主？你这么问，分明是想据为己有。"

奥斯玛瞥了一眼马脸审判官。"赫尔丹，让这个人走开。他不需要出现在这里了。"

"走开，费希格！"赫尔丹厉声命令。我的老朋友立刻走下了楼梯，他失魂落魄地坐在其中一张沙发上，注视着一旁的伊琳娜和米迪亚——她们正在照顾马希拉。

"恶魔宿主！"赫尔丹吼道，"交出来！"

"而你居然称我为异端。"

赫尔丹挥出了一道灵能，将我砸向了椅背。

一名卫兵走到奥斯玛身边。"我们已经搜过了医务室，大人。那里没有人。"

感谢神皇，我想。卡拉救出了埃莫斯。

"卡拉？"赫尔丹突然问，"卡拉是谁？"

谁都不是，我连忙用意志之力压下那个念头。

"船上共有六个人。"赫尔丹对奥斯玛说，"优先审问那个学者。"

"找到他们！"奥斯玛高声命令，一半的护卫冲出了会客厅，"如果有必要，从我的船上呼叫更多的小队过来。"

船身颠簸起来。船舱外响起了金属摩擦的刺耳鸣叫。

"那是什么？"赫尔丹问。

他站起身，匆匆走下台阶，朝着舰桥入口走去。伊森号剧烈震动着。

奥斯玛也站起身，用巴伯瑞萨特的剑尖指着我。"转移！"他向护卫队长命令道，"看着其他人！"

我们跟着赫尔丹走上了指挥室。费希格也加入了我们，马希拉在一名护卫的押送下也走出了会客厅。

在指挥室的主屏幕上，我们能完整地看到中转站的全貌。

伊森号脱离了停泊口，正慢慢地驶离码头。船坞的接口和固定壁在船体外摩擦，被挤压变形。

"你做了什么？"奥斯玛质问道。

"不是我干的。"我答道。

舰桥右侧的控制站发生了一系列小规模的爆炸，机器零件的碎片砸在大理石地板上，火花四溅。

位于右舷的教堂发生了另一次爆炸，将相邻的导航室和客舱都炸得四分五裂。一名佩戴着头盔的机仆燃成了一团火球，在地上翻滚，原本精美雕塑般的黄金外壳被砸得粉碎。

"这是蓄意破坏！"奥斯玛说。

赫尔丹看着马希拉。"这是你干的！"

"我？"马希拉说，"这是我最爱惜的船，我怎么会亲手毁了它？就为了这些罪犯？就为了这些我根本不在乎的人？"

"你在撒谎，你这个浑身金属的怪胎！"赫尔丹号叫着，扼住了马希拉的咽喉，将他摔在地上，"说，你到底做了什么？让你的船员将船稳定下来！"

"我什么都没……"马希拉咳嗽着。

赫尔丹将他狠狠地砸向了墙壁。无论参照什么样的标准，审判官都算得上体格强健，但他并不满足于此，用灵能增强了自己的力量。马希拉被这股巨力砸在墙上，发出了金属碎片迸裂的可怕声响。赫尔丹仍然抓着他的身体，将船长按在了杜拉合金地板上，用灵能挤压着他的身体。空气中响起了骨骼和金属碎裂的声音，令人不寒而栗。

他随后放开了手。托比亚斯·马希拉支离破碎的身体跌落在大理石甲板上，一动不动。

"你为什么这么做？"费希格哭喊道。

"闭嘴，你这个蠢货。"赫尔丹回答，"我们必须让这艘船停止自毁。"

宿敌

费希格和一名守卫朝舰桥的主控台走了几步。费希格很熟悉伊森号的构造。他或许想赶在船坞和船体相撞前，通过推进装置将我们开到安全地带。

导航室在一片煞白的烈焰中爆炸，紧邻的舵手舱顷刻间就被高温汽化。费希格和卫兵被震飞，失去了知觉。

伴随着震耳欲聋的尖叫声，一个扭曲的人体从火浪席卷的舱室内走出，悬浮在燃烧的穹顶之上，全身都被包裹在绿色的火焰中。

但那并不是尖叫，而是狂笑。

是切鲁贝尔。

它散发着足以致盲的光芒，让我的眼睛剧痛无比，但我能够看到它的面孔——我很快就意识到它被封存在了伊森号的一名星语者体内。锁链悬挂在它闪闪发光的身体上，有些部位还拖着线缆。衣服都被烧尽，但星语者身上的大范围增强植入装置仍然得以保留。这具身躯没有双腿，只有一组悬挂在腰间的电缆和控制台连接器。与马希拉的多数船员一样，星语者被永久地植入在控制台拱顶上方的接口中。

赫尔丹带着两名卫兵朝它跑去。卫兵们一边开火，一边高声念诵对抗亚空间的祷词。赫尔丹从腰间抽出了一柄动力剑。当他对恶魔宿主释放出全部灵能时，我感受到了剧烈的反冲力。

奥斯玛目瞪口呆地看着恶魔宿主。我突然意识到，尽管他有着如此煊赫的地位，却没有与切鲁贝尔作战的第一手经验。

"这就是你一心想夺取的恶魔宿主。"我说，"看来它是你的了。"

我的话让他立刻回过神来。他转过头，但巴伯瑞萨特已经被我夺回手中，在灵能的共鸣中嘶嘶作响。

"异端！"他怒吼着挥动战锤，能量在锤头上跃动闪烁。他朝我猛砸过来。

奥斯玛占尽优势，配备着精工护甲，全副武装。而我毫无防护。

我们的武器碰撞在一处，松开后再次相互挥击。他的每一次击打都蕴含着摧毁性的力量，而我仍然十分虚弱，赫尔丹对我的精神造成了极大的损伤。

"没时间了，你这个蠢人！"我吼道，"恶魔宿主不是我释放的，但这是我阻止它的唯一机会！"

在我们身后，恶魔宿主歇斯底里地大笑。卫兵向它开火，却毫无作用。它迅捷地俯冲而下，与狂怒的赫尔丹展开了搏斗。

奥斯玛被愤怒占据了心智。他一刻不停地向我发起进攻。他倾注全身力量，用一记重锤将我的剑砸向一边，我的防御露出了破绽。他的下一击随之而来，朝着我的脸砸落。我向后仰倒，勉强躲开了这一击。但锤头跳动的能量灼伤了我的面颊。

我失去了重心，仰面摔倒。

我摔在了大理石甲板上，在锤子砸碎地板的一瞬间连忙翻滚避开。奥斯玛的武器上带着他所在的圣锤修会的标志，他再次向我发起了致命一击。

空中响起了一道能量束发出的尖叫，我头顶的空气被一道耀眼的绿松石色的光束劈开。这道弧光击中了奥斯玛的脸，一片亮光闪过，他的头颅被轰了。无头的尸体倒在地上，发出了金属撞击声。那枚沉重的下颌植入物残骸在地板上弹开。

我坐起身。

马希拉瘫坐在原地，一旁的地板上留下了身躯被赫尔丹挤压留下的痕迹，他的臂膀无力地垂落。隔着那副优雅的手套，他手指的激光戒指还在闪闪发光。

我又跑了回去。米迪亚和伊琳娜跟着其他卫兵一起冲进了房间，满脸惊恐地看着眼前发生的景象。一些护卫选择了撤退。

赫尔丹被光芒四射、阴森大笑的恶魔宿主逼回到了舰桥。他绝望地将身边的所有东西扔向切鲁贝尔，但恶魔只是大笑着，露出一口尖牙。夺目的亚空间光芒在它体内迸发，让它的轮廓变得模糊不清。

赫尔丹的长袍中冒出了一缕缕青烟。

"伊琳娜！"我高喊一声，她立刻向我跑来。场面一片混乱，已经没有卫兵能阻止她的行动。

"我们没时间完整地做计划了。我需要你掩护在我身边。你或许可以阻止它的一部分力量。"

她点了点头，用双手死死攥住了我的外套。她早已被吓得魂不附体，但面对我的命令，丝毫没有退缩。

我从外套口袋中抽出了《恶魔禁典》，绝望地翻阅着书页。我始终找不到自己要找的内容。该死，我怎么也找不到！

在舰桥上，赫尔丹脚下坚固的大理石地板应声断裂，星船的整块甲板在剧烈的震动中断为两截。赫尔丹的一只脚滑进了裂缝，身体摇晃了一下。

切鲁贝尔高兴地哼了一声,拍了拍手。甲板继续震动,裂缝像老虎钳一样牢牢地合拢。

赫尔丹痛得大叫,嚎叫声甚至压过了恶魔的尖啸。他的短腿被夹在甲板中。切鲁贝尔再一次俯冲下来。

赫尔丹惊恐地挥舞着手中的动力剑。剑刃被恶魔鼓动的烈焰熔成了铁水。审判官的衣服被点燃,从头到脚都被绿色的火焰吞没。他站在原地动弹不得,看上去如同一名被绑在火刑柱上的异端。

切鲁贝尔眼看这个猎物必死无疑,顿觉索然无味,将目光转向了我们。它尖啸着向我们俯冲而来。伊琳娜恐惧地呜咽了一声。

"靠近我!"我命令她。

"你好啊,格雷戈。"切鲁贝尔说。它的声音嘶哑而破碎。被它占据的星语者多年没有说话,那副躯壳的发声器官已经严重萎缩。

"我们一起找了不少乐子呢,格雷戈?"它说着,用空洞的双眼注视着我。它面带狰狞的笑容,体内的光球没有一丝暖意,反而令人脊背发凉。事实上,在煞白的光芒中,除了纯粹的邪恶外,空无一物。

"和你玩游戏总是令我愉悦。但这场游戏一定出乎你的意料吧?没想到会在这里遇见我,是吗?这次呼唤我的人不是你。"

它步步逼近。我感到的并不是热量,而是从它体内逸散而出的刺骨寒气。我还在拼命翻找着书中的文字,寻找我需要的段落。

"这是我给你的另一个惊喜。"它将声音压低,几乎是耳语,"这是我们最后一次玩耍了。我受够了你设计的游戏规则。你看到我对那个马脸蠢货做了什么吗?放心,我不会那样对待你,我的老朋友。我会做一些让你痛不欲生、求死不能的事情。"

它向我猛冲而下,但仿佛被蜇了一样,突然迟疑着后退了一步。它闯进了伊琳娜四周的灵能禁区。切鲁贝尔将注意力转移到了她身上。

"你好呀。真是个可爱的小东西。多俊俏的脸蛋!可惜我要亲手毁了她。"

"呃!"伊琳娜啜泣着。

"你可真是个老奸巨猾的家伙,格雷戈。身边总是带着一名不可接触者。她和你平时用的那位不一样了,是吧?她怎么了?"

我将书在地上摊开。

宿敌

"你要记住，她救不了你。"切鲁贝尔说着，亮出了丑陋狰狞的利爪。

我将书高高举起，用双手举在它眼前，以便让恶魔宿主看清书上的文字。

那是驱逐恶魔的四个符文图解。仅凭符文的图片当然无法放逐切鲁贝尔，因为它们需要得到恰当的运用。但我很确定，恶魔宿主只消看到它们就会受到一定的伤害。

切鲁贝尔尖叫一声，退后了几步。我迈步上前，继续举着书。

在极度痛苦的折磨下，恶魔宿主被迫飞回到了舰桥上方，将指挥室的主屏幕撞成了碎片——全息仪器和玻璃荧屏被撞成了散落一地的水晶碎粒，迸射出火花。它向上跳起，在天花板上弹了两下，如同一只被逼疯的黄蜂企图撞破窗户玻璃。它浑身燃烧的烈焰变成了黄色，接着变成了橙红色。

切鲁贝尔坠落在地面，在地板上烧出了一个闷燃的深坑。

"哦，神皇啊——"伊琳娜啜泣道。

"快走！"我说，"它不久就会回来。走！"

米迪亚在前面带路。最后几名留在指挥室的卫兵正忙着用斗篷扑灭赫尔丹身上的火焰。他在尖叫。

"带她离开！"我将伊琳娜推到了米迪亚手中，"去机库的甲板层！快！"

她们朝门外飞奔。在伊森号的深处某个地方传来了低音轰鸣，爆炸震动了整个舰船。多个警报同时响起。火花如同雨点从舰桥顶部倾泻而下。

我向马希拉跑去。他眼神闪烁，抬头看着我。"请不要……不要介意。"他气若游丝。

"介意什么？"

"我曾经对那头畜生说，我根本不在乎你们。我是在撒谎。"

"我知道。"

"谢谢你。"他话音刚落，就没了气息。

我沿着舰桥外侧的一条纵向走廊奔跑。由于船舱底部发生的爆炸，浓烟正在廊道的空间里翻滚。我看到奥斯玛的卫兵已经慌不择路，丢盔弃甲地冲向出口。

我走了十几步，身后一个嘹亮的声音让我停住了。

费希格紧跟在我身后，伸出笔直结实的胳膊，手中的爆矢手枪对准了我。

第十八章

接连发生的爆炸让他浑身浴血，满面淤青，但他的神色刚毅坚定。我曾经见过这副表情，但那是他面对敌人时才会有的表情，而不是面对我。

"停下脚步。"他说。

"别这样！我们要尽快撤离！这艘船要毁了。"

"停下。"他重复了一句。

"跟我来。我会向你解释一切，你会明白——"

"闭嘴，"他说，"一派胡言。你自始至终都在撒谎。你差点唬住我了。就在刚刚，我甚至认为联络奥斯玛是一个致命的错误，甚至为此懊恼自责，但你很快就原形毕露。你又召唤了那头恶魔，这足以证明我对你的担忧是对的。"

"现在不是时候，也不是地方，古德温。我必须撤离，你可以和我一起。"

我转过身，继续向前。

"格雷戈，求你了——"

我继续前进。我确信他不会开枪。我们终究不是仇敌，而是同生共死的战友。说到底，他不会狠心对我开枪。

爆矢枪响了。子弹击穿了我的左膝。我摔倒在地，用巴伯瑞萨特支撑着身体。我的膝盖血流如注。但更令我痛苦的是，我不敢相信他能鼓起勇气这么做。

我痛苦地倒抽一口凉气，伏在剑身上。他又开了一枪，我的右腿被爆矢弹打断了，破碎的腿骨歪向了一边。

我仰面躺在地上。我感受到了伊森号剧烈的震颤，爆炸声如同滚雷，透过甲板在我们下方回荡。费希格走了过来，俯视着我。

"住手……"我几乎喘不过气，"带我去机库。"

他将爆矢手枪的枪栓向后拉动。他因为痛苦而颤抖，在悲伤、失望、责任和信仰的旋涡中挣扎着。

"求你了。"他说，"立刻停止你的所作所为。虔诚地忏悔，接受神皇的罪责与宽恕吧。现在一切都还不晚。"

"事到如今，你还要拯救我？"我忍受着剧痛，一字一顿地说，"我真是荣耀之至，费希格……你开枪将我击倒，目的还是拯救我的灵魂？"

"撤销亚空间的咒语！"他哽咽道，"求你了！我能救你！你是我的朋友，我能让你得到救赎。"

第十八章

"我不需要救赎。"我冷冷地说。

他将枪口对准了我的太阳穴,手指紧紧扣在扳机上。"愿神皇庇佑你,格雷戈·艾森霍恩。"他说。

他突然无声地抽搐起来。他魁梧的身躯开始摇摆,手臂垂落的同时,那柄爆矢手枪对着门廊一侧的墙面开了一枪。他低垂着头,跪倒在地,仿佛正在祈祷。

我挣扎着站起身,倚靠着身后的墙面。我的腿已经伤势严重,血流如注。

米迪亚在我身边蹲下。她的脸颊上挂着两行清泪。针弹手枪从她的手中滑落,咣当一声砸在了金属甲板上。

卡拉出现在我们身后,手中握着激光卡宾枪。伊琳娜和埃莫斯都跟在她身后。他们看到我和费希格时都惊得目瞪口呆。

埃莫斯形容枯槁,像一名苦修的朝圣者倚靠在我的符文杖上。

"扶我起来。"我咬着牙吐出这几个字。卡拉和米迪亚连忙将我架在中间。

我看着埃莫斯。"是你召唤了切鲁贝尔?是你吗?你将它召唤到了伊森号的那个可怜的星语者身上?"

"他们要将我们当作异端烧死。"他有气无力地说,"那样,我们就再也无法阻止格劳了。"

"但你是怎么执行召唤仪式的,尤伯?你手上并没有那本书。"

"那本书,"他轻叹一声,"那本诅咒之书,在这儿。"他用枯骨般的手指敲了下满是褶皱的前额。

他记下了书中的全部内容。就在短短几周内,他将《恶魔禁典》的每一句话都烂熟于心。由于模因病毒的影响,他对数据成瘾。这让他成为一名无与伦比的学者。如今,这也招致了他的崩溃。

"你记住了所有的东西?"

"每一个词。"他困难地咽了咽口水,"一字不差。"

又是一阵剧烈的震动。一股滚烫的热浪从走廊另一侧扑面而来。

"我们是要像傻子一样站着等死,还是要离开这艘船?"卡拉搀扶着我,绝望地问。

"我同意,尽快行动。"我说。

宿敌

但前方的路已经封死。切鲁贝尔卷土重来，此刻已经找到了我。

它恶毒的暴行让伊森号陷入了瘫痪。我用符文造成的痛苦仍然在它的体内沸腾，它甚至一句话也说不出。

它沿着走廊向我们扑来。我此刻连《恶魔禁典》也拿不动了，光是保持站立就已耗尽我的全部体能。

伊琳娜因为惊恐而号哭着。我在心中不住地咒骂，内心被无助感笼罩。

埃莫斯蹒跚着前行，将自己挡在我们和正在冲锋的亚空间生物之间。他握着符文杖，将杖头对准了切鲁贝尔。他知道该如何做。愿神皇怜悯他，我的老学者比我更懂得如何对抗恶魔。

力量与强光同时释放，四周的一切仿佛寂静无声。恶魔宿主的身体顷刻间土崩瓦解。

埃莫斯和符文杖都在剧烈地抽搐着，二者同时被点燃，爆裂的光球在学者的身上频频闪烁，噼啪作响。

最后几道电弧掠过甲板，埃莫斯仍然站在原地。我们其他人也都保持着站立的姿势。一缕青烟在我们上空缭绕。

"埃莫斯？埃莫斯！"

"我……已经暂时控制住它……但只有片刻。"埃莫斯没有转身，他的声音低沉，吃力地吐出每一个字，"它现在很虚弱……或许会感到困惑……但不会持续太久……我们需要……需要一个更合适的容器……供它……占据……"

他突然转过头来。星语者宿主肉身的毁灭让他浑身污秽，烈焰灼烧着他的衣服，他的眼镜被炸成了碎片。

"你做了什么？"我问。

他没有回答。埃莫斯似乎付出了极大的努力，一个字也说不出口。

"埃莫斯，你究竟做了什么？"我问道。

他睁开了双眼。

眼中是一片空洞。

彻底的空洞。

我们花了十分钟将恶魔宿主安置妥当，但这十分钟令我心如刀绞。我无法独自行动。伊琳娜不得不在我工作的时候帮我拿着《恶魔禁典》，我用自己伤口上的鲜血绘制符文和标记。我不禁想起了在米廓尔湖滩边所做的同样草率的仪式。

"快点！"卡拉催促道。

"好了，已经完成！埃莫斯，你能听到我说的话吗？已经完成了！"

他苍老的双手不断颤抖着，将符文杖放在地上。我看到他的嘴正在努力，却始终说不出话来。

但我知道这部分，咒语、简短的祈祷，是为了对抗邪恶必须做出的让步，是最后的封印咒语。

"以恶魔奴役之契，吾将汝永缚此身！"

米迪亚火速启动了马希拉的货运运输船，离开了机库的甲板。四周的一切都在震动。运输船没有炮艇那样强劲的动力加速系统，但她还是将引擎的动力压榨至极。

当伊森号的表面第一次传出震荡波时，我们已经驶出了十六公里。这艘伊索尔德式的重型商船曾经是其主人引以为傲的一切，在我们看来，它就像是一枚黑色的炮弹，从内部被引爆。当它慢慢沉入气态恒星的怀抱时，后方的碎片散落，折射出晶亮的光泽。

起初是一个明亮的闪光，接着又闪烁了两下。伊森号的位置亮起了一个白点，白点逐渐扩散，最终化作一根不断拉长的白线，越来越亮，距离也越来越近。最终，我们清晰地看到那是核能爆炸不断膨胀形成的圆盘状火云的边缘。

冲击波从我们身边滚滚而过，我们的运输船就像孩子在兴奋地摇摆的拨浪鼓一样，左右震荡着。

在那之后，一切都无声无息。

伊森号永远地消失在了星海之中。

埃莫斯躺在运输船客舱的高靠背座椅上。他双眼紧闭，呼吸急促。卡拉扶着我坐在他身旁。她说了一些关于止血和腿部绷带的事情，但我没有仔细听。

"尤伯？"

他睁开双眼，仿佛我惊扰了他的美梦。他的双眼又回来了，苍老的眼眸中布满血丝，因为失去了镜片而不断地眨眼。

他的呼吸很浅，夹杂着啸音。

"坚持住。"我说，"货舱里有便携医疗设备，伊琳娜会调试好的。"

他咕哝了一句，吞了口唾沫。

"什么？"我说。

出乎我意料的是，他突然握住了我满是血污的手，死死地拉住不放。他缓缓转过头，看到了我们刚刚为恶魔替换的新宿主——它正端坐在角落中，被绑带固定着，头颅低垂，仿佛在沉睡。

"真是……"他低语道，"真是蹊跷的扰动……"

我想要回答他，但他紧握的双手缓缓松开了，呼吸也随之停止。

我结识最久的老友已经撒手人寰。

我靠在椅背上，痴呆般地看着船舱的天花板。

我一生中都在试图压抑的情感如同决堤的洪水，席卷了我的内心。

我感到无比脆弱，如同一张薄纸，不仅仅是因为失血过多。

腿部的剧痛如同烈焰在灼烧，但与我心中的痛楚相比是那么微不足道。

我听到了卡拉在呼喊我的名字。她又喊了一次。我听到伊琳娜让我说些什么。

但虚空如同一面冰冷的墙，那些话语被隔绝在外，遥不可及。

第十九章

伊萨瑞尔的大厅

黑暗的落叶

以神皇之名

在我附近的某个地方，有人在使用星标枪。我能听到发射装置传出的接二连三的嗖嗖怪声，以及金属碰撞发出的清脆声响。

我闻到了嘴里的血腥味，但这不是我现在该担心的事。科里琪娅无疑会大惊小怪地训斥我。"你不应该做这种事。"她在暗光号的医护室里曾经严厉地警告过我很多次。

好吧，关于这一点，她错了。这是神皇赋予我的使命，更是我的本职工作。

"前方无障碍。"纳尔通过对讲机对我说。

"明白。"我答复后继续前行，一边惊讶于自己的身体居然移动得如此缓慢。我的双腿和躯干四周固定着粗糙而沉重的支架。我感到步履维艰，动作笨拙得就像古老神话中的食人魔。或者像一台战斗泰坦，我懊恼地想。我一步一步，迈着沉重的步伐，走向属于我的命运。

由于时间紧迫，资源有限，这已经是科里琪娅和安特里布斯能为我提供的最好的治疗。刚开始，科里琪娅曾经强硬地要求将我送进观察室，进行重点看护，直到我被送往帝国顶尖的医疗设施为止。

但我坚持参与行动。

"如果我们现在就做修复手术。"科里琪娅曾经这么劝我，"从长远角度看，或许情况会更糟。如果一味地让你尽早恢复，无论我们的手术有多出色，过早手术带来的负面影响也是不可逆的。我劝你不要操之过急。"

"尽快手术吧。"我当时是这么回答的。为了对抗庞提乌斯·格劳，我甘愿放弃更先进的义肢技术。我所需要的只是暂时具备行走能力。

握在我右手的巴伯瑞萨特感受到了生物的气息，开始不住地震颤。但我很快就放松了警惕，来人是卡拉·斯沃尔。

她穿着绿色的贴身护甲，外面披着厚实的防弹外套，沿着沟壑向我跑来。她佩戴着防尘面罩，肩上挎着一把袖珍大口径手铳。

"怎么样，头儿？"她问。

"我很好。"

"你看上去……"

"怎么？"

"很生气啊。"

"谢谢，卡拉。我确实有些恼火，因为你和纳尔占尽了风头。"

"嗯，纳尔觉得我们快马加鞭总不是坏事。"

我与第二分队接通了语音通信。不到两分钟，伊琳娜和米迪亚就加入了我们的行列。与他们并肩而行的是列夫·古斯汀和科尔·克莱恩——他们都是基定队伍的战士，和基定雇的考古学家肯泽尔一样，作为增援部队参与到本次行动中。

"加速前进。"我对他们说。

"你还好吗，长官？"伊琳娜关切地问。

"我很好。我希望你们能……"我欲言又止，"我很好，谢谢你，伊琳娜。"

他们都在为我担心。杰甘达事件刚过去三周半，而我在五天前刚刚恢复行走。起初，他们都默默赞同科里琪娅的提议，认为我应该留在医务室，将剩下的行动全权委托给拉文纳。

但这就是当"头儿"的好处，做最终决定的人是我。然而我不应该因为他们的担忧而气恼。如果不是卡拉和伊琳娜在运输艇上采取的紧急医疗措施，我可能早就命丧黄泉了。我中途出现了两次大出血，而伊琳娜是唯一与我血型相符的人，她在危急时刻为我输血。

在遭到重创之后，我的队伍比以往任何时候都要团结。

"让我们加快步伐。"我说，"我不想让纳尔和拉文纳夺走所有的荣誉。"

"你带路吧，铁蹄。"米迪亚说。卡拉听到忍不住窃笑出声，但立刻觉得不妥，假装自己的过滤面罩出了问题。

"我无法想象你给我起了这么难听的绰号，还能大摇大摆地离开。"我说。

我们又听到了星标枪发出的嗡嗡声。声源仿佛距离我们很近，在迷宫般的峡谷之间回荡。

"看来我们有新战友了。"古斯汀说。他留着胡须，或许是为了掩饰脸上的恐怖疤痕。他曾经是帝国卫队的士兵，退役后先做了一段时间的角斗士，后来成了赏金猎人，最终被拉文纳招募为审判庭士兵。他说自己来自风暴星域的巴斯·比瑟世界。但我只知道有风暴星域，对那个世界一无所知。古斯汀穿着灰色的烧蚀材质铠甲，提着一支经过多次维修的帝国卫队制式步枪。

他已追随拉文纳多年，我十分信任他。

灵族星标的呼啸声再次回响，与远处的激光放射声重叠在一起。

"是拉文纳的朋友们。"米迪亚说。我们都不喜欢灵族。共有六名灵族战士居住在基定的舰船中，负责守护他们的先知。他们身形高挑，比人类的身材修长得多，始终沉默寡言地执行自己的任务。基定称他们为支派勇士——我对这名称的含义并不了解。他们戴着巨大的弧面头盔，边缘点缀着羽毛状的装饰。他们铠甲完备时比平时还要高出许多。

他们与先知领主一起，配合拉文纳麾下的三支作战小队参与了地面作战。

拉文纳的高级参将拉夫·斯金纳率领着三支六人突击队，在我们西方推进了约一公里。

古尔——或者按照帝国标准制图代码，5213X——和我想象中的目的地完全不同。它和我在马拉·塔雷脑海中窥探到的干旱世界毫无相似之处，更没有远古城市封存在沙尘下的废墟。我认为那或许只是塔雷对这个世界的想象。

她本人从未亲眼得见，至少我没有给她这个机会。

我不知道古尔是否符合先知的预视。在我看来，灵族的预言总是模棱两可，更不可全信。

我们靠近了星球的宽广轨道，并尽量保持隐蔽。暗光号装配着伪装力场。对此，拉文纳没有向我解释力场的工作原理，但我认为那在某种程度上是他动用自己强大的意志之力建立的。舰船的高频段传感器在邻近的轨道上侦测到了一艘星船，那是一艘规模极大的商船。对方似乎没有觉察到我们在附近。

古尔是个无形的存在，至少用肉眼很难辨别。我从未见过一个存在感如此低的世界。那不过是重力场上的一个阴影，如同渐弱的回音，若有若无地蛰伏在物质世界的角落。即使它向阳的一面也没有呈现出清晰的轮廓。它吸收了所有的光线，没有任何反射。

当拉文纳的女船长希尼亚·普利斯特给我们发送首批供研究的地表扫描图时，我们还以为她发送的是一个孩子玩具的特写。

"是个迷宫。"我记得当时这么说。

"准确地说是一个谜题装置……好像内部有联动构造。"拉文纳判断。

"不，这是石槽雕刻。"米迪亚说。

我们都回头看着她。"刻着祷文的石槽雕刻。"她问，"你们都没听说过吗？"

"能解释一下你是怎么想的吗？"我说。

她绘声绘色地讲了起来，花了很长时间，直到我们都听懂了她的意思。

格拉威亚的隐士们认为，将整个帝国的祷文雕刻在赛克里果园的石头水槽中，是表达对神皇爱戴的最好方式。至于赛克里，我们了解到那是一种软糯香甜的夏季水果，味道有点像木瓜和牛轧糖。据她的可靠消息，那味道也有点像圣纳果。这种石雕需要非常高超的技巧，因为石槽的宽度和珍珠的直径相仿。

谢天谢地，没有人问她圣纳果是什么。

"我不知道他们是怎么做到的。"米迪亚说，"他们仅凭肉眼，用针头就能刻字。我觉得他们根本就看不到针头细微的动作。但他们常常将石头上的图案放大，向世人展示，你可以清晰地读出每一个字，直到祷言的最后一句。真的一字不差！祷文全都雕刻在了石槽里。祷文的段落相互连接，拼凑得十分紧密，充分利用了狭窄空间里的每一个角落。要知道，'石槽祷文'可是格拉威亚十九大奇迹之一，当地人为之感到自豪。"

"十九大奇迹？"通信器另一头的希尼亚好奇地问。

"黄金王座啊，女士，别再发散话题了！"我绝望地喊。但事实上，米迪亚的联想不无道理。古尔的表面千沟万壑，无异于水槽。这是一个通体漆黑的完美球体，整个表面都覆盖着结构紧凑、相互交叉的线条。事实上，每一根看似平滑的线条都是一道深谷，宽两百米，深九百米。

米迪亚的描述让我陷入了思索。我回忆着我们在普罗莫迪的降神仪式上截取的那幅地图，以及我亲爱的埃莫斯在解读铭文时，在环绕的图像周边留下的笔记。

我认为，古尔的沟壑内部很有可能被精心雕刻过。这个亚空间部族的全部文化，包括他们的语言体系都建立在位置和空间的表达上。我推测我们在降神幻境中看到的那面刻着铭文的墙体，或许就是眼前错综复杂的线条中微不足道的一截。那时在普罗莫迪浮现的景象就是古尔——恶魔种族的都城。

此前，希尼亚·普利斯特的传感器细致地扫描了星球表面的热量与运动痕迹。一切就绪后，我们召集队伍，开始做登陆作战的部署。拉文纳也嘱托暗光号的船长，如果敌人有意返回星船撤离，随时做好将敌人消灭的准备。

包括我们此前驾驶的运输船在内，我们分别乘坐三艘飞艇离开了拉文纳的星船，下降到了稀薄的大气层中。脚下是几乎完美的几何图形，飞艇的阴影在平坦的沟壑顶端和深邃的缝隙中掠过。

我们在目标区域附近着陆。

第一件出乎意料的事，是我们可以自如地呼吸这里的空气。

我们原本都穿着真空防护服，戴着呼吸面具。

"这怎么可能？"伊琳娜费解地问。

"我不知道。"

"但这很不寻常……没有这么巧的事。"她惊讶得几乎说不出话来。

"没错。"

第二件出乎意料的事，是我们发现米迪亚居然是对的。

肯泽尔拿着探测器跪在峡谷边缘，将图像放大，研究着缝隙与墙体的细节。

不用他说明，我就知道这些墙体和沟壑的构造几乎完美，切面平滑，精度极高，是机械精密加工的产物。

"地面与墙壁之间的夹角为九十度，至于精确度……它太精确了，用我的探测器根本无法读取出任何误差。什么人……什么样的人能做出这种工程？"肯泽尔显然受到了震撼。

"格拉威亚的隐士？"米迪亚咯咯笑道。

"如果他们有聚变激光、星舰、备用的行星和几乎无限的能源供应，或许可以做到。"我说，"但在这之前，请先告诉我：在他们开始这项工程之前，是谁把整颗星球打磨抛光的？"

我们走到了沟壑深处。它略微向西方弯曲，如同一条古老的河流，河床被深深地凿在了河堤之间。很久以前，在 KCX-1288 号星球与萨鲁提异形交战时，我曾因为当地的地质构造和建筑完全不符合几何规律而感到毛骨悚然。如今的这幅图景截然相反，但带给我的不安感更甚于当年。一切都如此规整，浑然天成，毫无瑕疵。宽阔的地面上只有一层薄薄的灰尘，表明这里年代久远。

我们向纳尔的位置靠拢。

"他们知道我们在这里。"他说着，示意我们仔细听沟壑另一头传来的战斗声。

"知道敌人的数量吗？"我问。

"不知道。但斯金纳的队伍似乎遭到了敌人的反击。据他推测，都是身穿重甲、全副武装的维萨人。"

"我们要小心行事。"

我使用了意志之力尝试联系拉文纳。

"情况如何？"

"支派勇士已经——"

"哇哦，嘶……小点声，基定。"

"抱歉。我总是忘了你——"

"我怎么了？"

"我是说，你还受着伤。支派勇士已经投入了战斗。场面相当激烈。"

我能感受到他将灵能灌注到了动力椅的灵能火炮中，产生的灵能反馈让我的头隐隐作痛。

"敌人情况怎样？"我问。

"包括维萨的耶尼切里，和其他来源的雇佣兵。我们——"

话音中断了一会儿。一股扭曲的灵能噪声让我感到极为不适。

"抱歉。"他继续，"他们居然用了聚变武器，看样子他们真的不想放我们进去。"

"进去哪儿？"

他将一组坐标数据发送过来，我从纳尔手中接过了地图数据板，输入坐标。

"一座不明建筑。"拉文纳说，"就在我们正前方，也就是你们的西南方向。它建在沟壑尽头的交会处。我不知道如何进入，因为根本没有入口。但维萨人源源不断地从尽头出现。一定有隐蔽的通道。"

第十九章

语音又一次中断。他再次恢复联络。

"这些维萨人就像疯了一样。我的先知领主说他们赢得了支派勇士的尊重。"

"你的先知领主？"

"你说什么？我没听清。"

"没什么，基定。我们正从你的侧翼绕过沟壑的东北交叉口，很快会与你会合。"

"收到。"

"出发！"我催促众人。除了伊琳娜，其他人全都跳了起来。

我这才意识到自己还在使用灵能。尽管我感到疲惫不堪，每走一步都在忍受伤口的剧痛，但这不是我心不在焉的理由。

"抱歉。"我用嘴继续说，"我们继续向前。这条裂缝向西南方向延伸，并和另外两条交会。根据基定的推测，目标地点就在交会处。"

我们加快步伐，在陡峭峡谷的阴影中穿行。

"神皇啊！"肯泽尔抬起头，突然喊了一声。

一道明亮的闪光弹在高墙之间的星空上点亮，如同泼洒在墨水中的牛奶一样晕开。格劳的星船已经得知了我们闯入的消息，立刻投入了战斗，而暗光号也第一时间发起了进攻。闪光弹在空中绽放，天空亮如白昼。

"我可不想在上面。"科尔·克莱恩说。克莱恩是一名从未正式参军的巢都人。他只效忠于两人，首先是拉文纳，其次是坦萨奇九号巢都的地下帮派首领。他身材矮小，脸色苍白，穿着磨损严重、打着补丁的防弹衣。他的皮肤上涂着代表帮派的颜色，眼中植入了廉价的镜片。他脖颈上挂着一串阴森的人类牙齿。这是个有趣的讽刺，因为他本人的牙齿早就在常年的战斗中全部脱落，替换成了陶钢假牙。

克莱恩将配备着夜视瞄准镜的特伦瓦瑟自动步枪扛在肩上，快步跟在队伍后。在拉文纳招募他之前，他一直生活在伸手不见五指的街巷角落中。这里的环境很适合他。

考古学家肯泽尔已经落后了。他不是拉文纳团队的成员，只是一名为了报酬参与普罗莫迪考察的学者。我不太喜欢他。他之所以参加行动，是为了一己私利。

我无须读取他的思想，就能看出他来这里只是为了自己——几篇关于古尔考古发现的独家学术论文足以让他过上衣食无忧的生活。

"跟上！"我对他喊道。我背部感到剧痛，嘴里又涌出了鲜血。

肯泽尔贴在墙面上，摆弄着手持扫描仪。

我示意队伍停下，迈着沉重的步伐走到他面前。我的皮靴四周用金属框架固定，每走一步都会扬起一片烟尘。"铁蹄"，说真的，米迪亚起的绰号还挺贴切。

我认为最让我懊恼的不是固定在腿部的沉重支撑架，也不是我重伤之下的笨拙步态，甚至不是渗入口腔的内出血。

那些都不是，最让我愤怒的是我冰冷的头皮。

我真的不习惯光着头。为了植入能够驱动双腿的神经元和突触缆线，科里琪娅不得不剃光了我的头发。在整个植入手术的过程中，她始终忧心忡忡，因为根据帝国标准，这场手术的设备和工序十分粗糙。但这样的担心已经没有意义，这已经是她和安特里布斯能够提供的最好治疗。

如他们所说，剃光头发是必要的流程。

我的头骨后侧感到一阵阵酸痛，脑后接口固定着一根填充着药物的人造脊椎，一直与我的双腿相连，以便我更精准地控制双腿的活动。包裹着钢圈的缆线从我的头皮延伸而出，通向固定在我背部的伺服器械和步行支架。那几根缆线被拢在一起，用钢钉固定在我的背上，就像一条顺滑的人造马尾辫。

给我足够的时间，我迟早会习惯的。

但如果没有足够的时间，这点不适又有什么关系呢？

我在肯泽尔身旁停下脚步，低头看着他。

"你在干什么？"

"我在记录，长官。"他咕哝着，"这里有一个标记。到目前为止，我们一路见到的墙体都是空白的。"

我低头寻找。弯腰对我来说很难。

"在哪？"

他从工具箱中抽出了一台吹风机，吹散了墙角的灰。

"这里！"

那是一个不起眼的螺旋形图案，被雕刻在光滑的岩石表面。

它看上去就像是我们在普罗莫迪上看到的图像的精简版本，或是这个星球表面迷宫般构造的微缩版本。

"记录下来，继续行动。"我说完转过身，对其他人说，"我们继续。"

肯泽尔突然尖叫起来。

我连忙转身。看到肯泽尔伏在沟壑的地表，身体被激光轰得四分五裂。从他的伤口和关节撕裂的情况判断，子弹是近距离射出的。汩汩鲜血从他的尸身流出，渗入了地面的灰尘。

自始至终，我们都没有发现袭击者。

"怎么回事？"我手中的巴伯瑞萨特刚刚发出了蜂鸣，但很快就恢复了平静。

纳尔飞快地跳到我身边，用亚光地狱枪的枪口对着尸体四周的区域扫描了一圈。

"这究竟是怎么回事？"他问，"列夫？科尔？会不会是墙头的敌人？"

我回头看着他们。古斯汀和克莱恩正缓慢地向后踱步，仰头观察着悬崖般陡峭的墙壁顶端。

"没有。没有找到敌人。"古斯汀汇报。

我试探着拍了拍肯泽尔在石墙表面发现的那枚螺旋形图案。图案十分牢固，不像是机关。

我们沿着沟壑继续前进。克莱恩在队伍后方掩护我们。我们走了大约五十米。他突然喊出了声。

我转过身，看到他正与两名全副武装的耶尼切里雇佣兵近距离交火。克莱恩的身体多处中弹，向后踉跄了几步，但还在凭借毅力继续开火。他将一梭子弹轰进了其中一人的面甲，直到另一名雇佣兵射出了一发致命的子弹，将他轰倒在一片灰尘中。

纳尔和米迪亚也予以还击。剩下的那名维萨人端着手中的机枪，对着我们展开了一轮扫射，伊琳娜和纳尔都被击倒在地。

扫射仍在继续，直到卡拉的火炮将他轰倒，尸体被砸飞在墙角。

"看看他们受伤没有！"我向米迪亚喊道，指了指纳尔和伊琳娜。纳尔的左臂皮开肉绽，伊琳娜的左胫肌肉也被打穿了，但二人都坚称自己没有大碍。米迪亚打开了随行医疗包，为二人包扎处理。

我检查了克莱恩和维萨人的尸体。

古斯汀走到我身边。"他们到底是怎么出现的？"他问。

宿敌

我没有回答。我从皮套中抽出了那柄符文杖，紧紧握在手中。我向沟壑的墙壁上轰射出了一道道灵能。亿万年的积灰和岩石碎片在墙体表面扩散，我看到墙上出现了另一个螺旋形的印记，和肯泽尔发现的一模一样。

"是这些图案在作怪。"我说。

"您说什么，长官？"列夫问。

我吃力地弯下腰，朝指尖啐了一口唾沫，在墙体上的螺旋图案上描画。我尽可能忽略唾液中夹杂的血丝。

"难怪拉文纳找不到入口，是我们观察的维度出了问题。"

"抱歉，但您说的我一个字也听不懂。"列夫问。我喜欢这家伙，从来不拐弯抹角。

"亚空间造物以我们无法想象的方式解读着位置和时间的概念。毕竟，它们的一切都是扭曲的。在我们眼中，这里是一个经过精密计算的几何网络，一个结构精巧的迷宫。但事实并非如此，它是四维的存在……"

"四维？"古斯汀面露困惑。

"哦，四维、六维、八维……谁知道呢？这就像是一件编织而成的衣服。"

"编织成的衣服，长官？"

"是的，这些相互交错，深不见底的沟壑，这些复杂的结构。"

"好吧……"

"想象一下纺针的样子。只有针，没有线。"

"好吧……"米迪亚说着，加入了我们的对话。

"这颗星球就好比一根纺针，锋利、坚固、简单。而真正的古尔就是这根纺针编织而成的布匹，一种我们无法理解的存在。它质地柔软，构造复杂，和其他的纺针共同编织而成。"

"抱歉，我还是一个字也没听懂。您的话让我越来越迷茫。"列夫·古斯汀果然十分坦诚。

"迷茫，迷失。"我说，"没错。这些墙上的痕迹就像是微缩的地图，向迷失的人解释如何出入于另一个位面。"

古斯汀若有所思地点了点头。"那么，回到刚刚的话题。这些耶尼切里佣兵到底是从哪儿冒出来的？"他问。

我拍了拍身边坚硬的石墙。

"这里面。"

"但这些墙十分坚固！"

"只是在我们眼中很坚固罢了。"我说。

我们沿着沟壑继续前行，将原本的纵队调整为方队，确保火力能够同时面向四周，就像古代战争长矛士兵组成的方阵。拉文纳那边的战事格外激烈。

纳尔面色严峻地告诉我，他和斯金纳及其团队成员的联络全都中断了。

我们一边移动，一边仔细观察墙壁表面。

"这里，长官！看这边！"卡拉喊道。

我向她发现的那枚螺旋形图案跑去。"等等。"我命令道。

表面光滑的岩石被打开，如同一只眨动的眼睛，旋即消失不见。与此同时，一名身穿重甲的耶尼切里雇佣兵冲了出来，手中托着武器。

纳尔用一记利落的点射将他击毙，但那人身后还有几人。

米迪亚也开始射击。对面的墙面闪烁了几下，又出现了两名雇佣兵。

他们根本没有掩体。

几乎在同时，第三个方向也有人发动了袭击。

我从暗光号的武器库借了一把赫克特自动手枪。古斯汀手中的老旧激光枪在我身边发出噪音，伊琳娜飞快地清空了手枪的扩容弹夹，并切换到了自动连射模式。

到现在为止，他们一直都在暗中偷袭，而我们一直在遭受伏击。我数了数，敌人至少有十五名耶尼切里雇佣兵，还有一个手持重火力武器的欧格林人。

纳尔被击倒了，腿部中了一枪，血流如注，但他仍在奋起反击。一发激光弹射穿了固定在我左腿上的钢板。

是时候扭转战局了。

"切鲁贝尔！"我发出了指令。

它原本在沟壑上方的高空盘旋，如同一只在风中抬升的风筝。在听到指令的一瞬间，它俯冲而下，浑身闪烁着污秽的光芒。

我围绕恶魔宿主做了大量的准备工作，生怕有半点闪失。我和埃莫斯在伊森号的最后几分钟里，仓促地将它束缚在了宿主体内。我在此基础之上补充了大量的符文和印记，以确保它对我言听计从。与先前的情形相比，现在

宿敌

这头恶魔宿主不再反复无常、诡计多端。它也失去了反抗我的能力和意识。我无须担忧它会突然失控，更无须时刻对它保持提防。它身上被束缚了三重符文，完全服从我。我会在错误中吸取教训，至少这次，我不允许自己再有任何松懈。

当然，这种保障措施需要付出相应的代价。切鲁贝尔的战斗力被大幅度削弱，这是增强束缚带来的直接后果。但它的力量已经足够，而且绰绰有余。

恶魔掠过沟壑，亚空间的烈焰从它直立的身体上倾泻而下，鼓动起一股毁灭性的以太风暴，将一队雇佣兵焚为灰烬。值得肯定的是，这恐怖的一幕并没有让维萨人发出任何惊叹和叫声。但他们意识到了战局的变化，开始撤退。

欧格林人提着重火力武器，对准了俯冲而下的恶魔。炮弹在切鲁贝尔身上弹开，如同散落一地的花瓣。它挥动致命的利爪，刺入了变种人的胸腔，将他挑刺到了半空。

欧格林人尖叫着，随后被轻描淡写地抛到了空中。

切鲁贝尔调转方向，沿着高墙向雇佣兵撤退的方向追赶。情势逆转，敌人的数量锐减。我们开始追赶溃败的敌军。伊琳娜留在落单的纳尔身边，他伤得不轻，躺在地上不停咒骂。

我发现新的切鲁贝尔有一个显著的特点——它不再狂笑。它总是眉头紧蹙，面色严峻，仿佛再也无法从杀戮中体会到丝毫愉悦。

我为此感到一丝欣慰。恶魔的狂笑总会刺痛我的神经。

然而，我需要更多的时间去适应切鲁贝尔的全新面孔。一旦寄居在新的宿主体内，恶魔就会为宿主完成一系列的肉体改造——额头的半角、指尖的利爪、光滑闪亮的皮肤，以及空洞无物的双眼。

但他没有完全改变古德温·费希格的容貌。

恶魔转瞬间就杀死了最后几名伏击者。其中一人在别人的掩护下成功跑到了墙壁边，企图返回位面陷阱的另一侧。

"稳住入口！"我命令道，"不要让它合上。"

切鲁贝尔照做了。当陷阱闪烁着打开时，它冲进了入口，将雇佣兵轰成了血雾，随后撑起双臂，防止陷阱再次闭合。即使对切鲁贝尔而言，这也需要付出极大的努力。

"快！快点！"它催促道，似乎正因为我们动作太慢而懊恼。

我跑到了陷阱边。

时间紧张，我们没有办法全部通过。古斯汀低头钻了进去，我紧随其后，并大声命令其他人后退，不要分散行动。

最后，我听到了液体冲击的响声，一定是刚才那个欧格林人，看来他还是没能逃脱重力法则的约束。

入口闭合了。

环境的突然变化让我感到头晕、恶心。我发现自己正趴在古斯汀身上，四周一片昏暗，散发着霉菌的臭味。

"哦！"他痛得大叫。

我站起身。光是保持站立就已经让我大汗淋漓。

"你还好吗？"古斯汀问。

"还好。"我咬着牙回答。但我并不好。我头部的神经开始抽搐。科里琪娅将一台止痛药剂自动填充装置固定在我的腰部，此时止痛药的剂量已经无法遏制住腿部的剧痛。

"你最好别让我背你。"切鲁贝尔在我耳边轻声说。

"别担心。这点尊严你还有。"

我抽出了巴伯瑞萨特，用右手持剑，左手握着符文杖。

我向前迈步。那是一片彻底的黑暗。我前面是一道墙，转身之后，又是一道墙。

"古斯汀？"

他打开了前照灯，但灯光下只能看清漆黑的墙壁，头顶也没有天花板的迹象。

"你能看到多远？"我问切鲁贝尔。

"我能看穿永恒。"它说着，悬浮在我头顶。

"很好。我说的是实际情况，你能看到多远的位置？"

"不远。但我能看到尽头的墙面。那里有一道裂缝。"

"很好。"我步履蹒跚地向前行走。我感到背部植入物那里开始剧痛，鼻腔中满是血腥味。古斯汀将前照灯固定在了激光枪的刺刀上方。

他试着用通信器联络纳尔，但毫无反应。

宿敌

我迈着沉重的脚步。此刻，我身边的两名同伴是一组奇特的组合。我们穿过了那片黑暗。符文杖在我手中颤抖着，似乎嗅探到了某种力量。

"你感觉到了吗？"我问恶魔。

它点了点头。

我决定跟在那股力量之后。

"你有没有发现，我们在这里也能呼吸？"古斯汀几分钟后说。

"天啊，你不说我还真没意识到。"

他对我皱了皱眉。"我的意思是，这里的空气无论人在哪个位面都可以呼吸。"

"这是为了我们的敌人能够呼吸。"切鲁贝尔说。

"什么意思？"

"他们先到一步。古尔感觉到了他们的存在，改造了这里的大气，以便他们自由活动。"

"你这么说，好像古尔是个活物。"

"古尔从来没有活过。"它说。

"它也从来没有死过。"它又补充了一句。

我本想让它进一步阐述这个让人不安的论断，但切鲁贝尔突然朝我们前方的黑暗冲去。我看到它身上闪烁了几下，几道激光轰射在它的身上。

没过多久，它又飞了回来，利爪上沾着热气腾腾的血迹。

"他们在暗中伏击。"它说。

我曾经见过无数奇景，其中不乏恐怖至极的场面。那些超出人类想象极限的恐怖图景与幻象始终萦绕在我的脑海中。

但没有一个能与古尔的地下陵寝相提并论。

我不知该如何评价它的规模。没有任何一个恰当的词语，比如，"庞然大物""遮天蔽日"……

它的规模根本无法衡量，无法用语言描述。我们从黑色的隧道中走出，迈入了这片漆黑的深渊。深渊的每个方向看起来都没有区别，原本那面黑色的墙体也显得微不足道。几十个微小、分散的光点照亮了这座不可能存在的建筑的一小部分，就像是古代的哲学家曾经构想的环绕在造物四周的永恒之墙，抑或笼罩万物的黑暗。这是宇宙的边缘，是古代生命为了维系现实位面精心修造的屏障。

我不想说是哪个神。

这里温暖而宁静，没有任何空气流动。那些光点照亮了陵寝正面蚀刻的巨幅图案中的微小细节——螺纹线条组成的、不断盘旋变化的符文。

这里就是亚空间造物埋葬死去君王之地。

这里就是伊萨瑞尔的陵寝，早在人类出现之前的亘古年代，古尔就被筑造在这墓穴之上。

这一奇景甚至让切鲁贝尔也陷入了沉默。我希望它的沉默只是出于惊诧，但我感到它的沉默背后还有尊敬，或是恐惧。

古斯汀也僵立在原地。他的大脑正在本能地排斥眼睛所见到的东西。他伤心地大哭，跪地不起。亲眼见到这样一个体格健壮、无所畏惧的人突然崩溃，让我唏嘘不已。

我决定多给他一些时间，但他的哭声从黑暗中传出，似乎惊扰了敌人。陵寝表面的一些微光开始移动，其中一些正在下降。

我伸手按住他，试图用意志之力让他恢复平静。但没有作用，任何说服都无法将他从丧失理智的边缘拉回来。

我不得不使用更加强硬的手段。我释放出灵能探针，麻痹了他的头脑，遮蔽了他的恐惧，将他的思想活动完全冻结，只能满足最基本的本能反应和生理功能需求。

黑暗中，我们穿行在一片光滑的石头地面上，向陵寝的方向进发。我们走得越远，就越意识到它的距离要比我们起初设想的远得多。它显然比我最初以为的还要大。

我关闭了古斯汀的前照灯，只是沿着前方的光点行走。我示意切鲁贝尔，一旦发现我们四周出现异物，就立刻向我们发出警告，比如，地上的裂缝或突然出现的敌人。

这片黑暗之地如此宽阔，唯一的优势在于敌人很难发现我们，因为需要搜索的地方太多了。

过了将近一个小时，我们距离陵寝还有很长的距离。我看了一眼计时表，想测算从抵达古尔到现在已经过去了多久，但表已经停了。然而说它"停了"并不准确。表针还在以某种独特的方式运行着，但与实际流动的时间无关。

我回忆起埃莫斯隔间里的那只闹钟。它发出的响声同样与时间无关。

在我们向陵寝靠近的过程中，那些灯光也越来越清晰。它们只是亮白色的光斑，将四周点亮。

它们都是高功率的大型灯具，通常用于着陆点和军营的照明。射灯被安装在悬挂式的平台上，架设在陵寝正面的不同部位，照亮了建筑表面的细节，仿佛是圆形剧院内的聚光灯。我数了数，整座陵寝上下安装着将近四十三个平台，每个平台都安装着一盏灯。

平台上有人在活动。我敢确定，那是格劳的手下。他们其中一些人是雇佣兵守卫，而多数人都是他花重金招募的神秘学专家。

其中一些平台缓慢地平移着，一边移动，一边调整着光线照射的角度和范围。

他们在读取墙上的信息。

格劳通过某种途径找到了这个地方——陵寝的所在，并成功侵入世界的深处，渴求掠夺污秽的宝藏。但陵寝最深处的秘密仍然没有被他破解。

这就是为什么他如此渴望夺取《恶魔禁典》。

为了打开最后一道锁，让他冲破最后一层障碍。

其中一个平台开始垂直上升,灯光在坟墓表面的浮雕上闪烁。它继续移动，最终悬停在了接近高墙顶部的地方。平台上方的光线在陵寝表面投射出一片方形区域，那是一个入口。可是谁会在没有台阶的墙顶上开启入口呢？

我暗自咒骂自己居然会想出如此愚蠢的问题。只有亚空间部族。

"格劳就在上面。"切鲁贝尔说。

它说得没错。我几乎能嗅到那头怪物意识中散发的恶臭。

我们快步走完了最后一段路途，抵达了陵墓建筑脚下。几架运输机和两架飞艇停靠在角落里，一旁堆放着金属货箱、灯具和平台的备用件。这是他们的营地。

我们等候着。我在思索应对之策。

几乎在同一时间，其中两座平台沿着墙壁下降，射灯的亮度被调暗了。每个平台上大约有六个人。

其中一个平台停了下来，两个人从上面跳下，向一架运输机跑去。我能听到他们转身和平台上的人交流了几句。片刻后，另一个平台也缓缓下降。

我看到那些人穿着浅色的工作服和保暖长袍。一些人手上拿着数据板。

去飞艇的两人很快又走了回去，共同提着一个盛放着设备的板条箱。他们将箱子放在平台上，平台旋即沿着墙面向上移动。射灯恢复到最高亮度，继续工作。

"行动。"我轻声说。

更多人在另一个平台上跳了下来，开始装卸更多的板条箱。他们共有六人——其中四人穿着长袍，两人穿着战斗铠甲。

我挥动巴伯瑞萨特，两剑将三名卸货人员砍翻在地。古斯汀将其中一人拖曳到了平台支架后，拧断了他的脖子。切鲁贝尔从背后拎起两名佣兵，将他们烧成了灰烬。

我们登上了平台。

"准备打开射灯。"我对古斯汀说。我快速研究了一下升降平台的控制面板，然后启动了装置。控制升降方向的只是一根构造简单的黄铜杠杆。

我们站起身。陵寝的墙面仿佛在对我低语。当我们经过最底部的平台时，古斯汀接通了射灯的电源，将灯光照向了墙面。

我不知道这个平台此前在怎样的高度工作。我更不知道平台在经过指定高度多久后，才会被人发现。我只希望他们都在全神贯注地工作，不要留意到我们。

当我们升到墙体大约三分之二的高度时，另一个平台上传来了枪声。一盏射灯猛地朝我们照了过来。与此同时，其他几个平台也从下方追赶过来。激光火力朝我们袭来。古斯汀匍匐在地，伺机还击。我推动杠杆，继续上升。

"需要我？"切鲁贝尔问。

"不，暂时不用。"

古斯汀用一轮齐射将那盏追踪我们的射灯打爆。那个平台上火花迸溅，晶亮的光点在墓穴表面绽开。当子弹轰击在平台底部时，我感到整个平台都在摇晃震动。

我们与目标近在咫尺。

我们在那个方形的入口处站起身。入口大约有四十米宽。另一座平台正悬停在入口外，我笨拙地控制着平台，与那座平台撞在了一起。对方显然感到了威胁，陆续向我们射击。隐蔽的入口内也埋伏着敌人。古斯汀发起了猛烈还击。我看到其中一人掉到了另一座平台上，像一块滚石在平台间来回跌落。

激光弹和实弹武器轰射在我们的平台四周，将地板和栏杆上的金属零件轰得粉碎。我们平台的射灯也被打爆了。

我猛拉操纵杆，将平台的侧面撞向另一个逼近的平台。这次我是有意为之。我又一次将平台底部撞向他们，将他们往陵墓墙壁挤压。平台的边缘撞击在石墙上，发出了刺耳的摩擦声。我又那样操作了一次，他们尖叫着，疯狂地朝我们射击。

"我们走！"古斯汀喊道。

他朝入口处扔了一枚手榴弹，为我们开路。

伴随一声爆炸的闷响和刺眼的闪光，两个人影被炸到了半空。

古斯汀跳上另一个平台停了一秒，随后越过栏杆，一边跳进墓穴的入口，一边用他的步枪向烟雾中扫射。

我跟在他身后，切鲁贝尔在我的后方盘旋。平台和入口之间的空隙很宽，以我的腿脚根本跳不过去。

古斯汀的第二枚手榴弹将另一个平台炸出了一个洞。平台向一侧倾斜，如同一台快速下降的电梯在滚滚烈焰中坠落。

在我们下方很远处，坠落的平台砸毁了另外两个平台。巨大的爆炸声中，我隐约看到有人和金属碎片被砸飞到了半空。

爆破产生的震动对我们也造成了严重影响。我们的平台就像码头旁停泊的小船一样剧烈摇晃着。我勉强用僵硬而笨拙的四肢支撑着身体。

我眼看就要摔倒，固定在身体四周的支架如同沉重的铁锚，让我动弹不得。

切鲁贝尔伸手抓住了我的胳膊，抱着我飞进了入口。

我突然心生感激，但很快意识到这种感情是多么荒谬。感谢切鲁贝尔？这个念头大错特错。然而，同样荒谬的是，切鲁贝尔居然自愿救了我的命……

古斯汀已经在入口处杀出了一条血路，我们看到一条与洞口的尺寸匹配的长隧道。成堆的设备堆放在隧道边,两侧的墙壁每隔一段距离就安装着一枚飘浮的灯球。它们好像已经在隧道中运行了很长时间。

四五名雇佣兵和奴仆的尸体伏在地上,还有六七个人在隧道深处,用机枪火力驱赶着我们。

切鲁贝尔飞向了敌人,将他们尽数湮灭。我们跟在它身后,我多么希望自己能跑起来。

隧道的尽头通往墓穴的内侧。我们观察着墓穴的内部构造。此时,我面对这种违背人类常识的规模已经感到麻木。陵寝内部大到足以容纳一整块陆地。内侧的高墙和石质横梁上装饰着大量污秽的文字与徽记,我誓不允许任何人看到这些图案。这就是伊萨瑞尔所在的陵寝,就连两侧的墙壁似乎都在尖叫,每一段文字、每一寸图案都在赞美他、崇拜他。

我分辨不清脚下究竟是何物。那是一座不亚于帝国巢都城市大小的物体。我看到了一个黑色的几何图形,它既非石头,也非金属,更非骨骼,但我又真切地感受到它同时具有石头、金属和骨骼的质地。它散发的邪恶气息令我作呕。虽已死亡,却仍存生机;虽在沉睡,却涌动着百万颗恒星般的力量。

这就是魔君的战船,属于伊萨瑞尔的不洁武具,他在启示录战争中使用的神器。在人类穷尽想象也难以刻画的恐怖战争中,他用这件神器扭曲了现实空间,缔造了属于自己的邪恶国度。

这就是格劳的目标。

透过灯光点缀的隧道,我们可以爬上一座巨大的黑玛瑙质地的底座。底座从内壁的边缘延伸出来,表面上有一块高耸的石碑——仿佛是一颗用深绿色矿石打磨而成的尖牙——石碑高四十米,深深地嵌入在底座上。表面被雕刻成平滑、怪异的螺旋形。

发光的灯球悬浮在它四周,工具和仪器散落在石碑下。庞提乌斯·格劳本人一直在研究这一发现,但我们的闯入无疑惊动了他。他在等着我们。

他从那块高耸的尖碑后走出,镇定自若,面无表情。他那副高大魁梧、闪闪发光的金属身躯就和我在降神仪式中看到的一样。他移动时,身后斗篷上安插的刀锋相互碰撞,叮当作响。那副金色面具上永远挂着诡异的笑容。

"格雷戈·艾森霍恩,"他语气柔和,"整个银河系最固执的家伙。只有你才会一路追到这里。当然，这也是我对你青睐有加的原因。"

我向前迈出了一步。

"留神！"古斯汀低声提醒。但这对我来说已经不再重要。

我面对格劳。他的身体比我高大得多，身后的利刃不断碰撞。他伸出一只完美的杜拉合金锻造的手，抚摸着绿色尖碑的表面。随后他将那只手抬到眼前，仔细端详。

"布尔神甫的手法浑然天成，不是吗？不愧是机械教的大师，我再怎么感激也不过分。我就是用这只手杀了他。"

"你手上远不止他的鲜血，格劳。你更接受这个名字，还是愿意用'利刃弯刀'这个化名？"

"二者皆可。"

"只可惜，你的女儿和这两个名字都没什么关系。"

他沉默良久。如果能激怒他，或许能迫使他犯错。

"马拉，"他说，"是个固执的孩子。这给了我另一个杀死你的理由。"

他刚想继续诉说，但我已经等得够久了。我催动意志之力，通过符文杖轰射而出，同时向前冲锋，舞动手中的利剑。

灵能轰击将他击退了几步。他转过身，布满利刃的斗篷随之旋转，将巴伯瑞萨特拨向一边。他又撩动斗篷向我扫来，我向后仰，勉强避开了利刃斗篷致命的下摆。

古斯汀也冲了过来，射出一道道激光，却只能从格劳的身体上弹开。

切鲁贝尔从另一侧扑来。它灼热的烈焰击中了格劳的金属身躯。我听到他咒骂了一声，伸出利刃般的双手向切鲁贝尔猛劈过去，指尖的凹槽中弹出了倒刺。

尖刺撕开了切鲁贝尔的皮肉，但它一声不吭。它和庞提乌斯·格劳展开了搏斗，灵能在他们之间的空气中沸腾，散发着一道道扭曲抽动的光线。空气变得稀薄。格劳的金属双脚猛踩地面，黑玛瑙底座的表面层层剥落。我试着参与其中，给格劳一记重击，但靠近他们无异于接近一座高温熔炉。

古斯汀目瞪口呆地站在一旁。他意识到自己根本没有插手的可能。这不是闹着玩的。

格劳猛地挥出一拳，将切鲁贝尔击飞，随后挥出一道充斥着怒意和灵能的火矛，将恶魔宿主从空中击落。切鲁贝尔慢慢站起身，像一个被不慎摔下马背的骑手，满脸不甘地爬了起来。

在短暂的间隙，我重新加入了战斗。我用符文杖和灵能剑交替进攻格劳，并在我们之间建立起一道最牢固的灵能屏障。

格劳将陵寝的墙壁砸得碎片迸裂，又狠狠地朝我挥了一拳，将我手中的符文杖击飞。他臂膀上的刀片划伤了我的手臂，撕破了我的披风。

我施展出毕生所学的剑招，汇聚了全身的力量，挥舞着巴伯瑞萨特。我用一记旋转的乌尔萨式和沙赫特劈挡开他上下起伏的利刃斗篷。符文杖掉在了我够不到的地方。

我俯身避开他不断掠过的刀锋。但我用力过猛，颅骨后的接口突然断裂，身上佩戴的伺服器械从我的背部撕裂。脊柱传来的剧痛让我几乎晕厥，险些忘了闪避他的下一次劈砍。我的剑术也变成了一系列塔恩费萨式的格挡。我一边后退，一边举剑抵挡他手中的尖刺和斗篷上的刀锋。

切鲁贝尔冲了回来，但半空中的某样东西将它拦住了。我从眼角处看到切鲁贝尔正在和一团炽热的残影搏斗。它们从基座上滚落，扭打撕咬着坠入了墓穴的深渊。

"你不会以为只有你带着宠物吧？"格劳嘲弄地说，"而我的恶魔宿主百无禁忌。可怜的切鲁贝尔……你对你的伙伴真的太残忍了。"

"它不是我的伙伴，更不是人。"我咆哮着，剑尖向上挑刺，想要划开他的金色面具。

"你去死！"他尖叫着旋转，利刃斗篷向我扫来。我原本支撑身体的金属框架严重变形。我感到肋骨上的伤口正在渗血。

我摇摇晃晃地向后避让。最糟糕的是脊椎后传来的剧痛，让我原本就严重受限的动作更是雪上加霜。我的左腿已经动弹不得。

铁蹄……铁蹄……

他的利爪向我挥来，几乎要将我的脸颊撕成碎片。危急时刻，我用巴伯瑞萨特的剑锋挡住了他的金属利爪，剑刃卡在他张开的手指间，锁住了他的动作。

他将我抛了出去。我跌跌撞撞地后退，机械腿失去了平衡。

格劳的面部和胸口反射出几道激光。古斯汀正徒劳地向他发动进攻。格劳快速旋转——对于这样的一个巨人而言，他迅捷得不可思议——他的斗篷在离心力的作用下水平地呼啸而过。

成百上千的锋利刀片飞速掠过，划破了古斯汀的身体。他的速度之快，以至于古斯汀自己都没有意识到发生了什么。

空中喷洒着血雾。这便是字面意义上的"千刀万剐"。

格劳又一次向我袭来。我已经看不到切鲁贝尔的身影了。

我必须孤军奋战。

但此时，我深知自己不是格劳的对手。

格劳几乎是个无法击伤的对手。他动作迅捷，铠甲牢固，每一击都足以致命。即使我此刻没有受伤，这场对决也会是九死一生。

况且此时，我几乎是一个废人。

他正准备给我最后一击。

他当然也知道这一点。他狂笑着挥动刀锋。

那一击劈中了我，比其他的伤口还要深。我想起了费希格、埃莫斯和贝坤；我想起了所有因他而死的同伴和挚友；我想起了因为他的恶意，我受尽苦难，付出了无比惨痛的代价。

我也想起了切鲁贝尔。他的狂笑声酷似曾经的切鲁贝尔。

我狠狠地向他反击，每一剑都全力注入了灵能，以至于剑刃上出现了几个豁口。我疯了一样劈砍着他斗篷上的利刃，将其中一些连根斩断。

他停止了大笑。作为回应，他对我释放了一道灵能轰击，将我向后撞飞了十步。血液从我的鼻腔中喷涌而出。我没有摔倒。我不会让他体会到战胜的喜悦。但巴伯瑞萨特从我脱臼的手中飞了出去，在空中发出了凄厉的蜂鸣声。

我隆起后背，将手撑在大腿上，喘着粗气。我的意念在游移。我听到他脚下的玛瑙被踩碎时嘎吱作响。

"如果能得到那本书，你现在就已经赢了。"我说着，口中咳出了鲜血。

"什么？"

"那本书，那本诅咒之书，《恶魔禁典》。这就是你为什么会雇用杀手，想置我于死地。这就是你为什么费尽周章,企图杀光我的同伴。你想得到那本书。"

"我当然想得到。"他嘶吼道。

我抬头盯着他。"那本书能轻易帮你打开最后的入口，提前结束你那漫无天日、毫无成效的研究。有了它，你就能轻而易举地夺取魔君的战船。甚至在我们追来之前，你就已经得逞了。"

"尽情享受这卑微的胜利吧，格雷戈。"他说，"这种胜利微不足道。你将那本书藏起来只会让我多花上几个月……几年来完成我的工作。伊萨瑞尔的武具本就是我的，而你只是让这个过程更加漫长罢了。"

"很好。"我说。

他咯咯笑道。"你是一位勇士，格雷戈·艾森霍恩。来吧，现在——我给你个痛快。"

他身上的刀锋相互碰撞。

"说得没错。"我说，"但我也是个疯子，因为我随身带着它。"

他立刻僵立在原地。

我将血手伸进外套口袋，颤抖着取出了那本《恶魔禁典》。格劳看到书仿佛吃了一惊。我将书页翻开，举在手中向他展示，用手指一页页地翻动。

"你真蠢，蠢啊。"他狂笑道。

"我也这么想。"我说着拨动手指，从书封上扯下了几页。

"不！"他哀号起来。

我无视他的话，将意志之力集中在手中那些松散的书页上，让它们承受我所能释放的最猛烈的灵能灼烧。书页起火了。

我将书抛向半空。

格劳绝望而愤怒地尖叫着。燃烧的书页如同暴风雪般在我们四周飘动。他试图伸手抓住书页。他像个白痴，像个孩子一样，在空中疯狂地抓取着，试图挽救哪怕任何一个章节、一段文字。

但书还在燃烧，如同黑暗的落叶在基座上方翻滚，直到被火焰彻底吞噬。

他的注意力完全不在我身上了。

巴伯瑞萨特发出了哽咽的蜂鸣，几乎削去他的头颅。电光在金属躯壳上跳动闪烁。他浑身扭动，发出了刺耳的啸声，蹒跚行走。灌注着灵能的卡瑟宝剑在我的手中吟唱，我挥剑将那件利刃斗篷斩为两截。

他向后栽倒，摔在了基座的边缘。他指尖的倒刺在挣扎着、撕扯着玛瑙表面，发出尖利的摩擦声。我又一次向上挥剑，将他的金色面具劈开。面具在半空中旋转，露出了头颅内的构造，包括盘绕线路、噼啪作响的线缆，包含他意识与生命力的水晶也被精巧地安置在了那颗头颅中。

"以泰拉神皇之名,"我轻声念道,"吾宣判汝为恶魔,就地诛杀。"

我自己的血沿着巴伯瑞萨特流淌,滴落在地上。

我举起了剑,然后使出了厄尔卡式。

剑锋劈开了他的头颅,将其中的水晶球体砍成了碎片。

庞提乌斯·格劳的金属躯壳抽搐着,从基座的边缘跌落,坠入了魔君陵寝底部的无尽深渊,斗篷上的利刃发出了尖锐的碰撞声。

我坐在基座旁,背靠着墓穴的石墙,浑身上下血流如注,一个身影在黑暗中掠过。

它靠近了我。

终于,切鲁贝尔从空中缓缓飘落,在我头顶盘旋。它的脸、四肢和身体上布满了可怕的烧灼痕迹和撕裂的伤口。

我抬头看了看他,发现自己无法移动,也很难再集中注意力。

"格劳的恶魔宿主呢?"

"死了。"

"可他不是说它比你强得多吗?"

"你是不知道我的手段啊。"切鲁贝尔说。

我想了想,抬头看着那本恶魔之书的最后几页在空中化作灰烬。

"我们结束了吗?"它问。

"结束了。"我说。

它皱了皱眉。

"看样子,我终究还是要把你背回去,是吧?"它叹息道。

补遗汇编

关于上述报告中关键人物的重要备注

审判官基定·拉文纳监督抹除了 5213X 行动全过程的记录,那里在部分文献中亦被称作古尔。邻近星区的审判庭经过漫长的庭辩后,决议严禁修复与 5213X 有关的任何器物与材料。在斯卡鲁斯舰队海军统帅欧姆·马多辛的监督和带领下,该星球于 M41 的 392 年被彻底摧毁。此后,拉文纳继续为审判庭服务了数个世纪,战功显赫,其中包括剿灭异端托尼乌斯·斯莱特的讨伐行动,但真正令他名留青史的是他流传后世的不朽著作,尤其是空前绝后的皇皇巨著《渴求之域》。

审判官格里希·赫尔丹在杰甘达的伊森号事件中存活下来。他的贴身护卫被迫锯断了他的一条腿方才将他护送回舰艇。他花了数年时间才痊愈,这一变故令他原本就满是人工植入器件的身体备受煎熬。痊愈后,赫尔丹重返审判官之列,但他的事业与名望因此蒙上了一层阴影。最终,他在 M41 的 765 年,于蒙纳佐德的行动中重伤身故。

哈伦·纳尔继续为审判庭服役多年,与卡拉·斯沃尔、伊琳娜·科侬共同加入了拉文纳审判官的队伍。他们个人的命运并未记载于帝国史册之中。公认的说法是纳尔于 M41 的 450 年左右阵亡。

科里琪娅·贝斯柴尔德顺利返回古德伦,担任新吉弗大学医学院的终身院长,后于 M41 的 602 年离世。她发表的与人体植入外科手术相关的著作被学界奉为圭臬,并被改编为全帝国医学院通用的官方教材。

米迪亚·贝坦科尔返回了故乡格拉威亚,担任家族船舶公司董事,任职长达七十年。M41 的 479 年,她在前往萨鲁姆的途中失踪。值得注意的是,在后续的文件中有部分迹象表明她当时并未身亡。

审判官领主菲力巴斯·亚力山卓·罗尔金从疾病中康复。在莱昂纳德·奥斯玛失踪后，罗尔金接替他成为赫里甘次星区审判庭宗师。他担任此职长达三百五十年之久。

审判官格雷戈·艾森霍恩自5213X事件后继续为审判庭效忠，尽管关于他后来的生活与工作经历多为后人的臆测。他的最终命运并未记录在帝国史册中。

现有的其他文献资料均未提及与切鲁贝尔有关的任何信息。

作者简介

丹·阿伯奈特创作了五十多部小说,其中包括著名的"冈特幽魂"系列小说的最新一部《叛乱者》。他笔下的"拉文纳"系列和"艾森霍恩"系列均广受好评,其中最新一部长篇小说是《学者》。在"荷鲁斯之乱"系列中,他依次创作了《荷鲁斯崛起》《军团》《不被铭记的帝国》《无所畏惧》和《普罗斯佩罗之焚》,而后两部曾被列为《纽约时报》畅销书。他为"荷鲁斯之乱"系列的首部图像小说《马库拉格之耀》撰写过文本,此外,还创作了大量战锤40000和战锤宇宙相关的广播剧、短篇。他常年生活在英国肯特郡的梅德斯通。

译者简介

赵笃,毕业于帝国理工学院,现居北京;科幻与推理迷,向往汪洋星海,热衷蒸汽霓虹,既喜爱半神手中的爆矢和链锯,也感慨于凡人经历的离合与悲喜;GW"黑图书馆"的忠实读者。

版权所有　侵权必究

图书在版编目（CIP）数据

宿敌 /（英）丹·阿伯奈特著；赵笃译. -- 杭州：浙江科学技术出版社，2024.6
ISBN 978-7-5739-1063-9

Ⅰ.①宿… Ⅱ.①丹… ②赵… Ⅲ.①幻想小说－英国－现代 Ⅳ.①I561.45

中国国家版本馆CIP数据核字(2024)第050684号

著作权合同登记号　图字：11-2020-230号

书　　名	宿　敌
著　　者	［英］丹·阿伯奈特
译　　者	赵　笃

出版发行　浙江科学技术出版社
　　　　　杭州市环城北路177号　邮政编码：310006
　　　　　办公室电话：0571-85176593
　　　　　销售部电话：0571-85176040
　　　　　E-mail：zkpress@zkpress.com

排　　版	浙江新华广告有限公司
印　　刷	浙江海虹彩色印务有限公司
开　　本	710 mm × 1000 mm　1/16
印　　张	19.5
字　　数	390千字
版　　次	2024年6月第1版
印　　次	2024年6月第1次印刷
书　　号	ISBN 978-7-5739-1063-9
定　　价	60.00元

责任编辑　吕路明　　　责任校对　赵　艳
责任美编　金　晖　　　责任印务　叶文炀